안녕, 차수현

안녕, 차수현

소피박 장편 소설

hello, cha su hyun

contens

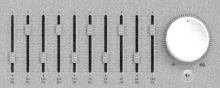

프롤로그

「여러분께선 지금 어떤 크리스마스를 보내고 계신가요?」

그는 양주 한 병을 다 비우고 넓은 침대 위에 대자로 누워 있었다. 한 손에는 헤어지자는 여자의 앙칼진 목소리가 흘러나오는 휴대폰이, 한 손에는 시상식에서 받은 트로피가 쥐어져 있었다. 그의 매끈한 몸을 감싸고 있던 슈트는 여기저기 구겨졌고 단추도 두세 개쯤 풀려 있었다. 그는 구두도 채 벗지 않은 상태로 누워 있었다.

개 같은 크리스마스였지. 그는 건조하게 웃었다.

배우 생활 15년째. 그는 20대 중반부터 정상의 자리를 차지했다. 남우주연상, 차수현.

빛나는 금색 트로피엔 유명 영화제의 남우주연상을 수상한 그의 이름이 번쩍거렸지만, 그는 그런 것에 감흥이 없어 보였다.

「누군가는 사랑하는 가족이나 연인, 친구와 함께 보내고 있을 겁니다. 누군가는 회사에서, 또 누군가는 혼자서. 그리고 누군가는 사랑하는 사람을 잃고 보내는 첫 크리스마스일 수도 있죠.」

라디오를 틀어 놓은 그의 표정은 어딘지 음울했다.

— 시상식 뒤풀이 끝나면 온다며! 야, 이 개자식아! 내 말 듣고 있기는 해?

그가 제 말을 듣지 않는다는 걸 안 여자가 욕을 있는 대로 날리고 전화를 뚝 끊자, DJ의 목소리가 더욱 선명하게 방 안을 가득 채웠다. 그는 몇 번 만났던 여자와 만나기로 한 것도 잊고 있었다. 집이 이사 중이라 호텔에 가 있으라는 매니저의 말에 그저 고개를 끄덕였을 뿐이었다. 자신도 모르는 제 집 이사라니. 아무튼 아무도 없는 집에 들어가기 싫은 날이었는데 잘됐다고 생각했다.

그는 들고 있던 핸드폰을 머리맡에 던져 놓고 침대 옆 콘솔로 손을 뻗었다. 술이 이쯤에 있는데. 아, 그래, 여기. 그는 손에 잡히는 술병을 입 앞으로 가져왔다. 누운 채로 술병을 기울이는 그의 행동은 거침없었다.

'쏟아지면 어떠하리.'

그러나 나오는 게 없었다. 병을 반대로 뒤집어 탈탈 털어 보자 한 방울이 그의 입 안으로 톡 떨어진다. 한숨을 내쉬며 슬쩍 던진 술병이 둔탁한 소리를 내며 카펫 위에 떨어졌다.

「그러나 확실한 건 오늘은 참, 사랑하기 좋은 날이라는 겁니다.」

사랑? 그는 눈을 질끈 감았다. 빌어먹을, 사랑 좋아하네. 그렇게 읊조리는 그의 목소리가 모래알처럼 버석거렸다. 외로워. 외로워서, 젠장. 그는 송곳 뭉치가 제 온몸을 긁고 내려가는 것 같은 고통을 느꼈다.

혼자 보내는 크리스마스가 한두 해도 아닌데, 그는 술이 아니면 이 하루를 넘기는 게 죽도록 힘들었다. 진탕 취해서 자고 일어나면 다음 날, 아니 그다음 날이 되어 있기를 바랐다. 근데 항상 취하질 않는다. 유독 이상하게 이날만큼은 술을 들이부어도, 취하질 않아.

　「그런 오늘이 지나가기 전에, 사랑하는 사람에게 내가 가진 마음을 솔직하게 표현해 보셨으면 합니다. 사랑한다고 말이죠. 크리스마스에 유독 기적 같은 일이 많이 일어나는 것도, 그 네 글자가 1년 중 가장 많이 울리기 때문 아닐까요?」

　그 역시도 기적이란 걸 믿었던 때가 있었다. 내일이면, 아니 그 다음 날이면. 고사리 같은 손을 마주 잡고 매일 기도하며 기적을 바라던 때가 있었다. 기적을 간절히 바랐던 만큼, 환상은 더 비참하게 깨졌다. 기적. 그딴 게 어디 있어.

　그는 '염병, 듣기 싫어.' 하고 읊조렸다. 그러나 라디오 리모컨을 바로 손 근처에 두었으면서도, 라디오를 끄지 않았다.

　「지금 시각 새벽 1시 48분. 크리스마스 특집, 생방송으로 진행된 〈편사랑의 편애하는 라디오〉. 어느덧 마칠 시간을 향해 가고 있습니다.」

　문득 라디오 속의 저 여자는 방송이 끝나면 무얼 할까 궁금해졌다. 어느 날부터인가 매일 밤 습관처럼 듣게 된 그녀의 라디오. 자신에겐 괴롭기만 한 이 크리스마스가 저 여자한텐 어떤 하루일까. 무심한 듯 다정한 목소리로 매일 밤 라디오를 진행하는 저 여자는 이 방송이 끝나면 어딜 갈까? 애인을 만나러 가거나, 파티를 가거나? 가족들과 시간을 보낼지도 모르지. 하지만,

　'저 여자도 그냥 혼자 보냈으면 좋겠다.'

이게 무슨 애 같은 생각인가. 그는 인상을 찌푸렸지만 그래도 여전히 그렇게 생각함에는 변함이 없었다. 오늘 같은 날은 저 여자도 그냥 혼자였으면 좋겠다고. 나와 같았으면 좋겠다고. 그러면 나도 이 세상에 혼자서만 외로운 건 아닐 테니까. 어쩌면 이 사실이 제게 위로가 될지도 모르겠다고 그렇게 생각했다.

「아, 문자 들어왔네요. '편 작가님은 오늘 방송 끝나면 어떻게 보내실 건가요?'」

라디오를 진행하는 여자는 작가라고 했었다. 소설 작가라고 했던가, 여행 작가라고 했던가. 그래서 가끔 방송을 듣다 보면 청취자들이 여자를 '작가'라고 칭하는 걸 심심치 않게 듣기도 했다. 아니, 거의 그랬던가. 여하튼 누가 보낸 문자인진 몰라도 기특하네. 궁금하던 차였다.

그리고 저 여자가 무엇이라고 대답할 것인지, 그는 자기도 모르게 귀를 기울였다.

「흠, 글쎄요. 제주도에 있는 가족들이 언제 오냐고 연락하는 통에 핸드폰에 불이 나고 있긴 합니다만. 비행기 표도 없고. 그렇다고 거길 차로 운전해서 갈 수도 없잖아요? 그래서 그냥 집에 가려고요.」

DJ의 대답에, 팔을 들어 눈을 가리는 그의 입술이 짙은 호선을 그리며 올라갔다.

「밖에서 피디님이며 작가님들이 측은한 눈길로 쳐다보시네요. 마치 '넌 그 나이에 애인도 없구나.' 하시는 것 같아요. 하하, 저런. 그래요, 저에게 크리스마스란 사랑 넘치는 25일일 뿐. 제 이름이 괜히 편사랑이겠습니까. 외사랑, 짝사랑, 치우쳐진 사랑, 쏠린 사랑, 적은 사랑, 곧 편사랑. 하하. 우리 부모님은 참 센스도 넘치시지. 이름 한번 잘 지으셨다니까. 이러니 딸이 연애도 못 하지. 사랑이 넘치는 크리스마스에 저 혼자 외로워서 그런가 말이 많아지네요.」

여자의 말에 그는 마음 한구석에 만족스러움이 차올랐다. 외로운 동지를 얻어서인가. 흡족한 마음 위에 조소가 뒤덮인다.

라디오의 매력인지, 저 여자의 진행 때문인지는 모르겠으나 가끔 저에게 말을 하는 것 같을 때가 있다. 이 여자가 내 생각을 읽고 있나? 나를 위한 방송을 하고 있는 건가? 우습지만 영화 〈트루먼 쇼〉처럼. 근데 이름이 이상하긴 하네. 우리나라에 편씨도 있었나.

「끝 곡으로 머라이어 캐리의 'All I want for Christmas is you' 보내드립니다. 오늘 굿나잇 인사는 사랑하는 사람과 나눠 보시는 게 어떨까요? 전 어디에선가 저와 함께 외로운 크리스마스를 보내고 계신 분께 전하고 싶네요. 그럼, 메리 크리스마스.」

그는 음악으로 넘어간 라디오를 껐다. 방 안이 숨 막히는 정적으로 휩싸였다. 자신을 짓누르는 적막에 몸이 압사할 것 같았지만, 그는 다시 라디오를 켜거나 하지는 않았다. 대신 계속 자신의 귓가를 맴도는 마지막 인사를 작게 읊조려 보았다.

"메리, 크리스마스."

그 한 마디가 양주를 머금은 것처럼 입 안을 쓰게 했다.

너무 써서, 그는 어느새 송곳이 찌르는 듯했던 고통이 사라졌다는 것도 알지 못했다.

✳ ✳ ✳

"아, 졸려."

그녀는 지친 몸을 이끌고 엘리베이터에 올랐다. 라디오 방송을 마치고 집으로 오는 길 내내 가족들에게 전화로 시달리느라 더 피곤한 것 같았다.

그녀가 진행하는 〈편사랑의 편애하는 라디오〉는 작가인 그녀가 책을 소개하며 이것저것 이야기를 늘어놓는 형식이었다. '책 읽어 주는 여자'의 라디오 판이랄까. 매일 밤 12시부터 2시까지 진행하는 그녀의 라디오는 마니아들을 꽤 많이 형성했다. 청취자들과의 소통을 위해 생방송으로 진행하기도 하지만, 보통은 낮에 녹음을 해 놓고 방송을 하는 식이었다.

그런데 하필이면 크리스마스에 생방송을……. 2년째 함께하고 있는 라디오 식구들 역시 울상을 지었던 게 눈에 선했다.

'꼬모 안 와?'

눈에 넣으면 조금 아플 것 같은 조카들의 애교를 떠올리자 구석에 기대 서 있던 사랑의 입에서 너털웃음이 터졌다.

'고모도 가고 싶어.'

그러나 어쩔 수 없었다. 비행기 표가 없는 걸 어떻게 하냐고요. 제주도까지 날아갈 수도 없고.

그녀는 건조한 손으로 피곤한 눈을 비볐다. 가족들이며, 출판사에서 온 문자들이 한가득이었지만 일단 잠을 좀 자고 일어나서 해결해야겠다고 마음먹은 그녀로선 일단 휴대폰 전원을 껐다. 거의 다 올라온 것 같은데, 소란스러운 소리가 점점 가까워진다.

— 21층입니다

엘리베이터 소리와 함께 문이 열리며 펼쳐지는 눈앞의 광경에 사랑이 멈칫했다. 나올 때까지만 해도 깔끔하던 복도에 이삿짐이 한가득이었다. 고개를 들어 엘리베이터 층수를 확인했지만 어김없이 21층이었다.

옆집에 이사 왔나? 활짝 열린 옆집 문 앞에서 분주한 소리들이 들린다. 짐이 어찌나 한가득인지, 박스들과 스티로폼, 비닐 잔해들이 발에 차였다. 한밤중에 이사하는 집은 또 처음이네.

그녀는 어깨를 으쓱이며 도어록을 열었다. 다행히 집 안에 들어가자 별다른 소음이 들리지 않았다. 그녀는 다행이라는 듯 고개를 끄덕이며 신발을 벗었다. 현관 바구니에 차 키를 내려놓은 사랑이 허물 벗듯 옷을 하나씩 벗어 갔다. 현관부터 이어진 옷가지들이 눈 위에 남은 발자국처럼 그녀의 동선을 기록했다.

나른하게 욕실 문을 닫은 그녀의 눈에 졸음이 한가득이었다. 내 사람과 그렇지 않은 이에 대한 경계가 뚜렷한 편인 그녀에게는 옆집에 누가 이사 올지 그것은 관심의 대상이 아니었다. 이윽고 그녀는 따뜻한 물에 몸을 담그며 눈을 감았다.

만약 그때 누가 이사 오는지 알았다면 좋았을지도 모르겠다. 그랬으면, 이런 귀찮은 인연 따위 만들지 않았을 텐데. 그날로부터 한참 후, 계절이 익어 갈 무렵. 그녀는 한숨을 쉬며 과거의 무관심을 후회했다.

1. 바밤바와 학교 잠바

성공한 삶은 무엇인가. 사랑은 아침부터 그런 회의감에 **빠졌다**. 적어도 나이 서른을 먹고도 아직 졸업 못 한 학교에 갈 준비를 하는 건, 그건 아닐 것 같았다.

세상의 종말이라고 생각했던 수능이 끝나도 그다음 날은 찾아왔고 그녀는 대학에 입학했다. 더도 말고 덜도 말고 평소만큼 봤고 딱 그 만큼에 알맞은 대학에 들어갔다. 정치외교학과에 들어간 건 정치에 뜻이 있어서가 아니라 점수에 맞춘 결과였다. 많은 수험생들이 그렇듯 오로지 대학에 가야 한다는 생각으로 공부한 결과였다.

아…… 가기 싫다.

학교에 가기 싫은 건 만국 학생들의 공통된 생각이 아닐까. 특히나 방학 기간에 가야 하는 계절 학기 수업은 더 싫었다. 그게 성탄절 연휴가 끝나고 바로라면 더더욱.

그러나 그녀는 쓸 수 있는 휴학 기간을 전부 쓴 상태였고 결국 제때 학교에 가지 않으면 제적당할 위기에 놓이고 말았다. 커리어에 충실하다 보니 작가로서의 명성은 얻었지만, 학교에선 학부에 입학하고 10년째 졸업도 못 한 문제적 학생이라는 오명을 썼다. 작가의 직업 특성상 취업계를 내고 졸업할 수도 없는 게 한이었다. 이렇다 저렇다 사정 얘기를 하기 싫어하는 그녀의 성격상, 아직 학사 경고를 한 번밖에 받지 않았다는 게 어쩌면 불행 중 다행이었다.

학점을 따져 보니, 겨울 계절 학기를 수강하고 봄 학기를 잘 마치면 코스모스 졸업이 가능했다. 돈을 벌어 놨어도 대학 졸업장 하나는 있어야지 않겠냐는 게 부모님 고집이었다. 공부도 하고 어린 학생들이랑 어울리는 게 집필에 도움이 될 거라나…… 실제로 도움이 되는 면도 있긴 있었다. 묘하게 설득당하기도 했지만, 무엇보다 더 이상 그놈의 대학 졸업장 때문에 잔소리를 듣기 싫었다.

현관을 나서며 야구 잠바에 팔을 껴 넣는 사랑의 등판에 그녀가 재학 중인 학교 이름이 영문으로 큼지막하게 박혀 있었다. 소위 야잠(야구 잠바), 학잠(학교 잠바), 과잠(학과 잠바) 등으로 불리는 그녀의 겉옷은 한쪽 팔엔 학교 마크가 다른 한쪽 팔엔 학번이 수놓아져 있었는데, 때때로 캠퍼스를 돌아다니는 어린 학생들이 앳된 그녀의 얼굴과 상반된 학번을 확인하고 경악스런 표정을 지어 보이는 걸 목격하곤 했다. 마치 공룡이나 암모나이트 화석을 발견한 것처럼. 그런 것쯤 아무래도 상관없는 사랑이었지만 가끔씩 무심한 얼굴로 윙크를 날리며 응수해 주기도 했다. 그럴 때면 매번 당당하고 짓궂은 그녀의 행동에 반대로 그들이 당황스러워했는데, 그녀는 그 얼굴이 재밌어 가끔 이런 악취미를 즐기곤 했다.

운동화에 발을 욱여넣으며 현관을 나선 사랑의 입술에서 휘익 휘파람 소리가 튀어나왔다. 며칠 전 새벽에 보았던 이삿짐이며 박스들이 흔적도 없이 치워져 있었다. 금요일이었던 크리스마스와 이어진 주말을 종일 집에서 보내느라, 오늘이 꼭 사흘만의 외출이었다. 아예 집 밖으로 안 나왔다지만, 문밖에서 별소리도 나지 않았는데 싹 말끔해진 복도를 보는 그녀의 눈이 슬며시 커졌다.

"조용해서 좋긴 하네."

사랑은 엘리베이터 버튼을 누르고 흘긋 옆집 문을 돌아보았다. 전에 살던 사람들은 살 때도 마찬가지였지만 이사 갈 때도 어찌나 요란한지, 한 일주일은 우당탕 소리를 들어야 했다. 그녀는 잘됐다는 생각에 고개를 끄덕였다.

여전히 물기 가득한 단발머리와 기초 화장품만 간단히 바르고 나온 얼굴 위엔 흔한 선크림조차 바른 흔적이 없었다. 대학교 야구 잠바에 후드 티, 청바지, 운동화. 그녀의 학번을 나타내 주는 숫자만 아니라면, 20대 초중반의 여대생으로 보였다. 물론 피부 톤이 좀 칙칙하긴 했지만……

주차장으로 내려가며 슬쩍 엘리베이터에 놓인 거울을 보던 사랑이 조용히 후드를 뒤집어썼다. 아무리 그녀라도 떡국을 서른 그릇 정도 먹으니, 화장 안 한 제 얼굴이 민폐인 것 정도는 알았다.

"뭐야, 저거."

검은색 바디에 흰색 루프. 번호판도 1230……. 눈을 비비고 다시 봐도 제 차가 확실한데.

주차장에 내려온 사랑의 표정이 삽시간에 굳어져 갔다. 큼지막한 자신의 SUV 옆에 바짝 붙여 세운 차 한 대가 그녀의 심기를 건드린 까닭이었다.

당장이라도 굉음을 내며 질주할 것 같은 슈퍼 카 한 대가 이 넓은 주차장을 두고 굳이 제 차 바로 옆에 주차되어 있었다. 주차장이니까 얼마든지 옆에 댈 수 있다고는 하지만, 문제는 사랑이 운전석으로 들어갈 수 없을 만큼 바짝 붙여 놨다는 사실이었다.

차를 세운 곳은 한 대가 들어가긴 많이 넓고 두 대가 들어가긴 좁은 코너의 칸이었다. 조수석을 벽 쪽 가까이 세워 놓긴 했지만, 옆에는 차가 주차하기 애매한 크기라 A동 주차장의 로열석이라고 불리는 자리였다. 크리스마스가 밝아 오던 새벽 퇴근길, 누군가 한밤중에 휴가라도 떠났는지 떡하니 비어 있는 자리에 웬 떡이냐 주차를 해 놓았는데 이런 사단이 날 줄이야.

"어떤 또라이 자식이야?"

조수석은 벽에 막혀 있고 운전석은 이 차 때문에 들어갈 수가 없었다. 어찌나 환상적인 주차 실력인지, 몸 하나 통과하기 어려운 간격이었다.

여러 외제 차들이 득시글거리는 주차장에서도 유독 튀는 차종을 보아하니 돈이 정도껏 많은 게 아닌 것 같은데. 이게 무슨 악취미란 말인가. 자신의 학번을 보고 놀라는 후배들을 놀려 주는 것 정도는 이자에 비하면 간지러운 애교 수준이었다.

"아, 수고하십니다. 저 2102호인데요. 제 차 옆에 너무 바짝 대 놓은 차 때문에 나가기가 어렵네요. ……네. 아 번호가…… 6789요. 그럼, 연락 좀 부탁드리겠습니다. 네네. 수고하세요."

입주할 때 등록한 차량 번호로 주차장도 관리되기 때문에, 차량에서는 동·호수를 확인할 수 없었다. 확인하나마나 휴대폰 번호도 없을 것이다. 이곳에 주민 대부분은 자신의 번호가 곧 신분증이고 돈인 사람들이었으니까. 가끔 휴대폰 번호가 노출되어도 별 관계없는 사람들이 존재했지만—바로 그녀 자신처럼— 그건 극소수였다.

주차 예의를 보아하니 휴대폰 번호를 올려놓는 예절은 기대하기 어려웠다. 혹여 두었어도 짙은 선팅 상태를 자랑하는 유리창 때문에 안 보일 것이었다.

하아. 어떤 자식인지.

그녀는 이런 저질스런 악취미를 가진 차주의 얼굴이 몹시 궁금해졌다.

'우리 아들, 잘 있을 수 있지?'

볼이 푹 팰 정도로 핼쑥한 얼굴과 새까만 눈 밑. 그 모든 걸 덮고 있는 붉은 기운은 가슴께까지 이어져 있었다. 동네에서도 유명한 주정뱅이였던 그의 눈은 그날따라 술기운 없이 깨끗했다. 매일 들고 있던 초록색 술병도 보이지 않았다.

'같이 가, 아빠. 나 두고 가지 마.'

길을 나서려는 남자의 추리닝 바지 자락을 어린 남자아이가 붙잡고 늘어졌다. 눈물과 콧물로 범벅이 된 자식의 얼굴에 남자의 눈시울이 붉어졌다. 남자는 거칠어진 손바닥으로 아이의 땟국 묻은 얼굴에 눈물을 닦아 주었다. 아들을 향해 애써 웃어 보이는 남자의 주름진 얼굴이 서글펐다.

'아빠가 금방 엄마 데리고 올게. 알았지?'

돌아서는 남자의 등을 보며 아이는 집이 떠나가라 울어 젖혔다. 아이는 자신을 붙잡는 다른 이의 손을 뿌리치고 달려갔다. 저 등을 놓치면 다시는 볼 수 없을 것 같은 불안감에 아이가 악을 썼다.

있는 힘을 다해 달려가는데도 남자와의 거리가 좁혀지질 않았다. 오히려 멀어지기만 하다, 결국 무언가에 가로막힌 듯 제자리만을 뛰고 있었다. 아이는 손을 뻗어 그의 아버지에게 내밀었다.

'아빠!'

"아, 안 돼……. 가지 마……."

식은땀으로 얼룩진 남자의 입술에서 신음이 흘러나왔다. 침대 위에 아무렇게나 늘어져 있던 남자의 손이 간헐적으로 떨렸으며, 잘 정리된 눈썹이 서로 만날 만큼 찌푸린 미간은 펴지질 않았다.

까만 암흑을 향해 걸어가는 남자에게 절박하게 내민 아이의 손이 점점 커지며 성인 남자의 손으로 변하기 시작했다. 팔도 키도 훌쩍 자라며, 꼬마의 외치는 소리가 한 남자의 절규로 변했지만, 그는 끝내 뒤를 돌아보지 않았다. 결국 새까만 어둠이 아이의 아버지를 삼켜 버렸다.

"안 돼!"

찡그렸던 눈가에 작은 방울이 맺혔을 때, 고통스럽게 감겨 있던 그의 눈이 비로소 열렸다. 꿈속의 남자와 그를 집어삼키던 어둠 대신 아직 익숙하지 않은 천장이 그를 맞이했다. 다급하게 눈앞을 확인하던 그가 눈을 감았다. 그는 꿈에서 깨어났지만 여전히 불안정하게 뛰고 있는 자신의 심장을 느꼈다. 20년째 자신을 놓아주지 않는 허상에 그는 지친 한숨을 내쉬었다.

늘어진 티셔츠와 추리닝 바지, 다 떨어진 운동화를 신고 집을 나서던 사람은 바로 그의 아버지였다.

이내 몸을 일으킨 남자가 침대를 벗어나, 어두운 암막 커튼을 걷어 냈다. 눈부신 겨울 햇살이 그의 눈을 아프게 비추며 방 안으로 쏟아졌다. 그는 새로 이사 온 아파트의 전망이 마음에 들었다. 그러나 눈 덮인 도시를 바라보는 그의 얼굴이 복잡했다. 어린 날의 그 예감처럼 돌아오지 못했던 아버지를 떠올리는 그의 표정이 이내 어두워졌다.

생각의 나락으로 빠지려던 그를 구한 건 다름 아닌 거실에서 들려오는 벨 소리였다. 처음 듣는 소리에 그는 습관처럼 자신의 매니저를 불렀다.

"김 군아, 전화 온다."

그러고는 금방 입을 다물었다. 평소 같으면 매니저 김 군은 그의 스케줄에 맞춰 아침부터 대기했을 테지만, 주요 영화 시상식이 끝난 연말은 그에게 황금 같은 휴식기였다. 그 말은 매니저 역시 휴가라는 얘기였다. 인테리어며 짐 정리도 모두 소속사에서 진행했을 만큼, 한창 바쁜 나날들을 보낸 수현을 위해 회사에서도 당분간은 광고 외에 스케줄을 잡지 않겠다며 배려했다.

덕분에 그는 지금 새 집에 혼자 있었고, 이 소리의 근원지를 찾아 직접 움직이는 수밖에 없었다. 분명 제 휴대폰의 벨 소리는 아니었다.

"아, 여보세요?"

한참 만에 거실 벽에 달린 인터폰에서 나는 소리였다는 걸 깨달은 그가 통화 버튼을 눌렀다.

— 관리실입니다. 6789 차량 소유주 맞으시죠?

"네."

— 민원이 들어와서요. 주차장에 한번 내려가 보셔야겠습니다.

그동안의 경험에 비추어 보아, 주차장에서 민원이 들어올 이유는 많지 않았다. 그의 팬들이거나 혹은 그의 팬들이거나 아니면 그의 팬들이거나. 얼굴이 보고 싶어 허위 신고를 했다는 둥, 일부러 차를 가로막아 주차를 했다는 둥 이러저러한 핑계들은 많았지만 결국엔 자신의 관심을 받고 싶어서 그러는 것이었다. 소수의 팬들이 이런 장난을 치는 데에는 제 얼굴을 보고 사인을 받아 가 사진으로 남기는 것에만 관심이 있기 때문이었다.

외부인 출입이 철저한 아파트라고 들었는데 그것도 아닌 모양이다. 어떻게 알았는지는 몰라도 벌써 자신이 이곳에 이사 왔다는 얘기를 들은 것 같았다. 어쩌면 어제 호텔에서 돌아올 때부터 따라붙었는지도 모르지.

"전 제 차 옆에 주차를 했고 주차로 문제될 일은 없습니다. 허위 신고인 것 같은데 신경 쓰지 말아 주세요."

그는 호텔에서 돌아와 매니저가 세워 두었다는 자신의 세컨 카 옆에 주차를 해 놓았다. 운전석과 너무 가까웠지만, 요즘은 세컨 카를 모는 일이 많지 않아서 괜찮을 것 같았다.

근데 김 군 이 자식, 넓은 데다 주차할 것이지.

그는 좁은 칸 안에 자신의 애마를 주차하느라 조금 애를 먹었다. 하지만 두 차를 각각 멀리 두고 싶지도 않았고 주차 위치도 엘리베이터 바로 옆이라 그 정도 수고는 가뿐하게 넘어갈 수 있는 정도였다. 따라서 제 차 앞에 누군가 일자로 주차를 해서 자신이 연락하는 일이라면 모를까, 주차로 문제될 일은 없었다.

"빤한 수작이지."

그는 코웃음 쳤다. 그러나 샤워를 마치고 나올 때까지 예닐곱 번은 울려 대는 인터폰에 그는 결국 두 손을 들고 말았다. 가운데 끼어서 난감해하는 젊은 직원의 목소리가 애처로워, 수현은 겉옷을 챙겨 입었다.

몇 주 전 사인회가 끝나고 걸쳤던 옷인지, 주머니 속에서 두툼한 크기를 자랑하는 매직이 손에 잡혔다. 대충 사인해 주고 얼른 돌려보낼 참이었다. 돌아와서 당장 매니저에게 연락해서 아파트에 주의를 넣으라고 할 생각이었고.

주차장으로 내려간 그는 자신의 세컨 카 앞에 등을 보이고 서 있는 여자를 발견했다. 등판에 대학 이름이 박힌 야구 잠바를 입은 여대생이었다. 후드를 푹 눌러쓰고 자신의 세컨 카 위에 가방을 올려놓은 폼이 한두 번 해 본 위인은 아닐 것이다.

열의에 박수를 쳐 줘야 할지. 한창 바쁘게 보내야 할 나이에 여기 와서 이러고 있다고 혼을 내서 돌려보내야 하는 건지.

그는 고개를 저으며 매직 뚜껑을 열었다. 그리고 성큼성큼 다가가 거침없이 그녀의 등에 펜을 휘갈겼다.

"야, 인마. 오빠가 그렇게 보고 싶어서 집까지 찾아왔다고 해도 그렇게 관리실에 연락을 해 대면 어떻게 하냐. 곤란하게. 그래도 이 정도 끈기면 어디 가서든 성공할 것 같긴 하네."

얼마 전 사인회에서도 야구 잠바에 사인해 달라고 가져오는 대학생들이 많더니. 요즘엔 이게 대세인가 싶었다. 야구 잠바 등판 전체에 걸쳐 거대한 사인을 남긴 그가 '됐다.' 하며 그녀의 어깨를 가볍게 두드렸다.

"그다음은 뭐 해 줄까. 인증샷? 포옹? 여기까지 왔는데 내가 팬 서비스 제대로 해 준다. 어디 가서 나 여기 산다고 말하진 말고."

거들먹거리듯 장난을 치는 그의 말에도 사인을 받은 여대생은 움직임이 없었다. 보통 이럴 땐 소리를 지르며 기쁨을 드러내거나 부끄러워 말도 못하는 타입으로 나눠지고는 하는데, 아무래도 후자인 것 같았다. 조용한 그녀 대신 보닛 위를 데구르르 구르며 펜 하나가 툭 하고 바닥으로 떨어졌다. 이런 상황에서 열이면 열, 그에게 줄 팬레터를 쓰고 있었을 것이다.

너무 놀라서 말도 못하는 것이겠지. 그렇게 열성적으로 전화해서 주차 문제가 있다고 할 때는 언제고. 막상 자신을 마주하자 돌변한 제 팬의 정수리를 내려다보며 그는 조소를 지었다.

그때 가만히 서 있던 여자가 차에서 몸을 떼더니 서서히 뒤를 돌아보았다. 여자가 자신을 올려다보기 전, 수현은 표정을 감추고 싱긋 웃어 보였다. 몸을 펴니 여자의 키가 꽤 컸다. 이 정도라면 170cm는 족히 넘을 것이었다.

"인증샷 찍을 차례인가?"

아니, 실제론 '오빠, 사랑해요!' 하고 품에 안길 차례였다. 하지만 살얼음처럼 차가운 표정을 한 여자의 입술에서 나온 말은 상상 밖이었다.

"6789 차주분?"

애써 입꼬리를 끌어 올리는 여자의 미소가 기기긱 소리가 날 것처럼 인위적이었다. '사인 못해 죽은 귀신이라도 씌이셨나.' 하는 말이 들린 것 같았는데, 그건 착각인지도 몰랐다.

"하하, 실례도 용서해 드릴 테니, 차만 좀 빼 주시겠어요?"

여자의 말이 꼭 자신이 큰 아량을 베푸는 것마냥 관대하게 들렸다.

'하, 요즘 애들이 드라마를 너무 많이 봤지.'

여자의 수법에 박수라도 쳐 주고 싶은 충동을 느꼈다. 당장이라도 입술 사이로 욕지기가 삐져나올 것만 같았다. 차 핑계를 대기에 적당히 대해 주고 돌려보내려고 했는데. 생각보다 귀찮은 게 걸렸다. 막 이사 온 집까지 찾아와 부리는 행패도 정도껏 해야 봐주지…….

그는 지끈거리는 이마를 감싸며 입술을 열었다.

"차 핑계는 그만 부리고. 말하라니까? 뭐 해 줄까. 인증샷, 포옹 이런 걸로는 만족이 안 되나?"

조소가 짙게 깔린 그의 목소리가 주차장을 갈랐다. 그의 차가운 태도에도 여자는 아랑곳하지 않았다. 오히려 차가운 표정 위로 한층 더 두껍게 얼음이 깔리는 듯했다. 그럼에도 여자의 입술은 그 억지스러운 미소를 짓고 있었다.

"하하. 6789 차주분. 제가 지금 안 가면 지각이라……. 차 좀 빼 주시죠?"

끝까지 팬이라는 사실을 감추는 태도가 그의 한계를 자극했다. 그는 집까지 찾아와 난동을 부리는 몰상식한 팬심에 결국 가면을 벗어던졌다.

"무슨 차를 빼라는 거야. 이 차 빼면, 네가 뭐 내 차 운전이라도 할래? 핑계 그만 부리라고 했지."

높아진 그의 언성에 그녀는 이를 내보이며 더 억지스럽게 웃었다. 후드를 젖히자, 생각보다 훨씬 앳되고 순한 그녀의 얼굴에 그는 미간을 찌푸렸지만, 연이어 그녀의 입술을 타고 나오는 말은 전혀 순하고 앳돼 보이지 않았다. 그는 배우라는 직업이 아니었다면, 그녀의 말을 듣는 순간 볼썽사납게 입을 쩍 벌리고 말았을지도 모르겠다고 생각했다.

"하하. 이런 바밤바 씨 발라먹을⋯⋯. 야, 내가 차 빼라고 했지, 초면에 말 놓으라고 했니?"

하하, 하고 영혼 없이 웃는 그녀의 눈이 생각보다 훨씬 차가워서 그는 저도 모르게 흠칫 놀라고 말았다. 그녀의 입을 타고 나온 건 아이스크림 이름뿐이었는데. 단어상으로는 욕이 아니었음에도, 시골장의 할머니로부터 구수한 욕을 얻어먹는 기분이었다.

아니, 지금 잘못한 게 누군데, 누구한테 욕지거리를!

그는 속으로 몇 번이고 언성을 높였지만, 실제론 입만 뻥긋거리고 있었다. 마주한 순한 얼굴에서 나오는 매서운 말들이 계속 그의 입을 틀어막았기 때문이다.

"네 차 때문에, 내 차가 지금 나가지도 못하고 이러고 있잖아요. 6789 차주님."

그러고는 그녀는 짜증이 가득한 표정으로 주머니에서 무언가를 꺼냈다. 바로 차 키였다. 차를 열어서, 뭐 자기 차라는 걸 증명이라도 할 모양인데.

'가지가지 한다. 저걸 누른다고 내 차가 자기 차가 되나.'

수현은 속으로 조소를 날렸다. 그러나 얼마 가지 않아, 돌연 그의 동공에 지진이 일어났다. 자동차의 스마트키를 누르는 그녀의 길쭉한 엄지손가락을 타고 말도 안 되는 일이 일어났기 때문이었다.

철컥.

자신의 세컨 카가, 아니 세컨 카라고 철석같이 믿고 있던 차량이 그녀가 들고 있는 차 키에 반응하며 문이 열리는 소리를 냈다. 그는 그 소리가 자신의 배우 생활에 쩌억 금이 가는 소리로 들리는 것만 같았다.

'야, 인마. 오빠가 그렇게 보고 싶어서 집까지 찾아왔다고 해도 그렇게 관리실에 연락을 해 대면 어떡하냐. 곤란하게. 그래도 이 정도 끈기면 어디 가서든 성공할 것 같긴 하네.'

빌어먹을 주둥아리가 이렇게 말했던 것 같다.

'그다음은 뭐 해 줄까. 인증샷? 포옹? 여기까지 왔는데 내가 팬 서비스 제대로 해 준다. 어디 가서 나 여기 산다고 말하진 말고.'

이렇게도 말했던 것 같고.

'차 핑계는 그만 부리고. 말하라니까? 뭐 해 줄까. 인증샷, 포옹 이런 걸로는 만족이 안 되나?'

그의 머릿속으로 지금까지 자신이 여자에게 했던 행동과 말들이 파노라마처럼 지나갔다. 인생의 마지막에 지나간다던 '주마등'이 바로 이런 것일까.

"이제 차 좀 빼지?"

서늘한 목소리가 그의 귀에 내리꽂힌다. 황망한 수현의 시선 끝에 검은 SUV가 닿았다. 자신의 것과 완벽하게 똑같이 생긴 이 여자의 자동차가 전조등을 번쩍이며 싱긋 웃으며 말했다.

차 헷갈리면, 인생 피곤해지는 거야.

그가 차를 빼자마자 여자는 뒤도 돌아보지 않고 운전석 문고리를 잡았다. 무슨 생각이었는지 모르겠지만, 그는 대충 차를 세워 두고 내려서 여자를 붙잡았다. 일단 저 등짝에 큼지막하게 남아 있는 제 사인을 어떻게든 처리하고 싶었다. 쪽팔리고 자시고를 떠나서 일단 자신의 실수가 맞으니까.

"이봐."

그의 부름에 운전석 도어를 열던 여자의 행동이 잠시 멈췄다.

사과라도 해야 하는데, 이쪽을 돌아보는 여자의 눈빛이 아까보다 더욱 서슬이 퍼레서 그는 저도 모르게 말이 튀어 나가고 말았다.

"변상해 줄게."

"사과는커녕, 끝까지 반말이시네."

한숨을 내쉬는 여자의 얼굴이 싸늘했다. 이어 잡고 있던 문고리를 내려놓고 천장을 한 번 바라보던 여자가 발걸음을 옮겨 남자에게로 향했다.

그는 마지막 남은 그의 배우로서의 이미지가 모두 날아갔음을 깨달았다. 거기서 멈췄어야 했는데. 한쪽 입꼬리만 픽 올라가는 여자의 얼굴에 그가 마지막 객기를 부렸다.

"얼마면 되는데?"

미친놈의 자존심 같으니. 그는 스스로 입을 꿰매 버리고 싶은 충동을 느꼈다. 펜을 휘갈김과 동시에 아름답게 남아 버린 이 순간을 조금이나마 되돌리기 위해서는 정중하게 사과를 해도 모자랄 판에. 삼류 대사라니. 제가 저 여자라면 이미 주먹을 한 대 날렸을지도 모르겠다.

"변상이 그렇게 하고 싶어?"

여자는 그의 코앞까지 다가왔다. 그러고는 신경질적으로 겉옷을 벗었다. 자신의 사인이 새겨진 야구 잠바가 그의 품 안에 던져졌다.

"잉크 빼서 A동 2102호 앞에 갖다 놔."

변상을 운운하던, 그의 입을 단숨에 다물게 만들었다. 그래도 그의 팬들한테 팔면 꽤나 값이 나갈지도 모를 일이었지만, 마치 이까짓 사인에는 관심 없다는 듯 차갑고 예의 없는 태도에 그는 입술을 꾹 다물었다.

엔진 소리와 타이어 소리가 주차장을 요란하게 울려 대며 사라졌다.

15년 차 배우 차수현은 그동안 10편의 영화를 찍었고 9편의 드라마를 찍었다. 그중 데뷔 시절의 한두 작품을 빼면, 모두 그가 주연이었다. 그는 성공이 빠른 편이었고 어느새 '톱스타'라는 수식어를 얻을 정도로 인기를 끌고 있었다.

그 가운데 그가 팬들에게 사인을 해 준 횟수는 얼마나 될까. 공항에서, 시상식 레드 카펫에서, 혹은 사인회에서. '차수현 친필 사인' 이벤트라도 있는 날에는 손에 쥐가 나도록 사인을 해야 했으니.

생전 처음으로 팬으로부터 길에서 사인을 해 달라고 요청받았을 때, 처음 사인회를 갖게 되었을 때. 밤새 연습했던 사인을 써먹게 되었음에 감사했던 데뷔 초가 떠올랐다. 누군가에게 사인을 해 주었다는 게 신기해서 하루 종일 붕 뜬 기분으로 헤실헤실 웃고 다니던 게 엊그제 같다.

못해도 만 번 이상은 했을 그 휘갈김이 그는 여전히 즐거웠다. 광고판 옆에 새겨진 공식 모델로서의 인증 사인부터, 하다못해 카드 결제 후 서명란에 휘갈기는 것까지. 그는 단 한 번도 자신의 사인이 자랑스럽지 않은 적이 없었다.

그러나 손에 든 이 거대하고 무지막지한 사인은 당장에라도 쥐구멍에 숨고 싶을 만큼 그를 부끄럽게 만들었다. 맙소사.

"하…… . 쪽팔려."

땅이 꺼질 듯한 한숨을 내쉬던 그가 머리를 거칠게 쓸어내렸다. 여자는 이미 한참 전에 가고 없었지만, 그는 여전히 쥐구멍에라도 숨고 싶은 심정이었다. 대문짝만 하게 들어오는 자신의 사인을 다시 한 번 내려다보며 수현은 눈을 질끈 감았다.

"미친놈."

그는 입이 열 개라도 할 말이 없었다. 그는 제 입을 손바닥으로 때렸다. 사과 한마디 그게 뭐 어렵다고. 일을 이렇게 만들었나.

이 어처구니없는 일이 알려지면 평소 쌓아 왔던 젠틀하고 친근한 이미지에 타격을 입을지도 몰랐다. 그래도 이미지로 먹고사는 직업이라, 만에 하나 벌어질지도 모르는 상황을 생각해 보던 그의 발걸음이 돌연 멈칫거렸다.

사실 젠틀하고 친근한 건 아니었지. 까먹을 뻔했는데 여성 편력, 개차반이란 수식어도 가지고 있었다. 실은, 이런 해프닝 따위 이미 망한 이미지에 큰 타격을 줄 만한 것도 아니었다. 언제부터 그렇게 이미지 걱정하며 살았다고.

그런 생각으로 집으로 올라가는데, 문득 문제의 내 차는 어디 있는 것인가 하는 의문이 들었다. 집으로 돌아가던 그가 주머니를 뒤져 매니저 김 군에게 전화를 걸었다.

— 여보세…….

"야! 엘리베이터 옆에 대 놓은 거 내 차 아니었어?"

수현은 상대방의 목소리가 제대로 들리기도 전에, 할 말을 쏟아냈다. 잠이 가득 묻어 있던 목소리는 난데없이 쏟아지는 호통에 영문을 몰라 하는 것 같았다.

— 형? 무슨 일이에요?

"이번에 이사한 집 말이야. 내 차 어디에 뒀어?"

주차장에 있을 게 뻔한 차를 묻는 자신의 배우 때문에, 매니저 김 군은 한숨이 흘러나왔지만, 곧이어 이어지는 이야기에 자연스레 잠이 달아났다.

주절주절 있었던 일을 설명하는 수현의 목소리에 김 군의 입술에서 찔끔찔끔 바람이 새어 나왔다. 그러곤 수현이 자신이 들었다는 바밤바 어쩌고 하는 찰진 문장들을 그대로 읊어 주자 김 군은 박장대소를 금치 못했다.

— 네…… . 크하, 흡. 바밤바 씨 발라, 푸하. 대박이네, 그 여자. 푸흡. 이따 블랙박스 영상 안 터지게 가서 싹싹 빌어야겠는데요.

"뭐? 블랙박스?"

— 네. 요즘 차마다 블랙박스 다 있잖아요. 차 앞에서 그러셨으면 다 찍히셨겠네. 와, 우리 형님 이제 CF 어떡하냐.

이 자식은 망하라고 고사를 지내는 건지. 웃는 말본새가 거슬렸다.

"하여튼 내 차는 어디에 있는 거냐고, 그럼. 망신도 이런 망신이 없었다."

— 아유, 형님 차 번호만큼 외우기 쉬운 게 어디 있다고요. 차 번호판을 보셨어야지.

수현은 그제야 한 번도 자신이 두 자동차의 번호조차 외우지 않고 있었다는 사실을 깨달았다. 알아서 대 주고 알아서 가져와 주니, 굳이 외울 필요가 없었기도 했고. 하여간, 밑에 어딘가 있다는 거면 되었다.

"대 놨으면 됐어. 이따 이 옷 세탁소 좀 맡겨 주러 와. 오면서 점심도 좀 사 오고."

툭 잘라먹는 말투에 매니저 김 군이 속닥거렸다.

— 이런, 4885.

"뭐라 그랬냐?"

— 아뇨, 형님 차 번호가 4885라고요.

수현이 알아채기 전에, 금세 상냥하게 태도를 바꾼 김 군이 아무렇지 않게 점심 메뉴를 물었다.

— 그럼 점심은 뭘로 사 갈까요?

어차피 그의 식사는 거의 매번 정해져 있었다. 특별한 일이 있지 않은 이상, 그는 먹을 때 손이 많이 가는 음식을 원하지 않았다.

"샌드위치."

— 예썰. 금방 대령하겠습니다.

경례라도 하는 듯 우렁찬 목소리가 전화 속으로 사라지고, 적막한 공간에 수현 홀로 남았다. 손에 들려 있는 낡은 잠바에 또다시 시선이 꽂히고 만다.

팔 부분의 가죽은 낡아 있었고 모직으로 된 등판도 보풀을 여러 번 제거한 흔적이 보였다. 새로 하나 사지 싶을 정도였다. 그는 잠바의 양어깨 부분을 잡고 눈앞에 들어 올렸다. 영어로 새겨진 학교 이름 아래로, 굵직한 매직의 흔적이 적나라하게 드러났다.

"아니. 느낌만 사네, 뭘."

이미 버렸어도 이상하지 않을 잠바가 사인 덕분에 새로 태어난 듯 빛이 난다고, 수현은 그렇게 자존감이 넘치다 못해 흘러내리는 생각을 했다.

"나한테 고마워해야 하는 거 아니야?"

실은 그렇게 합리화하지 않으면 쪽팔려 죽을지도 몰랐다. 엘리베이터가 21층에 도착하자, 그는 들고 있던 잠바를 둘둘 말아 팔 안쪽에 쑤셔 넣었다. 누가 보기라도 할세라 재빠른 태도였다.

집으로 걸어가는 발걸음, 어쩐지 옆집 현관문이 눈에 들어온다. 떡이라도 돌리고 인사해야 하나, 그런 고민이 오갔다. 김 군이 오면 상의해 봐야겠노라 생각하며 그는 발걸음을 옮겼다.

2. 이웃으로 얽혀 들다

싸구려 재즈 음악이 팝송으로 바뀌고, 분주한 커피 머신 소리와 손님을 부르는 점원들의 외침, 사람들의 시시껄렁한 일상 이야기가 소란스럽게 얽혀 들었다. 역설적이게도 여자는 그 속에서 어떤 고요함을 찾았다.

글을 쓸 때면 늘 함께하는 금테 안경과 휘핑크림이 잔뜩 올라간 카페모카는 으레 이 시간이면 있어야 할 필수품 같은 것이었다. 이렇게 소란스러운 곳에서 어떻게 글을 쓰는 건지. 하지만, 그녀는 이와 같은 소란함이 더 집중하게 만든다며 한사코 카페며 공원에 나와 글을 썼다. 그리고 집중할 때면 근처에 누가 앉든 말든 신경도 안 썼다.

그걸 바라보던 남자의 입술에 미소가 맺혔다. 노트북을 미친 듯이 두드리고 있는 여자의 모습을 남자는 눈에 담았다. 그녀는 지금 어느 곳을 여행하고 있을까. 작가인 여자는 자신이 여행했던 곳을 배경으로 글을 풀어냈다. 지난번에 향했던 곳이 남미였던가…….

어느새 바닥을 보여 가는 두 번째 커피 잔을 내려놓고 시간을 확인했다. 그는 고개를 끄덕였고 예상처럼 그녀가 노트북에서 눈을 뗐다. 앞에 앉은 자신을 보고도 여자의 얼굴엔 별 놀라는 기색이 없다.

"많이 기다렸어?"

여자는 휘핑크림이 녹은 미지근한 커피를 아쉽게 바라보며 물었다. 마치 그가 오랜 시간 자신을 지켜보고 있었다는 것을 예상했다는 말투다. 그래서 남자는 입술에 피식 미소를 지었다.

"별로. 한 삼십 분?"

단조로운 그의 말투에 이번엔 여자가 웃었다.

"한 두어 시간 기다렸나 보네."

여자는 눈짓으로 남자의 앞에 놓인 책을 가리켰다. 언젠가 서점이나 내서 원 없이 책 읽고 살라는 여자의 말을 대변하듯 남자는 책을 좋아했다. 언제나 단숨에 책 한 권을 읽어 버리는 남자는 자리에서 읽던 책을 다시 꺼내 드는 법이 없었다. 그렇기에 그의 앞에 놓인 책 한 권은 두어 시간 정도를 뜻했고, 그것은 여자가 글을 쓸 때 남자가 말없이 기다려 준 것과 같은 서로의 암묵적 동의이며 당연한 약속과 같았다.

말하지 않아도 서로를 잘 알고 있었고, 당부하지 않아도 기다릴 수 있었다. 그는 그 변함없는 사실에 희열과도 같은 안도감을 느꼈다. 남자의 눈이 부드럽게 휘었다.

"가자. 맛있는 거 사 줄게."

남자의 말에 여자가 싱긋 웃었다.

"좋아. 최 피디 기둥을 뽑아 버려야지."

큰 포부를 밝히며 일어나는 사랑의 말에 남자가 입매를 늘렸다. 그런 거라면 얼마든지 환영이었다.

"밖에 추워. 옷 입고 나가."

의자에 걸려 있던 겉옷을 건네는 남자의 손은 깔끔한 외모만큼이나 곱상하다. 글을 쓰다 일어나서일까, 사랑은 저도 모르게 그의 손에 시선을 주고 말았다.

생각해 보면 저 손가락 사이사이로 손가락이 들어맞는 기분을 참 좋아했다. 깍지 낀 손가락 하나만으로 온갖 기분을 선사하지 않았던가. 안정감, 설렘, 행복, 오르가즘, 외로움, 절망, 편안함.

사랑은 하나의 세뇌가 아닐까. 그의 손을 바라보다 문득 그런 생각이 들었다. 커플들은, 특히 그중 여자들은, 영화의 내용이나 음악의 가사 등을 자신의 사랑 이야기에 대입하곤 한다. 그러곤 생각하지. 우리 사랑은 특별해. 아무리 볼품없이 혹은 지질하게 끝나 버린 인연일지라도. 꼭 되새겨 본다. 저 영화 속에 나오는 정도의 이야기라면, 우리도 참 특별했노라고.

그리고 다시 감정의 색깔을 입힌다. 그들이 뜨거웠던 그때로 다시 되돌려 버린다. 그렇게 세뇌는 한순간에 이루어진다. 그리고 그 순간은 너무나 쉽고도 애처로워서. 우리를, 특히 헤어진 연인들을 망각의 동물로 만들어 버리고 만다. 서로 멀어져 있던 기간이 짧다면 짧은 대로, 길면 긴 대로. 내가 좀 더 다르게 행동했더라면. 우리였던 그들은 안타까워하고 되돌리고 싶어 한다.

그러다 또다시 헤어진 이유에 대해 너그럽게 결론을 내린다. '이렇게 생각나지도 않는 이유라면 얼마나 사소한 이유였단 말인가.'

하며 사소함을 넘기지 못한 자신을 통탄한다.

그러나 '망각'에 대한 자각을 하지 못하는 순간, 비극은 시작된다.

최이영과 그녀 역시도 망각의 동물이었던 때가 있었다. 그렇게 두 번을 헤어지고, 세 번을 다시 만났다. 그리고 비극이라는 단어에 걸맞게도 그들은 또다시 헤어졌다.

"고마워."

사랑은 이영이 건네는 자신의 옷을 받아 입었다. 그리고 그가 읽던 책과 함께 제 머그잔과 노트북까지 챙기는 이영을 붙잡았다.

"내가 가져갈게."

사랑은 자신의 물건을 제 손으로 가져왔다. 그녀는 이렇게 선을 그었다. 호의를 거부했다. 멈칫하는 이영이 느껴졌지만, 사랑은 아랑곳하지 않고 스스로 물건을 챙겼다.

시간은 언제나 모든 것을 무뎌지게 만든다. '우리'란 두 글자 안에 최이영과 자신이 들어가 있어도 이제는 아무렇지 않을 만큼, 이렇게 서로 아무렇지 않게 안부를 묻고 밥을 먹을 수 있을 만큼. 어쩌면 무뎌진 척하게 만드는 건지도 몰랐다.

"무슨 생각 해?"

이영이 사랑의 눈치를 살피며 물어 왔다.

"어떡하면 최 피디의 기둥을 잘 뽑았다고 소문날지 하는 생각?"

확실한 건, 사랑은 예전으로 돌아갈 생각이 없다는 것이었다. 그녀는 일부러 깔깔대며 자리를 나섰다. 그들은 그 세 번째 이별을 끝으로 완벽하게 헤어졌다.

"근데 옷을 왜 이렇게 얇게 입고 나왔어?"

식사를 끝낸 이영이 얇은 코트 위로 턱짓을 했다. 학교에 다니는 기간일 때면 매번 옷을 골라 입기가 싫다며 학교 잠바만 입고 다니는 사랑이었기에, 그의 눈동자가 궁금함으로 물들었다.

"급한 대로 차에 있는 게 저 옷밖에 없더라고."

사랑이 디저트 스푼을 물며 대충 대답했다.

"그 낡아 빠진 야잠은 어디에 두고."

웬일이래, 의아하게 바라보던 이영에게 사랑은 어깨를 으쓱였다.

"누가 그 옷이 탐났나 봐. 큼직하게 자기 거라고 영역 표시 하기에 줘 버렸어."

"영역 표시?"

사랑은 영역 표시란 말에 미간을 좁히며 킥킥거렸다. 누가 들으면 강아지한테 오줌 세례라도 받았다고 생각할 만한 노골적인 단어였다.

"옷보다 옷 주인이 탐났으면 좋았을 텐데."

이영은 턱을 괴며 다정하게 그녀를 바라봤다.

"그 낡아 빠진 야잠보다 내가 더 낡아 빠졌나 보지."

그녀는 아무렇지 않게 자기비하적인 발언을 했지만, 이영은 그냥 두었다. 세상 무심하고 시니컬하게 말해도 그녀의 자존감에는 아무런 변화나 문제가 없었으니까. 이래 봬도 유쾌하기로 소문난, 제주도의 유명 펜션 〈편(便)〉의 주인장들이 바로 그녀의 부모님이시다. 사랑 듬뿍 받고 자란 그녀의 속이 얼마나 단단하고 따뜻한지, 그녀를 지켜보아 온 사람이라면 알 수 있었다. 최이영은 그중에서도 '잘' 아는 축에 속했다.

"그래도 누군지 고맙네. 버리래도 안 버리던 옷을 가져가 줬으니."

"그렇게 화목한 분위기에서 이뤄진 건 아니었어."

"화목하기까지 했으면 질투 났을 거야."

"좀, 격정적이긴 했지."

물끄러미 사랑을 쳐다보는 이영의 눈빛에 흥미가 일었다.

'격정적이었다라······.'

그녀는 달콤한 디저트는 저리 밀어 놓고 보기만 해도 시큼한 레몬 셔벗을 어느새 두 그릇째 해치우고 있었다. 표정도 없이. 상상만 해도 신 침이 고이는 이영의 눈가가 잠시 찌푸려졌다.

제 사람이란 생각이 들기 전까진 타인에게 크게 관여하지도, 폐를 끼치지도 않는 그녀의 성격과 생활 속에 '격정'이라는 단어는 딱히 일상적인 단어는 아니었다. 누굴까, 그는 그 상대가 꽤나 궁금해졌다.

세상 맛있는 표정으로 디저트에 집중하는 사랑의 모습에 이영은 손으로 턱을 문질렀다. 그는 도박을 시작해 볼 생각이었다. 그녀의 마음을 떠보는.

"그럼, 옷 하나 사러 갈까?"

일상적인 말투였지만, 내용은 주목할 만했나 보다. 그녀의 눈동자가 드디어 이영에게 향했다. 그녀의 시선에 그는 조용히 웃음을 삼켰다. 저 시선 하나에도 기분이 이렇게나 달라진다.

"됐어. 내 옷을 왜 네가 사?"

"친구니까?"

"연애할 때나 그렇게 했어야지. 그리고 넌 여자 옷 보는 안목은

꽝이야."

가시가 삐져나온 말투에도, 삐쭉 올라간 눈초리에도 그는 굴하지 않았다.

"많이 늘었어. 믿어 봐."

그는 그 순간 눈에 아주 조금 진심을 담았다. 그의 진심은 과하지 않아야 했다. 제 눈앞에 있는 그녀는 겉보기와는 달리 눈치가 아주 빠른 편이었고 가차 없이 정곡을 찌르는 데 익숙했으니까. 그녀의 눈이 조금은 풀어졌다 싶은 순간 그는 고민했다. 조금 더 밀어붙일 것인가, 말 것인가.

"어?"

이영은 전자를 선택했다. 그리고 망했다.

단박에 고양이처럼 눈을 치켜뜨는 모습에 그는 망했음을 확신했다. '믿어 봐'와 '믿어 봐, 어?'의 차이가 그렇게 큰 것인가. 이 여자가 작가라는 사실을 잠시 망각했다.

"이거 아니야, 최 피디."

다른 듯 닮아 있던 두 사람은 꽤 잘 맞았다. 따로 떼어 놓고 보면 각자의 일 외엔 관심 없어 보이는 특유의 무심함 때문에, 연애는 제대로 하겠냐는 주위의 걱정을 잠재우듯 두 사람은 꽤나 제대로 된 연애를 했다. 그들은 서로에 대해선 무심하게 굴지 않았다. 그렇게 오래 알아 왔는데도, 가끔 서로에 대해 지금처럼 놓치는 부분들이 있기는 했다. 지금처럼. 그녀의 미친 촉을 너무 간과할 때가 있었다.

"슬금슬금 밀어붙이지 마."

"오해야."

이영은 두 손을 어깨높이로 들어 보이며 재빨리 마음을 감췄다.

조금만 신경 쓰면 그 상대방을 무시무시하게 꿰뚫어 보는 그녀의 능력이 가동되기 전에 그는 작전상 후퇴를 택했다. 이 관계가 완전히 끝났다고 믿고 있는 그녀의 마음이 되돌아오기까지는 생각보다 더 많은 시간이 필요할 것 같았다. 그는 다른 마음은 없었다는 듯, 화제를 돌리기로 했다.

"뇌물 좀 확실히 먹이려고 했는데. 안 넘어오네."

"뇌물이라니?"

"이번에 새로 들어가는 프로그램 있어. 거기 작가로 같이 참여해 줬으면 해."

이영은 작전을 바꿨다. 그러고는 '사적인 마음은 없었다. 함께 일하고자 하는 것뿐이다.' 라는 바를 시사했다. 절반은 사실이었다. 사적인 마음이 가득할 뿐이지, 그는 그녀와 줄곧 일하고 싶었으니까. 그러나 두 배는 더 날카로워진 그녀의 눈초리에 이영은 마른침을 삼켰다. 진퇴양난이로군.

"어머, 시간 좀 보라지. 빨리 집에 가야겠다."

사랑이 짐짓 바쁜 척 연기하며 시계를 들여다봤다. 정말 일어날 채비를 하는 모습에 이영은 그녀를 잡으려 애썼다.

"제작에 참여하는 건 아니고……."

"아니고, 뭐?"

"우리한텐 현장 스케치 겸, 너한텐 글 쓸 만한 여행 겸, 겸사 겸……."

"겸사겸사 같은 소리 하네. 절대 안 해."

딱 잘라 말하는 그녀의 모습에 이영은 입술을 비죽 내밀었다.

'못 들어와서 안달인 작가들이 한둘이 아닌데, 왜 안 해?'

그는 내비칠 수 없는 마음을 속으로 투덜렸다.

"그, 최 피디랑 하고 싶어서 안달 난 바로 그 작가들이랑 같이해."

"뭐야. 이제 진짜 독심술도 해?"

이영은 제 마음을 아무렇지 않게 읽어 내는 사랑의 모습에 정말로 화들짝 놀랐다.

"11년이야, 너랑 나. 이 정도는 읽어 줘야지?"

상대가 너무 아무렇지 않아서 탈이었지만. 사랑은 당연하다는 듯 어깨를 으쓱였다.

"그런데 정말, 왜 안 해."

"나 책 쓰는 작가야. 극본 아니고."

"이쪽 일 관심 없는 거 아니었잖아. 그리고 영화나 드라마 제작 제의 들어왔던 적도 있었고. 뭐, 네가 긍정적으로 생각했던 것도 알고 있고."

"뭐 이렇게 이 바닥은 사생활이 없어? 신념이지, 뭐. 그리고 아무리 조건 좋아도 최이영이랑은 일 안 한다."

같이 일하자고 꼬신 게 몇 년째인데. 이렇게 대놓고 듣기는 처음이라, 이영의 입이 충격으로 벌어졌다. 그 순간 좀 전까지 어떻게 다시 잘해 보려, 밀당을 시도하던 남자는 저 멀리 사라졌다. 고집 센 편 작가를 끌어들이려는 집념의 최 피디만 남아 있을 뿐.

"그런 게 어디 있어. 되게 억울하네. 나, 상도 꽤 많이 받은 능력 있는 감독이라고."

"그 감독님 일하는 거 내가 곁에서 지켜봤는데 얼마나 깐깐한지,

어휴."

팔을 감싸 안으며 과장되게 몸서리를 치는 그녀의 모습에 이영의 얼굴이 울먹임으로 일그러졌다.

"내가 뭘 또 그렇게까지 깐깐했다고……."

잠시 전투력을 잃은 이영이 잠시 창문 밖을 멍하니 내다봤다. 그래, 이 여자한테 뭘 어떻게 숨겨. 그동안 자신이 봐 왔던 것만큼이나, 제 곁에서 오랜 시간 봐 온 여자다.

"어휴, 말도 못 하지."

아까보다 표정이 풀어져서는 재밌다는 듯 빙글거리는 그녀의 얼굴에 그가 시선을 다시 고정했다. 주변 사람들에게 보이는 그녀의 겉모습은 무디고 둥글지만, 여전히 그 속은 섬세하면서 날카로웠다.

"그럼 이거라도 우선 읽어 봐 줘."

이영은 한숨을 내쉬며 한발 물러섰다. 그러고는 가방에서 제본된 종이 뭉치를 꺼냈다. 딱 봐도 프로그램과 관련된 내용이리라. 사랑은 제대로 그쪽을 보지도 않고는 다시 디저트 그릇에 얼굴을 묻었다.

"어림 반 푼어치도 없어요."

"반의반 푼어치만 있으면 안 될까."

"반의반의반 푼어치도 없을 줄 아세요."

사랑의 말에 이영이 피식 웃었다. 말도 참 맛깔나게 하지.

"한 번만요."

편사랑은 그에게 정말로 놓치는 걸 매번 후회하게 만드는 여자이면서, 꼭 한 번쯤 같이 일하고 싶은 작가였다. 그는 단 한 번의 기회를 외치는 게 여자 편사랑에게 말하는 것인지, 작가 편사랑에게 부탁하는 것인지 헷갈렸다.

"한 번만 봐줘요, 사랑아."

확실한 건 그는 지금 이 순간 매우 절실히 사랑이 필요했다는 것이다.

⚔ ⚔ ⚔

"와, 형님. 이건 인간적으로 좀 너무했네."

문을 열어 주자마자 박장대소를 해 대던 그의 매니저는, 이제 그가 대문짝만하게 사인을 휘갈겨 놓은 야구 잠바를 부여잡고 웃었다.

"그만해라."

"네, 네. 크흐으윽."

얼씨구. 수현의 핀잔에 이제 아주 바닥으로 쓰러지는 모습이 아니꼬웠다.

"점심은 사 왔어?"

"아, 크흡. 네, 여기요. 후식으로 드시라고 아이스크림도 사 왔어요. 바밤바로. 푸하하하."

"이 자식을 그냥."

수현은 쇼핑백들을 건네받고는 본격적으로 비웃기 시작한 매니저의 얄미운 엉덩이를 걷어찼다. 김 군은 아프다며 엉덩이를 문지르면서도 폭소를 터뜨려 댔다. 그는 웃어 대는 김 군을 뒤로하고 주방으로 향했다. 하나는 일용할 양식들과 문제의 밤 맛 아이스크림들이 잔뜩 들어 있는 쇼핑백이었고, 다른 하나는 안 열어 봐도 묵직하고 네모난 게 시나리오들이었다.

"많이도 받아 왔네."

신인 시절엔 이렇게 작품을 고를 수 있다는 걸 상상이나 했던가. 어느새 베테랑 연기자로 우뚝 올라선 그에게도 이렇게 많은 시나리오 더미를 보는 것은 신기한 기분에 휩싸이게 했다.

"근데 이거 지워질까 모르겠네요."

한참 만에 눈가에 고인 눈물을 닦으며 일어난 김 군이 야구 잠바 등판을 한참 동안 뜯어 봤다. 웃기긴 웃긴데, 이 시커면 매직을 빼야 한다 생각하니 꽤 난감해졌다. 세탁소에 맡긴다고 이게 깨끗하게 빠질지도 미지수였다.

"네가 그 여자가 으름장 놓는 걸 봤어야 돼. 잉크 깨끗하게 안 빼 놓으면 잡아먹을 기세였어."

"안 그래도 보고 왔어요. 블랙박스 영상 지우다가 웃겨 죽을 뻔했네."

차들이 나란히 서 있던 터라 제 차에도 아침의 그 난리가 다 남겨져 있었나 보다. 젠장. 그걸 또 언제 보고 왔어.

언젠가 한번 술을 마시고 차에서 이틀을 뻗어 있었더니, 소속사에서(특히 눈앞에서 빙글대는 이 자식이) 그렇게 지지고 볶아서 차 스페어 키들을 전부 가져갔었다. 형의 안전을 위한 거라며 싱긋 웃는 녀석의 속내가 오늘을 위함이었나 싶을 정도로 얄밉다.

"어떻게 차 번호판을 헷갈려. 이참에 장르를 드라마에서 시트콤으로 바꾸는 건 어때요, 형."

"점심 먹고 왔지? 이제 그만 가라?"

수현에게 엉덩이를 걷어차여도 끝까지 깐족거리던 김 군이 그제야 현관으로 도망쳤다. 이번에는 그야말로 엉덩이에 불이 나도 모자라지 않을 발차기가 날아올 것 같았기 때문이다.

"형님, 이거 근데 세탁소 맡기긴 할 건데요. 웬만하면 새 옷으로 변상하는 걸 추천합니다."

"너 일부러 그러는 거지. 변상 얘긴 꺼내지도 마."

"저도 다 보고 왔다니까요. 옷으로 변……. 악!"

또 한 번 '변상'이란 단어를 꺼내던 김 군의 엉덩이가 결국 가차 없이 불이 나고 말았다. 변상을 운운하던 자신의 모습이 떠올라 부끄럽기도 하고, 그 모습에 질색팔색을 하던 여자의 표정은 또 얼마나 절망적인지.

"아 좀. 그래도 옷을 망쳐 놨는데, 뭐라도 미안한 표시는 해야 할 거 아니에요. 옷 들고 찾아가서 사과도 다시 하고……."

"쪽팔려."

"아님, 그 뭐, 편지라도 써서……."

"글재주 없다."

"에라이, 집어치웁시다."

"내 집에서 너부터 좀 치우자."

수현은 현관문을 열고 김 군을 쳐다봤다. 귀찮은 듯 손짓하는 그의 모습과 야구 잠바를 번갈아 보던 김 군이 절레절레 고개를 저었다.

"저 그럼 갑니다. 옷은 내년에 드릴게요."

크리스마스도 지났고, 바로 며칠 후면 내년이었다. 언제 적 개그를 하는 거야. 현관을 나서며 제 개그에 좋다고 키득키득 웃어 대

45

는 김 군을 수현이 한심한 눈초리로 쳐다봤다.

"밥 잘 챙겨 드시고요. 얼마 만에 휴가인데 어디 여행이라도 나가 계시라니까."

"쉬라면서 대본들을 저렇게 많이 받아 왔어? 됐어, 피곤하기도 하고. 집이 최고야."

다른 한 손으로 어깨를 주무르는 그의 표정이 빨리 나가라며 재촉을 하는데도, 김 군은 잠시 망설였다.

"저, 요즘 고모님은 연락 없으시죠?"

못 들은 체하는 수현의 표정이 미묘하게 변하자, 김 군이 부러 목소리를 높였다. 괜한 걸 물었다며 그는 스스로를 질책했다.

"아, 맞다. 참참. 형님. 옆집이랑은 인사하셨어요?"

김 군이 부러 동작을 크게 하며 그의 얼굴을 살폈다. 엘리베이터로 향하던 그가 옆집을 고갯짓하자, 수현의 표정도 차츰 돌아왔다.

"요즘 같은 시대에 아파트 이사에 누가 인사를 한다고."

"그래도 몇 달 살고 나면 같은 동 사람들은 누가 사는지 다 알아요. 이럴 줄 알고 제가 이 동 이웃분들 선물은 우편함에 싹 다 넣어 놨습니다요."

어깨를 으쓱이는 김 군의 모습이 꼭 칭찬을 바라는 강아지 같아서 수현은 피식 웃었다. 어느새 십여 년을 넘게 함께한 그의 매니저는 말하지 않아도 조용히 많은 것들을 해 주고 있었다.

"그래, 잘했다."

짧은 한마디지만 그것은 그의 진심이었다. 김 군 역시 그것을 잘 알았다.

"음, 근데 옆집은 직접 얼굴 보고 인사하시는 게 좋을 것 같습니다."

"직접? 선물 돌렸다며."

"예, 그래도 직접…… 하시는 게 좋을 걸요. 떡도 좀 돌리고 인사도 하고, 이왕이면 사과도 좀 얼굴 보고 하시고."

"사과? 이사 와서 옆집한테 인사하면서 사과해야 할 이유가 뭐야?"

의아한 눈으로 자신을 쳐다보는 수현에게 김 군이 안쓰러운 눈길을 보냈다. 우리 형님 아직도 모르셨구나. 그는 속으로 조용히 혀를 찼다.

"A동 2102호."

"뭐?"

"주차장 그 여인 주소 말이에요."

그 주소가 뭐 어쨌다고. 순식간에 지나간 주소였지만, 기억하고 있다. 그 순간이 좀 절망적이고 충격적이었는가. 아직 어리둥절한 표정을 짓고 있는 수현을 뒤로하고 김 군이 엘리베이터에 올랐다.

까먹었을까 봐 얘기해 준 건가 싶은 순간, 김 군이 사라진 엘리베이터에서 손이 삐죽 튀어나왔다. 수현이 화살표처럼 어딘가를 가리키는 그의 손을 따라 시선을 옮겼다.

수현은 뒷목에서 느껴지는 의미 모를 싸한 기분에 홀리듯이 현관문 밖으로 걸어 나와 김 군의 손이 가리킨 곳으로 향했다. 바닥의 찬 기운이 그의 맨발을 타고 올라왔다. 한 발자국씩 옆집과 가까워질수록, 그의 머리는 금방이라도 자신을 덮쳐 올 무언가로부터 스스로를 보호하려 애썼다.

그의 발이 옆집 문 앞에 멈추자, 뒤에서 김 군의 안타까운 목소리가 흘러 들어왔다.

"힘을 내요, 차 배우."

쿵. 엘리베이터 문이 닫히는 소리인지, 심장이 떨어지는 소리인지 분간이 가지 않았다. 헛것을 보고 있는 것인가. 옆집 문에 붙어 있는 알파벳이나 숫자가 잘못된 게 아닐까.

그 여자 앞에서 변상을 운운하던 자신의 모습이 다시 떠올라 그는 눈을 질끈 감고 싶어졌다. 젠장. 미친 쪽팔림이 그를 덮쳐 왔다.

『A2102』

그 여자가 옆집에 산다.

그날 밤 라디오에서는 그의 마음을 알기라도 하는 듯, 그런 방송이 흘러나왔다.

「때때로 우리는 자존심이라는 그 못난 세 글자 때문에, 사과 한 번이면 끝날 일을 굉장히 크게 만들곤 하는 것 같아요. '미안해.' 한마디면 될 걸……. 왠지 그 말을 하는 순간 내가 와르르 무너질 것 같고 말이에요.」

조용한 새벽에 어울리는 목소리에 주차장에서의 일이 떠오른 그는 들고 있던 시나리오집도 떨어트리고 말았다.

젠장, 자존심이 뭐라고! 수현은 라디오 진행자의 말에 맞장구쳤다.

「그런데 사실 무너지는 건 하나도 없어요. 사람은 사과 한마디에 그렇게 쉽게 무너지는 약한 존재가 아닐뿐더러, 미안하다는 말은 오히려 그 사람의 마음을 가볍게 만들어 주죠. 앞으로 나아가게 하고.」

과연 그럴까. 옆집 방향을 잠시 바라본 그는 조용히 한숨을 내쉬었다. 하, 그는 조용히 냉장고에서 맥주 한 캔을 꺼냈다. 도저히 시나리오에 집중할 수 없는 밤임에는 틀림없었다.

「그대들, 지금 떠오르는 사람들 한 명씩 있죠? 내일은 그 사람한테 미안했다고 한번 솔직하게 얘기해 보면 어떨까요? 어우, 막 지금 피디님이 간지럽다고 오글거린다고 야유를 퍼붓지만, 저는 꿋꿋하게 추천해 봅니다.」

DJ의 목소리에 서슬 퍼런 옆집 여자의 얼굴이 떠올랐다. 목구멍을 따끔하게 타고 내려가는 맥주가 오늘따라 몸을 더 서늘하게 식혀 주는 기분이었다.

「그냥 사과만 하긴 너무 간지럽고 뜬금없을 수 있으니까, 포스트잇을 추천할게요. 내일 아침 커피든, 식후땡 초콜릿이든, 맥주 한 캔이든 뭐든 하나 골라요. 그리고 또박또박 마음을 담아서 적어 보는 겁니다. '미안했다.' 그리고 어깨 한 번 으쓱이면서 오다 주웠다는 식으로 쿨하게 줘 보세요.」

일단 김 군이 맡긴 옷을 찾아오면 들고 가서 사과를……. 아냐, 어차피 제대로 잉크가 빠지지도 않았을 텐데 새로 한 벌 사 들고 가야겠지. 그리고 쿨하게. 쿨하게……. 쿨하게, 사과를…….

오늘 분위기로 짐작하기에는 쿨하게 얻어터지지만 않으면 다행일 텐데.

수현은 떨어트린 시나리오를 주워, 거실 탁자 위에 올려 두었다.

남은 맥주를 입에 털어 넣고 방으로 들어가는 그의 뒤로 조용히 DJ의 목소리가 따라왔다.

「그대의 마음이, 또 그대가 끙끙 앓고 있던 관계가 어떻게 단단해지는지, 같이 한번 지켜보도록 하시죠.」

3. Unexpected Guest

그로부터 며칠 후, 녹음을 마치고 나오던 사랑이 휴대폰을 확인하며 별안간 눈이 동그래졌다.

"뭐야."

부재중 전화가 왜 이렇게 많아. 올케언니한테 두 통, 형부랑 엄마한테서도 번갈아 가며 전화가 와 있었다. 제주도에서 새해를 맞을 준비로 여념 없을 편 패밀리가 무슨 일이래.

부모님과 오빠 내외는 새해맞이 불꽃놀이와 바비큐 파티를 꼭 챙겼다. 계절마다 담근 과일주도 아낌없이 풀어 펜션 손님들에게 나누어 주었다. 그래야 제주도까지 와서 새해를 맞이하는 객들에게 기념거리 하나가 더 남지 않겠냐는 게 아버지 지론이셨다.

사랑도 보통 연말에는 제주에서 함께 새해를 맞이하지만, 이번엔 학교도 있고 녹음도 있고 홀로 새해를 맞이할 생각에 좀 아쉽던 찰나 반가운 전화가 걸려 온 것이었다.

"어, 형부. 웬일?"

— 딸아.

"아부지?"

주차장에 내려서며 차를 찾던 사랑이 자신의 귀를 의심했다. 형부의 걸걸한 목소리 대신 흘러나온 건 오랜만에 듣는 아버지 목소리였다.

"형부 전화를 왜 아부지가 받으신데?"

— 거참. 나의 사랑하는 개 딸은 나의 안부는 묻지도 않는구먼.

궁시렁대는 목소리가 역시나 아버지가 맞았다. 제주도 가서 산 지 벌써 30년인데도, 아버지는 근원지 모를 사투리를 구사하셨다.

"강녕하셨습니까, 편 사장님."

짐짓 비장하게 안부 인사를 올리는 딸의 목소리에 그가 만족스럽게 웃었다. 그 소리에 사랑의 입꼬리도 저절로 올라갔다.

— 일은 끝났나.

"네. 이제 집 가서 좀 쉬려고요."

뒷자리에 가방을 내려놓는 사랑의 눈에 며칠 전 던져두었던 이영의 선물이 들어왔다. 선물보다는 심적 부담으로 느껴지는 두툼한 제본을 집어 든 사랑이 전화를 고쳐 잡았다.

— 아유, 이놈의 노랑이 소파 아직도 있네.

— 그것 봐. 애는 통 뭐 버리는 걸 몰라, 사 오길 잘했다니까. 말 나온 김에 좀 내다 버리고 와요. 새로 사 온 걸로 바꿔 두게.

— 알겠어요, 나라 씨. 형님, 이것 좀 밖에 갖다 놓을까요.

이건 다시 들어 봐도 언니랑 형부의 목소리였다. 그 뒤로 알았다는 오빠 목소리와 조카들이 시끌벅적 노는 소리도 들렸다. '노랑 소파'란 부분에서 왠지 모르게 집에 있는 낡은 자신의 소파가 생각 났지만. 전화가 오니 사랑은 당장이라도 제주도로 달려가고 싶은 충동을 느꼈다. 아, 나도 가고 싶다.

"다들 뭐 한데?"

— 고기 물라꼬. 참, 우리랑 나라가 니 준다고 소파도 사 왔다.

웅? 고기는 새해맞이 파티 한다고 샀다 치고, 오빠랑 언니가 소 파를 '사 왔다'고? 편 패밀리의 위치가— 제가 모르는 편 패밀리 의 그간의 일들이 궁금해지는 찰나, 의심을 확신으로 바꾸는 아버 지의 말이 이어졌다.

— 올 때 와인 좀 사 오고.

"어? 설마 다들 서울 오신 거야?"

— 인제야 알았나, 가스나. 밥 안 뭇제. 언능 와야.

편 사장의 사방팔방 뒤섞인 사투리를 끝으로, 어지러워졌을 집 안이 눈앞에 선명하게 떠올랐다. 빈 주방에서 엄마랑 올케언니가 밥을 하며 수다를 떨고 있을 거고, 조카들은 이 방, 저 방을 뛰어다 니고 있겠지. 책을 좋아하는 언니는 서재에, 오빠는 TV를, 형부는 독서 중인 언니를 귀찮게 하고 있을지도 모르겠다.

아, 정말 집 어지르는 거 싫은데.

하지만 생각과 달리, 전화를 끊은 사랑의 입술에는 둥그런 미소 가 걸렸다. 드라이, 스윗, 스파클링 와인까지. 와인 코너를 탈탈 털 어 가리라.

전화를 끊은 사랑의 시선이 이윽고 이영이 준 제본집으로 향했 다.

"선물이야, 폭탄이야."

최이영은 연출을 잘했다. 풋내기 작가랍시고 그녀가 이 글 저 글 조금씩 써 내려갈 때에, 그는 대학생 영상제의 트로피들을 휩쓸었다. 이후 졸업을 앞둔 그를 데려가기 위해 방송 3사가 줄을 설 정도였으며, 그중 그가 골라 입사한 회사에서도 그가 맡은 작품은 곧 성공으로 이어지는 것으로 정평이 나 있었다.

보조감독으로 있던 그는 3년 만에 메인 피디를 맡았는데, 입봉 드라마에서 시청률 30%라는 진기록을 남겼다. 맡는 작품마다 시청률을 빵빵 터뜨려 주시니 그가 몸담고 있는 드라마국에서는 공공연하게 이런 말이 나돌 정도였다.

'창사 이래 드라마국은 크게 두 시기로 나뉘는데, 그것은 바로 최이영이 입사하기 전과 입사한 후이다.'

작가들이 함께 일하고 싶은 드라마 피디 영순위, 최이영. 이름 있는 작가들의 러브콜을 받을 정도로 그의 연출은 세련됐다. 지나치지도 모자라지도 않게 극의 분위기를 살리는 그의 실력은 이미 알고 있었다. 그럼에도 불구하고 자신은 드라마 작가가 아니라며 그의 제안을 한사코 거절해 왔던 이유는, 사실 별게 아니었다. 남자 친구를 등에 업고 성공하고 싶지 않았다.

그가 드라마 피디로 승승장구하며 러브콜을 보낼 때쯤 사랑은 처녀작 하나를 낸 작가에 불과했다, 그래서 거절했다. 그냥 싫었다. 그와 함께하면 작가로서 단숨에 성공 가도를 타게 될 거라는 걸 알면서도 그의 힘으로 성공했다는 꼬리표를 달고 싶지 않았다.

나는 나였고, 그는 그였다.

그가 자신의 남자 친구가 아니었더라면, 그랬더라면 어쩌면 다시 생각해 봤을지도 몰랐다. '아, 내 글을 알아주는 시기가 생각보다 빨리 찾아왔구나.' 하고 하늘에 감사하며 기회를 냉큼 붙잡았을지도 몰랐다.

그러나 당시의 최이영 피디는 자신의 남자 친구였고, 그가 달아주는 날개를 달고 싶지는 않았다. 함께 작업하는 것은, 스스로의 힘으로 당당히 작가로서 이름을 알린 후여야 했다.

단지 제 여자의 작품이어서가 아니라 작품 그 자체를 본 거다, 그가 여러 번 타이르고 어르고 화도 내고 달래도 봤지만 그녀는 단호히 거절했다. 남자는 계속되는 거절에 기분이 상했다. 여자는 남자의 마음을 이해했지만 내 자존심이 허락하지 않는다고 말할 수 없었다.

그리고 또 한 가지. 아니, 어쩌면 단 한 가지 진실일지도 모르는 사실. 그것은 어리고 어렸던 편사랑이 조심스레 썼던 하나의 극본이 외면받았던 날 결정되었다.

'내가 처음 만드는 드라마는 네가 쓴 글이 될 거야.'

지나가는 말인 줄도 모르고 어린 편사랑은 꿈에 부풀어 극본이란 걸 썼다. 피디를 꿈꿨던 대학생 최이영의 말이 귓가를 맴돌았다. 거짓말. 최이영의 입봉작, 즉 첫 드라마는 그녀가 쓴 글이 아니라, 꽤나 이름 있는 작가의 것이었다. 부끄러운 실력으로 겨우 턱걸이 입상을 했던 극본은, 그의 입봉작이 결정되었다는 소식을 듣자마자 망설임 없이 버렸다. 그와 함께하려 했던 극본은 그녀에게 더 이상 필요하지 않았다.

호기롭게 말하던 그의 말은 지켜지지 않았고, 실망한 자신을 보면서 그들이 첫 작품을 같이하게 될 것이라 믿고 있던 신념이 깨져 버렸다. 그는 온전히 그 자신의 성공을 위해 작가를 선택했음을 알았고, 그건 그에게 의지하고 있던 마음 한 가닥을 내려놓는 계기가 되었다. 이후로는 자꾸만 부딪혔다. 반복되는 말다툼은 대화를 회피하게 만들었다.

'뭐가 문제야?'

묻는 그에게 사실대로 말할 수가 없었다. 마음에 박힌 작은 가시가 계속 걸리노라고 말할 수가 없었다. 너무 쪼잔해 보일 것 같았으니까. 사랑 앞에서는 사랑도 여자였다. 그냥 좀 알아주기를 바랐는데. 남자라는 존재는 참 신기하게도, 말하지 않으면 몰랐다. 오기였을까, 자존심이었을까. 말해 주고 싶지 않았다. 너도 당해 보라지, 그런 못된 심보가 작용한 것도 같았다.

몇 달 뒤 이영이 새로운 작품을 들어갔고, 사랑 역시 집필을 위해 제주도 집으로 떠났다. 자연스레 서로에게서 멀어진 두 사람은 결국 허무한 두 번째 이별을 맞이해야 했다.

그 뒤로도 사귀었다 헤어지기를 반복하며 이영이 넌지시 함께 작품을 하자며 물어 왔지만, 사랑은 매번 거절했다. 이제는 자신역시 유명 서점 한가운데 책을 놓을 수 있는 작가가 되었음에도 불구하고 거절하게 되는 이유는 확실했다. 전과 다르지만 아주 명쾌한 이유. 미련이 없다는 것. 극본에도, 최이영에게도.

감독과 작가. 업계의 가십거리가 되기 딱 좋은 소재였고, 불필요한 소문은 이쪽에서 거절이었다. 연인 사이건 헤어졌건, 그녀는 자신의 작품이 그 자체로 평가되기에 앞서 이영과의 관계로 인해 다르게 비쳐지는 게 싫었다.

시간이 지나도 온갖 핑계를 가져다 대며 거절하는 그녀에게 지

쳤을 법하건만, 그는 때론 진지하게 때론 장난을 실어 물어 왔다. 함께하자고. 이렇게 종이 뭉치를 안겨 준 건 처음이었지만.

기획·연출 최이영. 종이 뭉치의 표지에 그렇게 적혀 있었다. 그래도 그렇지.

"작가한테 기획서를 가져다주면 뭐 어쩌라는 거야."

사랑의 입술이 단조롭게 움직였다.

"내가 읽을까 보냐."

어차피 하지도 않을 거 쓸데없이 옛 생각에 시간을 꽤나 잡아먹었다고 생각하며 그녀는 차에 시동을 걸었다. 옆자리에 종이 뭉치를 던져 놓는 손길은 퉁명스러웠지만, 차를 출발시키는 그녀의 눈길이 또다시 그 위로 향한 것은 부정할 수 없었다. 호기심과 갈등이 묻어 있다는 것도.

프로듀서 최이영이 새로 기획한 작품은 어떤 것일지 몹시 궁금했다. 그는 실력 있는 피디였고, 시청자의 입장에서 그 기획본을 누구보다 빨리 본다는 것은 흥미로운 일이었으니까.

"그래도 너랑은 안 할 겁니다, 최 피디님."

사랑은 흔들리는 마음을 다시금 붙잡았다. 마지막 이별을 끝으로 그와는 더 이상 무엇도 만들지 않을 예정이었다. 작품도, 추억도, 지금의 거리를 넘어서는 그 어떤 것도. 지금 중요한 건 식구들이 좋아할 와인을 잘 고르는 것, 그것뿐이었다.

※ ※ ※

남자의 손에서 종이 가방이 갈피를 잡지 못하고 흔들렸다. 유명

브랜드의 로고가 그려진 하얀 바탕과 달리, 리본 재질의 손잡이는 쪼글쪼글했다. 벌써 여러 번 남자의 손을 탄 모양이었다. 많고 많은 세대 가운데, 왜 하필 옆집이란 말인가. 그는 또다시 올라오는 부끄러움에 조용히 다리를 모았다.

그러고는 다시 펜을 고쳐 쥐었다. 쓰다 버린 포스트잇이 사방에 널려 있었다. 내용은 사과에서부터 항의까지. 다양했다. 왜 하필 포스트잇에 사과문을 쓰고 있는지는 저도 모르겠으나, 왠지 그래야 할 것 같았다.

미안합니다. 옷에 대한 변상은……. 아니야.

입이 열 개라도 할 말이……. 아니야.

처음부터 차 키를 꺼내든지, 번호판 얘기를 하면 됐잖습니까? 아니야!

편지는 무거웠고, 종이 쪼가리는 너무 가벼웠으며, 직접 마주하기엔 아직 용기가 나질 않았다. 그래서 선택한 게, 어제 라디오에서 듣던 그대로 포스트잇을 활용하는 방법이었다. 그러나 내용이 영 하나도 마음에 들지 않는 게, 그는 계속해서 쓰다가 떼어 내 버리길 반복했다.

결국 '미안합니다.' 다섯 글자만 정갈하게 적은 수현이 자리에서 일어났다. 현관으로 향하는 발걸음이 사뭇 비장했다.

주차장에서 만난 그 여자가 옆집에 산다는 매니저 김 군의 말에 요 며칠 집에서 몸을 사렸다. 혹시나 복도에서 옆집 여자라도 만나면 어떡하나 싶어서였다. 옷도 해결하는 게 맞았고, 정중히 사과하는 것도 맞았다. 주차장에서 예의 없던 사람은 자신이 맞았으니까.

그러나 자신의 전적을 보아 갑작스럽게 만나게 된다면, 사과를 할 수 있을지는 미지수였다. 또 당황해서는 손해 배상 청구 이딴 허튼소리를 지껄이다 돌아올지도 몰랐다.

옷 좀 사 오라며 부탁할 사람이 없었다. 그에겐 연말을 함께 보낼 가족도 없었고, 그렇다고 절친한 친구가 있는 것도 아니었으니. 그나마 곁에 있던 매니저 김 군은 이미 출국해서 모히또에서 몰디브 한잔 각의 사진을 보내오지 않았던가.

무슨 말인고 하니, 차수현이 직접 가서 옷을 골라 와야 한다는 소리였다. 그것도 자기 또래 여성의 옷을. 그는 사생활을 일절 공개하지 않았지만, 그가 외동인 건 대한민국 국민이 다 아는 사실이었다. 어떻게 아는 건지는 몰라도, 주의할 건 주의하는 게 좋았다.

때문에 오전 일찍 집을 나선 그는 목도리와 선글라스로 얼굴을 꽁꽁 싸매고 백화점에 입장했다. 수현은 그가 평소 좋아하는 브랜드의 매장으로 향했다. 혹시라도 정체를 들킬세라 빠르고 정확하게 미리 스마트폰 검색으로 골라 두었던 여성 아우터를 가리킨 그는, 조용히 카드와 쇼핑백을 건네받고 집으로 돌아왔다. 그의 인생을 통틀어 이렇게 은밀하고 빠르게 진행된 쇼핑은 처음이었다. 기가 막혔다. 그래도 웃을 수는 없었다. 만렙 보스가 기다리고 있었으니까.

"만렙?"

한참 만에 아파트 복도로 나선 그가 옆집을 보며 고개를 끄덕였다. 바밤바를 생각해 보니, 그녀는 만렙이 맞았다. 그는 만렙을 마주하기 위해 목소리를 가다듬었다. 젠장, 서슬 퍼런 그날의 모습이 떠오르니 또다시 벙쪄지는 않을까 걱정도 됐다. 천하의 차수현이,

옆집 여자를 상대로 이런 걱정을 하는 날이 오다니.

그는 옆집이 비어 있기를 바랐다. 그렇다면 뒷일은 둘째 치고 쇼핑백만이라도 걸어 놓고 오면 되니까. 그러나 만에 하나 마주칠 걸 대비해, 수현은 할 말을 곰곰이 생각해 보기 시작했다.

어어? 옆집 사는 분이셨구나, 아하하. 아이고, 이런 우연이.

지난번엔 미안하게 됐습니다. 이거 입어요. 오다 주웠으니.

바밤바엔 씨가 없어요, 알고 있습니까?

그는 그녀에게 할 말을 연습해 보다 혀를 찼다. 뭔 말 같지도 않은⋯⋯.

"사과하고 옷만 주면 될 걸, 이게 뭐라고 이렇게 긴장하고 연습을 하고 있나, 내가."

스스로도 어설픈 연기에 명색이 배우 체면이 말이 아니라고 생각하며 쩝 하고 입맛을 다셨다. 그 순간, 덜컥 눈앞의 문이 열렸다.

뭐야, 이렇게 갑자기? 아직 난 마음의 준비가⋯⋯.

집으로 숨을 새도 없이, 그는 열리는 옆집 문 앞에 무방비하게 노출되었다. 여자의 서늘한 얼굴을 마주하게 될 거라 생각하자 저도 모르게 머릿속이 하얗게 비워졌다.

그러나 문이 제대로 열리기도 전, 그의 귓가를 파고드는 목소리는 다름 아닌 걸걸한 남자들의 것이었다.

"형님, 이 소파 엘리베이터에 들어갈 수 있을까요?"

"그러게, 이게 생각보다 좀 기네."

며칠 전 만났던 무표정한 여자 대신, 탁해진 개나리 빛깔의 소파를 들고 나오는 남자 둘을 마주했다. 그는 혹시 그의 매니저나 자신이 여자의 집을 헷갈렸던 게 아니었나 하는 생각을 했다. 하지만 다시 확인해 보니 다행인지, 불행인지 헷갈린 건 아니었다.

『A2102』

다시 봐도 그 여자의 집이었다.

소파를 들고 있던 덩치가 조금 더 큰 남자가 자신을 알아보고 '차수현?' 하고 소리쳤고, 집 안에서 수많은 얼굴들이 쏟아져 나온 것은 순식간이었다. 그러나 자신이 찾는 여자의 얼굴은 보이지 않았다.

잘은 몰라도 이 아파트 방음 하나는 확실하구나 싶을 정도로, 옆집 여자의 집 안에서 쏟아져 나온 사람들로 복도가 금세 시끌벅적해졌다.

"와, 차수현이 아이가."

대놓고 자신의 이야기를 하는 아버지뻘 되는 남자부터,

"어머, 여보. 어머어머."

"헛, 형님! 뒤를 보세요!"

"세상에."

수군대는 두 쌍의 남녀와,

"우와, 잘생긴 오빠다! 그치!"

"키 완전 크다, 이 형아."

낯선 기색도 없이 눈을 빛내며 다가오는 아이들까지. 소파는 안중에도 없이 현관에 몰려든 어른에, 아이에. 정신이 없고 당황스럽고 혼란스러운 와중에도, 차수현은 배우답게 안면에 미소를 유지했다.

"안녕하세요, 저 차수현 맞습니다."

그는 당황스러움을 숨기곤 시사회에서 낼 법한 목소리를 내며,

예의 바르게 자신을 소개했다. 얼굴엔 부드러운 미소와 함께 태도는 예의 바르지만, 어딘지 조금은 미안한 미소가 걸려 있었다. 이렇게 표정을 만드는 일은 그에게 아무것도 아니었으니까. 그러나 이 집에 찾아온 목적은 확실히 해야 했다.

"저녁 늦게 실례지만, 여기 혹시 이만한 키에 단발머리 하신 여성분 안 사십니까?"

그는 자신의 코와 턱 언저리에 손을 가져다 대며, 눈앞에 모인 여러 얼굴들에게 물었다.

"헐, 차수현 맞대."

"며칠 전에 영화 보고 왔는데. 우와, 대박. 여보, 나 사진 한 장만 찍어 달라면 안 돼?"

"어허, 찬물도 위아래가 있는 법. 내가 먼저 찍어 달라고 할 거야, 매제."

그러나 듣고 싶은 대답보단, 자기 또래의 남녀 네 명에게서 아까보다 조금 더 소란스러운 호들갑이 흘러나왔다. 괜히 왔다는 생각이 그의 머릿속을 파고들 때쯤, 듣고 싶은 대답이 나온 건 아버지뻘의 사내로부터였다.

"사랑이? 우리 딸은 왜 찾나?"

'우리 딸'이란 단어를 처음 듣는 것도 아닌데, 이번에는 이상하게 그의 마음 저 깊은 한구석을 헤집는 것만 같았다.

"아. 저도 이 아파트에 사는데, 제가 초면에 따님께 실례를 좀 했습니다. 사과하려고 찾아왔는데, 혹시 따님은⋯⋯."

그는 굳이 자신이 옆집에 산다는 말까진 하지 않았다. 연예인과 같은 아파트에 산다는 소문은 꽤 흔한 일이긴 했지만, 나중에 인사를 하며 같은 아파트에 사는 건 말하지 말아 줄 수 있냐고 부탁할 생각이었다.

"난 우리 처제 성공한 줄."

"나도 내 동생 드디어 솔로 탈출, 꽃길 밟는 줄."

남자들이 짐짓 슬픈 표정을 짓자, 아이들이 한술 더 얹었다.

"아빠 왜에? 꼬모가 왜 꽃길 밟아?"

"야, 이 형아가 이모 남자 칭구니까 그로치. 그치 아빠아."

옆에 있던 여자가 킥킥 웃었다.

"아니야, 아들. 고모 남자 친구 아니셔."

"그럼 꼬모 꽃길 못 밟아?"

수군수군, 많은 사람들은 그를 놓고 좋은 말이든 나쁜 말이든 뒤에서 떠들어 댔지만, 이 가족들은 마치 또 다른 사람 이야기를 하듯 편하게 말을 늘어놓았다. 재밌는 사람들이네.

"조용조용. 지금 오고 있는 중일 텐데. 중요한 거면 안에서 기다리실래요?"

그녀와 조금 비슷한 외모지만, 키가 작고 동글동글하게 생긴 여자가 그에게 답했다. 많이 닮지 않았어도 그녀와 자매이거니 싶은 여자였다. 대가족이 옆집에 살고 있었다니. 재밌긴 했어도 굳이 이런 이웃을 원하지는 않았다. 이곳으로 이사 오기 전에도 대가족 이웃이 살았다. 덕분에 그는 다음 이사할 곳은 방음이 완벽하거나 웬만하면 단독 빌라 같은 곳을 원하게 될 정도로 소음에 시달려야만 했다. 이사 온 지 일주일이 조금 넘은 그였지만, 조용히 재이사를 고민했다.

"아닙니다. 폐를 끼칠 순 없죠. 이것만 좀 전해 주……."

차라리 잘됐다 싶었다. 괜히 얼굴 붉히며 그녀와 만나느니, 이렇게 옷만 건네주고 조용히 돌아가는 게 좋겠다 싶었다. 자신의 손안에서 여러 번 구겨지기를 반복했던 손잡이를 여자의 가족에게 슬쩍 내미는 찰나,

"누가 왔어요?"

홍해가 갈라지듯 현관 가득 몰려든 가족들이 자연스레 양옆으로 물러서, 등장하는 여인의 길을 만들었다.

"막내를 찾아왔다고 하네."

"우리 사랑이를요?"

만약 며칠 전 주차장의 그 여자가 따뜻한 분위기를 품고 나이가 든다면, 눈앞의 중년 여성과 꼭 닮은 모습이리라고 생각될 정도로 여자와 똑 닮은 생김새였다. 늘씬하고 큰 키 역시, 그 여자의 어머니라는 것을 단번에 보여 주는 대목이었다.

말없이 그의 눈을 바라보는 그녀의 모습에 수현은 저도 모르게 입이 말랐다. 사람을 꿰뚫어 보는 눈빛이 자신이 찾는 사람과 몹시도 닮아 있었다. 그러나 그녀의 입꼬리는 살짝 올라가 있었고 눈동자에는 따뜻함이 배어 있었다.

"안녕하세요, 차수현입니다. 따님과 같은 아파트에 사는데 제가 따님 옷에 결례를 범했습니다. 그래서……."

혹시라도 딸을 찾아왔다는 말에 관계를 오해라도 할까 봐 수현은 냉큼 자기소개를 했다. 더욱이 왠지 꺼림칙한 것은 그 자신이 지금 이 순간 이상하게도 긴장을 하고 있다는 사실이었다. 방금 전까지 이 집 가족들이 왁자지껄하게 이웃을 반길 때와는 사뭇 다른 기분에 휩싸였다.

"그렇군요."

그녀의 눈빛에는 그 어떤 오해나 기대를 담고 있지 않았다. 자랑하자는 게 아니라, 그는 잘나가는 배우였고 매년 사윗감 1위를 놓치지 않는 남자였다. 그가 만나 온 많은 '여자들의 대다수 엄마들'은 그를 사위처럼 대했다.

'차 서방 좀 바꿔 줄래?'

지금은 얼굴도 잘 생각나지 않는 어느 여자와 데이트를 하던 날, 조용한 차 안에 울려 퍼지던 '차 서방'이란 단어는 지금도 그에게 생생한 소름을 선사했다. 이름도, 얼굴도 모르는 여사님의 머릿속에 이미 사윗감으로 점찍히는 건 예삿일이었다.

그러나 눈앞에 계신 이 여사님은 그냥 '그렇군요.' 한마디와 함께 그저 싱긋 웃을 뿐이었다. 이웃이라 반갑다, 어디 사느냐 등등 예의상의 인사도 딱히 없었다. 그 모습이 오히려 그를 더 긴장하게 만들었다. 이상하게도 거북한 긴장감이 아니어서, 그의 마음속에서 비상등이 울렸다.

손에 든 쇼핑백만 전해 주고, 어서 도망쳐.

그의 마음은 그렇게 소리치고 있었다.

왜?

그는 반문했다. 고모가 찾아올 때에도 잘 울리지 않던 경고가 왜 울리는 거지?

그저 싱긋 웃고 있는 중년 부부와 커플로 보이는 네 남녀, 그리고 올망졸망한 아이 둘이 있을 뿐인데.

줄 것만 주고 빨리 집으로 돌아가라니까!

그의 마음과 달리 몸은 한없이 굼뜨게 움직였다. 그 여자가 올 때까지 기다릴 것도 아니면서, 그는 왜 자신이 주춤하고 서 있었는지 몰랐다. 낯선 자신의 모습에 아무도 모르게 당혹감으로 물들어가던 수현을 붙잡은 건 그 여자의 어머니였다.

"사랑이 이웃사촌."

"네?"

"저녁은 먹었어요?"

그는 요 며칠 매니저 김 군이 한 아름 사다 놓은 샌드위치로 끼니를 해결하곤 했다. 샌드위치 맛을 꽤 좋아하기도 했고, 손이 많이 안 가서 또 좋았다. 그게 무엇이든, 손이 많이 가면 정도 많이 가는 법이니까.

"아, 네. 먹었습니다. 감사합니……."

그러니까 그 손도 많이 안 가고 아무리 먹어도 정이 들지 않는 샌드위치는 딱 한 시간 전에 그의 배 속에 들어가 있었다. 그게 이렇게나 빨리 소화가 되었을 리도 없을 텐데. 집 안에서 흘러나오는 음식 냄새가 아까부터 그의 코를 자극하고 있어서일까.

꼬르르르륵.

그의 배가 그만 일을 치고야 말았다. 그는 쇼핑백 끈을 꾹 쥐었다. 유독 길고, 유독 우렁차게 그의 뱃고동 소리가 울려 퍼지자, 그녀의 가족들이 킬킬 웃었다. 처음부터 느꼈지만, 이 가족은 대놓고 표현하는 데 일가견이 있었다. 또 시끌시끌해지려는 찰나, 그녀가 말을 이었다.

"원래 식구도 많은 데다 오랜만에 막내네 왔다고 음식을 너무 많이 했어요. 남으면 곤란한데, 괜찮으면 와서 좀 도와주고 가세요."

그 여자의 어머니는 싱긋 웃고는, 들고 있던 뒤집개를 흔들며 집 안으로 사라졌다.

"야야, 니 엄마 옥수 이쁘지 않나. 걸음걸음이 화보다, 화보."

그 여자의 부친도 곧 사라졌다.

"우와, 이 형아도 같이 밥 먹는 거야?"

"어서 들어오세요."

갑작스런 초대에 어안이 벙벙한 건 자신뿐이었다. 한마디씩 거드는 다른 이들의 표정에는 큰 놀라움이나 당황스러움을 찾을 수 없었다.

"우리 임 여사가 손이 크긴 크지."

양쪽 팔을 잡아끄는 아이들만큼이나 어른들도 너무 자연스러워서 그는 마치 자신의 생각이 이상한 것인가 싶었다. 아니면 여기 혹시, 미국……인가……?

"우린 전부 제주도에서 펜션을 운영하고 살아요. 취미는 손님맞이, 특기는 손님들이랑 파티 하기니까 너무 부담 갖지 말아요."

아니, 여기서 갑자기 동화 '헨젤과 그레텔'이 생각나는 이유는 왜일까. 아까 경고음이 과자 집을 주의하라는 신호였던가. 미끼는 그 어떠한 과자보다도 유혹적인 집밥이었다. 기사 식당도 아니고, 할매 집, 이모 집 등등의 가정집 백반 음식점이 아닌, 정말 집밥.

코끝을 간질이는 집밥 냄새가 점점 더 그를 유혹했다. 배를 곯은 것도 아닌데, 배가 고팠다. 이런 허기가 어떻게 이렇게 갑자기 밀려오는 것인지 싶을 정도로. 떨어지지 않을 것 같은 그의 발걸음이 아이들이 이끄는 대로, 못 이기는 척 움직이기 시작했다.

"맞아요. 이것도 인연인데, 본인만 괜찮으면 사양 말고 들어와

요. 고기든 술이든 밥이든 넉넉하니까. 아, 와인은 아직 오는 중이
다."

정말 이상한 가족이었다. 정말 이상한데.

"처음엔 다 그래요. 곧 적응하실 거예요."

이 이상한 가족의 온기가,

이상하게 썩,

궁금했다.

자신이 더할 나위 없이 완벽한 헨젤이 될지라도 말이다.

단지, 그는 '집밥'이란 달콤한 미끼에 홀려 한 가지를 간과하고
있었다.

여긴 그 여자의 집이라는 사실이었다.

아이들의 손에 이끌려 어두운 현관 복도에 들어선 그를 제일 처
음 반겨 준 건, 크리스마스 분위기가 나는 전구들이었다. 붉은색,
겨자색, 짙은 녹색. 벽에 늘어지듯 줄줄이 걸려 있는 동그란 전구
들이 꼭 앵두를 닮아 있었다.

옆집이라 구조는 비슷했지만, 화려한 패턴과 자줏빛 등이 곳곳에
진한 색감들로 채워진 자신의 집과는 다른 분위기였다. 여자의 집
은 전체적으로 톤이 다운된 색감들로 채워져 있었다. 전체적으로
따뜻한 베이지 톤과 우드 계통의 색감이 조화를 이루고 있었고, 보
랏빛이 감도는 쪽빛이 곳곳에 스며들어 있었다.

마치 모르는 사람이 본다면 두 사람의 집을 반대로 인테리어 한
것이 아니냔 소리를 들을지도 몰랐다. 수현의 집이 밝은 빛깔의 화
려함을 자랑한다면, 이곳은 밤하늘을 닮은 차분한 공간이었다. 곳

곳에 가족들의 짐과 아이들의 장난감이 늘어져 있었지만, 그런 것들로 이 집 특유의 분위기를 감추기는 어려워 보였다. 웃는 게 무서웠던 바밤바 아가씨에게 잘 어울리는 것도 같았다.

"집에도 왔는데 이따 사진 찍어 달라고 해도 되겠죠, 나라 씨?"

"어허, 찬물에도 위아래가 있다고 말했거늘. 내가 먼저 찍을 거라고, 매제."

이 집의 큰아들과 사위가 앞서 걸어가며 나누는 대화가 퍽이나 웃겼다. 연예인은 실제로 처음 본다며 수다를 떨면서도, 정작 자신을 그다지 신경 쓰지 않는 것 같은 태도가 어쩐지 그의 마음을 편하게 만들었다. 모델처럼 호리호리한 큰아들과 헬스 트레이너처럼 덩치 큰 사위가 서로 어깨에 떡하니 팔을 걸치는 모습이 친형제처럼 사이가 좋아 보였다.

"여기예요."

자신을 주방으로 이끈 아이들은 자랑스러운 일을 한 것처럼, 서로를 바라보며 뿌듯한 미소를 지었다. 겨우 네, 다섯 살 남짓 되었을까. 그를 올려다보는 반짝반짝 빛나는 두 쌍의 눈동자에, 그는 어색하게 웃었다. 스스로도 무슨 일을 한 건지 여전히 혼란스러웠다.

훈훈한 온기와 아까보다 배로 식욕을 자극하는 근원지로 그가 들어섰다. 주방에 들어서자, 그는 저도 모르게 침을 꿀꺽 삼키고 말았다. 샐러드, 모둠전, 갈비찜, 보쌈 등 온갖 음식들이 큼지막한 그릇에 먹음직스럽게 담겨 있었다. 보기에도 이곳에 있는 모두가 먹고도 남을 만큼 많은 양이, 자신을 초대한 그녀의 어머니가 했던 말에 거짓 하나 없음을 말해 주는 듯했다.

"맞다, 언니. 우리 비빔국수 안 했네. 막내가 국수 킬런데."

"아가씨, 저기 보세요. 이미 어머니 면 삶아 놓으셨어요."

그 여자의 언니와 올케언니가 이야기를 나누며 음식을 옮겨 담았고,

"장인어른, 와인 전에 오랜만에 소주 한잔 하시며 속 좀 데우실까요?"

"날로 센스가 늘어 간다. 퍼뜩 가꼬 온나."

"내가 매제 하나는 기가 맥히게 뒀다, 진짜."

그 여자의 아버지와 오빠가 껄껄 웃으며 큼지막한 식탁에 식기를 놓을 동안, 이 집 사위는 어디론가 사라졌다. 소주가 냉장고에 있는 게 아닌 모양이었다.

"잘 생각했네."

얼떨떨하게 서 있는 그의 뒤에서 뒤집개를 들고 사라졌던 여자의 어머니가 다시 나타났다. 톡톡. 깃털처럼 가볍게 그의 어깨를 두드리고 조리대로 향하는 그녀의 손엔 이번엔 뒤집개 대신 참기름 병이 들려 있었다. 고소한 냄새가 벌써부터 감도는 것 같았다.

"저기, 이것 좀 옮겨 주실래요?"

"아, 예, 예."

집밥. 이 두 음절이 가진 힘은 엄청났다. 두 음절이 가진 식욕 자극도 엄청 났고. 수현은 자신이 지금 이성적인 판단이 어려운 상태에 가깝다고 느껴졌다. 그가 말을 더듬는 건 아주 극히 드문 일이었는데 말을 버벅댔으며, 이러면 안 되는데 싶었으나 정신을 차려 보니 음식이 수북이 담긴 그릇들을 건네받아 식탁으로 옮기고 있었다.

그러다 자리에 앉기도 전에 그녀의 아버지가 건네는 소주잔을 들어야 했다.

"자네, 소주 한잔 할 거지?"

"예? 아, 아, 네. 합니다. 소주."

"그 전에 배 먼저 채워야지. 국수 간 좀 봐요."

그는 두 손으로 아버지 같은 사내가 채워 주는 잔을 받았다. 잔을 입에 가져다 대기도 전에, 그녀의 어머니가 조리대 너머로 한입 가득 국수 가락을 넣어 주었다. 잔을 받느라 어정쩡하게 등을 굽힌 그가 오물오물 턱을 움직였다.

"맛이 어때?"

"맛있죠?"

양옆에서 그녀의 가족들 중 누군가가 그에게 물었다. 순간 모두가 그에게 집중했다. 이게 뭐라고, 주방에는 라디오에서 흘러나오는 음악만이 울려 퍼졌다.

양이 많았어도 면은 면인지라, 그가 얼마 지나지 않아 꿀떡 국수를 삼켰다. 그를 오래 봐 왔던 사람들같이 편하게만 행동하던 이 집 식구들이, 눈을 반짝거리며 그의 입술이 열리기만을 기다렸다.

"맛있습니다."

그의 짧은 대답에 식구들이 환호했다.

"역시 임 여사 국수지."

"나도 한입만."

"할머니, 할머니. 저도, 저도!"

입 안 가득 퍼지던 새콤달콤한 맛을 목구멍으로 넘기는 게 아쉬울 정도였다. 그러나 자신의 대답이 뭐라고 이렇게 좋아하나. 과연

이게 이렇게나 기뻐할 일인가 싶은 생각이 들었다.

의아하다고 생각을 하면서도, 수현의 입꼬리가 스르륵 올라갔다. 그런 그에게 그녀의 아버지가 잔을 부딪쳐 왔다.

"환영해요. 자, 앉기 전에 일단 한 잔씩들. 짠짠!"

그러자 국수를 얻어먹으러 갔던 사위도, 식기를 마저 놓던 아들도 냉큼 잔을 들었다.

"사랑합니다, 장인어른."

"좋아, 좋아. 짠짠."

"아 뭐야, 나도 아부지!"

어느새 그녀의 언니와 올케언니도 다가왔으며, 아이들도 물컵을 들고 가까운 의자 위에 올라왔다.

"아, 우리 여보가 빠지면 서운하지요."

국수에 깨를 뿌리고 있던 그의 부인이 피식 웃으며 비닐장갑을 벗고 손을 뻗었다.

"아부지 건배사 안 하셔?"

"그건 막내 오면 하구려. 지금은 그냥 짠이다, 짠!"

짠!

방금 처음 만난 사람들과 양어깨를 맞닿은 채로, 그도 '짠' 하고 따라 했다. 경쾌한 소리를 내며 잔이 부딪혔다. 남의 집 식구들 사이에 껴서 마시는 소주가, 이상하게 달았다. 겨우 그 소주 한 잔에 취했던 것일까. 오래된 기억과 함께 어디선가 바람 냄새가 흘러왔다.

아버지한테서는 바람 냄새가 났다. 늦은 밤, 따뜻한 이불 속에 누워 있다 달그락거리는 문소리가 들려오면, 이불을 걷어차고 나와 손바닥만 한 단칸방의 문이 열리길 기다렸다. 그리고 찬바람을 가득 몰고 온 아버지의 가죽 잠바 위로 몸을 내던지듯 안겼다.

'아빠아.'

'아드을.'

고기 냄새, 연탄 냄새, 담배 냄새. 이런저런 냄새들이 차가운 가
죽 잠바에 묻어 콧속으로 파고드는 게, 그렇게 포근할 수가 없었
다. 그렇게 웃음이 나고 그렇게 좋을 수가 없었다. 온종일 기다리
던 아버지였으니까. 수현은 정말 오랜만에 그날의 바람 냄새를 맡
았다고 생각했다.

이 집은 소주 한잔도 재밌나 보다. 와자지껄 웃고 떠드는 소리가
금세 주방을 채웠다. 그 웃음 아래 자신의 웃음이 조용히 스며들도
록, 그냥 두기로 했다. 집주인도 없는 옆집에 놀러 오다니. 생각할
수록 이상하고 낯선 경험이었지만, 그들이 얘기한 제주도 어느 펜
션에 저 혼자 여행을 왔다 셈 치기로 했다. 했는데, 저 혼자 여행은
개뿔. 그는 금방 자신이 마주해야 할 현실로 되돌아와야만 했다.

"분명 우리 집이 맞는데?"

귓속을 파고드는 서늘한 목소리. 그는 그제서야 자신이 어느 곳
에 와 있는지 자각했다. 과부하가 걸린 컴퓨터처럼, 그가 아주 천
천히 그 목소리를 향해 돌아섰다.

"아니, 6789 차주님께서 어떻게 여기에 계시지?"

만렙 보스의 등장이었다.

4. 정이 고픈 사람

'고모, 저 오늘 학교에서 이거 만들었어요.'

'고모, 선생님이 진학 때문에 다음 주에 학교에 한번 오시라고……'

언제나 무표정이었고, 차가웠으며, 눈길조차 제대로 주지 않았던 사람. 어린 나를 데리고 밖에 나가노라면 주변 사람들에게 모자가 꼭 닮았다는 이야기가 듣기 싫었던 사람.

"꼬모다!"

여자의 조카처럼 신나게 부르며 한 번쯤 달려가 안겨 보고 싶었던 사람. 그에게도 그런 가족이 한 명 있다.

"이모다!"

의자 위에서 깡충깡충 아이들이 뛰었다. 순간 마법처럼 여자의 표정이 달라졌다. 수현은 살얼음 위로 햇살이 비춰지듯, 그녀의 얼굴이 스르르 녹는 모습을 지켜보았다.

아빠들이 위험하다며 바닥에 내려 주자, 두 아이가 여자에게로 뛰어갔다. 양손 가득 들고 있던 짐들을 내려놓고 조카들을 향해 한껏 팔을 벌리는 여자의 얼굴이 환하게 빛났다. 존재하지 않는 아이스크림 속의 씨앗을 논하던 주차장의 그녀는 없었다. 수현은 그 모습을 저도 모르게 빤히 바라봤다. 화사하게 올라가는 여자의 입꼬리와 품에 안은 두 아이에 대한 사랑이 가득 담긴 눈빛이 그의 시선을 사로잡았다.

그러나 그의 가슴 한구석에서는 하나뿐인 가족에게 받았던 모진 상처들이 다시금 상처를 비집고 올라오는 것만 같았다. 그는 자꾸만 되살아나는 쓰린 기억들이 달갑지 않아서, 그만 마주친 여자의 눈을 피하고 말았다. 그런 그의 모습을 보던 여자의 눈이 날카롭게 올라갔다.

"아니, 6789 차주님께서 어떻게 여기에 계시지?"

온기라고는 없는 목소리가 그의 귀를 붙잡고 늘어졌다.

"꼬모, 보고 시퍼떠."

"이모다아."

"아이구, 우리 아가들. 잘 있었어?"

여자는 전혀 다른 두 가지 목소리를 가지고 있었다. 전등 스위치를 올렸다 내린 것처럼, 목소리가 시시각각으로 변했다. 그에게는 싸늘하던 목소리가 어디로 갔는지 앞다투어 안겨 드는 아이들을 향한 목소리에서 꿀이 떨어졌다.

여자가 넓게 벌린 양팔에 두 아이가 안겼다. 서로가 보고 싶었다고 사랑스러워 죽겠다고 볼을 비비는 모습이 그의 가슴을 허전하게 만들었다. 자꾸만 이와 대비되는 그의 가족이 떠올라서였다.

"꼬모, 쿠리수마쑤 때 못 봐짜나. 구래서 우리가 비행기 타구 슈웅 와떠. 잘해찌?"

"오구, 고모 보려고 비행기 타고 왔어? 기특하네, 내 새끼."

"녀석들, 고모가 그렇게 좋아?"

"크리스마스에 막내 아가씨 못 온다고 울었던 거 생각해 봐요. 말도 말라니까요."

사내아이는 자신의 고모에게, 아까 저를 부엌으로 안내했을 때처럼 한껏 가슴을 펴며 뿌듯한 표정을 지었다. 그러자 아이의 고모는 아이를 다시 끌어안고는 엉덩이를 팡팡팡 두드려 주었다. 상상으로만 바라왔던 모습을 지켜보며, 그는 버림받을까 두려움에 울지도 못했던 어떤 날을 떠올렸다.

'고모! 제가 잘못했어요! 흑흑. 잘못했어요……'

그는 감정 없는 친절이라는 게 얼마나 사람의 피를 말리는 일인지를 기억하고 있었다. 언제 내쳐질지 모른다는 불안함, 그 불안함에 자신의 존재 자체에 대한 잘못을 빌어야 했던 날들. 자신은 마치 그녀의 앞길을 가로막는 존재와도 같았다. 빈 잔을 들고 있던 수현의 손이 힘없이 떨어졌다. 소금을 뿌린 듯, 마음이 쓰라렸다.

옆집 여자의 서늘한 얼굴이 따뜻함으로 물들어 가는 걸 보며 그는 자신이 동요하고 있다는 걸 인정하고 말았다. 부러운 걸까. 이렇게 많은 식구들의 사랑을 받으며 자란 그녀가? 또는 자신과 달리 사랑을 듬뿍 받으며 자라나고 있는 저 작은 아이들이?

마음이 계속 경고음을 냈던 이유를 이제야 알 것 같았다. 그는 이런 따뜻한 가족들의 사랑을 겪어 본 지가 너무 오래됐다. 너무 오래되어서, 가족과 연말을 보낸다는 것이 어떤 것인지. 그걸 까맣게 잊고 있었다.

시끄러운 가족들 사이에 그만 덩그러니 남겨진 기분이었다. 불청객이 된 것일까. 그는 20여 년간을 누군가의 불청객으로 살아왔고, 다시는 그렇게 살지 않기를 다짐했다. 수현은 조용히 가족들에게 인사를 남길 준비를 했다. 집으로 돌아갈 시간이었다.

그런 그의 모습을 조용히 바라보던 누군가가 입을 열었다.

"딸, 밥 먹게 옷 갈아입고 와."

"아, 응."

여자가 고개를 들었다. 아이들을 바라보느라 환한 미소를 띠고 있는 그녀와 눈이 마주쳤다. 그녀가 바닥에 두었던 짐들을 챙겨 일어났다. 여자는 그에게서 시선을 떼지 않고 짐을 내밀었다. 한 가득 짊어지고 온 와인의 숫자에 그녀의 오빠가 함박웃음을 지었다.

"오빠, 이것 좀."

"역시, 내 동생. 기다린 보람이 있어."

그러나 아까부터 고정된 여자의 시선은 여전히 물음표를 띠고 있었다. 안 그래도 돌아가려고 했으니, 저 뾰족한 눈빛을 그만 좀 쏴 주었으면 했다. 그러나 그녀의 가족들이 번갈아 가며 입을 여는 통에 말할 기회를 번번이 놓치고 있었다.

"저……."

"골고루도 사 왔네."

"어여쁜 내 개 딸래미, 와인 가게를 털어 왔는가."

소란스러운 가족들 사이로 여자의 시선은 줄곧 그의 눈에 닿아 있었다. 그리고 설명을 요구하고 있었다.

'6789 차주님께서 어떻게 여기에 계시지?'

집요한 물음. 그의 귀에는 다른 가족들의 대화는 들어오지도 않았다. 비록 여자는 입도 벙긋하고 있지 않았지만, 자신의 눈을 빤히 응시하는 두 눈은 설명을 바라고 있었다. 아까 전 들었던 서늘한 여자의 질문이 반복해서 그의 귀를 때렸다.

뭐라고 대답해야 하나.

그는 말문이 막혔다. 자신도 이해가 잘 되지 않는 상황을, 이 여자에게 어떻게 풀어내야 할지 막막함을 느꼈다. 집밥이라는 달콤한 유혹에 넘어가 과자 집에 입성한 자신을 어떻게 설명해야 하는 것인가. 지금이라도 막무가내로 사과를 들이밀어야 하나. 그리고 보니 쇼핑백도 어디 갔는지 모르겠다. 분명 들고 있었는데.

그가 소리 없이 머리를 쥐어뜯고 있던 찰나, 또다시 목소리가 들려왔다.

"내가 초대했어."

한쪽이 월등히 우세한 눈싸움을 끝내게 만든 목소리를 따라 두 남녀의 시선이 돌아갔다. 와인에 걸맞는 잔을 꺼내고 와하하 또다시 웃음이 터진 가족들 사이로도, 목소리는 선명하게 두 사람에게 전달되었다. 덕분에 여자의 의문 어린 눈빛은 그를 떠나 그녀의 모친을 향하게 되었다. 자신과 꼭 닮은 딸을 바라보는 그녀의 모친이 또다시 싱긋 웃었다.

"어서 옷 갈아입고 와. 국수 불어."

두 사람 사이에 살얼음처럼 흐르던 긴장감이, 그녀의 어머니가 건네는 한마디에 쨍그랑 금이 갔다. 그리고 그것으로 끝이었다. 모친의 말에 피식 웃은 그녀는 몸을 돌려 자신의 방으로 향했다. 그녀는 아무런 토를 달지 않았다. 그렇다고 그를 따로 불러내지도 않았으며, 아까처럼 서늘하고 조용한 시선을 보내지도 않았다. 그냥 옷을 갈아입고 와서는, 막 시작하는 저녁 식사에 합류했을 뿐이었다. 따지거나 나가라고 소리쳐도 이상할 게 없는데 말이다.

'젠장.'

정말 무지막지하게 불편했다. 묻고 따져 오는 편이 훨씬 편했으리라. 그러면 준비했던 변명이라도 늘어놓으며 사과할 기회가 있지 않았을까. 수현은 좀처럼 먹지 않는 눈칫밥을 오랜만에, 그것도 아주 실컷 먹는 중이었다. 그러면서 여자와 따로 얘기할 수 있는 기회를 엿보았다. 이 집을 나서야 하는데, 왠지 여자와 말할 수 있을 때까지 기다려 보기로 했다. 오기가 생기고야 말았다.

"아니, 근데 펜션 사람들은 어떻게 하고 올라오셨대?"

"걱정 마. 하루 비우는 대신 투숙비는 안 받기로 했어, 전부. 근데 비빔국수랑 이 스파클링 와인이랑 아주 잘 어울리네."

"그래 가지고 장사가 되겠어?"

"장사보다 우린 네가 중요했다. 이 넘치는 애정 느껴지냐고."

"야, 그보다. 막내야, 올해 우리 새해맞이용 불꽃 얼마치 주문했는지 알아? 네 형부가 인터넷으로 주문했는데 뒤에 0을 두 개나 더 붙였어, 큭큭. 제주도 새해 밤하늘은 우리가 책임지게 생겼다."

"아이, 나라 씨. 부끄럽게."

식사는 단란한 분위기로 흘러갔다. 그동안의 안부를 묻고, 각자의 터전에서 일어난 에피소드들을 풀어내고. 그녀는 가족들의 이야기를 들으며 행복한 미소를 지었다. 그런 그녀를 바라보는 그의 마음은 편하지 않았지만, 큼지막한 식탁 저편에 앉아 있는 그녀는 딱히 그를 신경 쓰는 눈치가 아니었다.

"수현 씨도 언제 한번 놀러 와요."

"아, 혹시 서핑 좋아하나? 우리 펜션 앞 바다가 서핑하기 딱 좋거든."

여자의 가족들은 그를 연예인 취급하지 않았다. 가끔 영화제나 드라마 등에 대해 물어보긴 했지만, 그냥 다른 직업을 가진 새로운 게스트 정도에 대한 관심일 뿐. 그들은 그의 사소한 취미나 습관, 가구 취향 등에 더 큰 관심을 보였다.

그에게 질문이 주어지거나, 그가 대화에 참여할 때에는 오히려 흥미로운 빛을 띠며 그의 이야기를 듣기도 했다. 그러나 곤두선 그의 신경은 당장이라도 그녀에게 사과를 해야 한다는 생각에 온통 쏠려 있었다. 그가 탐낸 집밥이 눈앞에 다양하게 펼쳐져 있었는데, 그의 앞 접시는 좀처럼 양이 줄어들지 않고 있었다. 아까 우렁차게 꼬르륵 소리를 내던 배는 어디에 갔는지…….

여전히 자신은, 그녀를 스토커 취급하고 겉옷에 막무가내로 낙서한 망나니였다. 심지어 사과는커녕 끝까지 반말로 예의를 밥 말아 먹은 사람이니. 사과라도 해야 그렇게 침을 삼켰던 집밥이 제대로 넘어가려니 싶었다. 그렇다고 식탁에서 대뜸 미안하다 할 수도 없으니. 고민만 하며 젓가락을 깨작거리던 순간, 드디어 기회가 왔다.

"엇, 벌써 다 마셨어."

"어, 안 그래도 한 병 더 가지고 오려고."

"내가 갈게, 처제."

"아녜요. 앉아 계셔요, 형부."

새로운 와인을 가져오기 위해 여자가 자리에서 일어났다. 한참을 기회만 엿보던 수현도 이때다 싶어, 그녀를 따라가기 위해 조용히 일어났다. 2층까지 이어지는 복도는 책장으로 꾸며져 있었다. 가득 꽂힌 책들이 그녀가 다독가라는 걸 알려 주었다.

"이봐."

막 문을 여는 뒤통수에 조용히 말을 걸었지만, 듣지 못했는지 그녀는 금세 문 안으로 사라졌다. 조금 기다리자, 다시 문을 열고 나오는 그녀와 마주할 수 있었다.

"엄마야, 이런 바밤바."

그를 만난 여자의 두 눈이 동그랗게 커졌다. 깜짝 놀라 자신을 응시하는 그녀를 보던 수현의 입술에서 웃음이 터졌다. 놀라면서도 아이스크림을 찾는 여자를 보니, 사과용 선물로 옷 대신 아이스크림을 한 박스 사 왔어야 했나 싶었다. 그런 그를 보는 여자의 눈이 점점 가늘어졌다.

"놀라게 해 놓고 웃고 있는 얼굴을 보자니 심술이 나는데."

그녀의 말에 수현이 웃음을 뚝 멈추고 목을 가다듬었다.

"어흠어흠. 그게 저……."

눈앞의 여자는 확실히 키가 컸다. 수현 역시 키가 큰 편임에도 불구하고 눈높이가 거의 비슷했다. 강렬했던—이라 쓰고, 자신이 미쳤었던이라 읽는다— 첫 만남과 달리 화장을 한 얼굴은 언뜻 제 나이와 비슷해 보이기도 했다. 그러고 보니 편한 옷으로 갈아입기 전에도, 꽤나 맵시 있게 옷을 소화하고 있었던 것 같다.

"흠?"

여자가 고개를 까딱하니 기울였다. 그러자 수현은 또다시 바보처럼 굴고 있는 제 모습을 마주하는 것만 같았다. 빨리 사과해. 아니, 뭐라도 좀 말하라고.

"키가 크네."

등신. 수현은 제 입에서 나온 소리가 귀에도 들어가기 전에, 자신을 욕했다. 한참을 망설이다 내뱉은 소리가 겨우 그거냐. 명색이 배우씩이나 하면서 말이다. 수현은 이 여자 앞에만 서면 별 이상한 소리만 해 대는 자신이 한심했다.

"우유를 많이 먹어서 그래."

전처럼 영혼 없이 '하하.' 하고 웃을 줄 알았던 여자의 입술에서 가벼운 바람이 흘러나왔다. 의외였다. 그러나 그것도 잠시, 정적이 그를 짓눌렀고 손에서는 땀이 흘렀다. 당장이라도 집으로 가고 싶었다. 내가 여기서 무슨 소리를 지껄이고 있는 건가.

"이거 좀 무거운데."

그녀는 양손에 든 커다란 와인병을 보여 주었다. 좋게 말했어도, 그에게는 제발 좀 꺼지라는 소리로 들렸다. 그래도 그는 비켜서지 않았다. 대신 그녀의 손에 있는 병들을 냉큼 뺏어 들었다.

"내가 들게. 대신 잠깐만……."

그녀는 알겠다는 말 대신, 가벼워진 손으로 팔짱을 끼고 조용히 그의 말을 기다렸다. 수현은 왠지 그녀가 방금 전 띠고 있던 웃음을 계속 짓고 있는 것 같은 착각이 들었다. 그래서 또다시 그는 입을 열 수 있는 작은 힘을 얻었다.

"그, 쇼핑백이 어디 갔는지 잘 모르겠는데. 옷을 주려고 왔어,

사실."

멍청아, 사과를 하라고.

"원래 옷은 잉크가 안 빠진다고 하더라고. 연말이다 뭐다 세탁소도 바쁜데서 가져다주려면 시간도 좀 걸릴 것 같고. 그래서 괜히 못 입는 옷 다시 주는 것보다 새 옷이 나을 것 같아서. 그러니까……."

미안해. 젠장 이 세 글자가 입 밖으로 나오질 않았다. 제 잘못을 인정하고 있고 미안한 것도 맞는데, 뭐가 이렇게 어렵고 무거운지 모르겠다. 거기다 왜 이렇게 주절주절 대고 있는 것인지. 저녁 내내, 도무지 제 자신 같지가 않은 행동의 연속이었다.

머뭇머뭇, 주절주절. 변명인지, 사과인지, 단순 상황 설명인지 싶은 그의 말을 듣던 여자의 입술에서 아까보다 조금 길고, 조금 더 깊은 바람 소리가 빠져나왔다. 눈을 굴리며 장황하게 문장을 늘어놓던 수현의 시선이, 스스륵 올라간 여자의 입꼬리로 향했다.

"사과는 그거면 충분해."

여자가 수현의 손에서 와인들을 다시 뺏어 들었다. 수현에게서 푸시식 김새는 소리가 들렸다. 눈에 불을 켜고 달려들지도 모른다고 생각했는데.

"다들, 와인 만들어 오나 하겠네."

"왜 화를 안 내지?"

돌아서는 여자를 붙잡았다. 너무 쉽게 받아들이는 모습이, 그로서는 다행이었지만 왠지 이해할 수 없었다. 다시 마주 선 그녀의 표정이 귀찮음으로 물들었다.

"뭐, 처음에야 그쪽 얼굴 보고 열받았던 건 사실인데. 생각해 보면 이미 지난 일이기도 하고, 당신은 내 이웃이 맞고······."

두 사람의 눈이 마주쳤다.

"무엇보다 우리 가족한테 초대를 받았잖아. 그거면 된 거 아니야?"

뭘 그런 걸 물어보고 그래. 그녀의 표정이 그렇게 말을 이었다.

"그래도······."

그는 제대로 사과하지 못한 자신이 부끄러웠다. 자신이 했던 그 어느 말에서 용서를 구하는 뉘앙스가 들어 있었는지 모르겠어도, 알아주니 조금 고맙긴 했다.

"그리고 일단, 얼굴이 되게 미안해하고 있어. 아, 그런 의미에서 옷은 도로 가져가고."

뭐? 이어서 흘러나온 여자의 말이 그를 당황시켰다.

"못 알아들으면 이상할 정도로 그쪽 표정이 다 말하고 있어. 그리고 혹시나 해서 얘기하는 건데, 누구 약점 잡고 그런 성격 아니니까 걱정 말고 밥이나 많이 먹고 가."

그는 말을 잃었다. 자신이 할 말을 자기가 다 하는 여자를 그는 어이없게 바라봤다.

"왜 저러고 서 있어."

이제 그만 부엌으로 따라오려니 싶었던 그가 여전히 멍하니 입을 벌리고 제자리에 서 있자, 그녀가 몹시 귀찮다는 표정으로 되돌아왔다. 그리고 그에게 가까이 다가서서 들고 있던 와인병 하나를 품에 안겼다.

"이왕 늦은 김에 소개나 다시 할까, 그럼."

얼결에 품에 와인을 안으며 수현은 정신을 차렸다.

"안녕하세요, 차수현 씨. 저는 옆집 사는 편사랑이라고 해요. 좋은 이웃이 되어 봅시다."

그녀가 반쯤 영혼 없이 '하하.' 하고 웃으며 손을 내밀었다. 수현은 머뭇거리다 비어 있는 다른 손으로 사랑의 손을 마주 잡았다.

"반갑습니다, 편사랑 씨. 저도 그러길 바랍니다."

꽤 다이나믹한 첫 만남 이후 한참 만에 제대로 된 첫 인사가 오갔다. '야, 너, 바밤바'가 오가지 않는 상투적이지만 아주 정상적인 인사가 말이다. 서늘한 분위기와 반대로 옆집 여자의 손은 꽤나 따뜻했다. 그래서 저도 모르게 말아 올라간 입가를 그는 한동안 의식하기가 어려웠을지도 모르겠다.

"옆집 사는지는 어떻게 알았지?"

말한 적 없는 사실을 그녀가 알고 있기에 그에게는 꽤나 궁금했던 부분이었는데, 사랑의 입술에서는 예상치 못할 정도로 간결한 대답이 흘러나왔다.

"찍었어."

"뭐?"

수현의 어안이 벙벙해졌다.

"며칠 전에 복도에 이삿짐들이 있었고, 아까 얘기하다가 이사 온 지 얼마 안 됐다는 것도 들었고. 그래서 그냥 찍어 봤어."

"허……."

그는 잠시 걸음을 멈추고 동그란 뒤통수를 눈으로 좇았다. 눈칫밥이 생명인 직업을 가진 그가 인정할 만큼, 그녀 역시 눈치가 보통이 아니었음을 깨닫는 순간이었다.

"보통 대화할 때 다른 사람 말 잘 안 듣지? 잘 들어 봐. 재밌는 걸 많이 알 수 있을 거야."

별거 아니란 듯 어깨를 으쓱이는 사랑의 뒷모습을 잠시 바라보다 그도 걸음을 옮겼다. 자신에게 재밌는 이웃이 생겼다는 걸 단번에 알 수 있었다.

부엌으로 돌아온 두 사람의 손에, 와인이 나란히 한 병씩 들려 있었다. 마음이 편해져서였을까. 자리에 앉은 그의 앞 접시는 금세 동이 났고, 여러 번 다시 채워지고 없어지기를 반복했다. 그리고 어쩐지 대화를 이어 가는 모습이 편해진 게 모두가 느낄 정도였다.

"사실 동그란 걸 잘 못 봅니다. 흔치 않은 일이긴 한데, 정말 컨디션이 안 좋은 날 상대 여배우가 동그란 안경을 끼고 있으면 코나 인중을 보고 연기할 때가 있어요. 눈 위에 동그란 게 있는 게 좀 이상하게 다가오는 날이 있더라고요."

그가 약한 환 공포증을 가지고 있다는 사실은 매니저 김 군 외에 아는 사람이 없었다. 그는 스스로 콤플렉스가 있는 걸 보여 주기 싫어했고, 무서울 땐 눈을 질끈 감기보다 응시하는 것으로 두려움을 감추었다.

빈 병이 늘어나서였을까, 밤이 점점 깊어 가서였을까, 아니면 누군가 말하지 않은 마음을 알아준 고마움 때문이었을까. 수현은 이 순간 감추려 했던 약한 모습을 오늘 처음 만난 가족들에게 스스럼없이 풀어내고 있는 자신을 발견했다. 마치 고해성사를 하고 난 이후처럼 마음이 편안해졌다는 점에서, 그는 기분이 나쁘지 않았다.

"자, 많이 먹게."

옆에서 잠자코 듣고 있던 사랑의 부친이 그의 접시 위로 동그랑땡을 올려 주었다. 그리고 왼쪽에 앉아 있던 이 집 아들 역시 동그란 호박전을 그 위로 날랐다. 능청스러운 부자의 모습에 다들 킬킬 웃음이 터졌다.

"형아, 형아!"

큭큭, 터져 나오는 웃음을 참으며 수현이 전을 입에 넣었을 때, 앞에 앉아 있던 그 집 손주가 그를 불렀다.

"배트매앤."

"푸하하하!"

손가락을 동그랗게 말아 배트맨 흉내를 내는 아이의 재치에 모두가 배를 잡고 쓰러졌다. 수현도 터지는 웃음에 막 입에 넣었던 전을 씹지도 못하고 그대로 뿜을 뻔했다. 유쾌한 가족과의 밤이 깊어 갔다.

엄마의 결정에는 항상 이유가 있었다. 아주 합리적이고 납득할 만한 이유. 엄마가 그 남자를 초대했다면, 마땅한 이유가 있었으리라 생각했다. 아주 한참 뒤 그녀는 그 이유를 물어보았다.

유명한 배우라서?

찾아온 손님을 그냥 보낼 수 없어서?

그냥 정말 밥이 너무 많아서?

궁금했다. 왜 처음 보는 그 사람한테 밥을 먹고 가라고 한 건지. 무릎을 베고 올려다본 엄마의 눈은 제주 바다의 먼 수평선을 바라보고 있었다. 금방 그 이유가 떠올랐는지 오래 걸리지 않아 엄마가 싱긋 웃었다.

'눈 때문에.'

의아하게 바라보는 눈을 잠시 마주하다, 엄마는 그녀의 머리를 쓰다듬었다.

'그 애 눈이, 정이 참 고파 보였다.'

5. 서운함

새해를 하루 앞둔 아침. 아니, 새벽에 가까운 시간. 항상 조용했던 복도가 한 가족의 수다로 부산스러웠다.

"여보, 아가들 짐 다 챙겼지?"

"네, 챙겼어요. 걱정 말아요, 나라 씨."

"비행기 티켓은? 엄마한테 있나?"

편 씨 집안 막둥이 집에서 잠시 하루 머문 가족들이 다시 제주도로 돌아가는 날이었다. 이른 시각이기에, 다들 정신없이 놓고 가는 건 없는지 확인하는 말들로 복도가 울렸다.

남편들은 각자 곤히 잠든 아이를 안고 있었다. 이 집 여자들은 복도에 놓인 개나리색 소파에 앉아 엘리베이터를 기다렸다. 엊저녁 다른 가족들이 버리려고 내놓은 그 소파였다.

"잘 쓰고 있는 소파를……."

사랑의 눈에 아쉬움이 묻어났다. 노란 가죽이 낡기는 했어도, 앉아 있다가 스르륵 단잠에 들 만큼 안락한 의자였다.

"너무 낡아서 버리길 잘했어. 그리고 당분간 엘리베이터 기다리면서 편하고 얼마나 좋아."

"그래, 처제. 낡긴 했어. 여기 밑엔 가죽이 살짝 찢어졌더라고."

"이미 사 온 거, 새 거 잘 써 그냥."

낡은 소파를 버리려 하는 이유를 한마디씩 거드는데, 다 맞는 말이라 할 말이 없긴 했다.

"아니, 그럼 분리수거 날에 맞춰서 버리든지. 이 큰 걸, 다음 주에 나 혼자 내다 버려야 되잖아."

"왜. 지금 네 방에 잠들어 있는 남자한테 거들어 달라 그래."

사랑은 자신의 언니가 하는 말에 눈을 세모꼴로 떴다.

"그렇게 말하니까 뭐 되게 이상하게 들리잖아, 지금?"

"아, 편나라. 애들 앞에서 못하는 소리가 없어."

옆에 선 장남도 막냇동생의 말을 거들었다.

"흠, 형님. 듣기에 좀 이상하긴 합니다만, 사실은 사실이니까요."

"네, 맞는 말씀이긴 해요. 호호."

그러나 팔은 안으로 굽는다고 형부가 언니 편을 들고 나섰다. 조용히 앉아 있던 올케언니도 웃으며 긍정했다. 그래, 사실은 사실이었다. 어젯밤 저녁 식사에 초대되었던 남자는 생각보다 술을 못 마셨다. 물론, 편씨 집안에 비한다면 말이다.

가족 모임의 마무리는 화투가 제격이었다. 아버지 옆에 앉아 도움 같은 훈수를 두던 그는 어느 순간 웃음이 많아지는가 싶더니, 스르륵 잠이 들었다. 그것도 아버지 어깨에 곱상한 얼굴을 기대고.

배우 한다는 머스마가 내 어깨를 베고 잔다며 아버지가 껄껄 웃으셨다. 가족들도 따라서 웃음이 터졌다.

'야야, 인마 편히 자구로 침대 가서 눕혀 주라.'

아버지 말에 오빠랑 형부가 길쭉한 사내를 둘러업었다. 형부는 운동을 하는지 몸이 딴딴하다며 감탄했고, 오빠는 보기보다 무겁다며 앓는 소리를 냈다. 그래. 그래서 사실은 사실인데. 옆집 남자가 내 방에 누워 있다니. 꽤나 불편한 소리였다.

사랑은 어딘지 모를 억울함에 모친을 쳐다봤다. 형제들 간의 투닥거림을 그저 귀엽게 바라보던 임 여사는 웃기만 했다.

"그나저나 제대로 인사도 못 하고 가서 어떡해."

"그렇다고 곤히 자는 걸 깨워서 우리 간다고 광고할 수는 없잖아."

가족들은 하루 저녁을 함께한 손님이 깨어난 이후를 걱정했다.

"괜찮아. 다녀와서 내가 얘기할게."

"그래요, 우리 막내 아가씨가 어련히 잘하겠어요. 냉장고에 반찬들 나눠서 담아 났으니까 깨어나면 챙겨 주세요."

땡— 하는 소리와 함께 엘리베이터 문이 열렸다. 그에 맞춰 아버지도 현관문을 열고 나오셨다.

"점마, 저, 이불 좀 덮어 준다고. 가자, 가자."

화장실이라도 가셨나 했더니만 옆집 남자 이불을 덮어 주고 오셨나 보다. 그런 아버지를 바라보던 엄마는 조용히 웃으며 남편에게 팔짱을 꼈다.

"잘했네, 내 남편."

아버지가 머리를 긁적이며 히죽 웃었다. 오랜 부부의 모습에 가족들이 슬며시 웃었다. '사랑'이라는 것이 눈에 보이는 순간이었다.

닫히는 문 사이로 낡은 소파가 보였다. 왜 그렇게 버리지 않았을까, 가끔은 자신도 궁금했다. 그런데 오늘에서야 혼자 살며 이사를 다니는 동안에도 계속 가지고 다녔던 이유를 깨닫게 됐다. 오래되고 빛바랜 노란색이 꼭, 우리 가족을 떠올리게 했나 보다.

비록 이제 그녀의 거실에서는 새 가죽 냄새를 풍기는 매끈한 소파가 그 자리를 대신하고 있지만. 우리의 삶엔 가끔 대체할 수 없는 것들이 있다. 새로운 소파가 의자의 용도는 대신해 주겠지만, 제주도의 봄을 느끼게 할 수는 없는 것처럼.

'무거우니까, 좀 나중에 버리는 걸로.'

그녀가 혼자 밥도 먹고, 책도 읽고, 자주 낮잠에 빠져들었던 오래된 친구는 당분간 저 복도에 남아 있을 예정이었다. 옆집 남자만 괜찮다면.

여느 아침과 마찬가지로 사랑은 강의실로 향했다. 새벽 비행기를 타고 제주도로 돌아간 가족들을 배웅하느라 피곤한 눈을 문지르며 강의실로 들어서던 그녀가 돌연 멈칫하고 발걸음을 멈추었다.

많은 계절 학기 수강생들로 언제나 북적북적한 강의실에서 여느 때와 다른 분위기가 느껴졌기 때문이다. 원인 모를 긴장감과 개미 발소리도 들릴 것 같은 조용함이란……. 그녀는 교실을 잘못 들어왔나 생각했다.

"누나, 여기요오!"

"언니이!"

다시 강의실을 나가려던 그녀의 눈에, 작은 목소리로 부웅부웅 팔을 흔들어 대는 두 남녀가 들어왔다. 직전 학기에 이어 계절 학기까지 함께 듣게 된 아가들이었다. 조용한 분위기에 제대로 부르지도 못하는 모습이 퍽 귀여웠다.

스물여섯 두 동갑내기는 군대와 여행을 다녀오느라, 휴학하고 인턴을 하느라 늦은 학기를 듣고 있었다. 그래도 그녀에겐 한참 어린 후배들이었다.

"오, 암모나이트 과잠은 어디 갔대?"

두 사람 사이의 빈자리에 털썩 앉자마자 잠바 타령을 들었다. 특이한 머리색도 말쑥하게 소화하는 남자아이는 짓궂게 웃어 보였다. 최이영에 이어 얘도 이러는 걸 보니 그게 보통 유물이 아니었다 싶다.

"언니 지금 이럴 때가 아니에요. 빨리 이거 외우세요."

오른쪽에선 수업 내용이 요약된 쪽지를 건네 왔다. 여자애의 글씨는 동글동글 귀여운 외모를 꼭 닮아 있었다.

"이게 뭐야?"

"내 이럴 줄 알았어. 언니 오늘 중간고사잖아요!"

"뭐? 벌써?"

수업을 며칠이나 들었다고 벌써 중간고사야. 계절 학기란 이런 것인가…… 눈물이 앞을 가렸다.

"야, 수미칩. 내 거는?"

"치, 너 공부 다 했잖아, 깡다."

"네 요약본을 봐야 공부한 거지."

"됐어. 이래 놓고 나보다 잘 보기만 해 봐."

남자애의 말에 퉁명스런 대답들이 흘러나왔다. 그녀의 오른쪽에서 조금씩 달아오르는 열기가 느껴졌다. 보지 않아도 여자애의 볼이 상기되는 걸 알 수 있을 정도로.

'귀엽기는.'

들려오는 대화에 사랑이 피식 웃었다. 차갑고 이지적인 애가 이 남자애 앞에서는 매번 숙맥이 됐다. 여자애가 이 짓궂은 남자애한테 어떤 감정을 가지고 있는지 너무 쉽게 알 수 있었다. 줄곧 도도한 얼굴이 감정으로 얼룩지는 건 이 남자애가 말을 걸 때뿐이었으니까. 오랜 친구란 이름이 그녀의 방패가 되어 주었지만, 가시가 되어 마음을 찌를 날이 머지않아 보였다.

이 아이들을 보고 있노라면, 그냥 옛날이 생각날 때가 있었다. 비슷한 강의실, 비슷한 수업, 비슷한 말과 행동들. 그때는 알 수 없던 서로의 감정이, 멀리서 보니 이렇게 간단명료할 수 없었다.

"그래서 여기서 제일 중요한 게 뭐야?"

"아무래도 이거죠."

"음, 이거!"

양옆에 앉은 청춘들이 망설임 없이 가장 중요한 부분을 짚었다. 같은 제목 위에 맞닿은 두 손가락 중 하나가 화들짝 떨어졌다. 시험에는 결국 나올 게 나오고, 정답이라는 게 있는데. 사랑에도 나올 것만 나오고 정답이 있다면 얼마나 좋겠는가.

"땡큐. 이따 맛있는 거 먹자."

킥킥 웃은 그녀도 옛날 생각에서 빠져나왔다. 오랫동안 곱씹어야 할 추억은 아니었다. 지나간 기억이란 그런 것이었다. 그리고 지금 해야 할 것에 집중하기 시작했다. 지금은 시험에 나온다는 이 부분을 한 글자라도 더 많이 머릿속에 집어넣어야 할 시간이었다.

"다들 좋은 아침!"

중년 여성이 강의실로 들어오며 해사하게 웃었다. 늘씬한 몸매와 화려한 이목구비는 그녀의 나이를 실제보다 한참 어려 보이게 했다. 미스코리아 출신이다, 배우였다더라는 무성한 소문들만큼이나 그녀의 강의는 인기가 많았다.

우아한 행동이나 자애로운 미소로 학생들을 대하는 여교수의 행동은 이미 정평이 나 있었다. 그러나 사랑은 이따금 그녀의 얼굴에 칼날이 빠르게 지나가는 걸 보았다. 착각인지도 모르지만. 언제나 미소와 따뜻함으로 학생들을 대하는 여교수는 확실히 어딘가 싸늘한 구석이 있는 사람이었다.

뒤에서는 그녀의 조교가 시험지로 보이는 종이 뭉치를 들고 뒤따르고 있었다. 여교수와 조교의 등장에 강의실은 긴장감으로 달아올랐다.

"잘 먹었습니다."

배를 땅땅 두드리며 너스레를 떠는 두 후배의 귀여운 모습에 사랑은 웃었다.

고목나무와 매미처럼 한 사람은 키가 훌쩍 크고 하나는 아담했지만, 그림처럼 잘 어울리는 모습이었다. 투닥투닥하는 모습 그대로가 인생의 푸른 여름날을 떠올리게 하는 녀석들이었다. 서로 마음만 통한다면 더할 나위 없이 괜찮은 커플이 될 텐데……. 어린 애들이라지만 저들 스스로 어련히 알아서 할까. 그녀는 괜한 오지랖을 부리고 싶지 않아 조용히 입맛만 다셨다.

"덕분에 시험지에 글씨를 쓰긴 썼다."

사실이었다. 얼굴처럼 예쁜 글씨로 정리해 준 요약본과 정말 시험에 나오는 중요한 부분만 짚어 준 저 아가들의 공이 컸다. 덕분에 그녀는 백지를 내는 최악의 상황만은 모면할 수 있었다. 졸업을 하긴 해야 하니, 이 좋은 겨울 아침에 늦잠도 못 자고 듣는 마지막 수업에서 낙제는 사절이었다.

돌아서면 배고플 청춘들인데, 패밀리 레스토랑에서 든든하게 먹이고 커피까지 한 손에 들려 주고서야 사랑도 마음이 좋아졌다.

"언니, 차기작은 언제 나와요?"

콜록콜록. 홀짝이며 빨아 먹던 타피오카가 목에 걸렸다.

그 순간 수정 마무리 단계에 있는 원고가 첫 번째로 떠올라 그녀를 괴롭혔으며, 이어 차 안에 굴러다니고 있을 그놈의 '기획·극본 최이영'이 다시 머리 위로 떠올랐기 때문이다.

"괜찮아, 누나?"

"어머, 언니!"

양쪽에서 괜찮냐며 등을 두드려 댔다. 동시에 두드려 대니 얼마나 센지, 사레들린 젤리 알갱이가 입 밖으로 튀어나올 것 같았다.

"어, 괜찮아. 그만해도 돼."

먹던 게 튀어나오는 불상사를 겨우 막고, 목구멍에서 벗어난 타피오카를 다시 씹어 삼켰다. 괜찮다며 팔을 젓는 사랑의 등에서, 그제야 두 녀석이 손을 치웠다. 오늘따라 이곳저곳에서 불쑥불쑥 튀어나오는 최이영이었다.

"누나, 그럼 주말 잘 쉬고 내년에 만나요."

"뭐? 내년?"

그러고 보니 벌써 한 해의 마지막 날이었다. 아, 가방에 그게 있으려나. 가방을 뒤적이는 사랑의 머리 위로 도란도란 이야기 소리가 들려왔다.

"오늘 한강에서 불꽃놀이 한다던데. 너, 가?"

"아니. 사람 많은 거 질색이야."

척 듣기에도 부끄러움과 기대가 버무려져 감정이 뚝뚝 떨어지는 목소리와 상반된 남자애의 목소리가 얄미웠다. 같이 가자는 거잖아! 대신 등짝을 후려쳐 주고 싶었다.

"그……렇지? 나, 나도 사람 많은 거 싫더라."

어휴. 조용히 한숨을 삼킨 사랑이 고개를 들었다.

"야야. 니들 해라."

걸쭉한 사투리로 내미는 손안에는 키홀더 한 쌍이 자리하고 있었다. 지난번 미국에 다녀오며, 이곳저곳 기념품으로 돌리려고 사 놓았던 게 딱 한 쌍 남아 있었다. 손잡이를 돌리면 하나로 합쳐지기도, 나뉘기도 하는 키홀더는 하트 모양이었다.

"설마……."

"맞아."

"하트……."

"누나 이름 잘 기억하지?"

질색한 표정으로 그녀의 손 위를 바라보는 아이의 모습에 사랑이 조용히 고개를 끄덕였다. 이왕 기념품인데, 누가 사 왔는지 보기만 해도 알 수 있어야지. 사랑은 그런 주의였다.

"우와, 예뻐요!"

레버를 돌려 한쪽을 가져가는 수미의 얼굴이 발갛게 물들었다.

이번 건 사실 다른 뜻도 좀 들어 있었고. 이왕이면 너희들이 좀 더 가까워졌으면 좋겠구나, 하는? 상대방이 받아들이기 나름이지만…….

"다들 새해 복 많이 받고."

안 받을 것처럼 주먹을 쥐고 있는 손에 새해 선물을 안겨 주고 그녀가 차로 향했다. 번호판을 확인하던 그녀가 피식 웃었다. 1230. 내 거 맞지?

옆집 남자와의 어이없는 첫 만남이 새삼 떠올랐다. 편씨 집안 다른 식구들과 달리 사랑은 이웃들과 살갑게 지내는 재주는 없었지만, 어제 만난 옆집 남자가 첫 인상만큼 재수 없는 사람이 아니란 것은 알았다.

엄마가 아침 차려 놨던데, 밥은 잘 먹고 갔나. 집에 가면 그 옷도 돌려줘야겠다고 생각했다. 가져갔으면 더할 나위 없이 좋고.

[편 작가! 오늘은 빨리 녹음하고 가서 쉬자. 얼른 왜!]

메시지가 오는 소리에, 집으로 향했던 그녀의 생각이 되돌아왔다. 생방송이었던 크리스마스와 달리, 내일 방송까지 한 번에 녹음하려면 조금 서둘러야 했다. 벌써 여러 통 연락이 와 있는 걸 확인하며, 그녀가 방송국으로 차를 몰았다.

사랑이 차를 몰고 사라지자, 손을 흔들며 배웅하던 수미 역시 학교로 발걸음을 돌렸다.

"가자. 도서관 갈 거지?"

뒤돌아 걸어가던 수미가 발걸음을 멈추었다. 옆에 있을 줄 알았던 녀석이, 제자리에 서서 사라지는 차 뒤꽁무니를 눈으로 좇고 있었다.

"야, 깡다. 안 가?"

그녀가 멈춰 선 남자애를 불렀다.

"야, 수미칩."

녀석은 여전히 멀어지는 차를 향해 서 있었다. 수미는 그런 그의 뒷모습을 마음에 담고 있었다.

"왜."

"나 저 누나 좋아해."

"그, 그걸 왜 나한테 얘기하고 난리야. 언니한테 가서 얘기해야지."

당황으로 물들어 가는 목소리. 남자애는 그것을 모르지 않았다. 누군가를 향한 진심일까, 또 다른 누군가를 향한 심술일까. 남자는 스스로도 헷갈렸다. 복잡한 마음에서 비롯된 말과 행동은 거기까지였다.

"그냥. 그렇다고."

겨울바람처럼 무심하게 흘러가는 목소리에, 수미의 마음만이 그 자리에 덩그러니 남았다.

얼마 만에 단잠인 걸까. 그는 기분 좋게 눈을 떴다. 그러나 자는 내내 그의 입술에 걸려 있던 미소는 이내 사라져 갔다. 낯선 향기, 낯선 침구, 낯선 풍경. 낯선 것들이 그의 눈과 코를 어지럽혔다.

얼마 전 이사로 인해 낯선 제집 천장을 보며 느꼈던 기분을 다시 느낀 참이었다. 그리고 서서히 되살아나는 기억. 이 집 가족들과 웃고 떠들던 기억이 나지만, 언제 잠이 들었지.

그 여자의 방인가?

어두운 톤의 침구와 벽지 색이 마음을 편안하게 만들었다. 하얀 커튼이 캐노피처럼 침대 한쪽을 가려 주고 있었지만, 쏟아지는 햇살을 막기엔 너무 얇았다. 몸을 일으키자 그의 몸을 덮고 있던 솜이불이 아래로 떨어졌다.

"아……."

침대 밖으로 내딛는 걸음에 머리가 살짝 어지러웠지만, 어쩐지 몸이 가벼웠다. 술을 마시지 않은 날은 잠을 잘 못 잤지만, 술에 취해 잠든 날에는 꼭 아버지 꿈을 꾸기 마련이었다. 아무리 뛰어도 잡을 수 없는 아버지의 뒷모습을 보며 울부짖다 허무함을 안고 잠에서 깨어났다.

와인이긴 했어도 술을 마셨고, 기억 없이 여기서 잠든 걸 보면 취해서 잠들었나 본데. 그는 아무런 꿈도 꾸지 않았다. 오히려 상쾌한 몸은, 아주 오랜만에 단잠을 잤다는 걸 그에게 알려 주었다.

집으로 돌아가야겠다는 생각에 발걸음을 옮겼다. 해는 떠 있었지만 시간을 가늠할 수 없었고, 다른 사람들이 행여 잠들어 있을까 그는 조심스럽게 거실로 향하는 문을 열었다.

아, 근데 혹시 다들 일어나 있으면 어떡하지. 뭐라고 인사해야 하지. 신세 져서 감사했다고 해야 하나. 어젯밤 분위기로 보아 다들 해장을 하고 있는 건 아닐까. 나도 한 그릇 달라고 할까. 아니면 그냥 집으로 돌아갈까.

이런 적은 처음이라 그는 잠시 방 안을 서성였다. 그는 그 흔한 '친구네서 잠자기' 한 번 해 보지 못했고, 남의 집이라곤 그가 간혹 사귀는 여자들의 집이나 혹은 호텔 방이 전부였다. 아, 고모에게 가기 전까지 동네의 이 집 저 집을 전전했던 경험은 있었다. 그때 그는 너무 어렸고, 그것은 살기 위한 수단이었다. 오늘과 같은 경험은 맹세코 처음이라, 그는 한참을 갈팡질팡했다.

고민하는 그의 입술은 슬쩍 올라가 있었고, 걱정을 담은 눈동자는 꽤나 즐거워 보이기까지 했다. 문고리를 잡는 손에는 작은 긴장 못지않은 기대가 실려 있었다. 그러나 그의 기분이 추락하기까지는 오랜 시간이 걸리지 않았다. 아무도 없는 텅 빈 거실. 너무나 익숙한 공백과 적막감에 그는 잠시 숨을 멈추었다. 생각했던 모든 말들이 먼지처럼 그의 머릿속에서 사라졌다. 그 많은 말들 중 한 음절이라도, 이곳에는 들어 줄 사람이 없었다.

모두 돌아간 것일까.

그래, 다들 하루만 있다 돌아간다고 들었던 것도 같다. 조용한 거실과 마주하며 뜻 모를 공허함을 느꼈다. 와자지껄 웃고 떠들었던 어젯밤이 그의 눈과 귀를 간지럽혔지만, 깨끗하게 정돈된 거실을 마주하자 모든 게 꿈처럼 아득했다. 빈 거실 탁자 위에는 어제 자신이 가져온 쇼핑백 하나가 덩그러니 놓여 있을 뿐이었다.

"하……."

한숨과도 같은 실소가 그의 입술을 타고 흘렀다. 처음 만난 가족과 웃고 즐기다 못해 함께 먹는 아침상이라도 바란 걸까.

아니면 뭐. 뭘 바란 건데. 불나방마냥, 온기에 미쳐 가지고. 처음 만난 사람들 앞에서……. 참나.

별소리를 다 했다며, 피식거리며 웃던 그가 현관으로 향했다. 무거운 침묵이 자신을 짓누르는 이곳을 탈출해야겠다고 생각했다. 그는 마치 동아줄처럼 가지런히 놓여 있는 자신의 신발을 향해 성큼성큼 걸어갔다. 그러느라 식탁보로 덮여 있는 아침상도 보지 못하고 지나쳐 버렸다.

하루 사이에 발이 컸나, 잘 들어가지도 않는 신발을 욱여 신으며 과자 집을 나섰다. 원 없이 과자에 취해 잠이 들었지만, 헨젤과 달리 잡아먹겠다고 기다리고 있는 마녀는 없었다.

식인 마녀가 기다리는 헨젤 새끼가 부러운 건 처음이었다. 혼자 맞이하는 아침이 처음도 아닌데 이상했다. 진득하고 퀴퀴한 기분이 그의 머릿속에 거미줄을 쳤다. 괜히 과자를 먹었다고 생각했다. 한동안 잊고 있던 그 따뜻함이라는 맛은, 잊기까지 꽤 오랜 시간이 걸릴 테니까.

거참. 되게 서운하네…….

번호 키를 누른 수현이 도망치듯 집 안으로 사라졌다. 몇 권의 시나리오와 함께, 그는 세상에서 가장 안전한 자신의 침대 속으로 파고들었다.

6. 불꽃놀이

"방송 시작과 함께 오늘 한강에서 불꽃놀이가 열리고 있는데요, 여러분께선 지금 누구와 함께 멋진 불꽃놀이를 보고 계신가요? 저처럼 외롭게 혼자 보고 있는 사람 다 모여! 제가 편애해 드릴라니까! 〈편사랑의 편애하는 라디오〉, 새해 첫 방송 시작합니다."

한 해가 가기까진 아직 몇 시간이나 남아 있었지만, 사랑은 라디오를 녹음하며 청취자들과 미리 새해 인사를 나누었다. 광고를 제외하고 한 시간 반 정도의 녹음 시간. 오늘은 어쩐지 평소보다 목이 아프다고 생각하며, 사랑이 클로징 멘트로 녹음을 마무리 지었다.

"다들 새해 복 많이 받아요."

라디오 엔딩 음악이 흐르자, 사랑이 짐을 챙겨 스튜디오를 나섰다. 1월 1일과 1월 2일에 나갈 방송을 연달아 녹음하는 건, 보통 체력을 요하는 일이 아니었다. 저녁도 거르고 녹음하느라, 작게 흐르는 광고 소리 위로 배고프단 아우성들이 이어졌다.

"고생했어들."

뭘 먹을까 궁리하는 스텝들의 수고를 격려하던 사랑의 품에 척하고 박스 하나가 안겨졌다.

"윽⋯⋯!"

허리가 훅 숙여질 정도로 꽤나 무거운 박스에, 그녀가 짧게 신음했다.

"술쟁이 편 작가, 새해 선물."

"몹시 당황스럽다."

킬킬 웃는 라디오 피디의 낯에 사랑이 정색을 했다. 술쟁이라니. 사랑의 정색하는 얼굴에 새삼스럽다며 어깨를 으쓱이는 프로듀서. 서로 장난인 걸 알아서 금방 웃음이 터졌다. 새해 선물치고 괜찮을까 걱정하며 앉아 있던 라디오 작가도 그제야 얼굴이 환해졌다.

와인 한 잔, 맥주 한 캔 좋아할 뿐인데 술쟁이라는 말은 여전히 억울했다. 그러나 술은 언제나 반가웠다. 박스 위엔 큼지막하게 좋아하는 맥주의 로고까지 박혀 있었다. 그것 또한 반가웠다. 둘러보니 모두 자기 다리 옆에 같은 박스가 하나씩 자리하고 있었다. 새해 선물은 이걸로 통일했구나. 꽤나 오래 함께한 피디였지만, 오늘만큼 센스 있는 날이 없었다.

"작가님, 송년회 고?"

"아니, 스톱."

"오늘 법카 쓸 건데도?"

"당신 카드 쓴대도"

눈앞에서 흔들어 대는 법인 카드에도 그저 돌아섰다. 들고 있는 맥주도 무겁고, 몸도 무겁고 특히 몇 시간을 내리 떠들어 댄 목이 제일 무거웠다.

"이 맥주, 되게 반가운데 무겁다. 주차장까지만 들어다 줘."

"그냥 가게?"

옹기종기 모여 선 스텝들이 아쉬운 티를 냈지만, 사랑은 어깨만 으쓱였다. 조금 미안했지만 사랑은 자신의 상태가 제일 중요했다. 목이 무거웠고 몸도 무거웠다. 또한 말은 안 했지만 불꽃놀이도 궁금했다. 막상 보지도 않은 불꽃놀이를 상상하며 방송할 때의 어색함은 말로 표현할 수 없었지만. 불꽃놀이가 열리는 위치는 집에서 보일 만한 거리였고, 불꽃놀이를 보며 마실 맥주까지 생겼다. 집에서 맥주 한 캔에 불꽃놀이로, 조용히 혼자 새해를 맞이하고 싶었다.

"어어. 재밌게들 노시고 내년에 만나."

엘리베이터 문이 열리자 익숙한 소파가 사랑을 반겼다. 그녀는 바닥에 두었던 맥주 박스 두 개를 차례로 밀어 소파 밑에 놓았다. 허리를 펴던 사랑이 신음 소리를 냈다. 주차장까지 짐을 들어 주던 피디가 차에 몇 박스 더 있다며 한 박스를 더 실어 준 까닭이었다.

진심을 다해 만류하는 사랑의 말을 귓등으로 흘려들은 그는 근처에 있던 자신의 차로 향해서는, 이어 대쪽 같은 성미로 기어이 맥주 박스 하나를 더 옮겨 실었다. 덕분에 그녀는 혼자서 맥주를 두 박스나 옮겨야 했다. 그녀는 만족스럽게 웃던 피디의 낯을 지금이라도 한 대 콱 쥐어박고 싶은 생각이 들었다. 허리를 펴던 사랑이 신음 소리를 냈다.

"아고고."

절로 앓는 소리가 났다. 더럽게 무거웠다. 잠시 소파에 앉아 숨을 고르던 사랑이 피식 웃었다.

복도 끝을 가득 메운 창문에서 보이는 풍경이 나쁘지 않기도 했지만, 맥주를 쌓아 놓고 마실 생각을 하니 꽤나 우스웠다. 정말 술쟁이가 된 기분이었다.

그러다 휙, 사랑이 고개를 돌렸다. 옆집 현관문과 맥주 한 박스를 번갈아 보던 사랑이 자리를 털고 일어났다. 옆집 남자한테 새해 선물이나 나눠 볼까.

초인종으로 향하던 그녀의 손이 울리는 전화벨 소리에 멈추었다. 간만에 이웃을 생각하는 마음에 잠시 정지 신호를 보내는 전화에 사랑은 고개를 내저었다. 역시 사람 일 맘 같지 않아, 후후. 발신자를 확인한 그녀가 생각을 고쳐먹었다. 사람 일이 어쩌면 맘 같을 때도 있을지 몰랐다. 엄마였다면 이미 더 많이 나눠 줬을지도 모르니.

"엄마."

제주도 집에 잘 도착했다는 전화였다.

— 우리 잘 도착했다고. 학교는 잘 다녀왔니?

"네네, 여사님. 착한 막내딸은 학교도 잘 다녀오고, 일도 잘 마치고 돌아왔지요."

어제도 은근히 올해 졸업 여부를 물어보더니. 그래, 이 은근한 잔소리를 듣지 않기 위해서라도 학교는 졸업하자 싶었다.

— 저녁은?

"시간이 몇신데. 먹었지."

녹음 때문에 못 먹었지만, 그렇다고 대답하는 목소리 끝이 길게 늘어졌다. 어제가 괜히 그리워졌다. 가고 싶다, 제주도. 보고 싶다, 울 엄마. 어려서부터 큰 키를 유지하며 '자이언트 베이비'란 별명을 유지하던 그녀도 엄마 앞에선 그냥 베이비였다.

— 반찬은 잘 나눠 줬지?

그래, 사람 일이 맘 같을 때가 있을지 몰랐다. 이대로 집에 가서 피곤한 몸을 뉘일까도 싶었지만, 전화로 잠시 멈춰 두었던 '이웃을 향한 선행'을 이어 가야겠다는 결심이 섰다. 숙제 검사하듯 물어오는 엄마의 말에 잊고 있던 반찬까지 챙겨 줘야겠다는 생각이 들었다. 안 그래도 옆집 앞에 서 있는 것을 엄마는 알고 전화한 걸까. 사랑의 입술에 웃음이 걸렸다.

"아뇨, 이제 가져다주려고."

이제 가져다주긴. 깜빡 잊고 있던 반찬 생각에 사랑이 집으로 발걸음을 돌렸다. 옆집 남자 주라고 챙겨 놓은 반찬을 함께 가져다줘야 했다.

"네네, 들어가세요."

모친에게 귀여운 거짓말로 둘러댄 사랑이 조용히 안부를 전하며 통화를 마무리 지었다. 냉장고로 향하던 그녀가 잠시 식탁 앞에 멈춰 섰다. 희미한 반찬 냄새와 식탁보 아래로 느껴지는 날것 그대로의 느낌. 설마, 안 먹고 갔나?

옅은 반찬 냄새에 식탁보를 들추니, 그러면 그렇지. 다 그대로였다. 식은 밥과 국, 줄지 않은 반찬을 보던 눈썹이 치켜 올라갔다.

"이런 바밤바……."

바쁜 새벽에 일부러 차려 놨더니. 물론 자신이 아닌 엄마가 차린 것이지만. 옆집을 향해 돌아가는 눈매가 날카로웠다. 어제는 그렇게도 잘 먹더니. 못 보고 간 건지, 안 먹고 간 건지는 둘째 치고 남은 반찬이 아까웠다. 나도 자주 못 먹는 엄마 밥을…….

"정이 가다 만다……. 가다 말어……."

힘 빠진 목소리로 중얼거리던 사랑이 냉장고를 열어젖혔다. 양쪽으로 똑같은 반찬 통들이 짝을 이뤄 자리하고 있었다.

"반찬을 줘, 말아."

사랑은 잠시 고민하다 냉장고 안에서 반찬 통들을 꺼냈다. 한 통씩 꺼내도 일곱 개나 되는 그릇에, 쇼핑백도 튼튼한 것으로다 꺼내 들었다. 방금 전화한 엄마만 아니었으면, 괘씸죄로 반찬은 패스했을 것이다. 묵직한 쇼핑백 손잡이를 쥔 손에 조금 더 힘이 실렸으며, 슬리퍼를 신는 발길이 거셌다. 곧이어 옆집으로 발길을 옮긴 사랑이 소리를 높여 그를 부르기 시작했다.

"차수현 씨!"

무거운데 빨리빨리 좀 나올 것이지. 거세게 이웃을 생각하는 그녀의 마음처럼, 이웃집 초인종을 누르는 손길에도 드센 정이 담겨 있었다.

"문 좀 열지?"

그게 약간 신경질적이라는 게 조금 문제였을 뿐이지.

사랑의 집에서 돌아온 뒤로 그는 낮과 밤의 경계도 모른 채 방 안에 틀어박혀 있었다. 밝았던 실내가 슬금슬금 어둠으로 물들고, 햇살이 빛나던 자리를 조명이 채울 때까지 그는 침대 밖으로 발을 떼지 않았다. 시나리오 내용이 눈에 들어오지도, 잠이 오지도 않았지만 그는 고집스럽게 이불 속 자리를 지키고 있었다.

그런 그를 불러낸 건 아직은 그에게 익숙하지 않은 초인종 소리였다. 김 군이 올 것도 아닌데, 무시하려다 뒤에 이어지는 목소리에 그는 벌떡 일어나 현관으로 달려갔다.

"차수현 씨! 문 좀 열지?"

옆집 여자였다.

"나, 지금, 뭐 기다렸단 듯이 뛰어온 거야?"

그는 믿을 수 없다는 듯 자신에게 반문하듯 혼잣말을 했다. 아니, 내가 왜?

"집에 없나?"

현관에 서서 자신의 행동을 곱씹던 수현이 더 고민할 새도 없이 문을 벌컥 열었다. 잦아드는 초인종 소리와 함께 집으로 돌아갈 것 같았던 옆집 여자의 목소리 때문이었다. 문이 열리자, 돌아서던 사랑의 눈빛이 불만을 품고는 수현을 향했다.

'이번엔 갈까 봐 문을 벌컥 열기까지 한 거야? 벌컥?'

심지어 서둘러 문을 열기까지 한 자신의 행동을 반문하던 수현은 눈을 동그랗게 떴다. 하지만 그는 이어 품으로 떨어지는 묵직한 쇼핑백에 놀란 기색을 감출 새가 없었다. 이건 뭐야?

"빨리빨리 좀 열지."

짧은 단발에 앳된 얼굴이 그를 반기고 있었다. 여자의 얼굴은 반가운 기색보다는 무언가에 대한 불만을 담은 듯 뾰로통했지만, 수현은 쇼핑백 너머로 보이는 얼굴에 눈이 고정됐다. 저도 모르게 또 한참을 빤히 저 얼굴을 보게 되었다.

'안녕하세요, 차수현 씨. 저는 옆집 사는 편사랑이라고 해요. 좋은 이웃이 되어 봅시다.'

제대로 된 첫인사 뒤로 그녀의 아버지 혹은 오빠나 다른 가족들과 얘기를 나누는 게 대부분이었지, 이 여자와 단둘이 이야기 나눈 기억은 없다. 서로가 다른 사람과 이야기를 할 때 그쪽을 보거나, 가끔 이쪽 얘기를 듣고 있구나 싶은 순간들은 있었어도. 그러니 딱히 집으로 가는 길을 배웅해 주거나, 자신이 일어날 때까지 기다려야 할 하등의 이유 따위 없음에도 불구하고.

그럼에도 혼자 맞는 아침이 서운했다. 텅 빈 거실에 상실감을 느꼈다. 이건 마치 하룻밤 묵은 게스트 하우스의 주인이 자신을 배웅해 주지 않았다고 삐져 있는 것과 다름없는 상황 아닌가. 그녀의 집과 가족들을 게스트 하우스 정도로 치부하는 것은 아니지만, 딱 그 정도의 거리가 아니었던가.

그러나 시나리오 몇 권과 함께 이불 속에 파묻혀 있던 하루 종일 괜히 기분이 처져 있었다. 그러다 마주한 이 얼굴이 왜 이렇게나 반가운 것인지. 도무지 알 수가 없었다.

남의 집에서 하룻밤이나 신세 진 주제에 말없이들 갔다고 삐져 있던 자신이 웃겼지만, 아까까지 느꼈던 공허한 기분도 어느새 사라지고 말았다. 그저, 저 서늘한 얼굴도 반갑기만 했다.

"반찬이야. 엄마가 그쪽 것도 챙겨 놓으셨더라고."

반가운 얼굴은 또 쉽게 돌아섰다. 할 말 끝났다는 듯 돌아서는 사랑의 모습에 수현은 홀린 듯 걸어 나왔다.

"가려고?"

또 다른 새해 선물을 가져다주려던 사랑은 수현의 목소리에 돌아섰다. 어젯밤 아버지 어깨에 기대어 고이 잠들어 있던 그의 모습이 갑자기 생각났다.

반찬이 가득 든 쇼핑백을 끌어안고 복도로 걸어 나온 그의 한쪽 어깨가 현관문에 기대어져 있었다. 차가운 복도 바닥을 맨발로 딛고 선 그의 모습에 사랑의 미간이 찌푸려졌다. 사람은 누구나 사연을 가졌기 마련이다. 그러나 너는 어떤 사연을 가졌기에, 그 먹먹한 얼굴로 잘 알지도 못하는 나를, 그렇게 바라보고 서 있는 것인지. 잠에서 깬 아이가 엄마를 찾으러 나온 아이처럼, 꼭.

사랑은 눈치가 빨랐고, 남을 읽는 데에 익숙했다. 조금만 유심히 보면 그런 것들이 보였다. 그리고 한 번 본 것들이 마음을 그냥 스쳐 지나가지 않았다. 처음부터 보지 않았으면 몰라도.

"뭐가 급하다고 맨발로 나와."

그녀는 수현에게 걸어갔다. 남자는 엄마가 차려 준 아침밥을 그대로 두고 나간 괘씸한 위인이었지만, 저 맨발에 마음 한구석에 짠 내음이 올라와서 어쩔 수가 없었다. 결국 그녀는 그를 현관 안으로 들여보내 기어코 슬리퍼를 신게 하고 나서야, 원래 목적지였던 복도의 노란 소파로 향할 수 있었다.

어젯밤 그녀의 가족들이 옮기던 소파였다. 소파 옆에는 박스 두 개가 놓여 있었고, 사랑은 그걸 들어 올리려는 듯 허리를 숙였다. 수현이 슬리퍼 차림으로 냉큼 달려갔다.

"맥주야. 이웃을 위한 따뜻한 새해 선물."

말을 이으며 박스를 탕탕 두드린 그녀가 허리를 폈다. 수현은 사랑이 두드리는 박스를 대신 들었다. 반찬에, 맥주에 황송하기 짝이 없었다.

그는 1년의 대부분을 날짜 개념 없이 살아간다. 꽃피는 계절에 시작한 드라마는 낙엽이 질 때 끝나기 마련이고, 한겨울에 여름 화보를 찍는다. 추우면 겨울이구나, 더우면 여름이구나. 크리스마스 단 하루를 빼고는 그에게 해가 뜨면 낮이고 해가 지면 밤이었다. 그런 나날이었다.

이런 그에게 옆집 여자는 오늘이 한 해의 마지막 날이란 걸 알려 주고 있었다. 오늘이 그러니까 12월 31일이구나.

"이 소파 버리려고 한 건데 잠깐 여기다 좀 둬도 될까?"

정말 오랜만에 날짜를 곱씹던 수현이 고개를 들었다. 사랑의 손이 소파를 가리키고 있었다. 빛바랜 노란색이 복도 한가운데 마치 꽃이 핀 모양새처럼 보였다. 그가 고개를 끄덕이자 여자는 고맙다고 했다.

고마운 건 자신인데, 오히려 여자에게 고맙다는 인사를 받았다. 주차장에서의 일을 아무렇지 않게 넘어가 주었던 것도 실은 고마운 일이었고, 어제 저녁도 잘 먹었고 가져다준 반찬도, 지금 이 맥주도, 오늘이 올해의 마지막 날이라는 걸 알려 준 것도. 고마움을 표현해야 하는 건 자신이었다.

그러나 고마움을 표현하기도 전에, 여자는 옆집으로 돌아가려 했다.

"발 춥다. 들어가."

사랑은 어딘지 짠하고 처량한 저 모습을 더 이상 신경 쓰고 싶지 않았다. 어정쩡하게 대답하는 남자를 두고 그녀의 손이 문고리에 닿았다.

"어, 어……."

수현은 자신의 맨발 사이로 쏟아지는 차가운 기운보다, 이번엔 정말 들어갈 것처럼 집으로 향하는 여자가 더 신경 쓰였다. 이 여자를 만나고 도대체가 얼굴에 몇 번이나 철판을 까는 것인지. 하지만 붙잡고 싶었고, 지금으로선 이 말밖에 생각이 나질 않았다.

"나 배고파."

어쩐지 다급한 목소리가 그녀를 불러 세웠다. 멈추게 하려는 의도였으니 성공은 했으나, 이쪽을 바라보는 무표정한 얼굴에 물음표가 걸렸다. 그리고 어쩌면 어젯밤의 일들로 미루어 보아 헝그리 어필이 가능할 것 같았다.

'어쩌라고.'

그녀의 얼굴이 그렇게 얘기하고 있었다. 뭘 어쩌라는 건 아니었다. 그렇지만,

"오늘 한 끼도 못 먹었어."

사랑의 표정은 다시금 굳어 갔다. 맨발의 슬리퍼 차림에, 품에 맥주 박스를 안고 한 끼도 못 먹었다는 남자가 호기롭게 등판에 사인을 날려 주던 남자가 맞나 의심스러웠다.

"그래서, 뭐."

잠시 잊고 있던 '엄마의 아침밥'이 슬쩍 떠오른다. 차려 놓은 밥이라도 먹고 가든지. 애써 차려 놓은 건 거들떠보지도 않고 한 끼도 안 먹었다는 저 입술을 한 대 때려 줘야 하는 것은 아닌가 하는 그런 깊은 고민에 빠졌다.

"기껏 차려 놓은 건 왜 안 먹고, 한 끼도 안 먹었대?"

"어?"

사랑은 엄마와 올케언니가 그를 위해 차려 두었던 아침 밥상을

이야기했다. 그걸 듣고 있던 수현은 몰랐던 눈치였다.

"몰랐어. 거기 밥 차려 주셨는지."

정말 몰랐다는 표정이었고, 아쉬움과 미안함이 가득한 표정이었다. 허락만 한다면 당장이라도 집에 들어가서 차려 놓은 식탁을 해치울 기세였으며, 눈은 그 허락을 바라고 있었다. 겨울이라도 하루 종일 식탁에 놓여 있던 걸 그에게 먹으라 할 순 없었다.

"거기 반찬 줬잖아. 밥에다 먹고 자."

"집에 밥솥이 없어."

장도 못 봐서 데워 먹는 밥도 없다고 남자는 처량하게 덧붙였다. 밥을 해 먹든지, 사 먹든지 알 게 뭐람.

사랑은 어서 씻고, 반주와 함께 불꽃놀이를 보고 싶었다. 개운한 몸과 마음으로 새해를 맞이하기 위해 마음이 바빴다.

들어가려는 자와 붙잡으려는 자의 조용한 기 싸움이 이어졌다. 불과 일주일 전, 전국에 생중계되며 남우주연상 수상 소감을 밝혔던 차수현은 이곳에 없었다. 새삼 바밤바를 들었을 때처럼, 욕을 먹고 있다는 생각이 들었지만 그는 꿋꿋하게 그녀를 붙잡았다. 그래야 할 것 같았다. 그래야 입에 맴도는 말들을 할 수 있을 것 같았다. 고맙다거나, 미안하다거나 하는……

대신 그는 그녀를 붙잡을 수 있는 최적의 단어 하나를 골랐다. 적당히 유혹적이면서도 적당히 부담이 없는 것으로 말이다.

"치킨!"

맥주가 보였고, 배가 고팠고, 밤이었고. 텅 빈 집으로 돌아가 또다시 그 쓸쓸함에 짓눌리고 싶지 않았다. 적어도 한두 시간만이라도. 아니, 삼십 분만이라도 그 쓸쓸함에서 벗어나고 싶었다. 여자의 얼굴이 눈앞에서 구겨졌지만, 그는 다시 한 번 입술을 열었다.

"1인 1닭."

충분히 유혹적인 제안이라 생각했지만 여전히 구겨진 여자의 얼굴이 펴질 줄 몰랐다. 조카들과 있을 때는 행복, 기쁨 등 긍정적인 감정을 여실히 담아내던 얼굴이었는데. 집으로 돌아서는 그의 어깨가 아래로 처졌다. 거나한 새해 선물의 무게가 그제야 느껴졌다. 갑자기 너무나 무거웠다.

집으로 들어가는 현관문이 왠지 더 어두워 보이는 착각이 들었다. 아쉽지만 익숙함으로 돌아가야 할 시간이었다. 왁자지껄했던 온기에 미쳤었노라고, 그의 입술이 자조를 그리려는 순간. 사랑이 말했다.

"무 많이 시켜."

먼저 복도로 나온 건 사랑이었다. 씻고 나온 얼굴이 순둥순둥해 보였다. 기모가 들어간 후드 티셔츠와 털 실내화로 무장을 하고 나오니, 한겨울이었지만 딱히 춥지는 않았다. 이 집도, 저 집도 남녀 혼자 사는 집. 서로 드나들 사이는 아닌 것 같아, 개나리 소파를 돗자리 삼아 앉기로 했다.

"치킨이 언제 오나."

노란 소파에 앉은 사랑의 입술에서 단조로운 듯, 리듬을 타는 듯 치킨 타령이 흘러나왔다. 크게 배고프지는 않았는데 이상하게 주문을 하는 순간부터 배가 고파졌다.

바로 그때 띵— 하는 엘리베이터 소리와 함께 바삭한 기름 냄새가 복도 안을 가득 메웠다. 아까 받은 수현의 카드를 내미는데, 대신 치킨을 받아 드는 손길이 있었다. 언제 나왔는지, 검은 마스크를 쓴 수현이었다.

"맛있겠다."

배달부가 사라지자, 수현이 입맛을 다시며 쓰고 있던 마스크를 벗었다. 사랑은 수현에게 카드를 도로 건네주었다.

"그래도 돼?"

괜히 여기 산다고 알려져서 좋을 게 뭐가 있겠냐는 사랑의 말에 그는 어깨를 으쓱일 뿐이었다. 그래서 일부러 주문도 자신이 한 게 아닌가.

"오늘같이 치킨 주문이 밀려 있는 날엔 괜찮아."

이게 무슨 치킨 집 아들 같은 소리인가. 작가인 저보다도 생략의 미를 잘 아는 남자였다.

"연말인 데다 헬멧도 안 벗었잖아. 치킨 찾는 곳이 여기뿐이겠어."

어깨를 한 번 더 으쓱인 그가 소파로 향했다. 씻고 편한 차림으로 보자는 말에 집으로 돌아왔던 그는 마음이 쓰여 서둘러 나온 참이었다. 자신의 집이 알려지는 것보다 여자 혼자 사는 게 알려져서 좋을 게 없는 세상이란 말을 그는 굳이 덧붙이지 않았다.

"그런가."

갸웃거리다 긍정하는 사랑을 보며 수현이 피식 웃었다. 그리고 소파로 가 앉으려는데, 사랑이 그런 그를 막아섰다.

"잠깐, 잠깐."

어정쩡한 자세로 멈춘 그가 그녀를 돌아봤다.

"오늘의 하이라이트는 불꽃놀이야."

사랑이 소파 끄트머리를 밀었다. 복도 한쪽에 난 큰 창문을 향해 소파를 돌리려는 듯 사랑이 낑낑거렸다.

"뭐야, 왜 이렇게 무거워."

생각보다 훨씬 더 무거운 소파에 그녀의 눈이 대번에 커졌다. 갑자기 복도에 소파를 내놓은 언니에 대한 심술이 올라왔다. 이걸 혼자 밖에 내다 놓으라고 했겠다.

짧은 시간 동안 뭘 그렇게 중얼대고 낑낑대는지. 도와 달라는 말에 익숙하지 않은 여자를 물끄러미 바라보다, 수현이 사랑의 옆에 가 섰다. 그러곤 남은 손으로 소파를 주욱 밀었다. 사랑 혼자서는 잘 밀리지 않던 소파가 금세 자리를 찾아갔다.

"올. 땡큐."

허리를 바로 한 그녀가 그의 어깨를 툭 쳤다. 그가 알던 여느 여자들처럼 연약해 보이려거나, 입에 손을 모아 여성스러움을 강조하는 제스처가 전혀 없었다. 꼭 오랜 친구처럼, 이 여자는 쉽게 용서해 주었고 쉽게 자신을 대한다.

"얼른 먹자."

소파 한쪽에 자리를 잡고 앉은 모습만 해도, 아까의 귀찮음은 찾아볼 수 없었다. 창틀에 다리를 길게 뻗은 모습은 여유로웠지만, 치킨을 든 자신을 보는 눈에는 기대에 차 있었다. 반짝거리며 바라보는 눈동자가 향하는 곳이 자신이 아닌 치킨이라는 점에서 배우로서의 자존심은 상했지만.

"아, 경치 좋다. 뭐 해, 얼른 앉으라니까."

나쁘지 않았다. 오히려 유쾌한 기분에 그의 입꼬리도 스르륵 올라간다.

"맥주 가져가야지."

어른처럼 옆자리를 툭툭 두드리는 그녀에게 치킨을 건네주자, 신난 얼굴로 포장을 열었다. 한눈에도 크고 두툼한 연분홍색 옷이 화장기 없는 순한 얼굴과 제법 잘 어울렸다.

'뭐 좀, 귀엽기도 하네.'

아빠 옷을 입은 것처럼 소매는 말아 걷어 놓고는…….

"뭐 해?"

어느새 포장을 다 펼친 그녀의 눈이 자신을 빤히 바라봤다. 얼마나 지났을까. 맥주 캔을 든 손이 차가워졌다는 걸 느낄 수 없을 만큼 한참이나 그녀를 보고 있었다는 걸 깨달았다.

무언가 이상했다. 뭔가 이상한데, 뭐가 이상한 거지. 실은 아까부터 계속 불편하던 게 있었는데, 너무 아무렇지 않아서 불편했던 그 무언가.

당황한 기색을 감추고 자리에 앉는 그의 손이 맥주 한 캔을 빼앗겼다. 대신 나무젓가락 한 쌍을 쥐어 주는 사랑의 눈동자가 그를 향했다. 까맣고 맑은 눈동자에 장난기가 담긴다.

"그런데 연기할 때 상대 배우 눈 잘 못 본다며?"

아까부터 계속 이상했던 그 무언가의 실체를 알 수 있었다. 아무렇지 않게 그녀의 눈을 보고 있었다는 것을. 계속해서, 한참이나 바라보고 있었다는 것을. 그리고 지금도…….

"내 눈은 잘 보네?"

누군가의 눈을 한참이나 바라보고 있었다는 것. 연기를 할 때에는 몸이 먼저 상대 배우의 눈동자를 피할 만큼 당연한 일이었다. 이 여자의 눈을 마주하는 게 불편하지 않아서, 그래서 마음 한구석은 자꾸 불편했던 걸까.

짠.

손에 든 맥주 캔이 서로 부딪혔다. 맥주 캔이 아닌 다른 곳이 울리는 기분이었지만.

⚔ ⚔ ⚔

SBC 드라마국은 새해를 몇 시간 남기지 않은 밤에도 불이 꺼질 줄을 몰랐다. 특히 피디들이 개미지옥이라 일컫는 편집실은 24시간 내내 인고의 불이 지펴지고 있었다. 바로 어제 마지막 회 촬영을 마친 최이영 역시 개미지옥으로부터 자유롭진 못했다.

마지막 회인 만큼 직접 편집을 진행 중인 최이영은 오랜 시간 함께 작업했던 조연출 한 명과 개미지옥 1호실에 들어가 있었다. 사옥 옆의 어느 고깃집에서 종방연이 펼쳐지고 있었지만, 그것도 이 편집을 마쳐야 갈 수 있는 그림의 떡이었다.

"피디님, 이거 표절이에요."

옆에는 다 먹은 짜장면 그릇이 놓여 있었고, 외로운 편집자를 달래 주는 건 믿고 아끼는 조연출의 잔소리뿐이었다. 이영은 조연출의 말에 인상을 썼다.

"잔소리 그만하시고 너도 그만 가서 종방연을 즐기세요."

이영은 남자가 들고 있던 책을 뺏어서 자신의 앞에 내려놓았다. 이에 질세라 남자는 책을 다시 집어 들고 이영의 눈앞에 표지를 들어 보였다.

"기획, 연출 최이영? 그럼 내용이 기획서든지. 빤히 원작자 있는 글을 가져다 놓으시고 기획, 연출 최이영?"

눈앞에서 흔들리는 제본서와 귓가를 따갑게 울리는 목소리에 이영은 파리 내쫓듯 손을 흔들었다.

"신경 끄……."

"어떻게 신경을 안 씁니까. 이거 하실 거면 저도 들어가는 건데. 제 일이기도 한데! 심지어 모르는 사람이 쓴 것도 아니고. 편 누나가 쓴 거잖아요! 누나랑은 협의된 겁니까?"

"표절 아니야. 거기에 작가 이름만 안 썼을 뿐이지. 편 작가랑 같이 진행할 거야."

"아, 형!"

조연출의 버럭 내지르는 화에 개미지옥 1호실이 흔들렸다. 겨우 편집에 집중하던 이영의 얼굴이 결국 상대를 향했다.

"편 누나, 절대로 극본은 안 하는 거 알면서 이래요?"

"화낼 거면 나가. 도와 달라고 보여 줬더니……."

이영은 기다란 손가락으로 머리카락을 헤집었다. 자신의 일이라면 묻지도 않고 따르는 동생이 이렇게 얘기할 정도이니. 그는 자신이 지금 얼마나 웃기는 일을 하고 있는지 감도 제대로 잡히지 않았다.

"편 누나 성격에 하려면 진작 했지. 그리고 누나가 아직 내용을 안 봤으니 연락 없지, 알면 가만히 안 있을걸요."

이영은 인정했다. 사랑이 만약 기획집으로 둔갑한 이 책의 내용을 보았다면, 벌써 연락했을 것이었다. 또한 드라마를 할 생각이었다면 수많은 러브콜 중에 한 번이라도 돌아보았겠지. 이영은 손바닥에 얼굴을 파묻었다.

"일단 친한 애들로 드라마 팀 한번 꾸려 보긴 하는데요······. 그전에 편 누나한테 확실히 오케이 받으세요."

"어······."

"이걸로 진짜 누나 붙잡을 생각인 거면······. 하······ 그건 좀 찌질하다, 형. 진짜."

하늘같은 선배한테 근본 없는 말투였지만, 대학 시절부터 함께해 온 막역한 사이에 그 정도는 눈감아 줄 수 있었다. 틀린 말도 아니었고. 내치는 손길에 후배는 고맙게도 순순히 나갔고, 이영은 조용한 가운데 홀로 남았다.

그래도 이거 말고는 더 이상 함께할 수 있는 길이 보이지 않으니. 이영은 나름의 극단적인 선택을 할 수밖에 없었다. 이 이야기가 세상에 나오게 된다면, 그 과정 속에서 어쩌면 사랑이 자신을 되돌아보지 않을까 그렇게 생각했다.

"어쩔 수 없어."

그래, 어쩔 수 없다. 널 다시 돌아오게 하려면 난 이 찌질한 짓쯤 몇 번이고 할 수 있다. 다시 생각해도 그의 결정에는 변함이 없을 것이었다.

그는 편집 작업을 잠시 미뤄 두고 휴대폰을 꺼내 들었다. 제안은 잘 생각해 보았느냐고, 새해 복 많이 받으라고 그렇게 공사의 경계에서 안부를 물으려 했다. 목소리가 듣고 싶다는 욕심이 가장 컸겠지만. 한참을 울리는 신호음, 그러나 사랑은 새해가 밝도록 끝내 받지 않았다.

어두운 방 안에서 휴대폰이 울리고 있을 무렵, 사랑은 복도에 나와 맥주를 즐기고 있었다. 맛있는 맥주에 바삭한 치킨, 눈앞에 펼쳐진 야경까지. 사랑은 만족스럽게 웃었다. 물론 혼자 앉아 조용하고 아늑한 분위기를 즐겼다면 아주 완벽했겠지만. 적당한 거리를 두고 앉은 이웃과 나누는 치킨 한 점도 나쁘지 않다고 생각했다.

"웃을 줄도 아네, 조카들 없이도."

이렇게 말하니까 마치 그녀가 웃기를 굉장히 기다렸던 사람 같아서, 수현은 말하고 나서도 괜히 머쓱했다. 애꿎은 맥주 캔에 입을 대며 시선을 돌렸다. 복도 한쪽을 가득 메운 창문에 두 사람이 비쳤다. 다리는 제각각이었지만 사랑은 왼쪽 팔걸이에, 수현은 오른쪽 팔걸이에 팔을 기댄 모습이 꽤 비슷했다.

"웃을 줄 알지, 조카들 없이도."

게다가 복도에 앉아 치맥이라니. 잠시 시선을 마주친 두 사람은 서로가 같은 생각을 하고 있다는 걸 곧바로 깨달았다. 그 사이로 또 웃음이 흘러나왔다. 그게 다였다. 치킨의 절반이 사라지고, 비워진 맥주 캔이 바닥에 자리하는 동안에도, 두 사람은 많은 얘기를 나누진 않았다. 무슨 일 하느냐는 둥, 취미가 뭐냐는 둥, 어색함을 메우기 위한 상투적인 질문은 일절 없었다. 하나도 어색하지 않다면 거짓말이겠지만, 불편하지 않다는 건 사실이었다. 이상하다고 생각하면서도 수현은 그게 마음에 들었다.

"고마워."

수현은 어젯밤 겨우겨우 꺼낸 미안하단 말처럼, 입 안을 맴돌던 말을 드디어 꺼냈다. 추태를 그냥 넘어가 준 것도. 덕분에 정말 오랜만에 집밥을 먹은 것도. 반찬을 챙겨 주고 맥주를 나눠 마시게 된 것도. 짧은 한마디에 그동안 전하지 못했던 많은 뜻이 담겨 있었다.

따지고 보면 이렇게 연말을 집에서 보내는 일이 일반적이진 않았다. 촬영장에서 밤을 새거나, 파티에서 웃고 떠들며 즐기다, 술에 취해 난잡했던 밤을 기억하지 못하고 깨어나는 것. 그것이 그에겐 연례행사와 같았다.

연기를 시작한 뒤로 그의 주위에는 항상 사람이 끊이질 않았다. 지금 이 순간에도 집에 두고 나온 휴대폰이 쉬지 않고 울리며 그를 찾는 이들이 있었다. 그게 감사할 일인지, 울어야 할 일인지. 사람이 많은 건 신나는 일임과 동시에, 끝없는 허무함 속으로 그를 끌어당기는 늪과도 같았다.

그는 일반적이지 않은 오늘이, 그러나 특별할 것 하나 없는 이 밤이 꽤나 좋았으며, 맥주 한 모금에 흐뭇한 얼굴을 하고 있는 옆집 여자에게 고마움을 느꼈다. 뭐가 고맙냐고 물어볼까 봐, 그는 잠시 말을 고르며 준비했다.

"어."

그러나 들려오는 사랑의 짧은 대답에 저도 모르게 허탈한 숨을 내쉬어야 했다. 좀처럼 뭘 더 물어보는 게 없는 여자다. 어젯밤을 생각해 보면 가풍인가 싶지만, 이 여자는 자신한테 뭐 하나라도 궁금한 게 없는 모양이었다.

"뭐가 고마운지 안 궁금해?"

느릿하게 들려오는 물음처럼, 사랑이 천천히 고개를 저었다.

"그닥."

고마운 게 있나 보지, 뭐. 덧붙이는 그녀의 말에 수현은 실소를 뱉어 냈다. 스스로가 웃겼다. 질문이 고파서 먼저 질문한 건 또 처음이었다. 밖에서는 나름 잘나가는 배우인데, 그녀는 자신을 너무 아무렇지 않게 대했다. 혹시 저한테 궁금한 건 없냐고 물어보려 해도, 똑같은 대답이 들려올 것 같아서 선뜻 뱉어지지가 않았다.

그의 옆에는 아까보다 조금 더 많은 캔이 놓여 있었고, 매끄러운 얼굴 위에 어느새 작은 홍조를 띠고 있었다.

"이 소파는 뭐야?"

그러다 또다시 입을 열었다. 그저 치킨 한 점, 맥주 한 모금에 집중하던 여자에게서 더 긴 말을 듣고 싶어서. 이어지는 질문에 사랑이 소파 팔걸이에서 몸을 돌려 그에게로 시선을 돌렸다. 자신을 향해 돌아앉은 모습이 만족스러웠다.

"흠, 나한테 오래된 추억 같은 거지. 독립하면서 제일 먼저 샀거든."

사랑이 오랜 친구의 등을 쓰다듬듯, 빛바랜 등받이를 두어 번 매만졌다. 작은 원룸에서부터 이 집에 이르기까지 함께했다는 의미는, 등단 후 그녀의 모든 집필 활동을 지켜보았다는 말과 다름없었다. 넉넉지 않은 인세로 월세를 내고 나면 허리띠를 조여야만 했던 날들이 떠올랐고, 작은 원룸에서 소파를 옮기느라 고생, 고생했던 최이영도 스쳐 지나갔다.

"좋은 추억인가 보네."

"뭐 아무래도. 함께한 시간이 있으니까 나한텐 좀 소중하지."

설설 끄덕이는 얼굴이 아까보다 한층 더 감정을 드러냈다. 자신이 이 낡은 소파보다 그녀의 관심을 못 끄는구나 느껴지는 순간이었다. 그 사실이 퍽 어이가 없어, 분풀이라도 하듯 남은 맥주를 입에 털어 넣었다.

"여기 앉아 있으면 가족들 생각도 많이 나고."

어떤 추억을 나눈 대단한 소파인가를 물어보려던 수현이 입을 다물었다. 어려서부터 눈칫밥을 먹고 살아온 그였다. 목소리에 묻은 쓸쓸함쯤은 어렵지 않게 파악할 수 있었다. 그는 옆집에서의 하룻밤을 떠올렸다. 따뜻하고 살가운 사람들. 언제부터 독립을 했는지는 몰라도, 그런 가족들을 떠나 살기란 쉽지 않았을지도 몰랐다.

어줍지 않은 위로는 그의 전공이 아니었다. 그는 그녀와 앉아 있으면서 처음으로 어색함이란 걸 느꼈다. 뭐라고 해야 할까. 슬쩍 돌린 눈에 새까만 눈동자가 마주쳤다.

"뭘 또 그렇게 다큐야."

사랑이 언뜻 진지해진 그의 눈빛을 느끼곤 혼자 키득댔다.

"하."

수현의 입술에서 조심스러웠던 한숨이 터져 나왔다. 기운 빼는 데는 뭔가 있다, 이 여자. 금세 저도 모르게 심각해졌던 자신이 우스워 그녀를 흘겨봤다. 그러나 다시금 창문 밖으로 시선을 돌리는 여자를 바라보며, 가벼운 콧바람이 새어 나오는 건 막을 수 없었다. 여자의 말, 작은 행동 하나에도 기분이 오락가락하는 게 무슨 롤러코스터를 탄 기분이었다.

"그쪽은 오래된 물건 없어?"

"음."

그의 집엔 온통 새로 들여온 물건들로 가득했다. 하나같이 화려하고 값이 나가는 것들. 그러나 그중에 자신의 손으로 직접 고른 것은 거의 없었다. 투자용으로 사 둔 건물이나 집에는 살지 않았고 전셋집으로 옮겨 다녔다. 그나마도 모두 회사에서 알아서 했으니, 그는 집에 대한 애착이랄 것이 없었다. 애착 없는 집에 애착 가는 물건도 없었을뿐더러 굳이 무언가에 애정을 주어 봐야 언젠가 떠나거나 사라지고 말 것이라는 것을 그는 너무나도 잘 알고 있었다.

"새 걸 좋아해서."

버석거리는 그의 목소리가 사랑의 귀를 파고들었지만, 그녀는 짐짓 가볍게 웃었다.

"버리려고 내놓은 소파 위에서 이런 말 하니 부끄러운데, 오래된 것들도 나쁘지 않아. 빛이 바랠수록 애틋하고."

처연하도록 따뜻하지. 빙긋 웃는 사랑의 표정이 창문에 비쳤다.

"오래된 기억들도 그렇잖아?"

"글쎄. 굳이 따지자면 처연 정도는 맞는 것 같네."

메마른 목소리 위로, 정처 없는 그의 시선이 창문 저 너머를 맴돌았다.

"물건도, 기억도……. 나한테 오래되고 빛바랜 것들은, 그저 떼어 내고 싶은 그런 것들뿐이라."

아무렇지 않게 물어보는 목소리 때문일까. 아니면 술기운 때문일까. 수현은 어제에 이어 자신이 왜 이런 이야기를 하고 있는지 몰랐다. 이상한 재주를 가진 집안이었다.

"그게 뭔데?"

이번엔 묻는다. 그게 뭐냐고 묻는다. 저한텐 관심도 없는 것 같더니. 수현은 사랑을 돌아봤다. 궁금함을 지닌 여자의 표정이 천진난만했다. 수현은 그런 그녀를 잠시 바라보았다.

"일부러 그러는 거지."

귀신같이 알고, 물어봐 줬으면 하는 부분에선 입을 다물고 오히려 묻지 않았으면 하는 부분에선 거침없이 파고든다.

"뭐가?"

되묻는 여자의 표정이 여전히 천진난만했다. 뭘 이렇게 묻는 데 거리낌이 없나, 이 여자는. 문득 이 여자의 직업이 기자는 아닐까 궁금하다가, 건네 오는 질문이 버겁기보다 이상하게 반갑기만 했다, 젠장. 머리가 이상해진 것 같았다.

그러나 수현은 선뜻 입을 열지 못했다. 여자의 관심이 반가운 것과는 별개로 이웃과의 첫 치맥 자리에서 쉽사리 꺼내기엔 어려운, 무겁고 깊은 비밀이었다. 그런 옆집 남자의 모습에 사랑이 선수를 쳤다.

"물어본 건 내 자유이듯, 대답을 하고 안 하고는 그쪽 선택이야. 꺼려진다면 굳이 답하지 않아도 돼."

여자는 또 무심하게 돌아섰다. 맞는 말이고, 고마운 말인 건 맞는데…… 의도한 건지, 아닌 건지. 때를 알고, 치고 빠지는 옆집 여자 덕에 그는 정신이 하나도 없었다. 말하기 싫은 비밀이었지만, 하마터면 끝까지 물어보라고 윽박을 지를 뻔했다.

"지금 몇 시야?"

"……12시 5분 전."

그의 말투가 뾰족했다. 말 뒤에 '흥.' 하고 짐짓 투정이라도 부릴 것 같은 기세에 사랑이 그를 돌아봤다. 잘못 들었나 싶었는데, 슬쩍 나온 입술이 우스웠다. 생각해 줘도 난리야. 사랑이 킥킥 웃으며 빈 캔을 내려놓았다.

그녀의 빈 손 위로 새로운 캔 하나가 올려졌다. 저쪽을 보는 것 같았는데, 볼 건 다 보고 있었다. 섬세한 구석이 있는 이웃이었다. 밤이 깊어 갈수록 이웃과의 복도 회동이 나쁘지 않았다.

술기운도 슬쩍 올랐고 남은 시간을 메울 겸, 사랑은 자신의 이야기 하나를 들려주기로 했다. 오늘 밤 불꽃놀이가 반가운 이유를.

"우리 아버지는 꼭 새해맞이 불꽃놀이를 해."

툭 던지는 말이 그의 귓가에 닿았다.

"제주도 펜션은 바다랑 거의 붙어 있는데, 꼭 가족들에, 손님들까지 모아서 같이 바닷가로 가셔. 불꽃놀이 후에는 그 추운 바닷바람을 맞으면서 바비큐를 먹어야 하지. 그게 좀 귀찮고 추운 일이야."

귀찮고 춥다지만, 투덜대는 목소리에 그리움이 실려 있었다. 수현은 그녀의 눈이 어쩐지 제주도 바닷가를 거닐고 있는 것 같다고 생각했다. 실제로도 그러했다. 사랑의 생각은 어느새 제주도 바닷가를 바라보고 있었다.

"엄마가 야채 손질을 하느라 안 나오면, 아버지는 불을 붙이다 말고 엄마를 찾으러 가. 그러고는 불꽃놀이가 끝날 때까지 두 손을 꼭 붙잡고 서 계시지. 엄마는 가족들을 위해 잠시 기도하고, 아버지는 가족들과 이 나라를 위해 당신이 아는 염불의 전부를 외우셔."

나무아미타불. 자세를 취하며 아버지를 따라 하는 사랑의 모습에 수현의 입술에서 웃음이 터졌다. 그녀의 설명에 자연스레 어젯밤 함께했던 가족들이 머릿속에 그려졌다. 잉꼬부부인 그녀의 부모님과 사돈 지간이랄 것 없이 우애 좋은 형제들. 자신의 옆에 앉아 있는 여자는, 그들로부터 이름처럼 많은 사랑을 받고 자랐을 것이었다. 한눈에 알 수 있었다.

"관세음보살도 없어. 딱 나무아미타불, 거기까지야. 종교 때문이라기보다 아침 산책이 좋아서 절에 가시는 거라, 잘 모르시거든."

"재밌는 커플이시네."

사랑도 긍정하며 웃었다. 교회 권사인 엄마와 염불은 못 외워도 아침마다 절간에 오르는 아버지. 종교는 달랐어도 두 사람은 서로를 존중하고 사랑했으며, 자식들을 위한 기도인 것은 똑같았다. 자신이 이렇게 되기까지 부모님의 기도 없이 가능했을까. 사랑은 보답의 의미에서 작은 결심을 세웠다.

"올해는 내가 기도해 보려고."

"무슨 기도?"

나를 위해 기도하는 부모님의 존재, 수현은 그것의 부재에 대한 부러움이나 씁쓸함을 느낄 새도 없이 그녀가 무엇을 위해 기도하려는지 궁금해졌다.

"기도도 너무 받기만 한 것 같아서. 이번엔 내가 두 사람을 위해서 기도해 보려고."

두 사람이 누굴 의미하는지는 충분히 알 수 있었다. 유치원생이 만든 어버이날 카네이션이 떠오르는 건 왜일까. 삐뚤빼뚤한 글씨로 '엄마, 아빠 사랑해요'를 적어 내미는 어린아이가 떠올라, 수현의 눈과 입술이 휘었다.

"착하네."

당장이라도 저 작은 머리통 위로 손이 올라가려는 걸 간신히 참았다. 물기가 거의 다 마른 여자의 단발을 헝클어트리는 말도 안 되는 상상을 하다, 설레설레 고개를 저었다. 자칫하단 저 성격에 주먹을 날릴 가능성이 컸다. 그는 앳된 얼굴이 서늘하게 변할 걸 상상하며 잡념을 떨쳐 버렸다.

짐짓 귀여운 아이를 대하듯 말하는 수현의 모습에 사랑이 그를 돌아봤다. 그러고 보니, 말부터 텄지 서로 나이도 몰랐다. 처음에는 야, 너, 바밤바로 시작했고 친분을 쌓기도 전에 집에서 밥부터 먹었으니.

"그런데, 우리 이웃님께선 나이가 어떻게 되시나?"

나이? 수현은 그녀의 질문을 듣자마자 하마터면 마시고 있던 맥주를 뿜어낼 뻔했다. 그녀의 질문이 가소로웠다. 아무리 나이를 많게 본다 하더라도 앳된 얼굴이 사회 초년생쯤으로 보였기 때문이다. 심지어 그는 대학교 과잠을 입고 있는 것을 보기까지 했으니. 사랑의 반말이 기분 나쁘진 않았지만, 이참에 호칭 정리를 하는 것도 나쁘지 않겠다 싶었다.

"배우의 나이를 묻는 건 실례야. 하지만 이웃님껜 친히 대답해 주도록 하지."

수현은 거드름을 피우며 살아온 햇수를 밝혔다. 그녀가 놀란 표정을 짓자, 그가 만족스럽게 고개를 끄덕였다.

"그 정도로 안 보이지? 내가 많이 동안이긴 하지."

수현이 훗 하고 웃었다.

"그럼 어디 호칭을 정리해 볼까?"

"……그래야겠어."

꾹 다문 입술로 긍정하는 사랑의 모습에, 수현은 세상 흐뭇하게 올라간 입술에 맥주 캔을 가져갔다. 오빠 소리 듣겠군. 그러나 오빠란 말 대신 귀를 의심할 만한 소리가 들려왔다.

"난 빠른 년생인데."

씩 웃은 사랑이 말을 꺼냈다. 창문 위로 두 사람의 눈이 마주쳤다.

"내가 누나네."

마시던 맥주를 뱉어 내는 수현의 모습에 사랑은 싱긋 웃었다. 사레들린 옆집 남자의 등을 따뜻한 손길로 두드려 주던 다정한 그의 이웃은 확인 사살도 잊지 않았다.

"나보다 훨씬 많을 줄 알았더니……."

"쿨럭, 쿨럭."

"이 누님이 옆집 동생님을 위해서도 기도해 주도록 할게."

당황한 그의 표정을 담은 창문 바깥으로 첫 불꽃이 쏘아 올려졌다.

연달아 팡팡 터지는 불꽃이 새해의 시작을 알렸다.

'먼저 들어간다. 잘 치우고 들어가, 동생님.'

불꽃놀이가 끝나고 유유히 집으로 들어가던 옆집 여자의 목소리가 생생하게 떠올랐다. 동생님이라니. 아무리 생각해도 놀랄 노 자였다.

그녀의 말대로 깨끗이 치우고 집으로 돌아온 수현의 표정은 귀찮기보다 즐거움이 깃들어 있었다. 겨우 읽고 있던 시나리오가 침대 위에 그대로 놓여 있었다. 아깐 그렇게 오지 않던 잠이, 지금은 서서히 몰려왔다. 침대 위를 정리하고 그 위에 누운 수현은 습관처럼 라디오를 켰다.

새벽 1시를 훌쩍 넘어서, 라디오 역시 후반을 향해 가고 있었다. 적당히 기분 좋은 취기가 그를 감싸고 있었다.

「저자는 불꽃놀이와 유리구슬이라는 평범한 소재를 통해 추억과 이별 그리고 관계를 돌아보게 하며, 독자의 향수를 자극합니다. 주인공인 소녀는 자신을 찾아온 또 다른 소녀 덕분에, 할머니와 가보기로 했던 불꽃놀이 축제를 가게 됩니다. 그곳에서 소녀는 돌아가신 할머니를 다시 만나게 되죠.」

DJ라는 작가 양반은 평소처럼 이 밤과 어울리는 책을 소개하고 있었다. 불꽃놀이……. 그는 조용히 네 글자를 읊조렸다. 잔잔한 목소리가 그의 전신을 침잠케 만들었다.

「사랑하는 할머니와 손녀가 어떻게 만날 수 있었는지 책으로 확인해 보시면 좋을 것 같고요, 이 밤 여러분께서는 이 책의 저자가 가장 하고 싶어 했던 말을 좀 더 담아 두시면 어떨까요?」

조곤조곤 이어지는 목소리가 점점 멀어졌다. 라디오 꺼짐 예약을 맞춰 놨던가. 누운 지 5분도 채 안 되었지만, 졸음이 쏟아졌다. 콘솔 위에 둔 리모컨으로 손을 옮기기 싫을 정도로.

「책은 '평범한 일상 어느 곳에나 기적이 존재한다'고 말합니다. 더 나아가 일상이 곧 기적이며, 그 사실을 깨닫는 것 역시 기적의 일부가 아닐까 생각해 보게 하죠.」

잠의 나락으로 빠져드는 수현의 귓가에 DJ의 웃음소리가 맴돌다 이내 사라졌다.

「불꽃놀이가 함께하는 이 밤. 여러분께서는 일상의 기적을 맞이하셨나요?」

7. 엘리베이터에서 기적을 마주하다

"형님! 저 왔어요!"

매니저 김 군은 자신이 관리하는 배우에 관해서는 모르는 게 없을 것이라 생각했다. 수현의 집으로 들어서는 그의 손에는 세탁소에 맡겼던 야구 잠바와 수현의 끼니를 책임질 샌드위치가 담긴 쇼핑백들이 들려 있었다.

김 군은 수현이 여전히 자고 있으리라 생각하고 침실로 걸음을 옮겼다. 해가 중천에 떠 있었지만, 틀림없이 암막 커튼을 쳐 놓고 수면을 취하고 있을 것이라 예상했다. 하지만 그런 김 군의 예상과 달리 그는 몇 발자국 못 가 뒤로 자빠지고 말았다.

"으악!"

놀란 김 군의 눈앞에 수현이 우뚝 서 있었다.

"밥 안 먹었지?"

심지어 그의 뒤로는 정갈하게 식탁까지 차려져 있었다. 못 볼 걸 봤냐는 표정이 일품이었다. 못 볼 걸 봤다. 자신이 아는 차수현은 이런 식탁을 차릴 사람도 아닐뿐더러, 차려진 식탁도 잘 안 받는 사람이었다. 사람이 안 하던 짓을 하면 무슨 일이 있는 거라던데. 김 군은 울먹였다.

"형! 무슨 일 있어요?"

식탁에 앉기는커녕, 울상을 짓는 매니저의 모습에 수현은 쯧쯧 혀를 찼다. 언젠가 술에 취해서는 밥 한번 차려 줘 보라며 난리를 피우더니, 차려 줘도 난리냐. 수현은 그런 그를 못 본 체하며 전자레인지에서 밥을 꺼내 왔다.

"밥이나 먹어."

제가 사 온 샌드위치는 저리 두고, 얼결에 자리에 앉은 매니저는 눈이 휘둥그레졌다.

"반찬이 왜 이렇게 많아요?"

"얻어 왔어."

산 것도 아니고, 얻어 왔다 한다. 수현이 반찬 얻을 곳이 어디가 있단 말인가. 잠깐 만나는 여자들이 밥이라도 챙겨 줄라치면 설레발친다며 질색팔색을 하던 그였는데.

하지만 그의 말이 사실인 듯, 빈 반찬 통들이 개수대에 쌓여 있었다. 반찬 통 크기로 보아, 한 번 먹을 양은 아니었던 것 같은데. 아무리 밥은 레토르트 식품일지라도, 그동안 샌드위치가 아닌 반찬을 차려 집밥을 먹었다는 얘기였다.

"남기지 말고 다 먹어라."

수현의 말에 그의 매니저는 전투적으로 숟가락을 들었다. 누가 했는지는 몰라도 반찬이 꿀맛 같았다. 혼자 나와 자취를 하는 매니저 역시 오랜만에 먹는 집밥이었다. 한참을 정신없이 먹던 김 군이 찾아온 야구 잠바가 생각난 듯 말을 꺼냈다.

"참, 세탁소에서 찾아왔는데요. 아무래도……."

안 그래도 궁금했던 모양이었는지, 수현은 밥을 먹다 옷을 꺼내들었다. 모직에 스민 매직은 쉬이 빠질 수 있는 것이 아니었다. 표백을 하기에는 옷 색깔이 너무 어두워 무리였다. 수현은 세탁소에 맡겼던 상태 그대로 돌아온 잠바를 잘 접어 다시 넣었다.

"어쩔 수 없지, 뭐."

"아, 옆집 여자분이랑은 인사 나누셨어요?"

또다시 블랙박스를 통해 확인했던 주차장 해프닝이 생각났는지, 김 군이 킬킬거렸다. 길이길이 놀릴 수 있는 소재임에 확실했다.

"어."

뭐지? 당장에라도 식탁 밑으로 정강이를 찼을 수현인데. 그저 밥을 먹는다. 심지어 짧게 대답한 수현의 입술에 어쩐지 미소가 걸려 있는 것도 같았다. 이유를 물으려는데 그가 한발 빨랐다.

"다음 주쯤, 잠깐 학교 좀 들르자."

꿀꺽. 김 군이 채 씹지 못한 밥을 목구멍 안으로 삼켰다. 잠잠하던 그의 고모가 수현을 호출했나 보다. 그런 가족이라면 밥을 먹다가도 체할 것 같은데, 담담한 얼굴이 얼마나 이런 일에 이골이 났는지 보여 주는 것만 같았다. 정작 당사자는 아무렇지 않을지도 모르지만, 매니저로서 동요하는 모습을 보이고 싶지 않았던 김 군은 더 열심히 밥을 퍼먹었다.

"맛있지?"

어느새 그릇의 바닥이 보였다. 반찬은 실로 밥 한 공기를 뚝딱 비울 만큼 맛있었다. 김 군은 인정하며 엄지를 세워 보였다. 그런 그를 보며 수현이 흐뭇하게 웃었다. 어어? 오늘따라 의문점투성이인 수현을 바라보다, 이어 들려오는 말에 김 군은 그러면 그렇지 하며 고개를 끄덕이고 말았다.

"설거지는 네가 해라."

기지개를 켜던 수현이 유유자적 욕실로 사라졌다. 산더미처럼 쌓인 반찬 통과 그릇만이 홀로 남은 김 군의 친구가 되어 주었다.

같은 시각 사랑은 침대에서 세상모르게 자고 있었다. 정신없이 자고 있는 편사랑의 아침을 깨운 건, 무자비하게 울려 대는 초인종 소리였다. 주말을 앞두고 원고를 몰아서 수정하느라 밤을 꼴딱 새운 사랑은 해가 뜨는 걸 보며 잠이 들었다. 주말 내내 부족했던 잠을 충전하려던 그녀의 계획은, 해가 중천에 걸리기도 전에 무산되고 말았다.

"누구세요."

퍼석퍼석 갈라지는 목소리와 헝클어진 머리가 그녀의 불편한 심리 상태를 그대로 대변했다. 아침부터 누구야. 뻐근한 목을 풀며 현관으로 걸어가는 걸음걸음이 늘어졌다. 제대로 뜨지 못한 눈으로 손님을 확인한 사랑의 얼굴이 그제야 풀어졌다.

"이 아침부터 어인 행차십니까?"

부스스한 모습을 하고 묻는 사랑의 눈앞에, 도시락이 내밀어졌다. 그녀가 좋아하는 식당에서 포장해 온 것이었다. 픽 웃으며 도시락을 받아 드는 그녀의 앞에, 이번에는 따뜻한 테이크아웃 잔이 내밀어졌다.

"아직 식사 전이라면, 밥이나 한 끼 하러 왔소이다만."

졸리긴 했지만, 밥 챙겨 주는 손님은 정 많은 손님. 언제든 기꺼이 맞이할 준비가 되어 있었다. 잠은 몰려왔지만, 든든히 배를 채우고 자는 것도 나쁘지 않지. 금강산도 식후경이랬다.

"어서 들어오시지요, 최 피디님."

사랑은 근 한 달 만에 보는 이영을 향해 활짝 문을 열었다. 곧장 식탁으로 향한 사랑은 이영이 펼치는 도시락을 보며 군침을 삼켰다.

"밖에 소파 내놨네?"

이영은 복도에서 본 소파를 이야기했다. 옮기느라 고생했고, 그 자신도 애용했던 소파라 밖에 있는 게 눈에 걸렸던 모양이었다.

"버릴 거면 이따 내다 주고."

"내가 알아서 할게."

선을 긋는 사랑의 모습에 이영은 또 멈칫했다. 아무렇지 않게 받아들이기가 어렵다. 그녀처럼 도시락을 먹는 데 집중했다. 아무렇지 않은 척 노력하니, 절반쯤은 아무렇지 않아졌다. 그러나 사랑은 자꾸 자신의 눈치를 보는 이영이, 무슨 말을 할지 짐작이 가서 더는 먹는 데만 집중을 할 수가 없었다.

"웬일로 아침을 다 사 왔나 했더니. 맞지?"

이영의 의도를 파악한 사랑이 방으로 사라졌다. 사랑이 그가 주었던 제본집을 들고 나왔다. 밥 챙겨 주는 손님이 다 좋은 손님은 아닌 모양이었다. 목적이 있어 사 주는 밥은 얻어먹어도 체하기 십상이다.

"아침밥 배달은 고마워. 그거 할 생각은 없고. 그럼 이만 가, 좀."

손도 타지 않은 제본집이, 처음 상태 그대로 그에게 돌아왔다. 그는 '이 작품'을 꼭 그녀와 함께해야 했다. 자꾸만 저를 떠미는 이 사람을, 자신의 품으로 돌아올 생각이 없는 눈앞의 사람을 붙잡기 위한 방법이, 이거 말고는 떠오르지 않았다. 쓴웃음을 삼킨 그가 차선책을 택했다.

"그럼 오디션이라도 같이 봐 줘. 그건 해 줄 수 있지?"

"내가 쓴 것도 아닌데, 왜 내가 봐? 너, 그거 작가에 대한 모독이야."

그녀의 말 때문이라도, 사랑이 꼭 봐야 했다. 본인 작품의 오디션은 봐야 하지 않겠는가. 이영은 안 그래도 날카로운 그녀의 신경을 더 긁고 싶지 않아 뒷말은 함구했다.

"정 싫으면 그거라도 해 줘. 전에도 캐스팅 고민할 때 도와줬었잖아. 그런 거라고 생각하면 되잖아, 그냥."

그의 말에 사랑이 크게 한숨을 내쉬었다. 이 황소고집한테 닥치라고 소리쳐 봐야 듣지도 않을 것 같아서, 사랑은 대답 대신 현관문을 열었다. 일단 내쫓는 게 상책이다 싶었다.

"이제 그만 가라니⋯⋯?"

현관문을 열자 미처 말도 끝맺지 못한 그녀의 앞에, 수현이 반듯한 모양으로 서 있었다. 양손에는 바리바리 무언가를 들고 있는 채였다.

"반찬 통이랑, 네 옷."

싱긋 웃는 얼굴에서 흘러나오는 말에 사랑의 얼굴이 당황으로 얼룩졌다. 잊고 있던 야구 잠바와 반찬 통을 왜 지금 챙겨 주는 것인지. 니트를 입은 어깨가 널찍했고, 그간 잠을 잘 잔 듯 얼굴빛이 좋아 보였다.

"삼고초려는 아니더라도, 이고초려의 정성이라도 봐주면 어떨까."

신발을 신고 나오는 이영의 입술에서 삼고초려 한다 해도 어림없는 소리가 흘러나왔다. 문 앞에 선 사랑은 뒤에서 미는 이영 때문에 옆집 남자의 넓은 어깨 위에 이마를 박아 버렸다. 당황한 그녀와 달리 단단한 어깨가 그녀를 지키듯 버티고 있었다.

이영은 주말 아침부터 찾아온 다른 남자의 모습에 인상을 구겼다. 그건 수현도 마찬가지였다. 주말 아침부터 그녀의 집에서 나오는 정체 모를 남자가 거슬렸다. 사랑은 양옆에 서서 대치 중인 두 남자를 번갈아 보았다.

"뭐 하니, 둘이."

말없이 벌어지던 조용한 신경전이 이어졌다. 수현은 그녀의 집에서 나오는 남자의 정체가 궁금했고, 이영은 지금 사랑의 집 앞에 서 있는 남자가 차수현이 맞는지 두 눈을 의심했다.

'그 낡아빠진 야잠은 어디에 두고.'

'누가 그 옷이 탐이 났나 봐. 큼직하게 자기 거라고 표시하기에 줘 버렸어.'

심지어 사랑이 누구한테 줘 버렸다던 그 야구 잠바까지 들고 있었으니, 둘이 격정적인 인사까지 나누었다는 이야기가 아닌가.

'그래도 누군지 고맙네. 버리래도 안 버리던 옷을 가져가 줬으니.'

'그렇게 화목한 분위기에서 이뤄진 건 아니었어.'

'화목하기까지 했으면 질투 났을 거야.'

사랑과 나눴던 지난 대화가 스쳐 지나갔다.

'좀…… 격정적이긴 했지.'

그러니까 저 옷에 자기 거라고 표시한 남자가 차수현이었던 건가? 그것도 아주 격정적인 분위기에서. 웬만한 감독들도 만나기 힘들어하는 차수현이 편안한 차림으로 그녀의 집 앞에 서 있다는 사실이 놀라웠다. 라디오 외엔 방송계에 발을 들이지 않는 사랑인데, 두 사람이 어떤 접점이 있었을까 하고 그는 골똘히 생각했다. 이영의 평온한 얼굴 아래로 거센 감정이 넘실댔다.

수현 역시 다년간 감정을 잘 다스려 온 배우로서 표정을 관리했다. 남자의 얼굴이 어쩐지 낯이 익었지만 그건 그리 중요한 문제가 아니었다. 옆집 여자가 남자 친구가 있었나 하는 생각에, 왠지 모를 배신감이 그의 속을 뒤집고 있었다. 애인이 있다는 말은 없었는데. 하지만 주말 아침부터 집에서 나올 남자가 애인 말고 또 누가 있어.

"안녕하세요, 차수현 씨. SBC 드라마국에 최이영이에요."

먼저 침묵을 깬 건 이영이었다. 아예 밖으로 나와 자신을 소개하는 남자의 손을 수현이 마주 잡았다. 수현도 상대가 누군지 생각이 났다. 그는 업계에서 꽤나 유명했다. 독한 만큼 영상미 잘 뽑아내기로. 어쩌다 마주친 일도 있었고, 심지어 같이 작품을 할 뻔한 적도 있었다. 결국 무산되었지만.

"명성이 자자하신 피디님을 몰라 뵀습니다. 차수현입니다."

두 사람은 서로 예의를 차리며 웃었다. 곧이어 궁금증과 적개심을 담은 두 쌍의 눈동자가 동시에 그녀에게로 향했다. 서로의 정체를 알기 전까지 신경전은 제대로 끝나지 않을 것이었다. 그러나 사랑에겐 어림도 없는 소리. 아니, 어림도 없는 눈알들이었다.

그녀는 서로를 소개시켜 줄 의무도, 관심도 없었다. 이참에 헛소리를 떠드는 두 남자 사이에서 벗어나고 싶었을 뿐.

"보기 좋네, 둘이. 인사 나누다가 가, 그럼."

사랑은 수현이 들고 있던 제 짐을 챙겨 집 안으로 향했다. 더 이상 이 말도 안 되는 광경을 보고 있기엔 심신이 미약한 수준이었다. 눈앞에서 쾅 닫히는 문에 남은 두 얼굴이 황망해졌다. 닫힌 문을 멍하니 바라보던 두 사람의 눈이 스르르 서로를 향했다. 누가 먼저랄 것도 없이 입을 열었다.

"그런데 SBC에서 제일 바쁘신 피디님께서 여긴 어떻게……?"

"그러는 대배우님께서는 어떻게……?"

칭찬인지 욕인지 모를 말들이 오가고, 가림막이 사라진 눈과 눈 사이에는 적의가 역력했다.

"뭘 좀 주려고……."

"전 뭘 좀 제안하려고……."

말꼬리를 흐리는 게 애매한 건지, 반말인지. 수현에게 그나마 '제안'이란 단어가 들린 게 다행이었다. 애인이란 확신이 조금은 줄어들었다.

"우리 사랑이 친구라면 제가 모르는 사람이 없는데……."

"옆집 삽니다."

대답이 빠른 건지, '우리 사랑이' 소리가 듣기 싫은 건지.

"아, 옆집."

싱긋 웃는 이영의 말이 '아, 겨우 옆집.' 하고 들리는 것만 같다.

"전 뭐, 사랑이랑 워낙 가까운 사이라……. 일종의 가족이랄까."

묻지도 않았는데 자랑을 해 대는 모양새가 꼴사나웠다. 하!

그러나 확실해졌다. 워낙 가까운 사이. 가족 같은 사이.

너 차였구나. 남자의 직감으로 알 수 있었다. 이자가 사랑의 주변을 맴돌고 있다는 걸. 그제야 수현의 입술에 비릿한 웃음이 걸렸다.

"아! 가족 같은 사이시구나. 그런데 얼마 전에 가족 식사 자리엔 안 계시던데."

수현이 일부러 상냥한 목소리를 냈다. 가족 식사 자리란 말에 이영의 눈이 동그랗게 커졌다. 가족들이랑 식사도 했다고? 당혹스러워하는 이영의 얼굴에, 승기를 거머쥔 수현의 입술이 삐뚜름하게 올라갔다.

"오늘 많이 피곤한가 보네. 저도 이만 들어가 보겠습니다. 그럼 살펴 가시고요."

수현이 옆집 현관문을 보며 사랑을 걱정하는 체했다. 이영은 수현의 살펴 가라는 말이 어서 꺼지라는 소리로 들렸다. 심기가 불편한 이영이 고개를 까딱였다. 그러나저러나 입술을 말아 올린 수현은 집으로 향했다. 안에서는 매니저 김 군이 어디 다녀오는 중이냐며 물었다. 설거지를 하다 내친김에 주방 청소까지 도맡은 김 군에게 수현이 물었다.

"집에 소금 없나?"

그 시각 문 안으로 쏙 사라지는 수현의 뒷모습에 이영은 또다시 황망함을 느끼고 말았다. 자신이 너무 넋 놓고 있었던 것일까. 그간 이상한 놈이 사랑의 옆에 있었다니. 화면 안에 담고 싶을 정도로 매력적이었던 수현의 모습을 다시 떠올리던 이영의 눈에 불꽃이 타올랐다.

안일했던 자신을 탓하며, 이영이 화를 삼켰다. 엘리베이터를 타기 전, 수현의 집을 한 번 노려보는 것도 잊지 않고서. 그녀와 '이 작품'을 하루빨리 함께해야 할 이유가 더욱 확실해졌다.

※ ※ ※

아쉽게 끝난 주말을 뒤로하고 사랑은 여느 때와 같이 학교로 향했다. 웬 소금이 복도에 뿌려져 있나 의문스러웠지만, 얼마 안 가더 큰 의문이 그녀를 덮쳤다.

"벌써 기말고사⋯⋯. 실화냐?"

중간고사 끝난 지 일주일은 지났나? 사랑의 절망스런 표정에 옆에 있던 두 아이가 킥킥 웃었다.

"오, 누나. 그렇게 얘기하니까 대학생 같은데."

다니엘은 그런 사랑을 놀려 댔다. 생각부터 동안이지 않느냐며 사랑은 반대로 으스댔다. 요즘 학번이 새겨진 야구 잠바가 없는 게 아쉬웠다. 학번을 보고 놀라는 후배들을 놀리는 재미가 쏠쏠했는데 말이다.

"계절 학기는 어쩔 수 없죠, 뭐. 네 달 치를 한 달 안에 끝내는 거니까."

수미의 말에 사랑은 이마를 부여잡았다. 네 달 치를 한 달에 끝내다니. 대학에 와서도 주입식 교육은 끝나지 않았다며 사랑은 의미 없는 불만을 토로했다. 학점만 채워 졸업을 할래도, 시험과 과제는 피해 갈 수 없으니 머리가 아팠다.

"갑자기 막 글을 쓰고 싶다."

"원래 시험 기간엔 뉴스도 재미있댔어요."

시험을 생각하자, 본업에 그렇게 충실하고 싶을 수가 없었다. 인간은 그래서 인생에 하기 싫은 것도 하나쯤은 하면서 살아가야 하나 싶기도 했다.

"그래도 전공과목 아니고 교양인 거에 만족합시다, 누님. 파워포인트 100장만 외우면 되는데요, 뭘."

사랑은 그의 배를 팔꿈치로 푹 찔렀다. 이건 뭐 전공과목보다 더한 분량에 사랑은 너희들만 믿는다며 두 사람의 어깨를 두드렸다.

"먹고 싶은 건 없고?"

"고기?"

"음, 치킨?"

기다렸단 듯 나오는 대답에 세 사람 사이에 웃음이 터졌다. 그사이 캠퍼스를 거닐던 그들에게 곧 시련을 줄 여교수가 지나갔다. 파워포인트 100장 암기의 시련.

그들의 교양 과목을 수업하는 차화련 교수는 항상 세련된 차림이었다. 옷을 조금 아는 사람이라면 걸친 코트 하나, 구두 하나도 결코 예사 브랜드의 것이 아니란 걸 알 수 있었다. 가볍게 세 사람의 인사를 받아 준 그녀는 곧 교수실이 있는 건물 안으로 사라졌다. 한참 그 뒷모습을 넋 놓고 바라보던 수미가 돌아서서 사랑의 팔을 흔들었다.

"우리 교수님 되게 예쁘지 않아요? 기품 있고, 세련돼고. 나이 들면 딱 저렇게 되고 싶은 모습이랄까?"

선망 어린 눈으로 교수가 사라진 곳을 여러 번 보는 수미의 모습이 귀여워 사랑이 웃었다. 그러나 수업 때 느꼈던 것과 마찬가지로 어딘지 싸늘한 면모가 있었다.

사랑은 여행을 좋아했고, 여행을 통해 많은 사람들을 만났다. 제각각 가진 개성과 삶의 모습들은 그녀의 글에 영감이 되어 책으로서 다시 태어났다. 이제는 글을 쓰기 위해 관찰을 하기도 하는데, 그 과정에서 사랑은 그런 사람들을 몇 번인가 만난 적이 있었다.

아주 정교하게 자신의 삶을 연기하는 사람들. 그들은 대개 사람들에게 선망받는 위치에 있었고 화려한 모습을 보여 주었다. 그러나 그 이면에는 어두운 면모를 감추고 있었다. 교수는 그런 사람들과 닮은 구석이 있었다.

이를테면 학생들을 향해 기계적으로 지어 보이는 미소. 진심으로 웃는다기보단 어떻게 웃어야 진심으로 보이는지 아주 잘 알고 있는 사람의 것처럼 보였다.

"누나, 전 이만 알바 하러."

꼬리를 물고 이어지던 생각이 멈추었다. 사랑은 일하러 간다는 다니엘을 쳐다봤다.

"알바?"

"얘 학교 다니고 쭉 피팅 모델 했거든요."

설명은 그 옆의 수미가 대신 잇는다. 오늘 보니 전에 준 열쇠고리를 나란히 달기에는 한참이나 무리겠구나 싶다.

"근데 너는 왜 따라나서? 나랑 데이트 좀 하다가 가. 그 파워포인트 100장도 같이 뽑고."

아르바이트는 다니엘이 한다는데 따라나서는 수미가 이상해, 사랑은 눈치도 없이 그녀를 붙잡았다.

"아, 그게……."

곤란해하는 수미의 얼굴에 사랑은 안타까웠다. 자신이 눈치가 이렇게 없어져 버린 것인가. 눈치 하면 편사랑인데!

"아, 누나 무슨 생각 하는 거예요. 얘, 내 매니접니다, 매니저."

사랑의 표정을 읽었는지 다니엘이 급히 핑계를 가져다 댔다. 페이도 잘 준다는 다니엘의 말은 두 사람의 관계를 확연하게 정의했다. 친구에 이어 매니저. 선을 긋는 아이의 말에, 상기되어 어버버거리던 수미의 얼굴이 가라앉았다.

이게 무슨 신종 고문이냐. 그 모습을 바라보던 사랑이 조용히 혀를 찼다. 저거, 저거 저러다 크게 후회할 날 오지. 세상의 모든 짝사랑은 지켜보기가 애처롭다.

"가, 얼른."

한참 이리 부딪히고 저리 부딪히며 시행착오를 겪는 나이라지만, 오늘따라 남자애의 모습이 얄미워 그만 가라고 떠밀었다.

"내일 봐요, 언니."

이번에는 여자애가 먼저 나선다. 풀이 죽은 어깨에 닿는 남자애의 시선이 보였다. 저렇게 신경 쓰일 걸, 왜 저러나 몰라. 알다가도 모를 청춘이었다.

사랑은 근처 도서관 건물을 향해 돌아섰다. 오늘따라 눈으로 고구마를 먹은 듯 답답한 기분이었지만, 그녀에게는 달달 외워야 할 100장의 프린트물이 있었다는 걸 잊어서는 안 되었다. 무사히 졸업은 해야 하니까.

"여기 있어."

수현은 따라나서려는 김 군에게 조용하지만 단호하게 말했다. 방학이라지만 학생들도 있을 텐데, 그는 혼자 차에서 내렸다. 그나마 엘리베이터를 타면 곧장 교수실이 앞이었지만, 김 군은 여러모로 수현을 혼자 보내는 게 걱정되었다.

스케줄을 마치고 바로 오느라, 그의 얼굴을 가릴 수 있는 것이라곤 검은색 모자 하나였다. 그럼에도 수현은 고집스럽게 혼자서 적진으로 향했다. 가족이니 아군인가. 아니다, 가족이라고 다 같은 아군은 또 아니라는 걸, 김 군은 수현의 고모를 보면 알 수 있었다.

교수 차화련

문패가 눈에 들어왔다. 그는 데뷔한 후에도 여러 번 이곳에 왔다. 눈을 감고도 찾아올 수 있을 만큼.

수현이 기획사에 발탁되고, 소속사에서 마련해 준 숙소로 들어가면서 자연스레 그의 독립이 이루어졌다. 당시엔 더 이상 그를 괴롭히는 동그란 눈동자를 마주할 일이 없을 것만 같았다. 그러나 해방은 온전하게 이루어지지 못했고, 화련은 집요하고도 정기적으로 그를 불러 댔다.

화련은 더 이상 수현을 그녀의 집 안으로 들이지 않았다. 핏줄보다는 돈줄에 가까워진 위치에 수현은 쓸쓸했지만 한편으로는 그에게도 숨 쉴 구멍이 생겼으니, 불행 중 다행이었다.

노크를 했고, 안에서 들어오라는 소리가 들렸다. 모자를 벗은 수현이 안으로 향했다. 정면으로 보이는 책상에는 화련이 앉아 있었다. 틈 없이 손질된 머리와 꼿꼿한 자세는 그녀의 자존감을 드러내 주었다. 돈은 많을수록 좋고, 여자는 예쁠수록 좋다는 게 그녀의 지론이었다. 끝없는 거만함과 당당함. 어쩌면 대중들에게 알려진 자신의 이미지는 화련으로부터 왔을지도 몰랐다.

"왔니?"

누가 왔는지 알았지만 화련은 고개를 들지 않았다. 고모와 조카 사이에 차갑고 상투적인 인사가 오갔다. 오느라 수고했다, 요즘 어떻게 지내느냐, 하물며 밥은 먹었느냐는 인사조차 기대할 수 없었다. 그게 조카를 대하는 그녀의 방식이었다.

"어떻게 지내셨어요?"

끊임없이 무언가를 적어 내려가던 화련의 펜이 멈추었다. 수현은 그녀가 고개를 들지 않기를 바랐다. 어릴 적 잘못이나 실수를 저지르면, 어김없이 화련의 매서운 눈동자가 그를 향해 달려들었다. 겁에 질린 아이는 질책을 받는 동안 눈을 피할 수도 없었다. 동그란 안경테, 그 안으로 보이는 새하얀 흰자와 눈동자…….

그렇게 덜덜 떨며 혼이 나고 나면 온몸이 저려 왔다. 그가 고등학교에 들어갈 때까지 이어졌던 학대에 원 모양의 무언가가 눈앞에 펼쳐지면, 화련이 부라리던 눈이 생각났다. 그의 환 공포증은 그렇게 생겨났다. 아무것도 아닌 것으로부터. 그렇게 저도 모르게 생겨나고 말았다.

"1억."

화련은 그렇게만 말했다. 거기엔 돈을 보내 놓으라는 말이 생략되어 있었고, 그녀는 끝내 수현을 올려 보지 않았다. 멈추었던 손도 다시 움직이기 시작했다. 사각사각. 펜이 굴러가는 소리가 정적

가득한 방 안을 메웠다. 조용함이 그를 짓눌렀다. 이 방을 빠져나가고 싶었다.

"네. 가 볼게요."

수현은 감정을 거두어 내고 담담하게 말했다. 오랜 시간 연습된 말이었다. 이 정도는 아무것도 아니었다.

"내가 널 위해 어떤 걸 포기했는지 잊지 않길 바란다."

싸늘한 목소리가 돌아서는 그의 등줄기를 옭아맸다. 수십 년간 들어온 말에 이미 이골이 나 있었다. 무엇을 포기했더라. 아, 잘난 정부 자리와 잠깐 반짝였다 지고 만 배우로서의 위치였던가. 잊지 않고 있었다. 지난 시간 무자비하게 퍼부었던 말과 행동들, 그리고 실은 사망보험금이 탐이 나서 어린 조카를 거두었다는 것도, 동네 사람들이 수군대던 그 말들을 그는 또렷이 기억하고 있었다.

"네."

수현은 짧게 대답하고 문을 향해 걸어갔다. 그제서야 화련이 고개를 들었다. 수현과 꼭 닮아 있는 섬세한 이목구비가 그를 향해 박혀 있었지만, 수현은 알지 못했다.

매번, 고작 이 정도의 대화를 하자고 이곳으로 부른다. 그리고 그걸 알면서도 번번이 찾아오는 자신은, 도대체 무엇을 바란 것일까. 엘리베이터까지 오르는 짧은 거리가 멀게만 느껴졌다. 한 걸음을 떼기 위해 안간힘을 쓰는 기분. 그러다 문득 외로움이 밀려들었다.

'내 부모는 왜 나를 떠났을까.'

오랜 시간 그를 괴롭혀 왔던 생각이 저 깊은 곳에서 올라오고 만다. 미움과 자기 연민이 얼마나 지독하고 쓸데없는 것인지 잘 알면서도. 그는 자신을 낳고 떠나 버린 부모를 저주하고, 그런 자신을 돈 때문에 거두어 간 고모를 미워했다.

'당신들이 없으면 내가 외톨이가 될 걸 알았으면서.'

끝이 없는 터널 속에 혼자 남겨진 느낌. 잘못 태어난 것처럼 기분이 꼭 거지 같았다. 화련과 대면한 뒤에는 꼭 이렇게 참을 수 없는 답답함이 그를 짓눌렀다. 건조한 표정과 달리, 작은 엘리베이터에 몸을 싣는 그의 몸짓에는 절박한 구석이 있었다.

문이 닫히자, 숨이 막혔다. 세상에 저 혼자 남은 중압감이 그의 기도를 틀어막았다. 그는 숨이 쉬어지지 않는 가슴을 손바닥으로 쳐 댔다. 주차장까지만 가면 김 군이 있었지만, 그는 금방이라도 넘어갈 것처럼 숨을 헐떡였다.

누가 좀……

그는 대상 없는 누군가에게 소리 없는 구조 신호를 보냈다. 아니, 빨리 지하 주차장에 당도하기를 바랐다. 오래된 엘리베이터는 속도가 너무 느렸고, 설상가상으로 속도가 더 느려지는가 싶더니 1층에서 멈췄다. 빌어먹. 그는 손에 들고 있던 모자를 머리 위에 써 보려 노력했지만, 그것마저도 손에 힘이 빠져 바닥에 떨어트리고 말았다. 결국 무방비 상태로 문이 열리고 말았다.

"차수현 씨?"

그를 마주한 건 다름 아닌, 옆집 여자였다.

그와 마주친 사랑은 예상치 못한 곳에서 그를 만난 상황에 놀랄 겨를도 없이 엘리베이터 안으로 뛰어 들어왔다. 한눈에도 옆집 남자의 상태가 심상치 않아 보였다.

"뭐야! 왜 이래!"

사랑이 수현의 어깨를 붙잡자, 그의 몸이 그대로 꼬꾸라졌다. 자신보다 머리 하나는 더 큰 수현의 몸이 파도처럼 쏟아지니 사랑의 몸은 절로 뒤로 밀려났다. 사랑의 등에 닿힌 문이 쿵 소리를 내며 닿았다. 등이 아팠지만 제대로 숨을 못 쉬는 남자의 상태가 더 크게 느껴졌다.

"왜 그래! 숨 쉬기가 힘들어?"

가쁜 숨이 그녀의 어깨 위로 세차게 쏟아졌다. 사랑이 그의 등을 툭툭 치며 쓸어내렸다. 은은한 향기가 수현의 콧속으로 파고들었다. 숨이라는 게 쉬어진다. 수현은 그제야 숨을 쉬고 있다는 걸 느낄 수 있었다. 덕분에 한결 숨쉬기가 편안해졌다. 그러나 그의 손은 여전히 약한 경련을 일으키고 있었고, 그 여파로 몸에서는 점점 힘이 빠져나갔다.

그러나 서서히 움직이기 시작한 엘리베이터는 금방 주차장에 가 멈춰 섰다. 사랑의 등을 받쳐 주고 있던 문이 열리기 시작했다.

"어, 어?"

두 사람의 무게를 견디던 벽이 점점 사라지는 것이 느껴졌다. 뒤로 떨어지는 기분에 사랑의 눈이 커졌다. 순간 사랑의 손이 자신에게 안긴 남자의 머리를 감싸 안았다. 눈을 꽉 감으면서도 발목까지 오는 두툼한 점퍼를 입고 나오길 잘했다는 생각이 들었다. 넘어지면 아프겠지.

잠시 뒤, 쿵 하는 충격이 사랑의 몸으로 퍼졌다. 생각보다 크지 않은 충격에, 사랑이 조심스레 감았던 눈을 떴다. 수현의 목덜미가 가장 처음 눈에 들어왔고, 그 뒤로 보이는 바닥은 그다음이었다. 잠깐, 바닥?

"어머! 차수현 씨!"

바닥에 있어야 할 건 자신인데, 어째 수현의 몸이 바닥에 깔려 있었다. 감쌌던 팔 덕분에 그의 머리가 바닥에 닿지 않았던 게 그나마 천만다행이었다. 눈은 감고 있었지만, 아까보다 숨은 쉬기 편해 보였고 그의 입술에 걸려 있는 미소가 그나마 그가 정신이 있다는 걸 알려 주었다. 웃음이랄 게 딱히 어울리는 상황은 아니었지만.

"말도 안 돼."

그는 그렇게 중얼거렸다. 잘게 떨리는 팔이 여전히 사랑의 등을 감싸고 있었다. 수현은 위험한 순간에 제 머리를 감쌌던 사랑의 행동을 곱씹어 봤다. 그보다 조금 더 전, 그가 위급한 상황에 눈앞에 나타난 것 역시.

"뭐가? 아니지, 그게 지금 중요한 게 아니지. 병원 가자."

몸을 일으켜 자신의 이곳저곳을 살피는 사랑의 모습이 눈에 들어왔다. 아무도 이런 모습을 알아봐 주지 않았으면 했다. 아니, 사실은 누군가 좀 나타났으면 했던 순간의 끝에 사랑이 나타났다. 끝없이 땅굴을 파고들어 가던 자신을 붙잡아 준 게 사랑이란 사실이 믿겨지지 않았다. 말도 안 돼. 이해해 보려 노력해 보지만, 그래도 말이 안 된다.

"형!"

차 문을 박차고 달려오는 김 군의 목소리가 들렸지만, 그 역시도 서서히 아득해졌다. 촛불처럼 꺼지려는 그의 시야에는 오롯이 사랑이 차올라 있었다. 그녀가 어떻게 여기 있는지는 중요하지 않았다. 중요한 건 또다시 불현듯 나타난 그녀가 지금 이 순간 여기 있다는 것.

"고마워."

조용한 진심이 그의 입술을 타고 흘러나왔다.

"차수현 씨!"

세차게 자신의 몸을 흔드는 사랑의 손길이 느껴졌다. 몇 번 만났다고 저 얼굴이 왜 이렇게 또 반가운 건지. 괜찮노라고 말해 주고 싶은데, 다시 눈을 떴을 때 네가 눈앞에 있으면 좋겠노라고 말하고 싶었는데. 물먹은 솜처럼 추욱 처지는 몸뚱이가 제대로 이 말을 전했는지는 알 길이 없었다. 입술이 천 근에 매인 듯 무거웠다. 온몸이 그랬다.

그저, 감기는 눈을 다시 떴을 때, 네가 그대로 남아 있지는 않을까 하고. 깜빡이다 점멸하는 전등처럼 사그라드는 의식 속에서, 나는 그렇게 바랐다. 어쩌면 나의 내일에, 네가 있었으면 한다고. 그런 바람이 들었다.

'……우리 곁에는 믿기지 않는 기적과도 같은 순간들이 있습니다. 그런 기적과도 같은 순간이 있음에, 우리는 아무리 힘들어도 지금 이 순간을 이겨 낼 수 있는 힘이 생기는 게 아닐까요?'

무의식에 저장해 두었던 목소리 하나가 다시금 떠오른다. 불꽃놀이를 보다 잠들었던 그 밤. 못다 들었던 라디오 속 DJ의 목소리가 암흑 속을 파고들었다.

'새해에는 또 어떤 일이 펼쳐질지 모르지만, 그래도 그 순간을 이겨 낼 수 있는 기적을 찾은 이 밤 되셨기를 바랍니다. …… 참, 해피 뉴 이얼.'

기적을 마주한 그의 두 눈이, 사랑의 품 안에서 스르르 감겼다.

8. 답답한 마음엔 고추장비빔밥!

조용한 새벽 수현이 눈을 떴다. 어느새 익숙해진 천장이 그를 반겼다. 깜빡이는 긴 속눈썹 속에 자리한 흐릿한 눈동자가 서서히 초점을 잡았다. 조용한 타자 소리와 라디오 소리가 울리고 있었다. 예약해 둔 시간에 맞춰 울리는 라디오 덕에 대략 늦은 밤이라는 것 정도를 알 수 있었다. 조용한 DJ의 목소리 아래로, 규칙적이고 낮은 타자 소리가 흩어졌다. 방에서 이런 소리가 날 만한 게 있었나. 하지만 듣기 나쁘지 않았다.

'집에 온 건가.'

그는 정신을 놓기 직전의 상황을 다시 떠올렸다. 고모를 만났고 갑자기 숨을 쉬기가 어려웠다. 고모를 만나고 난 후 이 정도로 힘든 기억은 없었던 것 같은데. 시간이 갈수록 유일한 피붙이를 상대하는 일이 버거워지기만 한다.

그리고 자신을 붙잡아 주었던 옆집 여자가……. 문득 정신이 든 뒤 들려오던 타자 소리가 멈추었다고 생각한 순간, 말소리가 건네졌다.

"일어났어?"

소리를 따라간 시선 끝에는 옆집 여자가 있었다. 침대에서 멀리 떨어지지 않은 탁자 위에, 노트북 하나를 올려놓고는. 단정하게 묶은 단발머리와 분홍색 니트가 퍽 잘 어울렸다. 딱 하나, 저 금테 안경은 또 뭐야. 풋, 웃음이 터질 것 같았지만, 그럼에도 웃을 수가 없었던 건, 거짓말같이 또 그녀가 있기 때문이었다.

거짓말. 또다시 혼자 남아 있어야 할 공간에 그녀가 있다. 수현은 말없이 그녀를 바라봤다. 있었으면 좋겠다고 생각했다. 다시 정신이 들었을 때 그녀가 제 곁에 있었으면 좋겠다고. 하지만 그렇다고……. 정말 또 이곳에 있으면 어떡하나……. 이러다 정말 욕심이란 걸, 부리기라도 하게 되면 어떡하나, 그는 그런 걱정이 들었다.

사랑이 다가왔다. 그러나 수현의 팔은 현실을 믿고 싶지 않은 것처럼, 스스로의 눈을 가리고야 만다.

"어허. 링거 맞으셨습니다."

엄한 간호사처럼, 사랑의 손이 그의 팔을 잡았다. 본래대로 내려놓는 그녀 때문에 두 사람의 눈이 다시 마주쳤다. 그녀의 말처럼, 수현의 팔에는 작은 밴드 하나가 붙어 있었다. 수현은 그녀의 온기가 흔적처럼 남은 자신의 팔을 한 번 보고는 몸을 일으켰다.

"어떻게 된 거야?"

입이 까끌까끌했다. 사랑은 그에게 물컵을 건네주었다.

"큰일은 아니래. 푹 쉬면 될 거라고. 그쪽 매니저는 방금까지 있

다가 막 갔어. 얼굴이 파래져서는, 어휴. 정신 들면 전화 한번 해
줘."

이번에는 콘솔 위에 올려 둔 그의 전화기를 닿기 쉬운 곳으로 옮
겨 준다. 이상하다고 생각되지도 않을 만큼, 그녀가 이곳에 있는
게 자연스러웠다. 오래전부터 알았던 사람처럼.

"목 아파."

이번에는 수현의 손이 그녀의 팔을 붙잡았다. 그러고는 시선이
높다는 핑계로, 서 있는 사랑의 엉덩이를 침대 위로 걸터앉게 만들
었다. 수현의 또 다른 손이 그녀의 콧잔등 위로 향했다.

"이거 너무 동그란데."

두 사람의 시선을 가로막고 있는 동그란 안경을, 그의 손끝이 톡
톡 건드렸다. 무슨 용도냐는 듯, 굳이 쓰고 있어야 하는 거냐는 듯.

"글 쓸 때 항상 끼는 거야. 시력 보호 겸, 글 쓰는 사람이란 거
티도 낼 겸."

사랑의 입꼬리가 슬쩍 올라갔지만, 수현의 표정은 어쩐지 불만이
어려 있었다.

"벗어."

"침대 위에서 그런 말 들으니까, 되게 그러네?"

노골적인 말에 사랑은 큰 감흥이 없었지만, 짐짓 가슴께를 팔로
가리는 시늉을 한다. 아픈 사람이 앞에 있으니, 어쩐지 웃겨야 할
것만 같았다. 하지만 수현은 웃지도 않고 다시 한 번 그녀의 안경
을 톡톡 건드렸다. 안경을 벗을 때까지 어떤 농담도 허락지 않을
기세였다.

"환 공포증이라 하니, 친히 벗어 준다."

한껏 거드름을 피우며 사랑이 안경을 벗었다. 두 사람의 눈동자 사이를 막고 있던 장애물이 사라졌다. 대신 조용하고 끈적한 음악 소리가 그 간극을 메웠다. 내가 왜 저딴 걸 틀자고 했었지. 사랑은 오늘 낮에 녹음한 라디오 내용이 괜히 원망스러워졌다.

남자의 침실이었고, 남자의 침대 위였으며, 그 남자가 제 눈앞에 있었다. 그것도 아주 가까이에. 사랑은 저도 모르게 당황했다. 감정이 없는 사이에도 얼마든지 미묘하게 분위기를 바꿀 수 있는 조건들을 갖추고 있지 않은가.

아니, 근데 라디오를 예약해 놨을 줄이야……. 글을 쓰느라 제대로 몰랐을 뿐, 제 라디오인 걸 알았더라면 진즉에 껐을 것이다. 민망한 기분이 그녀를 휘감았다. 내 방송인 거 알고 듣는 거야, 뭐야.

"어떻게 거기 있었어?"

한창 딴 데 생각이 팔려 있던 사랑을 제자리로 불러온 건 수현의 질문이었다. 그나마도 다행이랄까. 남자는 질문이란 걸 해 왔다. 사실은 자신이 더 궁금했던 것이다. 심지어 그의 매니저도 그곳에 있었지만, 보기보다 입이 무거운 그는 정중하게 인사하는 것 외에 별다른 말이 없었다.

"거기 우리 학교야. 늦은 졸업 준비하느라 방학 때도 가서 수업 듣느라고."

그의 눈이 조금 더 설명을 바라고 있어서, 사랑은 다시 입을 열었다.

"곧 시험이라 프린트 좀 하느라 학교에 더 남아 있었어. 그 건물 엘리베이터 타는 게 차 대 놓은 곳이랑 제일 가까워서 거기서 탄 거야. 그러다 그쪽을 만난 거고. 날 만난 걸 행운으로 여겨. 혹시

밀실 공포증 이런 것도 있어?"

사랑이 물었다. 있다고 하면 온갖 병을 다 가지고 있는 게 아니냐며 말할 것 같은 표정이었다. 수현은 그런 그녀의 말에 웃음 지었다. 그녀를 만난 걸 행운으로 여기고 있었고, 밀실 공포증이란 건 가지고 있지 않았다. 그런데 고개를 끄덕여야 할지, 저어야 할지 잠시 고민했다. 그러던 그가 입을 열었다.

"그 학교에 내 유일한 가족이 있어. 그래서 자주 가."

수현은 담담한 어조로 이야기했다. 장난스레 말을 이으며 입꼬리가 올라가 있던 사랑의 입술이 점점 제자리로 돌아왔다.

"당신 가족에 비하면, 내 가족에겐 '가족'이란 이름을 붙이는 게 맞는 건지 조금 의심스럽지만."

담담한 목소리와 표정이 더 애잔하게 나가왔다. 그러나 조심스러웠다. 섣불리 동정하거나, 공감하는 것보단 이 남자처럼 담담하게 받아들여 주는 게 예의에 더 가깝다고 생각했다. 그가 더 말을 이을까 기다렸지만, 아직은 이 이상 하지 않을 것이란 걸 금세 알 수 있었다. 그래서 그녀는 조용히 고개를 끄덕이고 자리에서 일어났다.

"밥 먹자. 믿기지 않겠지만 꼬박 하루를 잤어, 차수현 씨."

사랑은 그를 주방으로 데리고 가려 했다. 수현이 일어난 그녀의 팔을 다시금 붙잡아 앉혔다.

"밥은 아직 생각 없어. 더 안 물어봐?"

"얘기하고 싶으면 해도 돼."

사랑이 그렇게 말할 줄 알았다는 듯 그의 입가에 빙긋 미소가 걸렸다. 그녀가 더 물어보지 않아서, 담담하게 제 얘기를 들어 주어서 좋았다. 그리고 거기 있어 주어서 좋았다. 수현이 그런 그녀를 지그시 바라보았다.

"거기 있던 게 당신이라서 다행이라 생각해. 고마워."

담백한 진심이 그의 입술에서 흘러나왔다. 사랑은 낯간지럽게 그런 걸로 뭘 고맙냐고 했다. 그러고는 웃는다. 깃털처럼 가볍게. 그 가벼운 웃음이 그의 마음에 내려앉았다. 수현은 자신의 침대 위에 마주 앉아 있는 그녀를 바라봤다. 아직 팔에 닿아 있는 그의 손바닥에서 그녀의 맥박이 흐릿하게 느껴졌다.

잡고 있는 팔을 끌어당기고 싶었다. 그런 충동이 들었다. 그러면서 다른 손으로 허리를 그러안고 싶었다. 마음만 먹는다면 그녀가 이 위에 눕는 건 한순간일 것이었다. 그럴 수 있음에도, 수현은 자신이 망설이고 있음을 알았다. 섣부른 판단으로 그녀와의 관계를 망치고 싶지 않다는 것도, 그는 잘 알고 있었다.

"라디오 좀 끄면 안 될까?"

정적을 깨는 소리에 수현은 그냥 웃고 말았다. 한참이나 그의 시선이 가 있던 작은 입술이 그렇게 말했다. 자신이 어떤 생각을 하고 있는지도 모른 채, 그녀는 라디오를 끄자고 했다. 이 방 안에 정적이 휩싸이면 자신이 더 위험해질지도 모른다는 걸 그녀는 과연 알고나 있을지 의문이었다.

"왜?"

더 오붓해지고 싶으냐고, 수현은 진심이 담긴 말을 장난스레 건넸다. 만에 하나라도 그녀가 좋다고 한다면, 그는 참을성 따위 버릴 의향이 얼마든지 있었다.

"아니. 내 목소리 계속 들으려니 민망해서."

사랑은 자신의 방송을 타인과 들은 적이 없었다. 옆집 남자와 이 조용한 가운데 배경 음악으로 깔리는 소리가 자신의 목소리라니. 라디오를 통해 듣는 제 목소리가 또 낯설기도 해서, 몹시 이질적이었다.

"이게 당신 방송이었어?"

눈앞의 남자가 놀라는 표정이라 그녀의 민망함은 한껏 더해졌다. 유물과도 같은 학번이라며 놀라는 후배들에게 윙크를 할 정도로 짓궂은 편 작가였지만, 일대일로 자신의 팬과 만나는 일에는 면역이란 게 없었다.

"매번 방송 처음에 내 이름 나가잖아."

"못 들었는데."

"끝에도 직접 말하는 이름 석 자를 못 들었다니. 그게 더 놀랄 일이외다."

그가 한 손으로 쩍 벌린 입을 가리고 있는 걸, 사랑이 따라 했다. 새벽 녹화가 끝나고 돌아오는 길에 처음 듣고는, 이후 그의 밤을 가끔씩, 이후에는 더 자주 채워 주었던 라디오 방송이 사랑의 것이었다는 사실이 놀라웠다. 유독 고독했던 지난 크리스마스 역시 그녀의 목소리로 채우지 않았던가. 이윽고 놀라 벌어졌던 입가가 옆으로 벌어진다.

"근데 엄청 내 방송 팬인가 봐. 시간까지 맞춰 놓고 들을 정도면."

나도 사인 한 장 해 줄까? 전날의 실수를 꼬집으며 놀리는 사랑의 말에도 그는 놀란 듯, 웃는 듯 그녀를 빤히 보기만 했다. 잠에서 깨면 사라질 것만 같았던 기적이, 실은 오래전부터 그를 위해 곁에 머물러 있던 기분이었다. 이 여자는 저를 만나기 훨씬 전부터 자신의 외로운 구석을 감싸 주고 있었다는 걸, 그는 이 밤 깨닫고 말았다.

※ ※ ※

평화로운 나날들이었다. 그는 두 개의 CF를 찍었고, 다큐멘터리 내레이션도 하나 녹음을 했다. 또, 어쩐지 쓸데없는 만남들은 달갑지 않아 헬스장을 갈 때 외엔 집에서 시나리오를 읽으며 여유롭게 보냈다. 그 와중에도 대부분의 생각들은 사랑에게로 흘러갔지만.

평일 아침의 한강은 한적했다. 얼굴을 드러내는 비니를 쓰고 나온 수현이 강변을 달리고 있었지만, 그를 알아보는 사람이 없었다. 그가 멈춘 건 한참 후였다. 다리를 몇 개나 지나고서야 갈증을 느낀 그가 근처 편의점으로 향했다. 500ml 페트병 하나를 단숨에 비운 그가 방향을 틀어 걸었다. 터질 듯 뛰는 심장이 진정되자, 시야가 맑아졌다. 자신의 아파트가 저 멀리 보이자, 그답지 않게 허기짐이 느껴졌다. 가는 길에 샌드위치라도 하나 사 갈까 하다, 밥다운 걸 먹고 싶은 생각에 관두었다. 옆집에서의 저녁 이후, 그는 정 없어 보이는 샌드위치와 거리를 두고 있었다.

"답장이 없으시네."

사랑에게 답장이 오질 않는다. 집에서 나오는 길에 밥이나 한 끼 같이 하는 게 어떠냐고 문자했지만 아직까지 그녀에게선 연락이 없었다. 까였나. 자나. 그냥 뭐라도 포장해서 찾아갈까. 그런 고민들이 그의 생각을 지배했다.

그의 고모, 그리고 옆집 여자가 있는 학교에서의 일 이후, 그는 시시때때로 그녀의 품에 안겼던 순간이 생생하게 떠올랐다. 수수하면서도 달큰했던 향기, 목을 감싸던 팔과 등을 두드려 주는 손끝에서 막혀 있던 숨통이 트여 나가던 기분까지도. 아주 생생하게 그 순간이 펼쳐졌다.

그날 이후, 수현은 종종 사랑과 밥을 먹거나 술 한잔을 청하곤 했다.

그 여자가 옆집에 산다는 게 감사한 순간들이 있다. 이를테면, 예상치 못한 순간에 복도에 나와 앉아 있는 동그란 뒤통수를 마주하는 때랄지. 굳이 커피 한 잔, 밥 한 끼 하자고 약속을 잡지 않아도 함께할 수 있을 때. 그런 순간들이 좋았다. 그리고,

'그 학교에 내 유일한 가족이 있어.'

전부는 아닐지라도 자신의 얘기를 슬쩍, 그냥 슬쩍 던져두어도 아무렇지 않게 고개를 끄덕이는 사람이 또 그녀라는 사실이 좋았다. 불쌍해하거나, 유난을 떨지 않아도 충분히 위로가 되었다. 그저 이렇게 조금, 툭, 말할 수 있는 사람이 있다는 사실만으로도 위로가 되었다. 그게 좋았다.

그때, 전화 한 통이 걸려 왔다. 답장 없는 누군가 때문에 시무룩했던 얼굴이 반색했다. 그러나 발신자를 확인한 그의 얼굴이 다시 푸시식 김빠지는 소리를 내며 식어 갔다.

— 형. 오늘 촬영 아무래도 길어질 것 같다고 좀 일찍 시작하는 게 어떠냐고 해서요. 괜찮으시면 한 시간 내로 모시러 갈게요.

그러고 보니 촬영 있는 것도 깜빡하고 있었다. 어차피 원래 시간

대로 시작한다 해도, 브런치는 무리였을지도 모른다. 수현은 김 군에게 알겠다고 말하고는 전화를 끊었다. 도대체 편사랑 씨는 뭘 하고 계시기에 아직까지 연락 하나 없는지. 수현은 일방적으로 물었던 약속을 취소하는 문자를 새로 보냈다. 답장 없는 상대방 덕에, 자신의 문자 메시지만 쌓여 갔다.

'몸은 좀 괜찮으세요?'

그가 쓰러졌던 날 이후 꽤나 시간이 흘렀지만, 김 군은 그를 볼 때마다 그의 몸 상태를 챙겼다.

'참, 옆집 여성분도 그날 잘 들어가셨대요?'

'그만 물어봐.'

'그러고 보니, 제가 회사 일이 있어서 급히 나왔었는데.'

'그만 챙기라고, 그 옆집 여성분. 제수씨나 잘 챙기라고.'

시원시원한 인상의 옆집 여자는 훨씬 더 괜찮은 실물을 자랑하고 있었으며, 성격도 그렇게 괴팍해 보이지 않았다. 오히려 친절한 그녀에게 친근함을 느꼈다. 블랙박스 때문에 먼저 알게 돼서일지도 모르지만. 하여간 김 군은 그런 사랑의 안부를 생각보다 여러 번 물어보았고, 그때마다 수현의 눈썹이 치켜 올라갔다.

함께한 지 벌써 몇 년이었다. 배우는 매니저의 기분에 큰 관심이 없었지만, 김 군은 수현의 기분을 항상 살펴 왔다. 척하면 척이었다. 일부러 꺼내는 옆집 여성의 말에 발끈하는 반응이, 전과는 확연히 달라 조금은 낯설었다.

'이럴 때 형님도 참 귀엽단 말이지.'

그러나 그런 그의 반응이 꽤나 재밌다는 걸 부정할 수 없었다.

끝 무렵의 겨울 햇살이 차창으로 쏟아졌다. 선글라스 안에는 아직 제대로 세팅되지 않은 그의 얼굴을 숨기고 있었지만, 그러거나 말거나 그의 외모는 이미 촬영장에 도착한 듯 열심히 일하고 있었다. 그의 매니저 김 군이, 그 모습을 보며 조용히 감탄을 삼켰다. 일한 지 벌써 오래인데, 점점 빛을 발하는 얼굴에 부러움이 일었다.

"배고파."

한강에서 한바탕 뛰고 온 그를, 샤워하자마자 끌고 나온 김 군이었다. 그런 그에게 볼멘소리가 짧게 떨어졌다.

"촬영 끝날 즈음 해서 삼계탕집 예약해 놨어요. 형님 그 집 좋아하시잖아요."

'카메라 마사지'란 말이 괜히 생기는 게 아니었다. 시청자들은 알지 못하는 철저한 자기 관리와 노력은 상상 이상이다. 적어도 촬영 일주일 전에는 음식을 거의 먹지 않고 운동만 하는데, 이 정도면 무난한 축이었다.

겨울 화보나 봄, 가을 촬영은 그나마 몸을 가리기에 망정이지. 노출이 필요한 화보의 경우, 한 컷을 위해 수현이 흘리는 피, 땀, 눈물이 어마어마했다. 두어 번 고개를 끄덕이는 수현의 모습에, 먹을 거 다 먹고 행복한 내가 낫다고 생각하는 김 군이었다.

물론, 그가 나오기 전까지만 해도 촬영도 잊고 옆집의 누군가와 거나한 브런치를 먹을 생각이었다는 것이 함정이었지만.

"형. 슬슬 영화든 드라마든 하나 하셔야죠. 대표님은 영화 쪽 어떠냐 하시던데."

"벌써? 영화 끝난 지 얼마나 됐다고 또 하래. 너무한 거 아니야?"

"물 들어올 때 노 저어야 한다고 하셨습니다."

그놈의 노는 멈출 수나 있는 거냐. 수현은 없는 눈물을 쥐어짜는 척했다.

"우리 대표님께서 하라시면 해야지, 뭐."

업계에서 친구를 만들지 않기로 유명한 수현이 유일하게 형, 동생 하며 따르는 사람이 소속사 대표였다. 김 군 역시도 오래 함께 했지만, 수현을 단역 시절부터 봐 온 대표는 그를 지금 이 자리에 있게 한 일등 공신이기도 했다. 진심으로 자신을 위해 주는 사람들. 그는 그것을 모르지 않았다.

"작품은 좀 읽어 보셨어요?"

그런 수현의 모습에 킥킥대던 김 군이 슬쩍 차기작을 물었다. 분명 지난 연말에 그에게 한 아름 시나리오를 주고 갔으니 그중 하나쯤은 마음에 드는 게 있지 않을까 싶어서였다.

"액션 어때요, 형님? 안 그래도 밥 한번 먹자고 김 감독님한테서 연락 왔었는데."

"그 능구렁이 영감……."

충무로 흥행 보증 수표 감독과의 작품이라면 다음 작품으로도 괜찮겠다 싶긴 하지만, 수현은 그의 남다른 성향을 떠올리며 몸서리쳤다.

"일단 둬 봐. 그런데……."

그러다 문득 떠올랐다.

"최이영이 그렇게 잘 찍나?"

업계에서 재밌는 소문이 들리기 시작했다. SBC 드라마국의 어느 피디가 새로운 드라마를 들어가는데, 모든 배역에 오디션을 본다는 것. 그것은 주, 조연을 망라하고 명성과 상관없이 실력대로 배역을 가져간다는 의미였으며, 지금까지의 배우 등급은 아무짝에도 소용없다는 이야기이기도 했다. 신인에게는 등용문이 될 것이었지만, 기존 네임드 배우에겐 어느 면으로는 자존심 상하는 이야기가 될 수 있었다.

그는 동료 배우의 푸념에서 낯익은 이름을 찾아냈다. 최이영. 그가 얼마나 대단한 프로듀서인지 궁금했다.

'이 자식이 드라마는 안 찍고, 왜 자꾸 연락이야.'

그럴 때마다 사랑은 냉소적으로 웃으며 무시했지만, 표정에는 특유의 무심함보다는 짜증이랄까, 귀찮음이랄까 여러 감정이 있었기에 그나마 안심할 수 있었다. 두 사람이 함께한 건 본 적 없었지만, 거슬리긴 했다. 도대체 무슨 사이야?

"SBC 최이영 피디요? 장난 없죠. 스릴러면 스릴러, 로맨스면 로맨스. 잘 뽑아내기로 진짜 유명해요. 안 그래도 이번에 드라마 찍는 데서 알아봤는데, 배역 상관없이 오디션을 본다더라고요? 나 원 참."

"그래?"

"네. 형님 짬이 몇 년인데, 오디션이라니. 말도 안 되죠."

김 군은 자신이 무슨 억울한 일을 당한 것처럼 불만 섞인 어조로 말을 쏟아 냈다. 동료들 사이의 소문은 그저 지나가는 말이 아니었다. 그러니까 실력 있는 최이영 피디가—라고 쓰고 옆집 여자의 집에 주말 아침부터 찾아왔던 몰상식한 남자라고 읽는다—오디션으로 실력 있는 배우를 찾는다는 말이잖아? 어디 한번, 유명하신 피디님 안목을 좀 알아볼까.

"일단, 뭐 봐."

"예?"

예상치 못한 수현의 답변에 김 군의 눈이 번쩍 뜨였다. 충무로 흥행 보증 수표 김 감독에 대한 '일단 뭐 봐.'와는 사뭇 다른 어투였다. 긍정 어린 답변을 잘못 들었나 싶어 재차 물어봤지만 수현의 대답은 변함없었다. 팔짱을 끼고 의자에 몸을 묻는 그의 몸짓엔 더 이상 묻지 말라는 의미가 담겨 있었다.

아무리 김 감독의 취향이 조금 남다르기로서니, 최이영이 잘하기로서니. 흥행 보증을 뒤로하고 오디션을 보겠다고……. 잘되면 문제없지만, 떨어지면 그런 망신이 없을 것이었다. 대표의 따가운 잔소리가 예상되었지만, 수현의 성격에 한번 한다는 건 하고야 마는 걸 아는지라 그는 울며 겨자 먹기 식으로 대표에게 전화를 걸었다.

"아, 예. 대표님, 전데요."

김 군의 전화 소리를 들으며, 선글라스 안의 눈동자가 조용히 감겼다. 우선 시나리오를 받아 보겠다는 매니저의 말에, 수현은 만족스러웠다. 그는 일거리가 없던 신인 시절, 어느 오디션이든 상관않고 보러 다니던 과거를 떠올렸다. 지금 그는 오디션을 볼 필요도, 굳이 힘든 길을 자처해서 갈 필요도 없었지만 왠지 모를 이상한 기대감이 그의 전신을 타고 흐르는 것만 같았다.

무엇보다 수현은 궁금했다. 도대체 그 최이영이란 인간이 어떻게 생겨 먹은 인간인지. 만약 그가 옆집 여자에 대해 우려하는 감정을 가지고 있다거나 할 시…….

"재미없어지는 거지."

조용히 읊조리는 수현의 말에 김 군이 놀라며 돌아봤다. 아무것도 아니라는 제 배우의 모습이 요즘 자꾸 낯설어지는 김 군이었다.

"아, 잘 먹었다."

사랑은 자신이 배가 고프긴 했던 모양이라고 생각했다. 술술 넘어가는 아침밥에 금방 도시락이 비워졌다. 그런 사랑의 모습을 이영이 흐뭇하게 지켜보았다. 아침 도시락 배달 사건으로 호되게 내쫓김 당했던 이영이 또다시 도시락을 들고 찾아온 참이었다.

빈 도시락을 앞에 두고 땅땅 배를 두드리는 사랑의 표정이 만족스러웠다. 안 그래도 졸음이 쏟아지던 눈이, 밥과 따끈한 차에 거의 감기기 직전이었다. 이영은 그런 사랑을 귀엽게 바라봤다. 그러나 담판을 지어야 할 일이 있었고, 도시락 배달은 연막작전일 뿐이었다.

"어디 다녀왔어? 탔네?"

무심하게 건네 오는 질문이 세심했다. 잘 타지 않는 이영의 피부는 다른 이들은 잘 알아채지도 못할 만큼 조금 짙어져 있을 뿐이었다. 11년 세월이 헛것이 아니었다. 안 보는 척하지만 편사랑이란 여자는 전부를 꿰뚫고 있었다.

아프리카 난민 아이들의 실상을 담은 광고가 나올 때면 '나 살기에도 바쁘다.' 핀잔을 주면서도 조용히 정기 후원을 신청하고, 그가 출장을 간다 말하면 계절에 따라 저 몰래 핫팩이나 선크림 등을 넣어 놓았던 사람. 서늘한 첫인상에 지레 겁먹고 물러나는 사람들은 절대 모를 그녀의 본모습이었다. 사랑이 차고 넘치는 사람. 그녀는 그 이름이 아깝지 않은 사람이었다. 이영의 웃음이 짙어졌다.

"되게 좋았나 보네. 웃는 거 보니."

사랑이 그런 이영을 따라 웃었다. 웃는 이영의 얼굴은 귀공자의 그것 같았다. 사랑은 한때 저 얼굴을 참 좋아했었노라고 회상했다.

'왜 그랬지?'

남자다운 얼굴이 더 눈이 가는 요즘이었다. 남자다운 얼굴이라면 이쪽보다는……. 자연스레 떠오르는 옆집 남자의 얼굴에 사랑은 긍정했다. 차수현이 얼굴이 좀 더 남자답기는 하지. 주말 잘 보내고 있나? 한숨 자고 맥주나 한잔하자 그럴까. 이상할 노릇이긴 하지만, 사랑은 근래 그의 생각이 나는 게 별반 거슬리지는 않았다.

그런 그녀의 생각도 모르고, 마주 앉은 이영은 사랑을 향해 몸을 기울였다. 사랑의 눈에 피곤이 가득해 보였다. 이럴 때 일 얘기를 꺼내는 건 모 아니면 도였다. 그러나 그는 선택의 여지가 없었다.

"잠 못 잤어?"

"원고 수정하느라. 최 피디는 드라마 끝나고 좀 쉬었어?"

"응. 살 오른 것 봐."

그런 잔잔한 대화가 오갔다. 이영은 이 잔잔함 속에서 제가 가지고 있는 문제에 담판을 지을 말을 골랐다. 이렇게 마주 앉아 밥을 먹는 시간조차도 빼앗길까 봐, 그는 신중을 기했다. 대개 이영은 돌려서 대화를 시작했다. 이렇게 우선 밥을 먹이고, 에둘러 주위의 것을 건드린다.

"좋았어. 다음 작품 답사 겸 다녀왔거든. 오랜만에 보고 싶은 사람들도 보고."

그래서 그녀를 향하는 이영의 말에는 항상 많은 뜻들이 공존했다. 그러나 사랑은 몇 가지 단서로 그의 말을 해석하는 데 어려움이 없었다. 다음 작품, 답사, 보고 싶은 사람들. 한 문장에서 많은 것을 유추해 낼 수 있었다.

"어디로?"

이영은 여전히 느긋한 몸짓과 달리, 달라진 사랑의 눈빛을 보지 못했다. 질문하기도 전에, 그녀는 적어도 이영이 이곳에 온 이유는 확실하게 알 수 있었다. 그리고 누굴 보고 왔는지도. 단지, 다음 작품과 그 사람들이 어떤 관계가 있는지는 알 수 없었지만.

"제주도."

"우리 엄마, 아부지는 뵙고 왔어?"

"응."

"좋아하셨겠네. 맛있는 거 사 달라고 하지."

놀라는 기색 없는 사랑의 모습에 이영은 저도 모르게 초조함을 느꼈다. 동요 없는 상대로 인해, 연막작전은 실패로 돌아갔다는 걸 알 수 있었다. 곧바로 패를 보여야 했다.

"하자, 같이."

"싫어."

눈치 백 단 편사랑의 입술에서 기다렸단 듯이 흘러나오는 부정에도 이영은 꿋꿋하게 밀어붙였다.

"내가 준 거 읽어는 봤어?"

"아니."

그럴 줄 알았다. 어떤 마음으로 그걸 주었는지, 사랑이 알아주었으면 했다. 분명 읽어 본다면 그녀의 마음도 바뀔 것이리라, 이영은 확신했다.

"일단 읽어 봐. 읽어 보면 생각이 달라질 거야. 이미 팀도 꾸렸어."

"극본도 없이, 기획서 하나로 팀이 모였다고? 그건 대체 무슨 팀이야?"

"다 너만 기다려."

"……왜, 날 기다리는데?"

팀을 꾸렸다는데도 팔짱을 끼는 그녀의 자태가 철옹성처럼 완고했다. 오히려 반문하는 사랑의 얼굴이 그를 힐난하고 있었다. 이미 극본은 편사랑이다 공표했다는 말 아니냐고. 그런 그녀의 모습에 이영은 사실대로 고했다.

"그래. 다들 네가 하는 걸로 알고 있어. 내가 얘기했어."

지가 얘기했으면 내가 해야 되는 거야, 뭐야. 사랑은 화를 내려다 입을 다물었다. 저만치 멀어진 시선이 그에게 돌아올 줄 몰랐다.

"안 한다고. 싫다는 사람한테 왜 이렇게 고집을 부려?"

"처음엔 극본으로 시작했잖아. 잘 쓰는 거 알아."

사랑은 찜찜했다. 이상하게 마음에 걸리는 것이 있었다. 아무리 장르가 다르다지만 작가에게 기획집을 주질 않나, 한 번밖에 써 본 적 없는 극본을 쓰라질 않나. 거기다 제주도와 나의 가족들. 가족, 극본, 제주도……. 어쩌면 이 찜찜함이 사실일지도 모른다는 생각이 들었다. 여러 단서들이 한데 모이자, 말도 안 되는 조합 하나로 이어졌다.

"설마, 너."

사랑의 목소리에 의심이 담겼고, 이내 말이 없는 이영을 보며 의심은 확신으로 바뀌었다. 사랑은 이영이 그대로 두고 간 제본집을 찾아와 그의 앞에 던졌다. 좀처럼 격한 감정을 드러내지 않는 사랑이 머리끝까지 화가 났다는 증거였다.

"설명해."

노기가 서린 그녀의 목소리가 침묵을 갈랐다. 표지 위에는 '기획·연출 최이영'이란 글자만 적혀 있을 뿐이었다. 그냥 기획집이라고 생각한 자신이 바보였다. 무슨 기획서가 책 한 권이란 말인가.

"이거 뭐냐니까."

"극본."

사랑의 질문에 이영이 겨우 두 글자를 내뱉을 수 있었다. 판단미스였다. 이영은 사랑이 이렇게까지 격분할 줄은 예상치 못했다. 충격은 이영 역시 마찬가지라, 그는 침묵을 지켰다. 생각이 많아진 그가 또다시 묵묵부답이자 사랑의 잇새로 시퍼런 화가 흘러나왔다.

"기획서 아니고 극본이지. 그래. 무슨 극본인데."

제 생각이 맞는다면 이 두툼한 책 속의 내용은 자신이 쓴 것이었다. 아니, 자신이 쓴 글이 확실했다. 이 속에는 그 옛날 그들이 감정으로 서로를 대할 때의 아름다운 모습들. 그런 것들이 담겨 있을 것이다.

'내가 처음 만드는 드라마는 네가 쓴 글이 될 거야.'

그런 너의 말을 믿고, 너와의 미래를 꿈꾸며 썼던 드라마. 지나가는 말인 줄도 모르고. 너의 말에 추호도 의심 따위 갖지 않았던 어린 편사랑이 썼던 드라마. 두 사람을 아는 지인이라면 이 글을 알고 있었다. 공모전에도 출품했으니. 그러나,

"정작 너는 신경 쓰지 않았잖아."

그때에는 외면당했던 글이 버젓이 자신의 앞에 놓여 있다. 가장 사랑했던 사람에게, 이 이야기를 헌정하고자 했던 사람에게 외면당했던 기분 따위 네가 알 리 없었다. 네 관심은 온통 성공적인 입봉작을 만드는 것이었으니까.

"내가 쓴 걸 이제 와 드라마로 만들어 주겠다니, 내가 두 손 들고 반길 줄 알았니? 고마워할 줄 알았어?"

작가로서의 자존심을 모두의 앞에서 짓밟아 놓고 이제 와 뭘 어쩌겠다는 건지. 사랑은 도무지 이해가 가질 않았다. 옛날의 생채기가 그녀를 다시 건드렸다.

"도대체……."

이영은 말이 없었고, 사랑은 기가 차서 웃었다. 도대체 너는 어떤 생각을 하고 있었던 걸까.

혹시라도 이걸 읽는다면 아련한 추억에 젖어 너에게 돌아갈 것이라고 기대라도 했던 걸까. 네가 필사적이던 이유가 그것이었던 걸까.

정말 혹시라도 그런 생각을 가지고 있었던 거라면. 만에 하나라도 그런 생각에 부끄럽고 지우고 싶은 나의 글을 들고 찾아온 거였다면. 그런 거라면.

"넌 정말 쓰레기야, 이영아."

그녀의 말에 이영이 움찔 몸을 떨었다. 아까의 노기 어린 말이 더 듣기 좋았다고 느낄 만큼, 사랑의 목소리는 건조했다.

"내 말 좀 들어 봐."

과부하가 걸린 듯 제대로 된 생각을 할 수 없었던 머리가 드디어 정신을 차렸지만, 사랑은 외면했다. 더는 말하고 싶지 않았다. 온갖 감정이 폭풍처럼 그녀를 휩쓸었다. 최이영이나 저 대본이나, 한시라도 빨리 눈앞에서 치워 버리고 싶었다.

"그런 의도가 없었다고 말 못 해. 하지만 연출가로서의 객관적인 판단도 있었어. 네 글 좋아. 늦게 알아봐서 미안할 만큼."

사랑은 붙잡는 이영의 손을 털어 냈다. 현관을 향해 걸어가는 걸음에 조금의 주저함이 없었다. 그와 이별을 하며, 단 한 번도 그녀는 감정적으로 화를 낸 적이 없었다. 자신의 감정과 생각을 모두 토로하기엔 입이 너무 아팠다. 너의 무엇 때문에 내가 아프다 구구절절 설명해 줄 필요를 느끼지 못했다. 이번에도 마찬가지였다. 사랑은 그저 그를 밖으로 끌어낼 뿐이었다.

"가."

그런데 속에서 올라오는 감정까지 억누를 수는 없었다. 이번에는 어린 편사랑의 감정까지 올라와서 조금 더 쓰렸다. 오늘로써 분명한 쓰레기로 판명 난 이영 앞에서 더는 울지 않겠다, 다짐하며 그를 엘리베이터 안으로 밀어 넣었다. 닫히는 문 사이로 그가 말을 이으려고 했지만, 오지 말라 말했다. 그런다고 오지 않을지는 의문이었지만.

문이 닫혔고 이영의 말소리가 사라졌다. 드디어 홀로 남았다고, 그래서 다행이라고 사랑은 생각했다. 후들거리는 다리가 감정이 몰아쳤던 곳에 자국처럼 남았다. 한동안 맺혀 있던 감정이 복받쳤다. 시원하게 울고 털어 내기라도 하면 좋겠는데, 눈물샘이 메마르기라도 한 모양인지 눈물 한 방울 흐르지 않았다.

노란 소파 위에 털썩 주저앉은 사랑은 손으로 낡은 가죽을 쓸어

내렸다. 이곳에 앉아 한 잔씩 하는 맥주도 맛있었고, 옆집 남자와의 대화가 이 위에 새로 쓰였지만 이제는 오랫동안 미뤄 왔던 일을 해야 할 차례였다.

"이것부터 버려야겠네."

오래 써 왔다는 이유로 정리하지 않은 물건들이 많았다. 지웠다고 외면해 두었던 옛 추억들을 이젠 깨끗하게 정리할 시간이었다.

"형님, 그냥 가셔도 괜찮겠어요?"

스튜디오에서 12시간 만에 빠져나온 수현이 녹초가 되어 제집 주차장에 내렸다. 입을 옷이 얼마나 많은지, 광고주는 또 어찌나 까다로운지. 김 군은 연예인은 아무나 하는 게 아니라며 혀를 내둘렀다. 몸보신할 집을 예약하면 무얼 하나. 지난 며칠간 먹은 것도 거의 없는데, 오늘은 물 한 통으로 강행군을 이어 갔으니. 그를 안쓰럽게 바라보며 김 군은 얼른 수현을 엘리베이터에 태웠다.

"너도 고생했다. 얼른 들어가서 쉬어."

닫히는 문 사이로 사라지는 김 군을 보다, 그의 눈도 스르륵 감겼다. 아무리 운동으로 다져진 수현이라도, 체력적으로 한계에 다다른 그에게 지금 중요한 건, 보양식보다는 잠이었다.

"어? 옆집 동생, 이제 퇴근하나 보네."

올라가던 엘리베이터가 금방 멈추는가 싶더니, 오늘 자꾸만 그의 머릿속에 떠오르던 여자의 목소리가 들려왔다. 피곤함에 감겨 있던 눈동자가 열리고, 그 속에 사랑의 얼굴이 담겼다.

"요즘 CF 줄었어? 왜 이렇게 홀쭉해."

건네 오는 말 속에 장난이 묻어 있는 덕분에, 수현의 지친 입술이 미소를 띠었다.

"이쪽 일이 원래 잘될수록 홀쭉해져."

하품을 하며 입매를 가리던 수현의 미소가 금방 짙어졌다. 좁은 공간이라 그런지 그가 하품을 한 지 얼마 안 돼서 따라 하품을 하는 사랑의 모습이 귀여워서였다. 오늘 하루 왜 자꾸 떠오르는지 몰랐지만, 서늘한 얼굴 속에 가려진 이런 무방비한 모습에 그는 어쩐지 오늘 하루 종일 그녀를 떠올린 것에 대한 보상을 받은 기분이 들었다.

"어디 다녀와?"

피곤한 얼굴을 한 수현이 자신을 따라 하품을 해 대는 사랑 때문에 자꾸만 웃으려고 했다.

"슈퍼. 반찬 남은 걸로 비빔밥 해 먹으려고."

그녀가 든 봉지에는 계란판과 참기름 병이 삐죽 튀어나와 있었다. 분명 피곤했는데, 그녀의 말 한마디에 절로 침이 고였다.

"아직 반찬이 있었어?"

"응, 냉장고에 좀 오래 두긴 했는데 아직 멀쩡하네?"

손 큰 엄마와 새언니가 차곡차곡 쌓아 두고 간 반찬은 양이 상당했다. 자꾸만 신경 쓰이게 만드는 최이영 때문에 오늘은 매운 게 당기기도 했고. 때문에 사랑은 늦은 시간 마트에 나가는 수고를 기꺼이 견뎠다.

"집에 고추장은 있어?"

"당연하지. 시골 장이라 맛이 또 기가 막혀."

"양푼은?"

"당연하지. 이 사람 뭘 좀 아네. 양푼도 있어."

고추장 두 숟갈에 반숙 계란 프라이, 참기름, 남은 밑반찬. 생각만 해도 완벽한 조합이었다. 입에 침이 고이는데 엘리베이터가 너무 느렸다.

"숟가락은 두 개 있지?"

"그것도 당연하지. 말이라고……."

근데 숟가락을 왜 물어? 하는 눈빛으로 사랑이 수현을 쳐다봤다. 사랑이 들고 있던 비닐봉지도 어느새 그의 손에 들려 있었다.

"나 배고파."

"어쩌라……."

"나흘간 거의 아무것도 못 먹었어. 이거 봐, 손이 막 덜덜 떨려."

어쩌라는 거냐 되물으려던 사랑의 눈앞에 덜덜 떨리는 수현의 손이 놓였다. 꽤나 사실감 있는 연기가 시선을 끌 만했다.

"나 놀라니까, 이왕이면 이 안에서는 아픈 티 내지 마. 그리고 어디 혼자 사는 아녀자의 집에. 이 시간에……."

사랑은 엘리베이터 안에서 쓰러졌던 수현의 모습이 떠올랐다. 수현은 아랑곳 않고 식탁에 숟가락 한 벌을 더 놓기 위한 연기에 들어갔다.

"한입만."

손을 모으고 침을 꿀떡 삼키는 연기는, 가히 심금을 울리는 최고의 것이었다. 반찬 양도 많고 해서 걱정이긴 했지만, 사랑의 눈이 예상치 못한 손님을 홱 쩨려봤다.

"얼른 먹고 가, 그럼."

승낙의 말에 수현의 얼굴이 환해졌다. 그녀의 말은 '얼른'에 초점이 맞춰져 있었지만. 계획에 없던 저녁 식사에 피곤함이 가시는 것만 같았다. 어느새 집 앞에 도착한 엘리베이터 밖으로 내리는 사랑의 걸음이 휘청거렸다. 수현이 그런 그녀의 허리를 붙잡았다.

"괜찮아?"

"응. 이게 자꾸 풀리네."

사랑의 운동화 끈이 풀려 있었다. 오늘만 해도 벌써 세 번째였다. 수현은 사랑 대신 주저앉았다. 집이 코앞인데 뭘 묶냐는 말에도 수현은 기어코 그녀의 운동화 끈을 양손에 쥐었다. 시간이 천천히 흘러간다. 신발 끈 정도야 누가 묶어 주는 삶만 살았을 것 같은 남자가 야무지게도 끈을 묶었다.

"이렇게 묶는 건 어떻게 알았어?"

한 번 묶고 나서 또다시 고리를 만들어 다시 한 번 묶는 수현의 손을 보며 사랑이 물었다.

"나 어렸을 때 아버지가. 밖에 나갈 땐 항상 이렇게 묶어 주셨어."

어쩐지 그의 목소리가 버석거렸다. 사랑은 일부러 수미에게 들은 이야기를 꺼냈다.

"오늘 누가 내 생각 엄청 하나 봐."

쿨럭. 수현이 마른기침을 뱉어 냈다.

"어?"

"아니, 학교에 귀여운 아가가 그러는데 누군가 자기 생각을 하면 운동화 끈이 풀린다더라고?"

사랑은 꽉 조여진 운동화를 보다, 바닥을 두어 번 발바닥으로 두드렸다. 그 모습에 그의 넓은 어깨가 큭큭거리는 게 보였다.

"곧 또 풀어야 하는데."

"나갈 때 다시 묶어 줄게."

"네가 왜?"

그걸 왜 네가 묶냐고 반문하면서도, 당연한 듯 다음을 그리는 수현의 말에 어쩐지 거부감이 들진 않았다. 의도치 않게 듣게 되었던 말싸움이나 생각 없는 일을 떠안게 된 부담감과 찝찝함. 된 밀가루 반죽이 덕지덕지 속에 붙어 있는 기분이었는데…….

"계란 프라이는 네가 해."

그런 기분들이 어느새 멀리 사라져 있었다.

"응. 몇 개?"

"난 반숙 두 개. 거기다 너 먹고 싶은 만큼."

"반숙 오케이."

현관문을 열고 집으로 들어간 사랑이 곧장 주방에 들어서자마자 바쁘게 프라이팬과 양푼 등을 꺼냈다. 그런 그녀의 뒤를 따라 들어서는 현관에, 사랑이 벗고 간 운동화가 그의 시선을 붙잡았다. 운동화 끈이 풀어질까, 묶인 그대로 벗어 놓았다. 수현의 입매가 길게 늘어졌다.

"냉장고에 반찬들 좀 싹 꺼내 봐. 난 고추장 내올게."

"응."

또 아무렇지 않게 자신을 받아 주는 옆집 여자 덕분에 수현의 입술에서 자꾸만 바람이 새 나왔다. 밥그릇에 고추장을 수북이 퍼 오던 그녀가 그런 수현을 보며 투덜댔다.

"나만 보면 배고프다는 것 같아."

고추장을 내려놓은 사랑이 으이그, 하고 그의 어깨를 툭 쳤다. 양푼을 씻는 그녀의 동그란 뒤통수를 바라보며 수현도 의구심이 들

179

었다. 그러게, 이상할 노릇이긴 했다. 이 과자 집에 초대되기 전에도 그랬듯, 그녀가 엘리베이터에 오르기 바로 직전까지도 그에게 필요한 건 잠이었는데 말이다.

그게 마음이든, 배든,

허기질 때 너를 보는 건지,

아니면 너를 보아서 허기지는 건지.

그것 참, 알 수 없는 노릇이었다.

9. 맙소사

흐린 밤 사이로 가로등 불이 이지러졌다. 안개가 자욱한 밤, 초승달만이 저 멀찍이 떨어져 있었다. 마치 이 세상을 관망하고 있는 것처럼. 저 혼자서 고고하게…….

어머니를 찾겠다고 나선 아버지는 돌아오지 않았다. 저 혼자 빛나고 있는 초승달처럼, 어머니는 제 한 몸 건사하고자 아버지와 나를 버리고 집을 나가 버렸다. 어느 추운 크리스마스였다.

'엄마가 가서 우리 아들 좋아하는 케이크 사 올게.'

자애로운 미소와 볼을 쓰다듬던 손길. 어머니에 대한 기억은 이것뿐. 사실 어머니에 대해 잘 기억이 나지 않았다. 빚도 많았고 핏덩이 아들과 노가다를 전전하는 아버지가 질려서 집을 나갔다고, 고모는 항상 그렇게 이야기했다. 그래서 어머니는 나와 아버지를 버리고 집을 나갔구나 하고 기억하고 있을 뿐이었다.

'아빠 금방 올게.'

사랑하는 여자를 잃어버린 남자는 꼬박 1년을 방황했다. 결국 어머니를 잊지 못하고 아버지는 같은 선택을 했다. 똑같이 크리스마스 당일, 그는 부인을 찾겠다며 집을 나섰다.

'아빠!'

가지 말라고 늘어지는 저는 안중에도 없던 아버지. 울며 기다리던 아버지는 결국 싸늘한 주검이 되어 돌아왔다. 생사도 모르는 어머니와, 영정 사진으로 만나게 된 아버지.

어머니, 나 그깟 케이크 필요 없는데.

아니, 아버지……. 나 우리 버리고 간 그런 어머니는 없어도 되니까. 당신만이라도……. 어떻게 아버지, 당신까지 나를 떠나 버린 건가.

1년 차이가 컸는지, 얼굴도 모르는 어머니보다는 아버지가 그리웠다. 매일 술에 찌들어 살았어도, 다시 한 번만 그 손이 제 머리를 쓰다듬어 주었으면 했다. 그 작은 단칸방 대신, 이제는 한강이 보이는 넓은 집을 드릴 수 있는데. 다 낡은 솜이불 대신, 질 좋은 캐시미어 이불을 덮어 드릴 수 있는데. 우습게도 제 곁엔 아버지가 없었다.

내 아들 대단하네. 내 아들 잘 컸구나. 역시 내 아들.

무엇이든 그냥 한마디만 들었으면 했다. 그냥 그 한마디면 다 용서할 수 있는데. 그 한마디만 해 주면 나 버리고 간 것쯤은 다…….

수현아…….

"수현아……. 차수현, 이것 좀 먹어 봐."

말끔히 치워진 식탁 위로 사랑이 내온 케이크 조각이 자리하고 있었다. 미리 타 놓은 따뜻한 차 한 잔과 잘 어울리는 초코 무스였다. 그녀의 식탁은 언제나 정갈했고 맛있었으며, 시시콜콜한 대화가 오갈 때도 있었지만 오늘처럼 조용한 날도 있었다. 그러나 오늘도 역시나 그 조용함이 전혀 불편하지 않았다. 잔잔한 음악을 따라 피워 놓은 향초 위에 불씨가 흔들렸다.

잠시 옛 기억에 잠겼던 그가 다시 그녀가 있는 현재로 돌아왔다.

"복도에 소파 버리려고?"

수현의 물음에 사랑이 고개를 끄덕였다. 도와줄까 하는 말에는 반대로 고개를 젓는다.

"내일 재활용 센터에서 수거해 가기로 했어."

"거기 꽤 정들었는데, 아쉽네."

수현의 말에 사랑이 피식 웃었다. 짧은 시간에 잘도 정을 준다.

"집에 남는 소파 없어? 하나 놔."

사랑이 킬킬 웃으며 말하자, 수현은 당장이라도 하나 내놓을 듯 굴었다. 있으면 또 잘 쓸 것 같아서, 노란색 소파는 이제 싫었지만 그래도 그 자리가 편하긴 해서 사랑은 말리지 않을 작정이었다.

"그 옆에 박스도 같이 버리는 거야?"

보기와 달리 눈썰미가 있었다. 신발 끈을 묶어 주는 와중에도, 그 옆에 함께 내놓은 박스를 보았나 보다. 사랑은 일하러 나가기 전에 물건들을 정리해 내놓았다. 노란색 소파와 함께 이영이 선물했거나, 그의 손이 자주 닿았던 물건들이었다. 그녀의 몸짓에는 일말의 미련도 남아 있지 않았다.

"오래된 것도 좋다고 하지 않았나."

"오래됐는데 그만큼 아름답지가 않아서."

수현의 두 번째 물음에 사랑이 그렇게 답했다. 그녀의 모습이 오늘따라 달라 보였다. 그래서 그는 세 번째 질문을 던졌다. 무슨 일이 있느냐고. 언젠가 그녀가 했던 말처럼, 질문하는 것은 자신의 자유였으니까. 그저 알고 싶었다. 오늘따라 힘겨워 보이는 이유가 무엇인지.

"내가 아주 오래전에 쓴 글이 있어."

어쩌면 대답하지 않을지도 모른다고 생각했지만, 사랑은 아무렇지 않게 이야기를 시작했다. 사랑의 손이 식탁 한쪽에 놓여 있던 책 위로 향했다. 그 위에 얹은 손가락 끝이 책을 두드리기 시작했다.

"그게 이제 와서 빛을 발하려고 난리네."

사랑이 웃었다. 하지만 그 미소가 건조했다.

그녀의 집에는 많은 책들이 있었다. 2층까지 이어진 벽을 한가득 메우고 있는 책장 외에도 곳곳에 책이 놓여 있었다. 라디오를 진행한다는 걸 알게 된 이후, 편사랑이란 이름을 검색해 보았다. 작가였고, 출판한 대부분의 책이 베스트셀러에 올랐다는 걸 어렵지 않게 알 수 있었다. 또한 글 쓰는 자신의 직업을 사랑하고, 또 그 글들을 아낀다는 것 역시도.

그런데 오래전 썼던 글 때문에 아파한다면, 그 글은 과연 어떤 글일까. 책 표지 위에 쓰인 이름 하나가 수현의 눈에 들어왔다. 최이영. 그리고 그 거슬리는 이름이 내놓은 물건들과 관련이 있다는 것을, 그로서는 어렵지 않게 짐작할 수 있었다.

"아, 떠나고 싶다. 오늘따라 유독 어디론가 떠나고 싶네."

사랑은 의자 위로 한쪽 다리를 올리고는 그 위에 턱을 괬다. 금방이라도 떠나 버릴 것처럼, 눈동자는 저 먼 곳을 바라보고 있었다. 그는 그녀의 모습에 저도 모를 불안감에 휩싸이고 말았다. 방금까지 완벽했던 저녁이 금방이라도 깨져 버릴 것처럼 불안하기만 했다.

"무슨 케이크야?"

그는 화제를 돌렸다. 조각 케이크도 아니고 판에서 잘라서 내온 케이크를 보고는 수현이 물었다.

"내 생일이야."

"뭐? 언제?"

"오늘."

생일 당사자의 담담한 대꾸에 듣는 사람이 다 놀랐다. 라디오 식구들이 챙겨 주었다는 말이 서운했다.

"동네방네 떠들 필요는 없어도, 나한테 귀띔 정도는 해 줘야 하는 거 아니야?"

"내가 왜?"

천연덕스러운 얼굴에 수현은 순간 할 말을 잃었다. 그야……. 하루였고 가족들도 있었지만 나는 저 방에서 잠들기까지 했었고, 또 자랑은 아니지만 네 품 안에 쓰러지기까지도 했고. 또 따지고 보면 우리가 같이 딴 맥주 캔이 몇 갠데. 그래도 무엇보다,

"그래야 내가 챙겨 주지."

모르고 지나갈 뻔했잖아. 수현은 그렇게 투덜거렸다. 그런 그를 바라보는 사랑은 덜컹, 가슴 한쪽이 투닥거리는 소리를 냈다. 자꾸

만 제 영역 안으로 들어오려는 남자를, 사랑도 모르지 않았다. 그리고 반대로 자신 역시도 그의 한 부분을 차지해 가고 있을지도 모른다는 그런 생각이 들었다. 어떡해야 할까. 지쳐 있던 마음이 점점 괜찮아지고 있다는 걸 모르는 척 무시해야 할까. 모르겠다. 모르겠어. 오늘은 그런 생각까지 하기엔 너무 피곤했다.

빤히 바라보고 있는 여자의 입술이 잠시 한일자를 그렸다가 이내 미소 지었다. 수현은 그 미소에 또 시선을 사로잡히고 말아서는,

"여기 있는 거 맞지?"

키득거리는 그녀의 손이 눈앞에서 흔들리도록 넋을 놓고 말았다.

"뭐 갖고 싶은 거 없어?"

반쯤 정신을 차린 수현이, 아직 반쯤은 그녀에게 홀려 있는 채로 입을 열었다. 뭐라도 가져다 안길 것 같은 질문이 사랑은 듣기만 해도 기분이 썩 괜찮았다.

"응. 말씀만으로도 감사."

사랑의 말에도 수현은 만족스럽지 못했다. 무언가 해 주고 싶었지만 아무것도 바라지 않는 얼굴이 오늘은 어쩐지 그녀와의 사이에 거리감으로 다가왔다.

"다 먹었으면 이만 가. 나 졸려."

사랑이 말간 얼굴로 손을 움직여 천천히 상을 정리했다. 찻잔만 남기고 그릇들을 싱크대로 옮기는 몸짓이 느릿했다. 고무장갑을 끼려는 손을, 어느새 다가온 수현이 막아섰다. 그러고는 자신의 길쭉한 팔을 쑤욱 고무장갑 안으로 넣었다.

"갖고 싶은 거 있을 때 말해. 언제든."

"그게 뭐든?"

"그래. 그게 뭐든."

수현의 말에 사랑의 눈썹이 올라갔다.

"왜?"

그게 무엇이든, 그 언제고 사 주겠다는 말을 왜 나한테 하는 건데? 좀 전에 소리를 냈던 가슴이 다시금 투닥거리면서 속을 시끄럽게 울리고 있었다. 수현이 물 묻은 고무장갑 그대로 그녀의 코에 손을 튕겼다. 물방울이 그녀의 얼굴에 튀었다.

"으."

"내 맘이야."

찡그린 얼굴이 그를 슬쩍 노려보는데도, 수현은 아랑곳 않고 설거지를 이어 갔다.

"부담스러워. 말씀만 감사히 받겠다니까. ……오, 밥값은 하는데."

그녀의 가슴께가 그의 어깨에 닿을 듯 가까워졌다. 바로 옆에서 들리는 목소리가 그의 귓가를 자극하는 줄도 모르고, 부담스럽다는 말이 그의 명치끝을 시리게 만드는 줄도 모르고, 사랑은 그의 설거지 실력을 칭찬했다. 설거지와는 거리가 멀게 살아왔을 것 같은 남자가 꽤나 수준급인 것만은 사실이었다.

"오랜 시간 다져 온 실력이지."

그렇게 감탄하고 있을 즈음, 예고 없이 그가 자신의 이야기를 시작했다.

"부모님 돌아가시고 고모랑 살았어. 집에서 쫓겨나지 않으려면 뭐든 해야 했지."

그로서는 오랜 시간 함께한 소속사 대표와 매니저를 제외하고,

처음으로 타인에게 자신의 이야기를 꺼낸 순간이었다. 어려울 것 같았는데, 입 밖으로 내뱉고 나니, 그리 또 어렵지만은 않았다.

"내 부모님은 정말 사이가 좋으셨어. 당신 부모님과 비슷하셨지. 하루는 어머니께서 크리스마스 케이크를 사러 가셨는데, 그러고는 돌아오시지 않았지. 아무리 애써도 찾지 못했어. 그냥 어디선가 사고사를 당하셨을지도 모르겠다, 경찰들도 그렇게만 말했거든."

조용한 기타 반주에 맞춘 어느 남자 가수의 노랫소리가 들려왔다. 마치 그 곡의 가사를 풀어내듯, 남의 이야기를 하듯 그는 천천히 말을 이어 나갔다.

"아버지는 그런 어머니를 기다리다 결국에는 집을 나가셨어. 당신이 직접 찾겠다고 하셨는데……. 그리고 어머니는 그렇게 못 찾던 경찰한테서 일주일 만에 연락이 왔지."

고개를 돌려 보니 이쪽을 올곧게 바라보고 있는 사랑의 눈동자가 보였다. 그러자 그의 마음 한구석에서 또다시 말해도 될 괜찮을 것 같다는 감정이 피어올랐다. 용기, 뭐 그런 비슷한 감정이었던 것도 같았다. 그의 입꼬리가 피식 올라갔다. 이렇게 이야기하는 것도 나쁘지 않구나, 처음으로 그런 생각이 들었다.

설거지를 마친 그가 수도꼭지를 잠갔다. 그릇을 씻어 내려가던 물소리가 사라졌다.

"아버지 가죽 잠바에서 나는 바람 냄새가 좋았어. 아니, 당신 가족들을 보는데, 잊고 있던 그 기억이 다시 살아나더라."

고무장갑을 벗어 놓은 수현이 그녀를 향해 돌아섰다. 두 사람의 거리가 닿을 듯 가까웠다. 이윽고 다른 사람한테는 처음 해 보는 이야기라고 수현이 고백했다.

"부담스럽지?"

조심스럽지 않은 질문이 그녀에게로 향했다. 아무렇지 않게, 담담하게 그가 연기하고 있다는 걸, 마주 보고 있는 사랑도 알 수 있었다. 그 어떠한 포옹이나, 말도 그가 겪어 온 세월에 대한 위로가 될 수 없다는 걸 그녀는 느낄 수 있었다. 그녀는 긍정도 부정도 하지 않은 채 그를 바라보고만 있었다.

"이야기 들은 값이라고 생각해."

그러니까 갖고 싶은 게 생기면, 그 언제든지 그걸 핑계로 연락을 달라고 그는 말하고 있었다. 건조대 위에 놓인 그릇과 줄을 맞춰 놓은 숟가락, 가지런히 걸린 고무장갑에서 물이 뚝뚝 떨어지고 있었다.

먹먹하고 가슴을 두드리는 어떤 기분에 그녀는 한동안 그대로 서 있었다.

그가 떠난 자리가 티가 났다.

다음 날 아침, 사랑은 복도에 둔 박스를 버리러 밖으로 향했다. 밤새 뒤척인 덕에, 모자에 가려진 그녀의 얼굴은 평소보다 피곤이 가득했다. 그의 과거와 자꾸만 다가오는 진심이 그녀의 밤을 괴롭혔다.

"쓸데없는 소리를 해서……."

가뜩이나 피곤했던 몸이 잠도 제대로 못 자 영 괴로운 게 아니었다. 싹 내다 버리고 커피도 한잔하고 올 생각으로 그녀가 엘리베이터 버튼을 눌렀다. 그러고 보니 장도 봐야 했다. 집에 커피며, 우유며 다 떨어지고 없었다. 몸이 으슬으슬한 게 컨디션 난조다.

어서 다녀와서 좀 쉴 생각을 하고 있는데, 옆집 문이 철컥 열렸다. 제 말 할 때 나타나는 걸 보면, 옆집 남자도 양반은 아닌 모양이었다.

하품을 하던 모양새로 눈이 마주친 서로의 얼굴에서 피곤이 뚝뚝 묻어났다. 영문은 몰라도 수현 역시 잠을 제대로 못 잔 듯 보였다.

"어디 가?"

"어, 이거 좀 버리고 커피 사러 가려고. 차수현 씨는?"

"나도 마트에. ……같이 갈까?"

수현이 어제와 달리 조심스레 물었다. 사랑은 고개를 저었다. 마트까지 갈 일은 아니었다. 그러나 마트를 같이 가 주겠다는 남자의 모습이 어딘지 비장해 보여 사랑의 입가가 올라갔다.

"그래도 혼자 장도 보나 보네? 나는 매니저가 장도 다 봐 주는 줄 알았네."

흠칫 내려다보는 얼굴이 정곡이 찔린 모양이었다.

"오랜만에 가 보는 건…… 맞아."

솔직한 고백에 사랑이 킥킥 웃었다.

"같이 갈래?"

그가 다시 물었다. 어느새 그녀가 내다 버릴 박스를 그가 들고 있었다. 굳이 마트에 갈 필요는 없었는데. 어제 그의 이야기 때문에 마음이 더 가까워지기라도 한 건지,

"그래."

사랑은 그렇게 대답하고 말았다. 그래, 뭐 같이 사면 싸기도 하고. 짐꾼으로도 꽤 쓸 만한 어깨와 팔을 가지지 않았는가. 사랑은

나란히 서는 그의 어깨를 툭 쳤다.

"가자, 짐꾼."

씩 웃으며 앞서가는 사랑의 뒷모습에 수현의 입술에서도 피식 웃음이 새 나왔다.

"날 짐꾼으로 생각하는 건 대한민국에 당신 하나밖에 없을걸."

개점한 지 얼마 안 된 마트는 아주 한산했다. 아직 추위가 가시지 않은 날씨에, 모자를 푹 눌러쓰고 두꺼운 옷 차림으로 나온 남녀에게 관심을 가지는 사람은 없었다. 물론 늘씬한 기럭지를 가진 두 사람이 무척이나 잘 어울렸지만 말이다.

"왜 시식 코너가 이렇게 없어?"

시식 코너 타령에, 아쉬운 표정으로 돌아보는 폼이 꼭 엄마를 따라 나온 아들 같았다.

"아침 시간엔 그래."

그러자 시무룩해져서는 고개를 끄덕였다. 그것도 잠시, 그는 신나게 카트를 끌고 여기저기 매장 안을 돌아다니기 시작했다. 순간 사랑은 아까부터 아파 오는 머리가 저 남자 때문인지, 아침부터 으슬으슬 떨리던 몸 때문인지 헷갈렸다. 그러나 설핏 웃음이 났다.

"우유는 고단백 저지방이지."

"……."

"저 시리얼 맛있는데. 세일하네?"

"……."

"바나나 먹을래?"

사랑은 마트를 휩쓸고 다니며 카트를 채워 대는 남자를 그저 내버려 두었다. 저가 벌어 저가 쓰고 먹겠다는데, 무슨 상관인가. 단지 담는 것들이 '밥'과는 거리가 멀다는 게 눈에 조금, 정말 조금 거슬릴 뿐이었다.

"카레 할 거야?"

사랑이 카레 블록을 카트에 담았다. 그런 그녀를 보며 수현이 물었다. 그렇다고 대답하는 손길이 담는 것들은 하나같이 카레 재료들인데, 양이 꽤 많았다.

"나도 카레 좋아하는데."

수현이 은근슬쩍 카레 블록 하나를 더 담았다. 사랑이 고른 것과 다른 맛이었다. 그런 그를 보다가 사랑은 자신이 담았던 카레를 뺐다.

"왜 빼?"

선반 위에 올려 두는 손길 위로 수현의 손이 닿았다. 이번에는 사랑이 놀랐다.

"나도 매운 맛 좋아하는데?"

"어?"

사랑의 말에 그녀의 손을 잡고 있던 수현이 혹시나 하는 기대에 휩싸였다. 그럼 내 것도 같이 만들어 주려고 했던 건가?

"차수현 씨 카레 만들 줄 알아?"

"아…… 아니?"

"그러니까."

카레 블록이 양이 얼마나 많은데, 두 개나 사서 끓인단 말이냐. 사랑은 수현을 올려다보았다. 수현은 으레 제 몫까지 생각해 준 사랑의 말에 기분이 좋았다. 아까부터 속에서 자꾸 몽글몽글한 비눗방울이 솟아오르고 있었다.

아무도 없는 식품 선반 사이에서, 마주 닿은 서로의 시선이 가까웠다. 가까운 그의 시선이 닿은 곳에 물기가 맺혀 있었다. 선반 위에 닿아 있던 손이 다른 곳을 향했다. 덕분에 마저 카레를 올려 두던 사랑의 손이 멈추고 말았다.

"당신 열 있는데."

수현의 손바닥이 사랑의 이마 위를 감싸고 있었다. 머리 위로 닿은 그의 손이 시원했다. 나지막한 그의 목소리가 사랑의 코끝에 닿았다. 단단한 그의 몸이 성큼 그녀에게 다가와 있었다. 그녀가 몸을 살짝만 기울이면 그의 목덜미에서 나는 알싸한 향기를 직접 맡을 수도 있을 만큼.

가까운 거리에 한 걸음 물러나는 사랑의 허리를 수현이 붙잡았다. 어느새 안기듯 그의 앞에 서 있던 사랑의 코앞에 그의 입술이 다가와 있었다. 색이 옅은 입술이 도톰했고, 그려 놓은 듯 분명한 입술선의 끝이 처마 끝처럼 유연하게 올라가 있었다.

"밥 먹고 약 먹어야겠다."

눈만 깜빡이고 있던 사랑의 속눈썹이 팔랑, 소리를 냈다.

"가자. 맛있는 거 사 줄게."

"……어."

사랑의 멍한 눈동자에 초점이 잡혔다. 앞서가는 수현의 뒷모습에 사랑이 뒤늦게 정신을 차리고 따라갔다. 방금 무슨 일이 있었던 건데? 세차게 펌프질 중인 심장 위로 사랑이 손바닥을 가져다 댔다.

"뭐야. 얘는 또 왜 이래?"

사랑이 자신의 상태에 당황해 저도 모르게 중얼거렸다.

"맛있는 거 사 준다니까."

수현이 마주 앉은 사랑을 향해 투덜거렸다. 애를 어르듯, 사랑이 그런 수현의 모자 캡을 꾹 한 번 누르고 일어났다. 전광판에 번호가 뜨자 음식을 가지러 가는 뒷모습에 수현은 조용히 그녀의 손이 닿았던 부분을 매만졌다. 이게 뭐라고, ⋯⋯설레었다.

"이런 거 먹으려고 장 보는 거야, 원래."

내려놓은 쟁반에 음식이 가득했다. 보통 사이즈보다 훨씬 큰 피자에, 불고기가 가득 들어간 베이크와 일회용 접시를 치즈로 가득 메운 스파게티까지. 수현이 눈을 꿈뻑거릴 동안, 사랑은 가져온 음료와 물티슈를 앞에 놔주었다.

"피자랑 파스타 좋아하는 거면, 잘하는 곳으로⋯⋯."

"일단 드셔 보세요."

사랑이 잘라 놓은 베이크 한 조각을 쿡 찍어 앞으로 내밀었다. 흡사 옆 테이블에 앉아 있는 꼬마 아이의 상황과 비슷한 모양이었다. 그쪽도 앞에 앉은 엄마가 포크를 아이 앞에 내밀고 있었다. 내가 애도 아니고, 수현은 우물쭈물하다 받아먹으려고 입을 내밀었다.

"아니. 들고 먹으라고."

입에 닿기도 전에 뒤로 물러나는 포크를 황망하게 바라보던 수현이, 옆 테이블 꼬마와 눈이 마주쳤다. 손 하나 까딱이지 않고 음식을 먹던 아이가 씩 웃었다. 어쩐지 한쪽 입술만 올라간 것 같았다. 내 착각일 뿐이냐, 꼬마야.

하여간 내미는 포크의 음식을 받아먹은 수현은 특별할 것 없는 짭조름한 맛에 큰 감흥을 느끼지 못했다. 이게 뭐가 그렇게 맛있다고. 음식을 씹는 동안에도 사랑의 손을 따라 쭈욱 나갔던 입이 들어올 줄 몰랐다.

"맛있지?"

저렇게 웃으면서 물으면 뭐 그저 그렇다고 말할 수가 없었다. 고개를 끄덕이는 그가 큼지막한 피자를 집어 드는 사랑의 얼굴을 유심히 바라봤다. 요즘 이 여자의 웃는 얼굴을 꽤 자주 보는 것 같았다. 서늘한 표정도 매력 있지만, 이렇게 웃는 얼굴이라니, 땡큐였다.

아침이라 한가한 피자 코너의 구석에 앉은 그에게 그 어느 누구도 관심을 가지는 사람이 없었다. 마음이 가는 여자와 마트에서 장을 보고, 가득 찬 카트 옆에서 피자를 나눠 먹고 있는 자신의 모습이 낯설었다. 보통 남자가 된 기분이었다. 그게 참 신기하면서도 좋았다.

"더 안 먹어? 내가 다 먹는다."

복스러운 입놀림이 이번엔 치즈 스파게티 위를 향했다. 포크에 면을 돌돌 감아 한가득 입에 넣는 행동에는 거침이 없었다. 눈앞에 있는 남자가 20~30대 결혼하고 싶은 남자 1위건 말건. 로맨스 장인, 키스신 장인, 바람직한 수식어들이 얼마나 많은데 그중에 스캔들 전문만 기억하는 여자였다. 거침이 좀 있었으면 좋으련만.

"은근히 잘 흘려."

몇 입 먹은 스파게티에 곧바로 흘린 자국을 남긴 사랑이었다. 그런 그녀의 볼에 수현이 손을 댔다. 제가 하겠다고 말릴 새도 없이 닿은 그의 손끝에, 살이 맞닿은 곳이 찌릿 전기가 흐른 듯 놀랐다. 엄지손가락에 묻어나온 빨간 소스가 수현의 입 속으로 사라졌다. 뭐 하는 거냐며 치켜 올라갈 줄 알았던 눈이, 대신 동그래져 있었다. 자신을 쳐다보는 얼굴이 퍽 귀여웠다.

"내, 내가……."

사랑이 몸을 뒤로 뺐다. 답지 않게 말도 버벅거리는 제 상태가 아무래도 낯설었다. 아까부터 그의 손이 닿는 곳이 화끈거리는 게, 마치 꼭…….

그런 그녀를 보고 있는 수현이 모른 척 음료에 입술을 가져다 댔다. 컵과 모자에 가려진 보통 남자의 눈이 그런 그녀의 모습을 하나하나 담아 가고 있었다.

"나한테 그거 하지 말라고."

"뭘?"

"망나니짓."

"망나니라니. 말이 심하네."

남자가 여자한테 관심 있어 나오는 행동에, '관심, 작업, 들이대기' 같이 그나마 나은 표현들을 두고 망나니 취급이라니 남자는 한편으로 억울했다.

"이 정도 가지고 망나니라고 하면. 앞으로는 아마 좀 놀랄 텐데……."

여자는 풍문으로 들어 익히 알고 있는, 작업 거는 남자들의 행태를 저한테 써먹는 의도도 궁금했지만 그의 아무렇지도 않아 하는 표정에 더 얼이 빠졌다.

"놀라다니? 그럼 앞으로 나한테 제대로 된 망나니짓을 써먹을 예정?"

망나니……짓. 써먹다니……. 맹세코 남의 볼에 묻은 토마토소스를 먹은 건 처음이었지만, 말해 봐야 믿을 리가. 수현은 한숨이 나오려는 걸 참았다. 로맨스 장인이란 소리를 들을 정도로 그동안 연기했던 것들을 어디 한번 소환시켜 드려 줘? 그는 오기가 발동했다.

"어떻게, 소화시킬 각오는 되어 있으시고?"

소화? 사랑이 다리를 꼬았다. 까딱까딱, 꼰 다리가 불량스럽게 움직였다.

"나 옆집 사는데? 기사에서 보니 헤어진 여자는 다시 안 보기로 유명하시던데?"

"옆 나라 산대도 갈 판인데, 옆집인 게 다행이지. 그리고 내 예감인데, 우린 다시 안 보거나 그럴 일은 없을 것 같기도 해."

"어디, 복도 나올 때마다 불편하게 만들어 줘?"

"불편하다니, 뜨겁겠지. 말 나온 김에 그 복도에 새로 소파 하나 놔 볼까? 소파의 용도가 어디까지 가능한지 확인해 볼……!"

사랑이 경악하며 그의 입을 막았다. 옆 테이블이 막 비었기에 다행이지, 구석진 자리라지만 피자 먹다 마트에서 이런 얘길 하다니, 얼굴이 뜨거워졌다.

"봐. 제대로 시작도 안 했어."

그래, 너 잘났다. 이상하게 자꾸만 어색하게 만드는 남자 때문에 사랑은 애꿎은 피자만 포크로 헤집었다. 아까지 맛있게 먹던 피자가 지금은 무슨 맛인지 알 수 없었다.

"당최 왜 이러시는 건지 알 수가……."

"솔직히 말해? 눈이 가."

담백한 말끝에 사랑은 귀를 의심했다.

"눈이 가, 당신한테. 아니, 마음도 많이 갔어, 이미. 모른다고 하지 마. 티 많이 냈어."

잘못 들은 게 아니었다. '이 피자 맛있네.' 하는 것처럼 그는 아무렇지 않게 이야기했다.

"앞으로도 많이 낼 거야, 티."

당신에게 마음이 가는 티를 내겠다고 선포하는 남자의 말에, 여자는 꿀 먹은 벙어리처럼 할 말을 잃고야 말았다.

「오늘 하루, 여러분께선 어떤 것을 눈에 담으셨나요? 그리고 그 담긴 것으로 인해 어떠한 감정이나 생각을 가지셨을지 궁금합니다.」

침실에 라디오 DJ의 목소리가 가득 퍼졌다. 아니, 옆집에 누워 있을 사랑의 목소리였다. 늦은 밤을 가르듯 조용한 목소리가 퍽 듣기 좋아서, 수현은 머리를 괴고 반듯하게 누워 있었다. 그리고 DJ의 물음에 답이라도 하듯, 누군가의 얼굴을 저도 모르게 천장에 그리고 있었다.

「딱히 그런 게 없다는 생각이 드신다면, 아마 헬렌 켈러 여사한테 혼이 나셨을지도 모르겠어요. 하하. 그녀는 자신이 만약 대학의 총장이라면, 〈눈 사용법〉이란 강의를 만들었을 것이라고 했답니다.」

물론 저도 방송 전에 좀 혼났는데요, 하고 웃는 DJ의 모양새가 꼭 아는 사람에게 말하듯 친근했다.

「아직 잘 모르시겠다면, 아주 기분 좋은 초여름 날을 같이 한번 떠올려 보죠. 그런 날이 한 번씩은 있잖아요. 모델이 된 것처럼 발걸음 하나, 하나에 힘이 넘치고, 올려다보았던 하늘이 너무 푸르고, 그런 날은 구름도 어쩜 그렇게 예쁜지……. 그 아래 돋아난 파란 잎사귀까지요. 색감 하나하나가 살아 움직여서 내 눈 안으로 들어왔던 그런 날을 떠올려 보면 왜 그녀가 그런 강의를 만들고 싶어 했는지 이해가 되실 겁니다.」

사랑의 목소리를 따라, 그대로 푸른 초여름 날이 그의 눈앞에 펼쳐졌다. 그리고 그 아래 사랑의 얼굴 역시 생생하게 나타났다.

「눈이 보이지 않는 그녀를 생각한다면, 어쩌면 우리는 그동안 지나친 사치를 부리지 않았나 싶습니다. 생각 없이 지나치는 아름다운 풍경들이 너무 많으니까요.」

요즘 그가 담은 풍경들 속에는 하나같이 사랑의 모습이 담겨 있었다. 하나 특별할 것 없는 복도 창가의 풍경도, 늦은 밤 스케줄을 끝내고 먹는 밥도, 마트에서 보는 장과 피자 한 조각도. 특별할 것 없는 일상에 색깔이 입혀지고, 싱그러운 봄 내음을 풍겼다. 어느새 밤잠을 이루기 위해 술 한잔이 필요 없어질 만큼, 그의 삶이 되살아나고 있었다.

갖고 싶다.

점점 그 여자에 대한 욕심이 커져만 가고 있었다.

벽 하나를 사이에 두고, 머그잔을 손에 쥔 사랑 역시 밤잠을 이루지 못하고 있었다. 사랑이 휙 옆집을 돌아보았다. 오늘 녹음한 라디오를 듣는 와중에 생각나는 사람이, 왜…….

친절하게 감기약까지 챙겨 준 남자 덕에 어느새 열은 떨어져 있었지만, 서늘한 손의 촉감은 여전했다. 사랑의 손바닥이 제 이마에 가 닿았다.

'당신 열 있는데.'

나지막한 그의 목소리가 다시금 그녀의 귓가를 울리는 착각이 들었다. 그러고 보니, 언제부터였더라. 이자가 자신을 '당신'이라고 부르기 시작했던 게. 이 나이를 먹고 보니 공적으로 얽혀도, 동성 사이에도 편의상 자기, 당신 뭐 그런 호칭들을 사용하기도 했지만 어쩐지 옆집 남자에게서 듣는 당신이란 말은 어딘가 달랐다.

'갖고 싶은 거 있을 때 말해. 언제든.'

내가 갖고 싶은 것.

'그게 뭐든?'

'그래. 그게 뭐든.'

그게 뭐든……. 내가 가지고 싶은 것…….

보통은 이성이 더 빠른 편이다. 빠르게 돌아가는 머리가 상황을 판단하고 해야 할 행동들을 정리했다. 그러나 가끔 이성보다 다른 쪽이 더 빠를 때가 있다. 본능, 직감, 감성, 감정 뭐 이런 것들이, 더 빠를 때가.

이런 것들은 가끔 큰 충격을 동반하기도 했다. 지금처럼 뒤통수를 내려치듯 아주 큰 충격 같은 것 말이다.

"맙소사……."

낙인처럼 남은 심장의 떨림이 다시금 되살아나고, 정신을 차리기도 전에 이마에 닿아 있던 손끝이 어느새 입술에 가 닿아 있는 걸 뒤늦게 깨달았다. 머리를 쥐어짜는 사랑의 생각 속에 가득 찬 게 온통 그 도톰한 입술이라는 것 역시도,

"내가 연애를 너무, 너무 굶은 게 분명해."

뒤늦게 깨닫고야 만다.

10. 가십난에 마지막으로 이름을 올리게 된 여자

SBC 드라마국 회의실.

삼삼오오 모여 있던 스텝들 사이에 국장의 호출이 전해지자 분위기가 금방 싸늘해졌다. 정체 없는 극본의 주인과 심지어 메인 작가조차 정해지지 않고 드라마 팀이 꾸려졌다. 아무리 최이영이라지만, 무리한 추진으로 앞서 한차례 선배로부터 질책을 받은 이영이 이번에는 국장에게까지 호출을 받은 것이었다.

"하, 어제까진 포상 휴가. 오늘은 꾸지람이네."

"우리 정말 이렇게 진행해도 돼요?"

이영이 국장실로 사라지자, 사람들 사이에서 걱정이 쏟아져 나왔다. 조연출에게 받은 극본도 나쁘지 않았지만, 기본적으로 최이영을 믿고 모인 사람들이었다. 그러나 팀에 합류하자, 막상 메인 작가가 없는 현실에 스텝들은 어안이 벙벙해졌다.

"메인 작가 곧 올 거야. 조율중이니까, 피디님 믿고 조금만 기다려 보자."

조연출은 언제나처럼 그들을 타일렀다. 그러나 메인 작가 없이 기획 및 제작 회의를 거치는 것도 한두 번이었다. 마치 자신이 쓰거나, 꼭 겪어 본 이야기처럼 스토리를 풀어내는 이영 덕분에 그나마 무리가 덜했던 게 다행이었다.

"그놈의 조율은 언제 끝나는데요."

"그러니까요, FD님. 벌써 한 달째예요, 한 달."

처음 스텝 제안을 받은 뒤, 한 달에 가까운 시간이 흘렀지만 감감무소식인 메인 작가의 행방에 스텝들 내에서도 점점 방향성을 잃어 가는 분위기였다.

'하, 편 누나…….'

조연출은 학부 시절부터 알고 지내는 선배였던 두 사람에 대해 잘 알았다. 두 사람 다 자기 일 외엔 관심도 없지만, 황소고집을 가진 사람들이었다. 얼마나 기 싸움을 하고 있을지 몰랐다. 이영이 사랑을 데리고 올 거라고 믿고, 조연출은 다시 한 번 사람들을 다독였다.

사랑은 아침부터 학교에 나와 있었다. 평소라면 이때쯤, 여행을 떠나 새로운 이야기를 구상해야 할 때였지만, 그녀는 이를 돌아오는 가을로 늦추었다. 현재 쓰고 있는 글도 있었고, 이대로라면 순조롭게 이어질 코스모스 졸업에 더 신경을 쓰고 싶기도 했다.

"어, 너희 것도 뽑았지. 그럼 이대로 가져다 낸다."

과제 제출 마감 시간까지 당도하지 못할 것 같다는 수미와 다니엘의 연락에 사랑은 대신 두 사람의 과제도 함께 출력했다. 매번 시험과 무사 졸업을 기원해 주는 아이들에게 이 정도 친절은 아무것도 아니었다.

교수실이 있는 건물에 들어간 사랑의 눈에 허름한 엘리베이터가 들어왔다. 또다시 자신의 위로 쓰러지던 수현이 생각이 생각나고야 만다. 핏기 없던 얼굴과 간헐적으로 뱉어 내던 숨소리. 그리고 숨소리가 쏟아지던 그의 입술. 뭐, 입술? 입수울?

"하, 나 좀 보게."

왜 자꾸 그놈의 입술이 떠오르는 거야. 아, 정말. 최이영 이후 일에 집중하느라 연애를 너무 쉬었다. 너무 쉬었어. 사랑은 잡생각으로 치부하며, 머릿속에서 자꾸만 떠오르는 옆집 남자를 털어 내려 애썼다.

"참."

그러고 보니, 그의 유일한 가족이 이 건물에 있다고 했었지.

사랑의 눈이 천장을 향했다. 이곳 어딘가에 그의 단 하나 남은 피붙이가 있다. 가족이란 단어를 붙이기 생경할 정도라는 말은 도대체 무슨 말일까. 그는 어떤 시절을 살아왔던 것일까. 사랑으로서는 짐작밖에 할 수 없었다.

수미의 전화를 끊은 사랑이, 계단으로 향했다. 뭐, 혼자 생각해 봐야 답도 없을 문제를 오래 가지고 있고 싶지 않았다. 조용한 복도에 차례로 자리한 교수실 중에 유일하게 차화련 교수의 방만 불이 켜져 있었다. 교수들도 방학인 건 마찬가지인지, 그 방을 제외하고는 모두 빨간 등, 공실 표시가 들어와 있었다.

천천히 걸음을 옮기던 그녀가 뒤늦게 수현이 보낸 문자를 확인했다. 보낸 시간이 꽤 흘러 있었다. 답장을 하려는 그녀의 손은 문 안에서 들리는 말소리에 멈추었다. 조금 열린 문틈으로 신경질적인 목소리가 흘러나왔다.

"이게 마지막이야."

"마지막이라니. 내 아들도 아닌 걸 자그마치 10년을 키웠어. 더 받을 가치 있다고, 왜 이래."

안에서는 두 여자가 싸우고 있었다. 한 명은 차 교수의 목소리가 확실했고, 다른 한 명은 누군지 모르겠지만 서로가 굉장히 적대적이란 걸 알 수 있었다. 미모와 지성을 대표하는 이 대학의 교수로부터 흘러나오는 상스러운 소리는 가히 놀라웠다. 곧이어 무언가 와장창 깨지는 소리도 들려왔다. 문 앞에서 서 있던 사랑이 한 걸음 물러섰다.

"벌써 20년이 넘게 죽은 듯이 살았어. 입이 근질거려 죽겠다고. 어디 세상에 대고 우리 둘만 아는 이야기 한번 떠벌려 볼까? 내가 그 애 앞에 나타나면 어떨 것 같아?"

순간 짝— 하는 소리가 울렸다. 본의 아니게 사생활을 엿듣게 된 사랑의 미간이 종잇장처럼 구겨졌다. 남의 이야기를 엿듣는 것에는 취미가 없었다. 사랑은 조금 뒤에 다시 와 제출하잔 생각으로 발걸음을 옮겼다.

사랑은 자리를 벗어나고자 다시 왔던 길로 방향을 틀었다. 계단으로 향해 코너를 돌던 사랑이 휘청거렸다. 운동화 끈이 풀려 있었다. 끈을 묶으려고 몸을 숙이는 그녀의 위로, 조금 더 크게 말싸움하는 소리가 들려왔다. 방 안에 있던 여자 둘이 복도로 나온 모양이었다.

"그깟 배우 생활 하나 포기했다고 유세 떨지 마. 그래도 잘난 아들이 대신 꿈도 이뤄 줘, 그 애가 벌어다 주는 돈으로 교수 명함 파고 떵떵거리며 살아. 꽤나 만족스러우시겠어?"

"그 입 찢어 버리기 전에, 목소리 낮춰요. 맘 같아선 어떻게 할지도 모르니까, 지금처럼 조용히 죽은 듯이 살아. 어디 가서 아들의 아 자라도 뻥긋해 봐."

아들? 싱글이라고 했는데, 차화련 교수에게 아들이 있는 건가? 아니다. 두 여자의 엇비슷한 목소리가 어느 쪽이 맞는 건지 잘 모르겠다. 재빨리 끈을 묶고 내딛는 발걸음 아래로, 목소리들이 진득하게 달라붙었다. 사랑은 자신과 상관도 없는 말싸움이 이상하리만치 신경이 쓰였다.

"그 애한테 못돼 먹은 가족은 나 하나면 충분하니까."

여자의 목소리에는 독기인지, 슬픔인지 모를 감정의 파편들이 서려 있었다. 다른 누군가 걸음을 옮기는 소리에 사랑도 다시 다리를 움직였다. 곶감을 훔쳐 먹다 걸린 아이처럼 내빼는 자신의 모양새가 마음에 들지 않았지만, 굳이 두 사람의 이야기를 들었다는 걸 티 내서 좋을 것은 없었다. 사랑이 바삐 발걸음을 옮겼다.

"언니……. 언니!"

어? 사랑이 딴생각에 팔려 있던 정신을 차렸다. 옆에서 수미가 팔을 세차게 흔들며 자신을 부르고 있었다.

"무슨 생각을 이렇게 골똘히 하세요?"

"아……. 아냐. 뭐 마실지 골랐어?"

쓸데없이 괜한 걸 들었다. 사랑은 아까 들었던 대화를 빠르게 잊으며 지갑을 꺼내 들었다.

"저는 따뜻한 카모마일이요. 아이 참, 제가 사 드려야 하는데."

"아이고. 학생이 무슨 돈이 있다고."

두 사람이 카페에 자리를 잡고 앉았다. 계절 학기도 끝나고 본격적인 방학이라 그런지, 중앙 도서관 카페는 한산했다.

"방학은 잘 보내고 있고?"

"네, 뭐, 그럭저럭이요. 참 과제 대신 내 주신 것 감사드려요. 역시 커피는 제가 사야 하는데."

"이 정도 가지고 그러시나. 근데, 얼굴은 그럭저럭이 아닌 것 같은데. 무슨 고민이라도 있어?"

사랑이 수미의 얼굴을 바라봤다. 관찰력이 없는 사람이라도 금방 알 수 있을 정도로 수심이 깊은 얼굴이었다.

"취업 준비 때문에 그런가……."

마른세수를 하듯, 수미는 두 손에 잠시 얼굴을 묻었다. 학점도 좋고 머리도 좋고 일 경험도 있는 녀석이 고민할 정도면 취업 시장이 많이 얼어붙었나 보다 싶었다. 그러나 빨갛게 손자국이 난 얼굴을 창문으로 갖다 댄 녀석의 시선 끝이 향한 사람을 보고는 그게 문제가 아니구나 싶어졌다.

"사실 작년에 로스쿨 붙었거든요?"

"오, 잘했는데."

평소 학점 좋기로 소문난 수미라면, 로스쿨 시험도 문제는 없었겠지만. 그러나 수미는 좋은 로스쿨에 붙었음에도 큰 감흥이 없는 듯, 담담한 어조로 말을 이어 갔다.

"문제는…… 쟤도 붙었다는 거예요."

수미가 창밖을 향해 고갯짓했다. 이쪽을 향해 걸어오는 남자애가 한 명 있었다. 다니엘이었다. 마침 돌부리에 걸렸는지 휘청하는 모습이 칠푼이와 다름없었는데, 로스쿨에 붙었다니 의아했다. 표정을 읽었는지, 수미가 동의한다는 듯 고개를 끄덕였다.

"네, 저 칠푼이 팔푼이가 심지어 수석으로 붙었어요."

"……사실이야?"

수미가 고개를 끄덕였다. 우리나라 법조계가 진심으로 걱정되는 순간이었다. 같은 생각을 하고 있는 것인지 눈이 마주친 두 사람이 고개를 끄덕였다.

"언니도 아시다시피 쟤 아르바이트로 쇼핑몰 모델 하거든요? 매니저 필요하다고 떼를 써서 몇 번 따라다녔는데, 공부하는 꼴을 본 적이 없었어요. 근데, 수석이라니. 얼마나 얄미워요."

저는 막 밤새서 공부했는데, 추가 합격이라며 구시렁거리는 수미의 웃는 얼굴이 전혀 웃고 있는 모양새가 아니었다. 아이의 눈시울이 붉어졌다. 여러 감정들이 오가는 게 분명했다.

"붙어 있는 게 벌써 몇 년이야. 정말 가끔은 꼴도 보기 싫어요."

특히, 맘에도 없는 소리를 하는 모양새가 제일 꼴 보기 싫었다. 좋아한다는 여자를 그렇게 감정 없이, 친누나 보듯 보는 남자가 어디 있나. 아무리 저한테 감정이 없다한들 그렇게 거짓말까지 해야 했나 싶을 때가 한두 번이 아니었다. 나쁜 자식.

사랑은 그런 아이를 보는 마음이 편치 않았다. 애써 웃는 모양새가 과거의 제 모습을 거울로 보는 것만 같아서 입이 썼다. 좋아하는 남자에게서 열등감을 느꼈던 어린 날의 제가 떠올랐다.

"근데요. 근데 저 얄미운 얼굴만 보면 다 괜찮아져요. 그게 참

싫은데. 그냥 또, 그냥 다 괜찮아지더라고요."

그래, 그렇다. 감정이라는 게 그게 문제였다. 싫다가도 또 얼굴 보면 괜찮아졌다. 그냥 또 참아 내게 된다. 먼저 좋아하는 사람이 약자라는 말은 가장 싫어하는 말 중에 하나였지만, 그렇게 잘 맞아 떨어질 수가 없어서 짜증 나는 말이기도 했다.

"얄미운 얼굴 들어온다."

사랑은 카페 문을 열고 들어오는 다니엘을 가리켰다. 애가 오죽 하면 자신을 불러 이런 이야기를 하나 싶어 안타까웠다. 해 주고 싶은 말이 있었지만, 그녀는 되도록 말을 아끼기로 했다. 이 녀석 이 직접적으로 마음을 이야기한 건 처음이었고, 감정의 깊이를 제 대로 가늠할 수 없었다. 너 자신을 소중히 알았으면 한다는 고리타 분한 인생 충고를 섣불리 해 주기보다 사랑은 그냥 조용히 공감해 주는 것에 그치기로 했다.

"어디 다녀와?"

다가오는 다니엘에게 수미가 물었다.

"오디션."

남자아이의 말에 두 여자의 눈이 동그래졌다.

"배우 한다는 거 진심이었어?"

"그럼, 수미칩. 오빠가 헛소리하는 거 봤냐."

다니엘이 수미의 머릴 헝클어트렸다. 하지 말라고 손을 젓는 수 미의 얼굴에 볼우물이 팼다. 사랑은 조용히 한숨을 삼켰다.

아무리 피팅 모델이 연예인 등용문이라지만, 이 아이가 오디션을 준비하고 있을 줄은 몰랐다. 직접적인 관련은 없어도, 방송국에 드 나드느라 아는 동생들이 꽤 있는 사랑으로서는 미안함이 앞섰다.

미리 좀 알아봐 줬어야 하는 건데.

"오늘 본 건 뭐였어?"

"드라마요. 근데 결과는 잘……. 이쪽을 제대로 보지도 않더라고요. 참."

어째 웃는 모습이 이와 같은 상황을 달관한 모습이었다. 오디션이라는 게 지원자는 많아도 뽑히는 건 한 명이다 보니, 감독이나 스텝들이 무례한 행동들을 꽤 하는 걸로 알고 있다. 최이영도 그게 참 심했었고 사랑은 누구보다 이쪽 일이 힘들다는 걸 잘 알고 있었다.

그렇게 번갈아 가며 털어 놓던 청춘들의 푸념을 듣고 있는데, 이상하게 앞에 앉은 다니엘의 표정이 달라졌다. 못 볼 걸 봤다는 듯, 보고 있는 게 생시냐는 듯. 오묘한 표정에 아이의 시선이 향한 곳으로 사랑도 고개를 돌렸다. 아니, 정확히는 고개를 돌림과 동시에 누군가 그녀의 옆에 앉았다.

사랑은 깜짝 놀라 옆으로 물러섰다. 그녀를 놀라게 한 얼굴을 확인하고는 그녀의 입에서 짧지만 구수한 말이 튀어나왔다. 이를테면 '이런, 바밤바' 같은.

"우연이야?"

"응. 확실해."

빙글거리는 이영의 얼굴은 거짓이 없었지만, 사랑은 게슴츠레한 눈으로 그를 훑어보며 경계심을 풀지 않았다. 그날 그렇게 화를 낸 뒤, 처음 마주하는 것이었다. 그것도 이런 곳에서 갑자기 마주할 줄은 상상도 못 했다.

"교수님 뵈러 왔다가 정말 우연찮게 봐서 온 거예요. 편 작가님

께서 아무리 유명하셔도 제가 스케줄을 달달 외우며 따라다닐 정도
는……."

이영은 언젠가와 마찬가지로 억울하다는 듯 두 손을 들어 보였
다. 그 모습을 흘깃 노려보던 사랑이 시선을 돌리자, 얼어 있는 다
니엘과 그 옆에서 고개를 갸웃거리고 있는 수미가 있었다. 다니엘
이 보고 놀란 게 얘였어?

"아, 저……. 안녕하십니까. 다니엘입니다."

말을 흐리는 모양새가 평소의 장난스러운 다니엘과는 영 딴판이
었다. 딱딱하게 굳어서는 말도 버벅댔다. 수미 역시 오랜 시간 함
께해 왔지만 다니엘의 이런 모습은 처음이었는지 놀란 눈치였다.

"남자애, 마스크랑 비율 둘 다 괜찮은데?"

"아, 저 오늘 피디님께 오디션 보고 오는 길인데……."

"그랬니?"

싱긋 웃는 이영의 얼굴이 싱그러웠다. 그러나 사랑은 그런 이영
이 얄미워, 뒤통수로 손을 가져갔다.

"그랬니가 뭐야, 그랬니가. 오디션 한다고 애 불러다 놓고 제대
로 보지도 않았다는 게 너였냐?"

그래 놓고 이제 와서 마스크랑 비율 좋다는 건 뭐야, 애 놀리냐
며 사랑이 대신 이영을 잡았다. 이영보다 다니엘이 더 놀란 모양이
었다. 뒤통수를 맞고도 쩔쩔매는 이영의 모습이 카리스마 넘치는
프로듀서 최이영이 맞는지, 다니엘은 두 눈을 의심하고 있었다.

"아니, 데모였기도 했고……."

"그럼 오디션은 왜 해."

"아니, 지원자들이 좀 많기도 했고."

"그럼 선착순으로 몇 명만 보든가. 다들 하고 싶으니까 온 사람들인 거 아니야. 이 자식이 내 커피는 또 왜 마시고 앉아 있어."

목이 타는지, 사랑의 앞에 있는 아이스커피를 슬쩍 가져가던 이영이 그것마저 혼나고 말았다. 커피를 빼앗기고 팔짱을 낀 이영이 쩝 입맛을 다셨다. 방학이라 학교에서 사랑을 만날 거라 생각 못 했지만 이런 일이 벌어지리라곤 더 상상하지 못했었다.

"근데, 누구야? 우리 과 후배님들? 서로 소개 좀 시켜 주지."

이영이 다니엘에 대해 물었다. 얼굴도 괜찮고 인사하느라 일어난 걸 보니 키도 훌쩍 큰 게 최이영이 나온 연극영화과 쪽에 더 어울려 보이긴 했다. 사랑은 바로 앞에 사람을 두고 궁금하면 네가 직접 물어볼 것이지 왜 나한테 묻느냐며 뒤통수를 한 대 더 치고 싶어졌지만 참기로 했다.

"인사해. 여긴 내 졸업을 위해 아낌없이 노트를 공유해 주는 은인들이자, 정치외교학과 후배님들. 수미랑 다니엘. 여기는 내 학교 동기, 최이영."

이영은 자신을 그저 동기로만 소개하는 말이 아쉬워 남몰래 한숨을 쉬고는 덧붙였다.

"드라마 프로듀서입니다. 둘 다 선남선녀네. 오늘 일은 미안했어, 사랑이 은인님."

"아닙니다! 제가 실력이 부족했습니다."

현재 그가 덧붙일 수 있는 말이라곤 전 남친, 짝사랑 중 혹은 그의 직업뿐이었으니. 그나마 무난한 후자를 택하며 명함을 꺼냈다. 이영의 명함을 받은 다니엘은 끝까지 그의 명함을 손에서 놓지 않았다. 내내 긴장의 끈을 놓지 못한 채로 이영을 대했다. 여전히 그

212

에게는 이 상황이 얼떨떨하리라.

"왜 왔어?"

"정말이야. 교수님 뵈러 왔어. 오랜만에 한국 들어오셨다고 하셔서. 근데 여기서 편 작가까지 만나니 이게 웬 횡재야. 올해 운 다 썼네."

안경을 치켜 올리는 모습이 반듯했다. 최이영의 스타일은 그랬다. 반듯하고 귀공자 같은 모습. 매일 밤 촬영장에서 지새우느라 씻기에도, 옷을 갈아입기에도 벅찬 나날을 보내는 와중에도 이영은 항상 멀끔한 모습이었다. 시선을 빼앗긴 수미처럼, 그를 그런 눈길로 바라보는 여학생들이 많았다. 학교에서 최이영을 만나는 게, 그의 말대로 정말 몇 년 만인가 잠시 헤아렸다. 그러나 사랑은 어리지 않았고, 그가 하는 말과 행동에 가슴 설레기엔 그에게 너무 많은 부분에서 데고 말았다.

"보름 뒤에 다시 오디션 열 거야. 주, 조연 역할부터 순서대로 볼 거고, 경력이나 배우 등급 따윈 안 봐. 배역 가져가는 것도 자기 하기 나름이니까, 다시 한 번 와 볼래?"

개수작. 최이영은 길거리 캐스팅과는 거리가 먼 작자였다. 절대 그는 모험이란 걸 하지 않는 성격이었다. 그러나 이영의 제안에 다니엘의 표정이 눈에 띄게 밝아졌다. 저건 뭐랄까. 환희? 최이영의 말을 다는 믿어서는 안 되는데. 나한테 그랬던 것처럼, 괜히 헛된 기대 불어넣지 말지, 최이영?

"너 그래 놓고 또 안 보기만 해."

"글쎄……. 워낙 지원자가 많기는 해서 눈에 띌 만한 구석이 없으면 아무래도……."

"어쭈?"

사랑의 으름장에 이영이 피식 웃었다.

"그럼 네가 와서 보면 되잖아. 와서 직접 해, 작가님."

노골적으로 제안했던 바를 상기시키는 이영의 말에, 사랑의 눈이 커졌다.

"와서 직접 봐 봐. 원래 작가 파워가 더 센 거 몰라?"

놀란 눈으로 이쪽을 바라보는 다니엘과 수미의 모습에 사랑은 처음으로 얼굴이 빨개지는 기분이 들었다. 이 자식이, 비겁하게. 사랑은 적잖게 당황하고 말았다. 단것이나, 아주 눈이 찌푸려질 만큼 새콤한 게 절실히 필요했다. 아니면, 정말 매운 거.

"누나, 그게 무슨……."

"이건 우선 우리끼리 해결해야 될 문제 같고……."

"아, 내가 이번에 들어가는 작품을 이쪽에 좀 부탁했거든."

이영은 자리를 피하려는 사랑의 말을 끊었다. 장기 말을 움직여 놓고는 '차포요!' 하고 외치는 소리가 들렸다. 의도하고 온 것임에 틀림없다. 허술한 듯하지만 지금 당장에는 빠져나가지 못할 방법으로 또다시 작가 자리를 제안했다. 아니, 강요한다. 치사한 자식.

사랑은 다니엘을 바라봤다. 녀석의 외모는 괜찮았고, 적당한 발성과 호흡도 가지고 있었다. 그런데 이영은 이 아이의 운명이 마치 제 손 안에 달린 듯 이야기하고 있지 않은가. 여기서 안 하겠다는 이야기를 어떻게 하냐고! 최이영, 이 개자식. 사랑은 이미 속으로 이영의 멱살을 여러 번 잡은 상태였다.

"일단은 알았어. 오디션까지는 알겠어."

졌다. 사랑은 반쯤 흰 깃발을 들어 올리고야 말았다. 거머리 같은 집념의 최이영이, 이번에는 이겼다는 걸 인정하고야 말았다.

"대신 너 제대로 다시 본다고 약속해. 내가 애 꽤 오래 봐 왔어. 가능성 있어."

"좋아. 편사랑이 사람 하나 잘 보는 거 누구보다 잘 알지."

다니엘은 앞에서 오가는 칭찬과 거래에 얼굴이 붉어졌다. 영문을 모르는 말들이 중간에 오가긴 했지만, 결국에는 자신이 제대로 된 오디션 기회를 얻었다는 걸 알 수 있었다.

사랑이 먼저 자리에서 일어났고, 뒤따라 이영이 일어났다. 다니엘과 수미는 폭풍이 휩쓸고 지나간 것처럼 어수선한 자리에 덩그러니 남았다.

"언니가 그러니까 드라마 작가를 할 수도 있다는 거지? 넌 거기 출연할 수도 있는 거고!"

"어, 어……."

"너 그럼 명함부터 파야 되는 거 아니야? 잘하면 대형 기획사에서 연락 올지도 모르겠네!"

저 누나가 멋진 건 알았지만, 누가 당장에라도 업고 뛰어다니라면 그럴 수 있겠다고 다니엘은 생각했다. 아직 배역이든 뭐든 결정된 것은 없지만 다시 한 번 오디션을 볼 수 있게 된 것만으로도 그는 세상을 얻은 기분이었다. 수미 역시 다니엘을 따라 들떴다. 그제야 두 사람은 실감했다. 매일 수업에 늦는다, 시험공부 좀 해라 타박했던 사랑의 위치가 어느 정도였는지를.

"그러고 보니 나 오늘 누나한테 과제 제출 셔틀 시켰나?"

"어. 나도……."

왜 그랬을까. 두 사람은 깊은 후회의 늪에 빠지고 말았다. 그리고 동시에 생각했다. 다음 학기 사랑의 학점은 자신들이 더욱 최선을 다해 책임지겠노라고. 조용히 그녀에 대한 충성을 맹세했다.

"너 근데 정말 괜찮겠어?"

수미는 들떠 보이는 다니엘을 돌아보며 물었다.

"뭐가?"

"이러다 정말 집에서 쫓겨나는 거 아니냐구. 너희 아버님 성격을 몰라, 내가?"

수미의 말에 다니엘이 씨익 웃었다.

"로스쿨 붙었잖아, 인마."

수미는 그를 의아하게 바라보았다.

"우리 강 검사 약속한 거 생각 안 나냐? 로스쿨까지만 가면 신경 안 쓰겠다고 했던 거. 난 이제 자유야, 자유."

할아버지 때부터 법관인 집안의 반대에 자유로울 수 없었던 녀석이었다. 그렇기에 벗어날 수 있는 빌미와 오디션이라는 기회까지 잡은 다니엘의 표정은 세상을 다 가진 양 행복했다. 하기사 피팅 모델 하는 걸 들켰을 때 부친에게 그렇게 먼지 나게 맞았어도 포기하지 않았던 다니엘이었다. 수미는 좋아하는 그의 모습을 보며 결국 따라 웃을 수밖에 없었다.

"너, 유명해졌다고 나 모른 척하면 안 된다?"

가볍게 올라가는 입꼬리만큼이나, 이렇게 말하는 마음도 가벼울 수 있다면 얼마나 좋으랴마는. 장난스러운 말투와 달리 수미의 마음은 가벼울 수 없었다. 진심이라는 두 글자가 그렇게 놔두질 않았다. 그런 그녀의 마음이 곧 바닥까지 쿵 하고 떨어져 내렸다. 다니엘의 커다란 손바닥이 그녀의 머리를 헝클어트렸기 때문이었다.

"한번 매니저는 영원한 매니저인 거 모르냐."

그의 목소리가 잘 들리지 않을 정도로 수미의 심장이 쿵쾅대기 시작했다는 걸, 그는 알고나 있을까.

"빨리 와. 두고 간다."

카페를 나서려는 다니엘이 그녀를 돌아보았다. 이내 뒤돌아 카페를 유유히 빠져나가는 그의 모습을 몇몇 학생들이 힐끔 쳐다보았다. 외모며 빠지지 않는 집안까지. 굳이 반하지 않을 이유가 없었다. 어쩌면 이 뛰는 심장이 너무나 당연하리만큼.

'나 저 누나 좋아해.'

그 순간, 바람과 함께 흘러왔던 그의 목소리가 다시금 그녀를 아프게 스치고 지나갔다. 멀어져 가는 그의 뒷모습이 수미의 눈에 커다랗게 담겼다. 아팠다. 금세 두둥실 떠오른 기분이 저 아래로 추락해 버릴 정도로.

"……나쁜 놈."

조용히 중얼거린 목소리는 누군가의 귓가에 닿을세라 금방 허공에서 흩어지고 말았다. 그러나 또 아플 걸 알면서도 수미는 다시금 씩씩하게 일어났다. 그래야 친구라는 이름으로라도 저 곁에 자리할 수 있을 테니까.

"야, 같이 가!"

타박타박 걸어가는 사랑의 뒤를 이영이 슬그머니 뒤따랐다. 길고 양이처럼 조용한 몸짓과 반대로 사랑의 눈치를 살피느라 머릿속은 바삐 움직였다. 사랑은 곧장 차로 향하지 않고, 내지 못한 과제 때문에 차화련 교수의 연구실이 있는 건물로 향했다.

"여기도 오랜만이네."

걸어가는 길에 마주한 학생회관을 보며 이영이 말했다. 학생회관 위층에는 여러 동아리실이 모여 있었다. 이영은 당연히 영상을 제작하는 동아리였고, 사랑도 1년쯤 그곳에서 글을 썼다. 최이영에게 제 글이 버려지고 난 뒤에는 결국 그만뒀지만, 그때 함께했던 선후배들이 이제는 방송국에서 이영을 돕고 있는 걸로 알았다.

"결국 그걸 만들겠다고."

"응. 말했지만 짜임새 있게 잘 나온 글이라. 피디로서 안 만들고는 못 배길 것 같아서."

사랑이 웃었다. 조소가 가득 밴 그 웃음의 의미를, 이영은 잘 알고 있었다.

"야. 이 개소주로 담가 먹어도 시원찮을 자식아."

그리고 사랑이 거친 말들을 쏟아 냈다. 한 대 때릴 기세로 다가오는 그녀의 모습에, 이영은 아무 대꾸도 하지 않았다.

"네가 정말 끝까지……!"

"그땐 미안했어."

이영이 사랑의 말을 끊었다. 화를 내게 만들면서까지, 무엇을 사과하고 싶으냐고 그런 의문이 들었다. 보통의 사랑은 '미안하다'는 말에는 군말 없이 용서해 주는 성격이었다. 상대가 반성하는데, 그걸로 된 것이 아니겠느냐고. 그러나 이번에는 달랐다. 그저 흘러가게 두고 싶지 않았다. 화가 솟구쳤고, 도대체 네가 말로만 미안하다고 하는 그 사과가 무엇을 향한 건지 알고 싶었다.

"네 작품 제대로 안 읽어 봤어. 그땐 성공에 눈이 멀어 있었고, 가진 것에 만족할 수가 없었어."

세 번째 이별 이후, 사랑은 매번 선을 그어 왔다. 9회 말에 삼진을 당하고 만 것처럼, 한 번 끝난 관계는 더 이상 재개될 가능성이 없다는 걸 그녀는 계속해서 보여 주었다. 하지만 이영은 그녀를 잃은 뒤에야, 사랑이 얼마나 값진 여자인지를 깨달았다. 그녀가 쓴 글이 얼마나 가치 있는지를 깨달았다. 금은보화를 가지고 있었음에도 놓쳐 버린 자신이 죽도록 미웠다. 미련이라는 글자가 아직 그에게 남아 있었다. 당장 이 드라마로 그녀를 붙잡을 수 없다 해도, 언젠가는 돌아봐 주지 않을까 하는 그런 희망이 그에게 있었다.

"미안해. 그래도 이 드라마는 만들게 해 줘. 그랬으면 좋겠어."

드라마를 만들겠다는 건 정말 참회의 의미일까, 아니면 스멀스멀 커 가는 자신을 향한 미련 때문일까. 사랑은 그런 또 다른 의문이 들었다. 구질구질한 옛 연애의 기억이 현재의 그녀를 옭아맨다는 사실에 기분이 더러웠다. 하지만 이제 단칼에 내치기에는 아끼는 동생의 꿈이 걸려 있었다. 사랑은 한 번 정도는 참기로 마음먹었다. 모든 배우 지망생들이 그렇겠지만, 녀석은 제대로 된 오디션 기회가 필요했다. 내 사람의 범주에 들어온 아이들을 위해, 이 정도쯤이야 한 번은 참을 수 있었다.

"오디션만이야."

"그래."

이영은 감사했다. 불과 얼마 전까지 그녀가 보여 주었던 반응에 비하면 장족의 발전이었다. 비겁했지만 그녀의 후배를 들먹이길 잘했다고 그는 생각했다.

원하는 대답을 듣고서야 돌아서는 이영의 모습이 보였다. 내가 지질한 남자를 만난 건지, 미련이라는 게 사람을 지질하게 만드는 것인지. 사랑은 그런 이영의 모습이 보기 싫어 뒤로 돌았다. 반대 방향으로 걸음을 내딛는 그녀의 머리가 지끈거렸다.

"떠나고 싶다, 진짜."

수현은 화보 촬영 하나를 마치고 혼자서 집으로 돌아가는 중이었다. 그의 보조석에는 아까 매니저 김 군으로부터 받은 오디션 대본이 놓여 있었다. 만족스러운 미소가 그의 입가에 걸려 있었다.

— 야, 너 어디야!

귀를 따갑게 울리는 대표의 목소리가 차 안에 쩌렁쩌렁 울려 퍼졌다. 핸즈프리가 이래서 문제야……. 사방에 달린 스피커 때문에, 바로 앞에서 야단을 맞는 기분이었다.

"차가 막혔어."

— 난 눈앞이 막힌다, 너 때문에. 도대체 어떻게 운전을 하면 수도권 내에서 네 시간이나 걸려서 집으로 돌아갈 수 있는 건데 혼자 갔다길래 걱정했잖아, 인마.

무슨 일이라도 난 줄 알았다며 투덜대는 목소리에 수현이 순순히 사과했다. 너답지 않게 무슨 사과냐며 받아치는 목소리엔 여전히 자신에 대한 걱정이 묻어나 있어서 그는 잠시 할 말을 골랐다. 형의 걱정에는 많은 의미가 담겨 있었다.

"그래서, 밥은 먹었어?"

수현은 미안함과 고마움을 표현하는 대신, 두 사람의 끼니를 챙겼다. 이번엔 웬일로 식사를 챙기기까지 한다며 대표가 유난을 떨었다.

"뭐 잘못 먹었냐?"

상대의 투덜거리는 목소리에 그가 피식 웃었다. 옆집 사는 누구 덕에 밥처럼 중요한 게 있으랴 싶은 요즘이었다.

"그건 그렇고 말이야. 결국 그 오디션을 보시겠다고."

대표가 껄껄대며 웃었다. 드디어 우리 차 배우가 정신을 놓았다 는 덕담도 잊지 않았다. 최이영이 새로 시작하는 작품에 대해 물었 던 게 엊그제인데, 어느새 오디션 대본을 챙겼다는 말이 대표에게 들어갔다. 작품 선택은 배우 스스로 할 수 있도록 자율성을 주자는 편이었지만, 그로서는 친동생 같은 수현을 생각하면 이번 작품을 하겠다는 게 여간 걱정이 되는 게 아니었다.

— 그거 아무래도 좀 이상해.

푹 꺼지는 한숨과 함께 대표의 입이 열렸다.

— 방송국에도 좀 알아보니까, 최이영도 이제 망조의 길을 걷는 거 아니냐는 말까지 돌더라.

"왜?"

— 스텝들이야 최이영 군단이 있으니 그대로 갈 것 같긴 한데, 문제는 오디션 날짜며 스케줄들은 대략 잡혔는데 작가가 아직 누군 지 모른다는 거지.

"작가를 몰라?"

— 어. 극본 자체가 옛날에 SBC 공모전에 나왔던 작품인 것 같 다는데……. 사실이면 그 작가가 최이영이 옛날에 만났던 여자라는 말도 있고, 항간에 떠도는 소문으로는 라디오 DJ라는 말도 있고.

대표의 말을 들으며 수현은 얼마 전 사랑의 손 아래 있던 책 하나 가 떠올랐다. 최이영이란 이름이 적혀 있던 표지. 아귀가 들어맞았 다. 사랑이 쓴 작품이었다. 그리고 그걸 최이영이 만드는 것이었고.

"공모전 나왔던 거면 이름 알 거 아니야. 누군데, 그 작가?"

─ 편사랑이라고.

수현의 입술이 꾹 다물렸다. 심장이 내려앉기라도 할 줄 알았는데, 두 사람 사이를 어느 정도 예상했기 때문일까. 생각보다 아무렇지 않았다. 그 뒤로 몇 가지 말들이 더 오가고 전화가 끊겼다. 침묵만이 맴도는 그의 차 안에 들리는 소리라곤, 바람 소리뿐이었다.

전체 내용은 아니었지만, 풋풋한 사랑 이야기라는 걸 알 수 있었다. 오디션용 쪽대본이었지만, 읽는 내내 노란 유채꽃이 펼쳐진 제주도의 따스한 바람이 불어오는 듯 흡입력이 좋았다. 욕심이 났다. 그걸 쓴 작가만큼이나 탐이 나는 배역이었다.

"글 잘 쓰네."

내친 김에 서점에 들러 그녀가 썼다는 책도 모두 샀다. 자신을 알아보는 점원에게 조용히 해 주길 부탁하며 윙크를 했던 게 생각났다. 너스레를 떠는 저에게서 옆집 여자의 모습을 발견했다. 자연스레 자신을 물들여 가는 여자, 어느새 제가 누군가의 끼니를 묻는 사람이 될 수 있게끔 만들어 주는 그 여자의 옆에 있는 건 자신이어야 했다. 차를 몰던 수현이 전화기를 들었다. 만날 핑계를 대야 했고, 함께 장을 보던 일이 생각났다.

"카레 만들어 줘."

전화기 너머로 웃음소리가 들렸다. 어이없다는 뜻에 가까웠다. 우리 집이 뭐 식당이냐, 그런 소리도 들린 것 같았다.

─ 와인이나 한잔하게 와.

툴툴거려도 싫다는 말은 없었다. 그녀의 허락에 그가 웃었다. 놓쳤으면 땡이야. 하루아침에, 아니 반나절에 끝날 관계라도 사랑이 새롭게 시작하는 관계는 최이영의 것이 아니었다. 그는 오랜만에 붙잡게 된 온기를, 누구처럼 바보같이 놓칠 생각은 없었다.

"어림도 없지."

그의 차가 더욱 빠르게 집으로 향했다.

언제쯤 제대로 된 이별을 할 수 있을까. 사랑은 오랜만에 자신이 쓴 극본을 읽던 중이었다. 이영에게 오디션까지만 하겠다고는 말했지만, 은연중에 알고 있었는지도 모른다. 안 했으면 안 했지, 오디션 정도로만 끝나지는 않을 것이라는 점 정도는 오디션을 오케이 하는 순간 어렵지 않게 예상할 수 있었다.

이영은 제주도와 인연이 있었다. 그들의 시작점도 그곳이었고, 사랑의 가족들과도 좋은 사이를 유지하고 있었다. 자신 하나만 정리하면 될 줄 알았다. 오래도록 알고 지낸 가족들과의 인연을 굳이 그녀가 훼방 놓고 싶지는 않아서. 자신과는 별개로 오빠나 형부와 쌓은 정이 있을 테니까. 그러나 거머리처럼 질기게 이어지는 인연의 끝을 끝내 버리는 게 맞았던 건 아닐까 하는 생각이 들었다.

극본 속 두 사람은 행복하게 잘 살았더래요 하고 끝이 나지만 현실은 그럴 수 없었다. 이 헛헛함을 달랠 와인 한잔이 급했다. 그런 와인을 들고 수현이 찾아왔다. 들어오자마자 카레 냄새가 좋다고 식탁 위에 자리를 잡는 남자의 양손에는 바리바리 종이 가방들이 들려 있었다. 익숙한 책들 사이로 익숙한 종이 대본 하나가 보였다. 제가 쓴 책들과 지금 이 착잡함의 시작점, 그녀의 대본이었다.

"이걸 어떻게 가지고 있어?"

사랑이 물었다. 수현이 막 들었던 수저를 내려놓았다. 윤기가 자르르 흐르는 카레가 멀어져서 입맛을 다셨다. 그러나 시선을 돌려 바라본 사랑의 표정에 그는 카레 따위는 잊어버리게 됐다.

"오디션 보려고."

"오디션?"

사랑이 되물었다.

"당신이 이 오디션을 본다고?"

"응. 읽어 보니까 딱 내 작품이잖아, 이거."

으스대는 투로 말하는 수현의 두 어깨가 한껏 올라가 있었다. 마치 그 배역은 따 놓은 당상이라는 듯.

"그 오디션 쉽지 않다던데. 작품 속 남자 배역이 당신 이미지랑은 거리가 좀 있기도 하고."

그랬다. 사랑은 이영을 보며 그 작품을 써 내려갔었다. 호리호리하고 댄디한 스타일. 따지자면 수현은 좀 더 남자답고 수컷의 향기를 풍기는 쪽이었다. 생김새도 진하고, 그냥 보기에도 니트 속에 가리워진 단단한 몸을 쉽게 알아챌 수 있었다.

수현은 자신을 뜯어보는 사랑의 시선을 느낄 수 있었다. 그는 여자들의 이와 같은 시선에 관해서는 잘 알았다. 그 대상에 자주 올랐으며, 그런 시선에는 이골이 날 대로 나 있었다. 그래서 단번에 알았다. 그가 원하는 여자가, 어떠한 의도에서든 자신을 남자로서 뜯어보았다는 걸. 그가 일어나기도 전에 사랑이 먼저 다가왔다.

"내 스타일대로 만들어 낼 거야. 당신 작품을 재탄생시키는 건."

두 사람의 시선이 허공에서 부딪쳤다.

"최이영이 아니라, 나야."

그의 낮은 목소리에는 확신이 담겨 있었다. 그 확실함이 헛헛함과 후회로 얼룩져 있던 기분을 안정시켜 주는 것만 같았다. 그의 말에, 어쩌면 이 작품을 통해 지난 인연에서 온전히 벗어날 수 있을 것만 같은 기분이 들었다. 정말 그 거머리 같은 인연을 정리할 수 있을지도 모른다는.

그러나 이 순간 더욱 확실한 건 이 남자한테 속절없이 끌린다는 것이었다. 그가 '당신 작품'이라고 한 것조차 나중에 인지했을 만큼. 그녀는 그걸 인정할 수밖에 없었다.

전에 어느 대학생으로부터 사연이 들어온 적이 있었다. 오래 사귄 여자 친구와 헤어져서 마음이 너무 아프다고. 그러면서 사연을 통해 그녀에게 물었다. 저 다시 그런 사람 만날 수 있을까요? 그래서 대답해 주었다. 그럼 당연하지. 넌 정말 좋은 사람을 다시 만날 수 있노라고 용기를 불어넣어 줬었다. 지금 생각해 보니 참 쉽게도 그렇게 얘기해 주었었다.

그러나 그게 자신의 일이 되고 나니 뭐가 그렇게 겁이 나는지. 새로운 사랑을 찾는 것에 그렇게도 겁이 났다. 또 그렇게 잘 맞는 사람을 만날 수 있을까. 혹시나 또 상처받으며 헤어지지는 않을까. 겉으로는 온갖 쿨함의 대명사를 자처하면서도 속에서는 그렇게 골병이 들어가고 있었다.

열망을 담고 올려다보는 남자의 눈은 어딘지 듬직했다. 가십난을 시도 때도 없이 장식하던 남자인데도 말이다. 언젠가부터 야금야금 자신의 영역을 앗아 가기 시작한 남자의 존재가 무시할 수 없을 만큼 커져 가고 있었다.

만약 지금 이 순간 남자에게 '나 좋은 남자 만날 수 있겠지?'

하고 묻는다면 그에게서 이런 대답이 들려올 것 같았다. '넌 이미 만났지, 좋은 남자.' 하며 어깨를 으쓱이리라.

갈팡질팡, 두 가지 부분에서 이리저리 막연했던 마음이 한쪽으로 기울었다. 하나는 이 극본을 책임지고 끝내 보겠다는 생각이었고, 또 다른 하나는 바로 이 남자와 손을 잡아 봐야겠다는 것. 모든 것이 거짓말처럼 선명해졌다.

"지난번에 말한 내 생일 선물 말이야."

지나가듯 잠시 그의 스캔들을 장식하는 여자가 될지도 모르지만 지금은 그런 것 따위 연연할 겨를이 없었다. 저 남자가 문득 더 궁금해졌다. 아니, 그 정도로는 가슴에서 피어오르는 이 갈증을 설명할 수 없었다. 고팠다. 그래, 그녀는 저 남자가 문득 고파졌다. 마치 배가 고프듯 시야에 가득 들어오는 그의 입술을 갈망하고 있었다.

사랑이 그의 앞에 바싹 얼굴을 내밀었다. 그가 무엇이냐고 묻기도 전에 그녀의 두 손이 그의 얼굴 위로 향했다.

"이거 어때."

수현의 얼굴을 감싸 쥔 사랑의 입술이, 그의 것 위로 내려앉았다. 놀란 것도 잠시, 수현의 입술이 그녀를 환영했다. 그의 손이 사랑의 얼굴을 감싸 쥐었다. 그리고 자신에게 먼저 다가온 입술을 망설임 없이 삼켰다. 숨결이 오가고, 서로의 손가락 사이로 머릿결이 흘러 지나갔다.

수현이 자리에서 일어났다. 니트 아래로 그의 팔이 성난 듯 굴곡이 졌다. 사랑의 허리를 지분거리는 손길마다 진득한 욕망이 묻어났다. 입술만 집요하게 갈구하던 그가 점점 더 깊게 파고들었다.

사랑의 등에 벽이 닿았다.

"잠깐만⋯⋯."

숨 돌릴 틈 없이 쏟아지던 입맞춤에 사랑이 숨을 고르듯 겨우 말을 뱉어 냈다. 조용히 자신을 내려다보는 얼굴에 표정이 없었지만, 눈에 짙게 맺힌 갈망이 보였다. 여전히 허리 주위를 매만지는 손길이 느껴졌다.

"차수현 씨⋯⋯."

수현의 입술이 다시금 그녀의 입술 위로 내려앉았다. 짧은 순간 자신의 숨결을 머금고 떨어진 입술에 사랑의 입술이 벌어졌다. 그리고 또다시 두 시선이 마주쳤다. 째깍째깍 흘러가는 초침이 점점 느려졌고, 귀에서도 멀어졌다. 찰나의 순간이 영원처럼 느릿하게 흘러가는 걸 느꼈다.

"⋯⋯나도 당신 가십난을 장식하게 됐네."

마주 보는 미소가 아스라이 사라질 것 같았다. 그 속에 서린 팽팽한 긴장감. 이내 수현이 입술을 말아 올리며 그의 진심을 전했다.

"한 번만 말할게."

사랑의 얼굴을 매만지는 손길이 부드러웠다. 사랑의 멍한 눈길과 홍조 때문에, 수현은 술 한 방울 마시지 않았지만 취한 기분이 들었다. 하지만 그는 제정신이었고, 똑바로 그녀에게 마음을 전달하고 싶었다. 다시금 그의 입술이 열렸다. 단호한 목소리가 그녀의 귓가를 울렸다.

"그런 스캔들 따위 안 만들어, 다시는."

그는 자신이 연예계 가십난에서 알아주는 개망나니였다는 사실을 인정할 수밖에 없었다. 과거는 바꿀 수 없었지만, 앞으로는 달랐다. 사랑에게서 두 손을 뗀 수현이 한층 여유롭게 소파 위에 머리를 괴며, 그동안의 개망나니 생활에 대한 안녕을 고했다.

"그리고 너한테도 다른 좋은 사람은 없었으면 하는데."

그런 그녀에게서 시선을 떼지 않던 수현의 입술이 한껏 더 말려 올라갔다. 망설이듯 조곤거리는 입술이 사랑스러워, 수현은 다시 한 번 입을 맞추고 싶었다. 더 만지고 싶다고 자신의 손이 아우성치고 있었다. 그러나 그녀를 안아 일으켜 주는 손길 역시 부드러움과 존중이 실려 있었다.

"나 빼고."

싱긋 웃는 모양새가 흡사 천사의 그것은 아니었지만. 역시나 아쉬운지, 이내 악마 같은 입꼬리가 올라가며 그녀를 유혹했다.

"밥은 됐고 내 집에서 한 잔 더 할까?"

※ ※ ※

스르륵 고개만 돌렸을 뿐인데, 벽 하나를 가득 채운 사진에 이 방의 주인이 누군지 여실히 드러났다. 지금보다는 조금 앳된 얼굴. 그러나 반듯한 콧날과 눈매, 진한 눈썹과 입술선이 흑백 필름과 어우러져 퇴폐적인 분위기를 자아냈다.

고놈 잘생기긴 참 잘생겼다. 언젠가 작품 때문에 만났던 어느 승려에게 듣기를, 입술 끝이 올라간 자는 주목받는 직업이 어울린다 했는데, 그리 보면 아무 표정 짓지 않아도 슬쩍 올라간 입꼬리가 가히 압도적인지라. 과연 이 남자에게 다른 직업이 어울리나 했을까 싶을 정도였다.

사랑은 남자의 얼굴 감상에서 빠져나오며, 이만 이불에서도 빠져나왔다. 촉감 좋은 털 담요와 화려한 문양의 베개들도 잘 정리해 두었다. 집보다는 어느 고급 모델하우스나 호텔에 와 있는 기분이었다. '테마명: 차수현.' 이 정도 느낌의 방. 좋은 향기가 났고 따스한 늦겨울 햇살이 방 안으로 스며들고 있었지만 어쩐지 주인의 정을 덜 받고 지낸 방이란 느낌이 났다. 이게 처음 그의 방을 마주하는 소감이었다. 둘째로는 나는 왜 이 방에서 '혼자' 깨어났는가 하는 의문 정도?

'그런 스캔들 따위 안 만들어, 다시는.'

거실로 나가자 어젯밤 그렇게 말했던 남자가 기다란 소파 위에 누워 있었다. 뒤로 보이는 자주색 가죽이 퍽 잘 어울려서, 사랑은 그를 깨우지 않기 위해 발소리를 죽이며 걸어갔다. 그를 깨워 이 좋은 감상거리를 놓치고 싶지 않았다. 소파 아래 무릎을 꿇고 앉자 얼굴이 잘 내다보였다. 거뭇한 수염이 자란 얼굴도 밉지 않았다. 그러고 보면 참 감탄이 절로 나오게끔 잘생긴 얼굴을 그동안 이웃이라고 아무렇지 않게 생각했던 것도 참 별일이었다.

'너한테도 다른 좋은 사람은 없었으면 하는데.'

그는 어젯밤 그렇게 말했다. 생각만 해도 다시금 심장이 쿵 내려앉는 말이었다. 닫혀 있는 입술이 그 말을 대변하듯 강단 있어 보였다. 그러나 그것도 잠시,

"그래서 아무 일도 없으셨겠다?"

세상 어떤 여자와도 별일을 만들 것 같은 남자가 자신을 그저 고이 모셔 두고만 있었다니. 심술 어린 본심이 툭 입술 밖으로 튀어

나왔다. 생각해 보면, 제가 먼저 마시긴 했다. 그의 집으로 자리를 옮긴 후, 야릇했던 분위기는 잠시 맥이 끊겼고 한 잔 마신 와인이 낮에 있었던 일을 되새기게 만들었다.

평소에 하지 않던 푸념이 그의 앞에서 술술 흘러나왔고, 평소와 다른 저에게 당황할 새도 없이 그가 귀엽다며 볼을 꼬집었다. 서른이 훌쩍 넘어 귀엽다는 말을 들으니, 부끄러우면서도 더 듣고 싶어져서는 한 잔, 두 잔……. 그리고 몇 잔을 마셨더라.

그는 와인을 따라 주며 그런 푸념들을 끝도 없이 들어 주었다. 물론 그 속의 위트와 수다는 가득했지만, 끈적한 터치 따위 종적을 감추어 버리고 말았다는 게 딱 하나 아쉬운 사실이었다.

"아무리 그래도 그렇지. 아무 일도……?"

"내가 이 정도로 신사라는 것만 알아 둬."

반듯한 자세만큼이나 반듯하게 흘러나오는 목소리에 사랑의 눈썹이 올라갔다.

"깜짝이야."

사랑의 반응에 수현의 입술이 빙긋 올라갔다. 그의 눈도 덩달아 스르륵 올라갔다. 두 사람의 눈이 가깝게 마주쳤지만, 피하거나 부끄러워하는 기색은 어느 쪽도 없었다. 한쪽은 생각보다 더 새까만 눈동자를 관찰하느라, 다른 한쪽은 그런 상대의 행동을 지켜보는데 만족을 느끼느라.

"오매불망 내가 깨어나기만을 기다렸던 거야? 영광인데."

놀리려는 게 분명한 말투였다.

"나 좋아한다는 남자가 어떻게 생겼나 구경 좀 했지."

그러나 상대는 작가였고, 노골적인 질문으로는 으뜸가는 옆집 여자였다. 얼굴이라도 붉히며 물러날 줄 알았더니, 예상과 다른 전개에 그는 더 큰 짜릿함을 느꼈다. 괜히 좋은 게 아니라니까. 두 손으로 머리를 받치는 수현의 얼굴에 좀 전보다 더 진한 미소가 걸렸다.

"본인 좋아한다는 남자랑 맛있는 거 먹으러 나갈까? 영화도 보고."

그는 흘끗 벽에 걸린 시계를 확인하며 그녀에게 물었다.

"데이트 신청이야?"

"어. 열심히 꼬셔 보라 하셔서, 누가."

"내가 그런 말을 했어?"

탁자 옆에는 빈 와인병 세 개가 나란히 놓여 있었다. 어제 꽤나 마시긴 했다. 어느 시점부터인가 기억이 제대로 안 나는 걸 보니, 두 발로 마시고 네 발로 일어난다는 와인의 힘은 대단했다.

"100일 동안 매일매일 꽃도 가지고 오랬는데? 그러면 한번 생각해 보겠다고."

"오 마이 갓."

손으로 얼굴을 가린 그녀는, 쥐구멍에라도 숨고 싶다는 말을 이럴 때 하는 거구나 싶었다. 시드는 게 싫어서 좋아하지도 않는 꽃을, 100일간 가져오라고 했단다. 빙글대는 남자의 얼굴에 사랑은 머리가 아파 왔다.

"산티아고 뭐 이런 얘기는 안 했어?"

"오, 기억나나 본데."

수현이 즐거워할수록 사랑의 고개는 더욱 겸손해졌다. 얼마 전 마무리 지었던 글 마지막에, 그런 내용을 추가했던 게 생각났다.

무의식이라는 게 이래서 무서운 거였다.

수현의 손가락이 가볍게 사랑의 이마를 튕겼다. 여전히 한 손으로 눈을 가리고 있는 사랑이 귀여워 일어나는 그의 입꼬리에 슬그머니 미소가 걸렸다. 막상 부끄러워하는 모습을 보니, 그건 또 그것대로 귀엽다. 앞에 자리를 잡고 앉아 허리를 굽혔다. 수현이 손가락으로 그녀의 볼을 톡 건드렸다. 슬금 내려가는 손가락 사이로 숨어 있던 눈이 드러났다.

"하여간 꽃이든, 장미 백 송이든……."

너 하고 싶은 거 다 해 줄게. 씨익 올라가는 입꼬리가 꽤나 매력적이며, 코앞에 자리하고 있던 눈동자가 꽤나 믿음직스럽다고, 사랑은 생각했다.

"근데 취한 여자를 어떻게 방에 혼자 잘 재웠네."

수현은 대답 대신 그녀의 볼을 손가락으로 톡톡 건드렸다.

"간지러워."

결국 사랑이 참지 못하고 그의 손을 제지했다. 그러나 막는다고 막은 게, 꼭 그의 손가락을 잡은 것처럼 되어 버려서 당황스러웠다.

"아……."

수려한 외모와 달리 굵직한 그의 검지가 그녀의 주먹 한가운데를 꽉 채우고 있었다. 손목처럼 맥박이 잘 느껴지는 곳이 아닐 텐데도, 서로의 맥박이 느껴졌다. 그의 엄지손가락이 그녀의 손등 위를 매만졌고, 야릇한 기분이 그 사이를 타고 흘렀다.

그는 눈앞의 여자에게만큼은 개망나니가 아닌, 제대로 된 남자로 인정받고 싶었다. 사랑이 어제 그의 '가십난'에 대해 말을 했을 때, 심장 한구석이 쿵 하고 내려앉던 기분이 아직도 생생했다. 대중에게 알려진 그의 연애관은 확실히 난봉꾼에 가까웠다. 검색 한 번이면 한 사람의 인생이 다 나오는 요즘 같은 세상에, 그녀가 그간의 가십거리에 대해 알고 있는 것은 지극히 당연한 일이면서도 그에게는 어떠한 칼끝보다 무섭게 다가왔다.

깊어지고 있는 마음을 몸의 열망으로만 표현하고 싶지는 않았다. 자칫하다 속절없이 끌려가 버려 제 마음을 가볍게 보이게 만들고 싶지는 않았으니까.

"준비가 되면 당신이 먼저 날 찾아."

당신이라는 말이 참 별거 아닌데, 낮은 수현의 목소리와 어우러진 그 단어에 이상한 울림이 일었다.

"무슨 준비?"

"뭐가 됐든. 나랑 뭔가 더 하고 싶어지면, 언제든 말해 줘."

무엇인지는 말하지 않았지만, 눈에서 채 빠지지 않은 열기와 야릇한 기운이 그것이 무엇인지 너무나도 잘 알려 주고 있었다.

"그동안은 가만히 있으려고?"

"아니, 하루라도 그날을 앞당기려면 난 최선을 다해서 꼬셔야지. 열과 성을 다할 거니까 각오하고."

동시에 열망을 삼키려는 한숨이 그녀의 이마 위로 쏟아졌다. 사랑의 입술에서 금세 '푸흐.' 하고 웃음이 터졌다. 사람은 쉽게 바뀌지 않는다는 게 그녀의 지론이었고, 수현은 어쩌면 그런 그녀의 마음을 눈치채고 있는지도 몰랐다. 챙겨 주던 손길, 취한 저를 그저 침대에 내려 주었을 품, 기다리고 있겠다는 말. 자신을 존중하고 위해 주는 그의 마음이 느껴졌다. 그래서 고마웠다. 고마움은

그녀의 기분을 들뜨게 만들었고, 기분 탓이었을까 재밌는 제안을
할 용기가 났다.

"초인종, 세 번."

그녀의 말에 수현이 눈썹을 들어 올렸다. 그리고 금세 알아들었
다. 그게 그녀의 신호가 될 것이라는 걸.

"난 비언어적 표현을 좋아하는 사람이니까."

가끔 살다가 소설가라는 타이틀이 좋은 핑계거리가 되는 순간들
이 있는데, 지금 역시 마찬가지였다.

"나도 비언어적인 거 좋아해."

수현이 덧붙였다. 비록 비언어적인 게 그런 표현이라기보다는,
몸으로 할 수 있는 그런 것에 더 가까운 의미였지만.

하여간 덕분에 집에서 오매불망 이 여자만 기다리게 될 판이었
다. 초인종이라, 초인종 하나에 천국과 지옥을 오가게 될 줄은 몰
랐다.

"이제 택배는 안 시켜야겠네."

생각할수록 그것참, 은근히 기대되는 일이 아닐 수 없었다. 마주
보는 두 사람의 입술 위로 너 나 할 것 없이 가벼운 바람이 내려앉
았다.

11. 흔들리지 않을 수 있는 이유(헛것과 마법 사이)

어느새 차가운 바람 사이에서 봄기운이 느껴졌다. 계절이 흐르는 만큼, 사랑의 옷에도 봄빛이 묻어났다. 색깔 고운 파스텔 색감의 페미닌 슈트를 입은 사랑이, 늘씬한 자태를 뽐내며 방송국 로비에 서 있었다. 단정한 슬랙스 아래로는 진주색 구두가 단정했고, 위로는 비슷한 색감의 긴 코트가 어깨에서부터 그녀의 몸을 덮고 있었다.

"왔어?"

반가운 기색을 내비치며 저 멀리서부터 최이영이 달려왔다. 오디션 당일. 사랑은 결국 이곳에 왔다. 영원히 책장 한구석에 박혀 있을 줄 알았던 극본이 결국 드라마로 만들어진다. 사랑을 본 그의 얼굴 표정에도 만감이 교차했다.

"고마워."

"딴마음이나 품지 마. 이상한 낌새 보이면 언제든 튈 거니까."

사랑은 진심으로 이야기했다. 그렇지만 이영은 그런 사랑을 보며 웃었다. 그녀가 이렇게 와 준 것만으로도 그는 하늘에 감사하고 있었다.

"커피?"

"좋지."

오디션은 두어 시간 정도 남아 있는 상태였다. 바로 스텝들 사이로 들어가기 전에, 이영은 진행 상황과 컨셉 등에 대해 설명해 주었다. 메인 작가가 없다며 앓는 소리를 하더니, 꽤나 진행 상황이 탄탄했다. 이미 장소 섭외와 줄거리 흐름도 고정된 상태로, 메인 작가와 배역을 맡을 배우들만 있으면 내일 당장이라도 촬영에 들어갈 수 있을 수준이었다.

"우선 오디션만 봐 달라고는 했지만……."

"이봐, 최 피디님. 내가 오디션만 하지 않을 거라는 건 너도 알고, 나도 알아."

사랑의 말이 맞았다. 이영은 사랑을 메인 작가 외에 달리 소개할 만한 말이 없었다. 원작자로서 오디션에 왔다는 말은, 그의 스텝들에게 있어 메인 작가가 왔다는 말과 다르지 않기도 했다. 이영이 그녀를 오디션으로 끌어들이려고 무리수를 둔 이유도 거기에 있었다.

그녀가 발끝만 담가도 늪에 빠지듯 이 팀에 합류할 수 있도록 하는 게 최이영의 목적이었다. 사랑은 그런 그의 수를 훤하게 읽고 있었다.

이영의 당황한 표정을 두고 사랑은 가방에서 극본을 꺼내 들었다. 오디션을 보기로 한 뒤, 그 짧은 새에 몇 번을 읽었는지 손때가 희뿌옇게 묻어 있었고, 군데군데 포스트잇과 형광펜 등이 칠해져 있었다.

사랑은 곧바로 작가로서 자신이 원하는 바를 쏟아 내기 시작했다. 이영은 그런 그녀의 모습에 덩달아 피가 빠르게 도는 걸 느꼈다. 두 사람의 인연이 어떠하건, 작가 편사랑은 꼭 함께 작업해 보고 싶었던 작가였으니 말이다.

"대본 수정이 필요해. 오랜만에 읽었더니 촌스러운 문장이 한둘이 아니야."

"그렇게 해."

"응. 그리고 제주 로케이션 비율을 좀 줄였으면 좋겠어. 과거보단 현재에 더 집중했으면 좋겠거든."

두 사람은 각자의 분야에서 프로였다. 두 프로는 서로가 원하는 바를 정확히 알았다. 그리고 끊임없이 조율에 들어갔다. 짧은 시간 나누는 대화의 내용은 간단하지만 핵심이 들어 있었다. 덕분에 그 아무리 최이영이고 날고뛴다는 스텝들이 모였음에도 맞춰지지 못했던 퍼즐 한 부분이, 비로소 맞춰지게 되었다.

"그래도 우리가 만나고 보낸 시간들이 있는데, 제주를 중점적으로 가야 하는 것 아니야?"

"말 똑바로 하자, 최 피디. 우리가 아니라 두 주인공이야. 그때 당시에, 우리 이야기를 바탕으로 쓴 건 맞지만, 전혀 다른 이야기라는 걸 염두에 뒀으면 해."

사랑의 말이 이영의 허를 찔렀다. 저도 모르게 자신이 경험했던 그대로를 녹여내려 했던 이영이 놓치고 있는 부분이었다. 드라마는 두 사람의 이야기를 바탕으로 쓰였지만, 브라운관에서 새롭게 태어날 것이었다. 다른 사람들이 그 옷을 입게 될 것이고, 그들은 누구보다 객관적이고 관찰자적인 시각에서 이를 바라봐야 했다. 어떻게 해야 더 살릴 수 있을지, 어떤 부분을 넣고 빼야 할지. 이영은 앞으로 연출가로서 사랑과 협업과 대립을 이어 나가야 했음을 간과하고 있었다.

"고마워."

잊고 있던 부분을 상기시켜 준 작가에 대한 고마움이었다. 사랑도 이번에는 별말 하지 않았다. 그가 일을 함께하는 동료로서 고마움을 표시했다는 걸 느낄 수 있었다.

한 시간이 넘게 난상토론을 벌이고 나서야 두 사람은 스텝들이 있는 회의실로 올라갔다. 회의실 앞에 도착한 사랑의 발걸음이 잠시 멈추었다. 문에는 〈드라마 '당신이라는 봄' 오디션〉이란 글자가 적혀 있었다. 결국 오긴 왔다. 자신이 쓴 글의 제목이 붙어 있는 걸 보니 마음이 여간 싱숭생숭한 게 아니었다.

그때 그녀의 손에 들려 있던 휴대폰에 메시지가 들어왔다. 그 속에는 '화이팅'이란 짧은 세 글자가 적혀 있었다. 잘 다녀오라며, 이따 보자며 아침부터 배웅을 해 주던 남자로부터 온 것이었다. 복도에서 내내 기다리고 서 있다가, 뭘 그렇게 차려입고 나가냐며 입을 내밀던 남자가 생각나 그녀의 입술이 올라갔다. 어느새 싱숭생숭하던 마음도 진정이 되었다.

"들어갈까?"

짧은 한숨을 내쉰 사랑의 표정이 사뭇 비장했다. 문을 열고 들어서는 그녀에게 모든 시선이 집중되었다. 늦은 합류에도 스텝들을 휘어잡을 수 있는 카리스마 있는 작가로서 그들 앞에 나설 시간이었다.

"자자, 모두 바쁘겠지만 집중. 기다리고 기다리던 작가님이십니다."

이영의 짧은 소개로 주위가 고요해지자, 사랑이 바통을 이어받았다.

"안녕하세요, 편사랑입니다. '당신이라는 봄' 집필자이자 이번 드라마 메인 작가로 합류하게 되었습니다."

여전히 조용했고, 모두가 그녀를 가만히 주시했다. 그들의 반응은 겉보기에 부정적인 측면에 가까웠다. 하지만 사랑의 얼굴에서 동요하는 기색은 없었다. 이 팀이 자신의 의사와 상관없이 먼저 꾸려진 것은 둘째 치고, 늦게 합류한 건 사실이었다. 사랑은 메인 작가 없이 고생했을 팀의 마음을 먼저 헤아렸다.

"늦어서 죄송합니다. 잘 부탁드립니다."

담백한 그녀의 사과가 끝나자 다시 정적이 이어졌다. 그러다 이내 환호성이 터졌다. 드디어 우리에게 메인 작가가 왔다는 그들의 환호성은 어쩐지 사랑의 눈에 짠하게 비춰졌다. 흩어져 있던 스텝들이 삽시간에 그녀에게로 달려들었다. 그녀의 손을 마주 잡고 열렬히 흔들어 대는 건 조명 감독이었고, 고목나무의 매미처럼 키 큰 그녀에게 달려든 건 막내 작가였다. 대학 시절부터 그와 함께했던 스텝들 몇이 눈에 익었다.

"오랜만이에요, 편 누나."

조연출이 사랑에게 다가와 손을 내밀었다. 마주 잡는 사랑이 웃었다.

"넌 또 최이영이랑 같이 찍니. 제발 그 짝사랑 좀 그만해라."

사랑의 농담에 주위에 있던 스텝들이 배꼽을 잡았다. 조연출의 별명이 괜히 지어진 게 아니었다. 대학 시절부터 지금까지 함께하는 조연출을 모두 '최이영 빠돌이'라고 불렀으니. 스텝들은 대장 격인 두 남자, 연출과 조연출을 쥐고 흔드는 사랑이 더욱 마음에 든 눈치였다.

사랑의 마음도 별반 다르지 않았다. 드라마에 있어서는 그녀의 첫 입봉작이었다. 시작이 괜찮았고 유쾌한 스텝들이 마음에 들었다. 꽤나 괜찮은 한 팀이 될 수 있을 것 같은 예감이 들었다.

스텝들과 간단히 회의를 마치고 사랑은 심사석에 자리를 잡았다. 이영과 나란히 앉은 사랑의 자리는 가장 가운데 위치하고 있었다. 테이블 위에는 이미 대본이 놓여 있었지만, 사랑은 며칠간 닳도록 읽었던 자신의 극본을 꺼냈다. 그녀의 극본이 10여 년 만에 제자리를 찾는 순간이었다.

오디션은 남녀 주연 선정부터 시작해서 주연급, 이후 조연 등 배역의 중요도 순으로 이어졌다. 배우 등급에 관계없이, 능력에 따라 배역을 가져갈 수 있는 오픈 오디션에 많은 관심이 쏟아졌다. 드라마를 처음 찍는 신인 배우라 할지라도 잘하기만 한다면 주연 자리도 가져갈 수 있는 기회였다. 그것도 SBC의 최이영이 만드는 드라마에.

폭발적인 참여율을 보이는 조연 배역들과 달리, 주연을 지원한 배우들은 많지 않았다. 이것이 오픈 오디션이 가진 이면이었다. 아무리 주연급 배우라도 실력이 없으면 떨어진다는 말과 같았으니, 정상급 배우들에게는 독이 든 성배와 별반 다르지 않았다.

"그럼 시작할까요?"

이영의 말에 오디션 장의 문이 열렸다. 대기실에서 대기 중이던 주연급 배우들에게도 공지가 나갔다. 얼마 지나지 않아, 유명 여배우 한 명이 입장했다. 레드카펫을 밟듯 고고한 자태로 오디션장에 들어선 그녀가 무대 가운데에 섰다.

"최 감독님, 오랜만."

교태로 첫 문을 연 그녀는 꽤나 연륜 있는 배우로 유명한 왕주현이었다. 그녀는 자신 같은 배우도 오디션을 봐야 하냐며 툴툴대다 연기를 시작했는데, 기대를 꽤나 하고 봐서인지 보는 입장에서는 다들 속으로 한숨을 삼켜 내기 바빴다.

상대가 상대인지라 고이 돌려보내고, 다시 방긋 웃으며 오디션 보기를 여러 번. 훌쩍 흘러 버린 시간에, 어느새 남녀 배우 모두 마지막 참가자만이 남아 있었다.

"그나마 여자는 왕주현이 좀 나은 것 같은데……."

이영의 말에 사랑은 침묵했다. 여주는 완숙미보다는 좀 더 풋풋한 느낌이 어울렸다. 사랑은 오디션 중간쯤에 보았던 여배우가 조금 더 마음에 들었다. 수수하게 기른 검은 머리와 하얀 얼굴이 꼭, 그녀가 그린 여주인공의 모습이었다. 그러나 사랑은 조용히 남은 배우들을 기다렸다. 우선은 남은 배우들이 있으니 조금 더 두고 볼 생각이었다.

오디션장의 침묵은 오래가지 않았다. 곧 웅성거리는 소리와 함께 누군가 안으로 들어섰다. 스니커즈와 잘 어울리는 청바지에 까만 야구 잠바. 그 안으로 보이는 흰색 티셔츠. 영락없는 대학생의 모습을 한 남자 배우 한 명이 사랑을 직시하며 서 있었다.

"차수현입니다."

적당히 낮은 음색으로 건넨 인사에 어디선가 환호성이 튀어나왔다. 대세를 입증하듯 밖에 있던 스텝들도, 그를 보기 위해 몰래 들어와 훔쳐보고 있었다. 사랑은 저도 모르게 동그랗게 눈을 떴다. 아침에만 해도 까맣던 머리는 봄에 어울릴 법한 부드러운 갈색으로 염색이 되어 있었고, 편하게 흐트러져 있었다. 일단 비주얼은 합격. 그의 갈색 머리가 꽤 잘 어울린다고 생각하며, 사랑의 입술에 슬그머니 미소가 걸렸다. 수현은 그런 그녀의 표정에 저도 모르게 따라 웃고 말았다.

두 사람의 묘한 기류를 이영은 놓치지 않았다. 수현은 날아오는 따가운 눈초리에 이영에게로 시선을 돌렸다. 두 사람의 머릿속에서 사랑의 집 앞에서 마주쳤던 그날이 동시에 재생되었다.

'우리 사랑이 친구라면 제가 모르는 사람이 없는데……'

'옆집 삽니다.'

'아, 옆집. 전 뭐, 사랑이랑 워낙 가까운 사이라……. 가족이랄까.'

'아! 가족 같은 사이시구나. 그런데 얼마 전에 가족 식사 자리엔 안 계시던데.'

감히 '우리 사랑이'라 했겠다. 수현의 눈에서 불꽃이 튀었다. 이영은 그 나름대로 수현이 사랑의 옆집에 살며 가족과도 교류했다는 사실에 열이 뻗쳤다.

한편 수현은 그래도 결국 그녀의 현재를 차지하고 있는 것은 저 녀석이 아닌 자신이란 생각에 한쪽 입꼬리를 삐뚜름하게 올리며 승리를 자축했다. 그런 수현을 바라보던 이영은 오디션을 접고 싶은 충동에 휩싸였다.

"오디션이 너무 길어지지 않았나. 좀 쉬었다 할까?"

흐름이라도 끊어 놓고 싶은 이영의 심술이 튀어나왔다. 배우를 앞에 두고 쉬자는 감독의 말에 오디션장에 있던 스텝들이 얼어붙었다. 상대는 더군다나 트리플 A급 배우가 아닌가. 그런 A급 배우, 수현의 표정도 점점 불편해져 갔고 이영과 함께한 세월이 긴 조연출도 어떻게 해야 할지 몰라 주저했다. 그때 한 목소리가 얼어붙어 가는 공기를 갈랐다.

"안 피곤한데?"

단호박처럼 대답하는 그녀의 목소리는 즐거운 기색을 담고 있었다.

"쉬었다 가야 되는 사람 있어요?"

사랑의 질문에 스텝들이 얼어붙었던 목을 돌리며 고개를 저었다. 감히 총감독의 말에 토를 달 수 있는 사람이 나타나다니. 다들 구세주를 만난 것처럼 표정이 밝아졌다. 특히나 수현의 연기를 보고 싶은 여성 스텝들의 고갯짓에는 좀 더 강력한 힘이 실려 있었다. 제발 지금 오디션을 멈추지 말아요, 하는.

"없죠? 우리 피디님만 피곤하신 것 같은데. 체력 좀 기르셔야겠다."

사랑의 말에 이영은 서운한 듯 입이 튀어나와 나름의 항변을 했다.

"지금 쉬지도 못하고 몇 시간째 하고 있으니까, 나는 뭐 그렇다 쳐도 작가님을 생각해서……."

"저 안 피곤하다니까? 그리고 사람 기다리게 이게 무슨 예의예요."

243

사랑이 이영에게 면박을 주는 모습은 수현에겐 꽤나 신이 나는 구경거리였다. 쉬었다 가자는 최이영의 말은 어차피 신경도 쓰지 않았다. 수현은 그 모습을 팔짱까지 끼며 흥미롭게 구경했다.

'잘한다, 내 여자.'

속으로는 응원까지 날리며 구경 중인 수현이었다. 티셔츠 하나만 걸쳐도 빛이 나는 여자가 오늘따라 왜 저렇게 예쁘게 하고 앉아 있는 건지. 그러니 파리가 꼬이지 안 꼬여.

"아니, 나는……."

"정 그렇게 힘드시면 뭐…… 쉬었다 오시든지."

사랑이 날리는 마지막 한 방에, 수현은 기침을 하듯 입을 가리며 웃음을 참았다. 당황한 표정인 이영의 얼굴이 볼만했다. 곳곳에서 그와 비슷하게 입을 가리는 사람들이 보였다. 어쩌다 크흥 하고 바람 소리들이 새어 나왔지만, 모른 척 다들 코끝을 긁었다.

조용히 꼬리를 내린 이영 덕분에 오디션은 다시 진행됐고, 사람들은 이날 이후로 사랑에게 '최이영 피디를 잡는 작가' 라는 수식어를 달아 주었다.

"아……. 우리 구면이죠? 전에 계속 같이 하고 싶어서 러브콜 보냈었는데."

헛기침을 하던 이영이 수현에게 인사치레를 건넸다. 그가 들어오고 제대로 된 인사까지 꽤나 시간이 걸려서, 그런 이영을 바라보는 사랑의 시선이 곱지만은 않았다.

"네. 제가 그동안 인기가 좀 많아져서."

수현은 몰래 웃던 얼굴을 바꾸며 그런 이영의 인사를 받았다. 배우의 말속엔 거만함이 묻어 있었지만, 모두의 입술에서는 웃음이 터졌다. 당당한 태도만큼이나, 틀림없는 말이기 때문이었다. 그의 농담이 밉기는커녕, 매력으로 다가오는 신비한 일이 벌어졌다. 못 말려. 그런 모습을 바라보며 웃던 사랑이 고개를 설레설레 저었다.

수현은 사랑의 얼굴에 잠시 눈길을 멈추었다. 좋아하는 사람의 앞에서 최선을 다한다는 것은, 어쩐지 사춘기 소년처럼 수줍음을 불러 일으켰다. 동시에 첫 오디션을 볼 때와 같은 긴장감이 그를 휘감았다.

잠시 대본에 박혀 있던 그녀의 시선이, 다시금 그를 향했다. 남들이 알 수 없는 눈길이 두 사람 사이를 오갔다. 수현의 얼굴을 바라보며 사랑이 잘게 미소 지었다. 그 엷은 미소가 그의 마음을 진정시켰다. 그녀는 그에게 긴장감과 자신감을 동시에 줄 수 있는 여자였다.

이 배역은 자신의 것이어야 했다. 그녀에게 이야기한 것과 같이, 그녀의 그를 만들어 내는 건 최이영이 아니었다.

"차수현 씨?"

이영은 그에게 준비한 연기를 요청했다. 조금은 가벼운 연기를 선보일 줄 알았던 그가 선택한 장면이 의외였다. 남녀가 재회할 때의 복잡한 심리가 오가는 부분. 남자 주인공이 가진 지난날의 후회와 설렘, 가슴 벅참 등 복잡한 감정선을 섬세하게 연기해야 하는 부분이었다.

감정을 잡던 수현의 얼굴에서 이내 미소는 흔적도 없이 사라졌다. 그는 빠르게 배역 속에 자신을 이입했다.

씨근덕대며 숨을 몰아쉬는 너의 야트막한 어깨 위로,

바닷바람과 얽혀 섞인 뜨거운 태양이 쏟아지고 있었다.

네 뒷모습을 바라보다 하염없이 따라갔다.

제주의 봄과 사무치도록 잘 어울리는 너의 뒷모습이, 마치 신기루처럼 사라져 버릴까 봐서.

금방이라도 내 눈앞에서 사라지고야 말 것 같은 너를 그냥 두고 볼 수 없었으니까.

동그란 뒤통수가 예나 지금이나 다를 게 없어서,

화난 뒷모습이 내가 알던 모습 그대로여서, 나는 괜히 입술을 깨물었다.

네가 하는 행동 하나에 나는 또 안심을 하고 만다.

바보같이 떠났던 내 자신을 저주한다.

그리고 또다시,

돌아서서 나를 바라보는 너의 두 눈동자에 나는,

너를 처음 만났던 스무 살 어린 소년으로 돌아가고 만다.

조용하고 잠잠한 파도가 오디션장을 어루만지고 사라졌다. 독백을 마친 수현의 눈에 물기가 어려 있었다. 베테랑 스텝들 역시 멍하니 그의 짧고도 깊은 연기 속에서 빠져나오는 데 시간이 걸렸다. 짧지만 깊은 그의 연기가 끝나고, 한동안 정적이 맴돌았다.

"남자 주연은 정해진 것 같네."

심술을 부리던 최이영도 백기를 들고 말았다. 이영의 한마디에 스텝들의 입술에서 그제야 한숨이 터져 나왔다. 그것은 탄식에 가까웠다. 그가 보여 준 감정의 깊이에 모두들 탄식 외에 그 어떤 말도 터트릴 수 없었다는 것. 그것은 배우가 받을 수 있는 그 어떤 찬사보다 값진 것이리라.

그러나 그가 내뱉었던 한 마디, 한 마디를 써 냈던 사랑은 정작 소란 속에 아무런 말도 하지 않았다. 아니, 할 수 없었다. 그가 내 몬 감정의 소용돌이 속에 그녀는 손으로 입을 틀어막는 수밖에 할 수 있는 것이 없었다. 조용히 눈을 감은 그녀의 눈앞에 흘러간 시간들이 색을 입었다. 온전히 그녀의 시각에서 바라본 연인의 입장. 그녀가 써 내려갔던 감정의 자락들이 그대로 눈앞에 되살아났다.

수현과 사랑의 눈이 마주쳤다. 그녀의 작품을 되살리는 건 최이영이 아닌 자신이라는 그의 말이 맞았다. 스텝들 사이에서 배우의 연기에 감탄하는 이영을 잠시 바라본 사랑은 그 사실을 인정했다. 자신의 작품을, 자신의 감정과 흘러간 시간을 새롭게 써 내려갈 사람은 최이영이 아니었다. 그건 온전히 수현의 몫이었다.

✕ ✕ ✕

"편 작가, 오늘 멘트 아주 좋았어."

"땡큐, 피디님."

가볍게 인사하며 스튜디오를 나오는 사랑에게 새삼스러운 칭찬이 쏟아졌다. 드라마 오디션과 제작 회의 등으로 바빠진 스케줄에 녹음 시간을 조정해 준 고마운 라디오 식구들이었다.

"마치, 살랑살랑 불어오는 봄바람이 전부 그대만 거치고 가는 느낌?"

"그 느낌은 도대체 어떤 느낌이래."

평소와 달리 꽤 오래 이어지던 칭찬이 이내 추리로 이어지려 했다.

"그러게요, 작가님. 요즘 얼굴도 좋아지고. 혹시 연애하시는 거 아니에요?"

마시던 물이 목에 걸릴 뻔했지만, 사랑은 아무렇지 않게 손사래를 쳤다.

"맞아. 얼마 전에는 막 꽃바구니가 배달되지를 않나. 솔직히 말씀해 보세요, 작가님. 누구 있죠! 사실대로 말해 봐요!"

"연애는 무슨."

꽃을 달라 했더니 라디오국으로 꽃을 보낸 남자 덕분에, 스튜디오는 취조실로 변하고 말았다. 최선을 다해 꼬시겠다던 말을 정말 최선을 다해 지키고 있는 수현 덕분에, 사랑은 기분 좋게 올라가는 입꼬리를 막을 수 없었다.

마침 사랑의 전화가 울리자, 스텝들이 득달같이 그녀의 핸드폰 화면을 보려고 달려들었다. '자기, 여보, 내 거' 등등 달달한 단어를 바랐던 그들은 당당히 화면을 보여 주는 사랑의 태도에 짜게 식고 말았다.

"편나라. 우리 언니. 친언니."

키득거리며 밖으로 나온 사랑이 전화를 받았다. 조카부터 찾는 막둥이의 목소리에 나라는 핀잔을 주다가도 자식 자랑을 늘어놓았다. 밝은 나라의 목소리에 주차장으로 향하는 사랑의 발걸음도 가벼워졌다.

— 드라마 시작 한다며! 얘는 말도 안 하고.

나라는 전화를 받자마자 사랑의 드라마 소식을 물어왔다. 사랑의 입이 아닌 기사를 통해 접한 소식이 못내 서운한 모양이었다.

"미안, 미안. 갑자기 시작하느라 정신없었어. 어제 막 오디션 마쳤는걸."

— 그럼 제주도에는 언제 오는 거야? 보니까 촬영 제주도에서 한다며.

"별 이상 없으면 대본 리딩만 마치고……. 빠르면 다음 주?"

— 그래? 그때 봤던 그 차수현 씨가 주인공이라며? 얘, 내려오면 집에 좀 자주 데리고 와.

언니의 호들갑에 사랑이 웃었다. 알겠다고 말하며, 사랑은 대본 작업과 라디오 방송을 전부 뺄 수는 없어서 서울과 제주를 오가야 한다는 사실을 전했다.

— 그래도 자주 얼굴 보겠네, 내 동생. 와서 밥 좀 먹고 가. 저번에 보니까 좀 말랐더라.

"내 걱정이야, 차수현 보겠다는 핑계야?"

— 겸사겸사.

두 자매가 웃음이 터졌다. 자랄 땐 머리채도 여러 번 부여잡았었는데, 별일 아닌 것에도 웃음이 터지니 이게 가족이구나 싶었다.

— 엄마는 너 드라마 소식 듣더니, 졸업은 언제 하는 거냐고 물어. 푸하하.

"아 우리 여사님. 이상한 데 집착해."

제주도에선 편 씨 집안 막둥이의 대학 졸업을 학수고대하고 있었나 보다. 당장이라도 때려치울 것 같았던 막둥이가 이번에는 졸업하나 기대했더니 또 일을 하느라 미뤘다고 아쉬워하신단다. 다른 데선 마음씨 넉넉한 엄마는 유독 딸의 졸업 문제에 민감했다. 이번에 내려가면 잔소리 좀 듣겠구나 싶어 한숨이 나왔다.

"하여간 곧 만나, 언니."

나라와의 전화를 끊은 사랑이 인사를 하고 스튜디오를 나섰다. 아침 일찍부터 이어진 마지막 오디션에, 라디오 녹음을 하느라 몇 시간 떠들어 댔더니 기운이 주욱 빠졌다. 집으로 차를 모는 사랑이 창문을 활짝 열었다. 차가운 바람이 쏟아져 들어오자 정신이 좀 들었다. 곧 걸려 오는 전화에 금방 문을 닫아야 했지만, 들려오는 매력적인 목소리에 기분은 오히려 더욱 상승선을 그렸다.

— 오는 길이야?

수현이었다. 이렇게 차 안에서 듣는 목소리는 어쩐지 꼭 그의 품에 안겨 있는 기분이 들게 했다. 별생각을 다 한다고, 사랑은 가볍게 웃었다.

— 도착하면 데리러 와.

"30분이면 도착해. 전화할 테니까 내려와."

— 아냐. 지금 좀 졸려서. 혹시 잠이라도 들면 초인종 소리 정도는 되어야 잠이 깨지 않을까? 그것도 한 '세 번' 정도는 울려 줘야 깰 것 같은데.

"그럼 그냥 잘래?"

— 키스해 줄 기사님을 기다리고 있을게.

"기사가 여자야? 일반적인 동화는 아닌데?"

— 요즘은 용기 있는 여자가 미남을 쟁취하는 시대래.

의뭉스럽게 넘어가는 건 막상막하의 실력이라 두 사람은 매번 이렇게 입씨름을 했다. 그놈의 초인종. 키득거리는 울림이 서로의 귓가를 간질였다. 전화를 끊은 사랑은 손에 쥔 핸들을 조금 더 꽉 붙잡았다. 설렘이란 글자가 가슴을 물들이는 기분이 꽤나 오랜만이었다. 그녀는 설레는 그 기분 그대로 핸들 방향을 틀었다. 그에게 도착하기 전 들를 곳이 생겼다.

외출 준비로 분주하던 수현이, 잠시 두 귀를 의심했다. 거짓말처럼 울리는 초인종 소리에 그의 얼굴이 환희로 물들었다. 누가 왔는지 확인할 새도 없이, 그가 쏜살같이 현관으로 뛰어 나갔다. 방송국에서 출발한 지 얼마 안 된 것 같은데. 엄청 빨리 왔네. 심장이 기분 좋게 두근거렸다. 아니, 그것보다 좀 더 가쁘고 벅차게 울리고 있었다.

"왔어?"

초인종을 누를 사람이라고는 옆집의 누구밖에 없었으니까. 세 번이 채 울리기도 전에, 그 세 번을 기다릴 수가 없어서 수현은 참지 못하고 벌컥 현관문을 열었다.

"누구 올 사람이라도 있었니?"

고고한 자세로 그를 바라보는 눈매는 서늘했고 옷차림은 화려했으며, 내뱉는 말에는 어딘지 살얼음이 서려 있었다. 눈앞에 여인은 그가 기대했던 사람이 아니었다. 삽시간에 굳어진 수현의 입술에선 말조차도 제대로 나오지 않았다. 어떻게 여길…….

"오랜만이구나."

차화련. 아버지의 여동생. 자신의 고모가 처음으로 먼저 찾아왔다. 독립을 한 이후로 이사를 하고 나면 습관처럼 집을 알려 드렸던 건, 한 번쯤 찾아오시지 않을까 하는 기대감에서였다. 그녀의 교수 연구실로 불려 가 딱딱한 용건만 듣고 나올 때와는 달리, 집에서라면 함께 밥 한 끼라도 할 수 있지 않을까 하는 희망 때문이었다.

그런데 이렇게 갑작스럽게 찾아올 줄은 몰랐다. 그리고 정말로 찾아올 줄이야. 고모를 보면 얼어 버리는 조카로서의 오랜 습관이 그를 덮쳤지만, 마음 한구석에서 반가움과 기대가 아주 조금 자리했다.

"들어오세요."

수현은 현관문을 활짝 열며 화련을 맞이했다. 차분히 거실 소파로 향하는 화련의 뒷모습을 바라보며 수현은 차를 내오겠다며 뒤돌아섰다. 슬쩍 긴장이 되었다. 무엇을 좋아하시지. 그는 구비해 놓은 티백 앞에서 어느 것을 내가야 할지 고민했다. 조금 설레는 그 기분이 오래 가지는 않았다는 게 문제였지만.

"큰 거 세 장. 이제 정말 마지막이야."

그가 차를 내려놓기가 무섭게, 그의 고모는 본론을 꺼내 들었다. 조카의 눈도 한 번 마주치지 않고. 마치 맡겨 놓은 돈을 찾으러 온 사람처럼 거침없는 태도에, 찻잔을 든 수현의 손이 조금 떨렸다.

'아, 이건 정말이지⋯⋯.'

해가 지나도 적응할 수가 없는 레퍼토리였다. 긴 한숨이 나오려는 것을 눌러 담고 수현이 입을 열었다. 그는 화련과의 대화 장소가 바뀐 만큼 조금은 '고모와 조카가 나눌 수 있는 일상생활에 대한 대화'로 화제를 돌렸다.

"저 이번에 드라마 들어가요. 제주도로 로케이션 가는데 어쩐지 기대가 되네요. 친구 집이 거기라서 그런가."

그러나 상대는 그의 안부를 걱정해 주는 것과는 거리가 먼 것들을 이야기했다.

"떠나려고 한다."

"저는 그냥……."

"모든 걸 내려놓고 떠날 생각이야."

어디로 떠나려는지 이야기하지 않았고, 수현 역시 그에 대해 묻지 않았다. 묻는다고 해서 말을 해 줄까. 글쎄, 화련의 성격으로 미루어 보아 애초에 그런 것은 기대하지 않는 것이 좋았다. 사실 떠난다는 그녀의 말은 '큰 거 세 장'을 어서 내놓길 바라는 의도로밖에는 들리질 않았다.

"그러면 아마도……."

이어진 그녀의 말에 만지작거리던 컵에만 가 있던 수현이 시선을 들어 올렸다.

"그게 무슨 말씀……."

"이만 가마."

제 할 말을 마친 화련은 곧장 자리에서 일어났다. 지금 이 순간 왜 그런 게 눈에 들어오는지 모르겠지만, 화련의 가방에서 풀린 실오라기 하나가 시선을 붙들었다. 명품 로고가 찍힌 가방의 가죽 끝도 함께 닳아 있었다. 그의 돈을 가져다 쓰는 금액에 비하면 너무 검소한 모양새였지만, 평소 자주 들고 다니는 가방이라 그런가 싶은 정도였지 큰 감흥을 일으키지는 못했다. 그보다도 그녀가 했던 말이 더 신경이 쓰였다.

무슨 말인지 묻고 싶었지만 화련은 빠르게 현관을 벗어났다. 엘리베이터를 향해 걸어가는 뒷모습이 다른 날과 달리 그녀가 도망치는 듯했다. 그럴 리 없다는 걸 알면서도, 어딘지 다급한 화련의 발걸음을 붙들고 늘어질 수가 없었다.

"내려오지 말거라."

이번에도였다. 무얼 더 물어보는 대신 배웅이라도 하려 엘리베이터를 따라 타려는 수현에게 화련이 다급하게 그를 제지했다. 그녀는 따라 타는 수현을 보고 급하게 열림 버튼을 눌렀지만, 문이 이미 닫히고 난 후였다. 어색하고도 무거운 침묵이 오가는 건 하루이틀이 아니었지만, 아무리 봐도 평소와 다른 화련의 모습이 수현에게 낯설게 느껴졌다.

"날씨가 추워. 그냥 올라가."

사람은 본능적으로 무언가를 느낀다. 1층에 도착한 엘리베이터 문이 열리자 화련은 수현에게 어서 올라가라고 말했다. 점점 큰 의구심이 그를 휘감았지만 일단은 그녀를 안심시켰다. 그가 내리지 못하게 입구를 막아서는 화련에게는 멀리 나가지 않겠다고 이야기했고, 그 순간 엘리베이터 문이 서서히 닫혔다.

그는 서른다섯 해를 살면서 그의 고모에게서 그 어떠한 걱정의 말도 들은 적이 없었다. 씁쓸하지만 사실이었고, 화련으로서는 해 본 적 없는 걱정을 하면서까지 자신에게 숨기고 싶은 무언가가 있다는 걸 직감할 수 있었다. 그리고 갑자기 떠나겠다니. 게다가,

'모든 걸 내려놓고 떠날 생각이야. 그러면 아마도 너는 편해질 수 있을 게다.'

그는 아까 그녀의 말이 마음에 걸렸다. 떠나겠다는 건 무엇이

며, 내가 편해질 수 있다니. 수현은 가장 가까운 층을 눌렀다가 다시 1층 버튼을 눌렀다. 그가 뛰어서 아파트 밖으로 나가자, 정문을 향해 걸어가는 화련이 보였다. 수현은 거리를 두고 조용히 그녀의 뒤를 따라갔다.

"추워 죽는 줄 알았잖아! 돈만 달라고 하면 될 걸 뭐가 그렇게 오래 걸려?"

누군가 화련을 기다리고 있었다. 화련과 비슷한 또래의 중년 여성. 출입구 구조물에 가려져 얼굴은 잘 보이지 않았지만, 어딘지 목소리가 낯설지 않았다. 아까부터 발휘되던 그의 본능은 다른 이역시 그가 아는 사람이라는 확신을 주고 있었다.

"그래. 그렇게 바라는 돈, 이야기했어."

"꼴랑 세 장이면 만족하고 떠나 준다는데, 고마운 줄 아슈."

"이제 그만, 정말 떠날 거지? 그만 떠날 거 맞지?"

화련의 목소리는 그가 들어왔던 것과는 사뭇 달랐다. 떠나는 게 맞냐고 재차 묻는 그녀의 말에는, 오랜 여행에서 돌아온 사람에게서나 느껴질 법한 피로감이 역력했다. 그리고 분명 다른 여자는 '세 장'이라고 했다. 두 사람의 대화로 보면 돈은 화련이 아닌 다른 여자가 필요했던 것인데.

'누구지?'

수현은 두 사람을 향해 좀 더 가까이 다가갔다.

"차 교수님, 나 추워. 일 다 봤으면 어서 택시 잡아."

여자의 말에 화련은 군소리 없이 대로변에 손을 뻗었다. 여자는 마치 화련에게 하는 명령조의 말들이 당연하다는 듯 굴었다.

'누구지?'

낯설지 않은 목소리. 화련에게 함부로 대하는 태도. 누굴까. 마침 택시 한 대가 멈춰 섰고 수현의 마음이 조급해졌다. 화련이 앞문을 열었고 이어 따라가던 여자 역시 뒷문을 열어 택시에 오르려 했다. 그때 바람이 불었고 여자의 머리가 엉망으로 날렸다. 탁— 하고 화련이 오른 조수석의 문이 닫혔지만, 여자는 머리를 정리하기 위해 바람을 향해 고개를 돌렸다. 바람은 수현이 있는 쪽에서 불어오고 있었다. 여자의 얼굴이 수현을 향해 돌아섰다. 5미터 남짓한 거리. 서로의 얼굴이 선명하게 눈에 들어왔다.

여자의 안색이 삽시간에 굳어지고 마는 걸 보면, 여자는 단번에 그가 누군지 알아봤음이 분명했는데, 수현은 얼굴을 알아보는 데 조금의 시간이 필요했다. 너무 오래되어서, 기억 속에서 그만 잊혀져 있던 얼굴이었으니까.

미쳤어. 말도 안 된다. 저도 모르게 밤에 술을 마셨던가. 아냐, 그럴 리가 없었다. 그런데 왜 헛것이 보이는 것일까. 까맣게 잊고 살았던 얼굴이었다. 고모를 따라 살게 되면서, 부모님과 살았던 집과 그 물건들은 흔적 없이 사라지고 말았다. 아무것도 남아 있지 않았다. 제 머릿속의 기억 외에는.

그러나 그것마저도 희미해진 지금, 제 눈으로 보고 있는 것이 어떻게 기억 속의 그 얼굴이라고 확신할 수 있다는 말인가. 그러나 이상하게도 그런 확신이 들었다. 이제 막 차에 오르려는 저 얼굴이 그 얼굴이 맞다는 그런 확신이 들었다.

"어……!"

본능이라는 게 뭐라고. 잊고 있던 얼굴이 누군지 제대로 알아보기도 전에, 입술이 먼저 움직였다. 당황한 얼굴로 여자가 다급하게 택시에 올랐다. 수현이 급히 뜀박질을 했다. 그러나 매몰차게 출발해 버린 택시를 붙잡기는 역부족이었다. 화련에게 급히 전화했지만 그녀는 받지 않았다.

멀어지는 택시를 보며 그는 자신의 눈을 의심했다. 말도 안 된다. 어떻게 강을 건넌 사람이 다시 그 강을 건너온다는 말인가. 그러나 그가 본 사람은 분명…….

"어머니."

말과 행동, 그리고 명품으로 휘감은 차림새가 마지막으로 기억하는 모친의 모습과 크게 달랐다. 세월이 많이 지나 모친의 얼굴을 제대로 기억하고 있는지 확실하지도 않았다. 그런데 그의 본능은 왜 자꾸 화련과 함께 사라진 그 여자가 제 모친이라고 확신하고 있는 것일까. 그러나 이런 것 저런 것 따질 새도 없이 차갑게 식은 볼 위로 쏟아져 내리는 뜨겁고 축축한 무엇이, 그의 본능이 맞다는 걸 입증하고 있었다.

※ ※ ※

편사랑에게 타인의 삶에 관여하는 일이란, 정말 귀찮은 일이었다. 그것은 마이크 앞에서 몇 마디 나불대는 것과는 다른 일이었다. 책을 쓰는 것과도 매우 다른 일이었다. 자신의 손과 입을 통해 나온 생각들은 누군가에게 영향을 줄 수도 있었지만, 영향을 받는 것은 상대방의 몫.

그러나 누군가의 일에 직접 관여하는 것은 크든 작든 어느 정도의 책임을 가져야 하는 일이었다. 그 책임이, 사랑은 부담스러웠다.

내가 제대로 알지도 못하는 타인의 삶에 굳이 껴들 필요가 있을까
란 생각에 무심하게 굴었다. 그것은 최이영에게도 마찬가지였다.
그와 만나고 헤어지기를 반복하며, 자신의 삶에 그의 존재가 끝까
지 함께하는 일은 없을 거라 생각했다. 그래서 어느 순간에는 저도
모르게 선을 긋고 그를 대했는지도 몰랐다.

그러나 수현에겐 도무지 그 '선'이란 걸 적용할 수가 없다. 손이
많이 가는 남자. 자꾸 그의 삶에 관여하게 만드는 남자. 사랑은 지
금 제 품 안에서 넋을 놓고 있는 사람이 아가인지, 다 큰 성인 남
자인지 다시 한 번 상기해야 했다.

"괜찮아?"

"잘 모르겠어."

우연히 만난 엘리베이터에서부터 넋이 나간 얼굴로 다가와 안겨
들던 남자였다.

아까 전 집에 오는 길, 그의 전화를 받고 설레는 기분을 주체
할 수 없어 향한 곳이 꽃집이었다. 두 팔 가득 차는 꽃다발을 안
아 들고 집으로 향했다. 너무 수수한 옷차림이 괜히 거슬려서 옷
이라도 갈아입어 볼까 했다. 그리고 나서는 초인종을 눌러 볼까
도 싶었다. 그럴 계획들로 엘리베이터에 올랐는데, 1층에 멈춰 서
더니 탄 사람이 이 남자였다. 빨간 눈으로, 한가득 슬픈 얼굴이기
도 하고, 어찌 보면 혼이 나간 것 같은 얼굴을 하고는 자신을 바
라봤다.

꽃다발도 무거운데 그 위로 안겨드는 사람은 좀 더 무거워서,
그녀는 집에 도착하자마자 소파에 그 둘 모두를 던져 버렸다. 아이
고 하며 허리를 두드리다가 저만치 굴러가 있는 수현에게 그녀가

다가갔다.

'뭐야, 왜 그러는데.'

대답도 않고 침울한 얼굴로 이쪽을 바라봤다. 바라보는 눈이 서글퍼서 그녀는 저도 모르게 그를 품에 안아 주고 싶었다. 이리 오라고 팔을 벌리자, 슬그머니 일어나 소파에 기대앉은 그녀에게로 그가 향했다.

"오래전에 하늘에 간 사람이랑 똑같은 사람을 봤는데……. 과연 뭘까?"

"뭐, 다양한 가능성이 있지. 도플갱어, 쌍둥이 혹은 귀신이나 신기루."

"신기루?"

"헛것 봤다는 거지."

"헛것치고는 택시 문을 열었다 닫았다도 하던데……."

무슨 얘기를 하는 건지. 사랑은 뜻 모를 수현의 이야기에 대화의 꼬리를 이어 가고 있었다. 그저 그의 마음이 가라앉을 때까지 그의 등을 도닥거릴 뿐이었다.

"당신한테 어머니는 어떤 존재셔?"

수현이 천천히 그녀를 올려다보았다.

"엄마는 나한테 '힘'이지. 지금의 내 모습이 있게 해 준 사람이랄까."

"사이가 안 좋아 본 적이 없겠네?"

"왜 없어. 싸울 때는 또 대판 싸우지. 뭐, 정확히 싸운다기보다 딸이 대든다는 게 맞는 거겠지만. 내 대학 문제로 엄마랑 좀 많이 싸웠어. 난 학교를 다니기보다 글 쓰는 게 좋았고, 엄마는 번듯한 졸업장 하나는 있어야 한다는 주의였거든. 그래서 엄마 몰래 자퇴서를 썼더니, 엄마는 내 책들을 벽난로에 던져 버렸어."

"엄청나네."

그녀의 이야기를 귀 기울여 듣던 수현의 입술이 올라갔다.

"나중에는 가서 싹싹 빌어?"

사랑은 곧장 대답하는 대신 그의 얼굴을 매만졌다. 그의 삶이 한 마디 말 안에 담겨 나온다. 가벼운 농담일지도 모를 한마디가 그냥 지나가질 않았다. 저를 키워 줬다는 고모의 화를 풀기 위해 어린 너는 두 손을 모아야 했던 것일까. 넌 어떤 삶을 살았기에, 처음 보는 내 아버지의 어깨에 울 것 같은 얼굴로 기대 잠이 들었는지. 겨우 케이크 한 조각에 그렇게 넋이 나간 얼굴로 생각에 잠겼던 건지.

"안 볼 것처럼 싸우다가도, 그냥 또 어느새 스르르 녹지."

가족이라는 게 그러했다. 넘치는 사랑 속에서도, 우리는 때때로 상처를 주고받는다. 우리는 넘치도록 상처를 주고 넘치도록 상처받는다. 맏이라서, 막내라서, 중간에 끼인 둘째나 셋째라서.

엄마, 아버지도 당신의 형제나 자식들에게서 받은 상처가 있을지 몰랐다. 그럼에도 사랑하니까, 아끼니까. 우리는 서로 그 마음을 알았고 그 속에서 상처를 치유받는다. 가족이란 그러했다. 받은 상처만큼이나, 아니 그보다 더 큰 회복을 주는 곳이 가족이란 존재였다.

사람도 사람 나름이듯이, 가족도 각자 사랑하는 방식이 있다. 그러나 무참히 짓밟아 놓고 사랑했다 말하는 것은, 절대 그 수많은 사랑의 방식 중 하나의 것도 아닐뿐더러 행위에 대한 면죄부도 결코 주어질 수 없다. 만약 그의 고모가 품 안의 이 사람을 그런 방식으로 대하며 길렀다면? 속이 상했다. 얼굴도 제대로 본 적 없는 그의 가족이 미워지려 했다.

"네 생각이 났어."

한숨을 쉬는 그녀의 귓가에 나긋나긋한 목소리가 들려왔다.

"오늘 고모가 찾아왔어. 초인종을 누르기에 신나서 뛰어갔더니 네가 아니지 뭐야. 그 뒤로는 폭풍 같은 시간. 나를 버리고 떠난 부모님 대신 고모는 날 길러 줬어. 한결같이 '소리 없는 지옥'이었지. 조용하게 사람 피를 말리는 재주가 있으시거든."

"잘 참고 예쁘게도 컸네."

사랑은 일부러 담담하게 그를 칭찬했다.

"그래도 내가 참아 왔던 건, 그런 사람이라도 없으면 내가 정말 천애의 고아가 될 것 같았거든. 그렇게 되면 정말 다음 해까지는 못 버틸 것 같다는 생각이 들었어. 어쩌면 그래서 그 소리 없는 지옥 같은 상황 속에서도 부여잡고 있었는지도 모르지."

마주한 눈에 서글퍼지려 했다. 그녀의 가슴에 기대 담담하게 자신의 이야기를 하는 남자의 모습에 사랑은 조용히 입술을 깨물었다.

"그런데 처음으로 고모랑 있는 시간이 그렇게 답답하지 않았어. 고대하던 고모와 조카 간의 따뜻한 대화는 아니라 조금 실망은 했지만. 네 말대로 '헛것' 일지도 모르는 그 사람을 끝까지 확인하러 간 것도, 평소의 나였다면 그러지 않았을 거야."

"······."

"그냥 너라면 어땠을까 생각해 봤어."

그가 나른하게 웃으며 눈을 감았다. 손가락 사이로 파고드는 얼굴에, 그의 입술이 그녀의 손바닥 위에 닿았다.

"넌 나를 순식간에 바꿔 놔."

"……."

"그리고 신기하게도 내가 힘들 때 나타나지."

그런 마법 같은 일들을 너는 아무렇지 않게 내게 부린다.

"사랑아."

만약 그녀가 제 곁에 없다면, 기나긴 세월 자신이 부여잡고 있던 족쇄를 끊어 낼 수 있을까? 그 헛것에 집착하지 않을 수 있을까? 그래서 간곡히 부탁하고 싶었다.

"떠나지 마."

제발 너만은 내 곁에서 이대로 머물러 주기를. 그러면 나는 정말이지 오늘처럼 하나뿐인 피붙이가 찾아와 돈만 요구를 하고 사라지든, 귀신인지 신기루인지 진짜인지가 나타나든 괜찮을 테니까. 그까짓 것쯤, 그것보다 더한 것을 겪는 날이 올지라도 네가 이렇게 안아 준다면 괜찮을 자신이 있었다. 그러니까 제발,

"가지 마."

두 사람의 눈이 마주쳤다. 그의 말을 타고 흘러나온 숨결이 사랑의 감각을 자극했다. 사랑의 다른 손 역시 그의 볼 위에 내려앉았다. 그리고 당부하듯 그의 얼굴을 꼭 쥐었다. 지금 이 말을 하게 된다면, 책임져야 할 상황이 오게 될 것이라고 생각했다. 그러나 말해 주고 싶었다. 후회하게 되는 날이 올지라도.

"든든하게 있어 줄 테니까, 걱정 마."

수현의 얼굴이 헤벌쭉 미소를 그렸다. 타인의 삶에 관여하고 싶

지 않았던 편사랑도 코가 제대로 꿰여 버리고 말았다.

　새벽 2시가 넘은 시각. 손안에 들어오는 머그잔을 든 사랑이 창가에 섰다. 그러다 스윽 옆자리를 밀고 들어오는 남자에, 실소가 터졌다.

　"집에 좀 가."

　장장 오디션 기간만 한 달이 넘게 걸린 '당신이라는 봄'은 이제 마지막 조연 한 자리만 남겨 두고 있었다. 배우 한 명, 한 명 살피느라 매일 방송국에서 살다시피 하는 사랑은 집에 돌아오면 노트북을 켰다. 오디션 참여와 함께 최근 전반부 대본 수정과 극 후반부 시나리오를 아예 뜯어 고치고 있는 사랑의 눈에서 피곤이 뚝뚝 떨어졌다.

　"싫어."

　같은 머그잔을 든 수현의 눈에선 꿀이 떨어지는 게 문제였지만.

　"뭐 읽고 있었어?"

　사랑의 질문에 수현이 다른 손에 들고 있던 책 하나를 자랑스레 내보였다.

　"당신 책."

　요 며칠간 그녀가 글을 고치면, 소파 안 귀퉁이에 앉아 책을 읽거나 노트북을 든 그녀를 관찰하는 데 취미를 붙인 수현이었다. 표지를 보던 사랑의 입술에서 또다시 피식 웃음이 터졌다. 애독자가 생기다니 영광이었다.

　"다 읽었으면 집에 가."

　"싫어."

수현은 항상 시답지 않은 실랑이를 한참이나 벌이다 집으로 돌아가곤 했다. 이것도 사랑과의 대화라고 여기는 건지, 그녀와의 실랑이를 즐기는 듯도 보였다.

"참나. 맘대로 해."

그리고 결과는 항상 사랑이 포기하는 것으로 마무리 지어졌다.

"하여간 귀여워."

무엇이, 어느 면에서 귀여웠는지는 모르겠지만 그런 것으로 귀엽다니. 30대가 되어 귀엽다는 꿀 떨어지는 칭찬을 자꾸만 들으니, 그것도 나쁘지 않았다. 그의 입술이 이내 그녀의 볼에 가볍게 닿았다 떨어졌다. 귀찮다고 밀어 내는 손길에 힘은 실려 있지 않다.

컴컴한 창밖으로도 어쩐지 봄이 성큼 다가왔음이 느껴졌다. 보일러를 틀지 않아도 딱히 춥지 않은 게 그랬고, 겨우내 꽁꽁 닫아 두었던 창문 사이로 들어오는 바람이 청량하게 느껴지곤 했다.

"있잖아."

수현은 조용히 그녀를 마주 보고 섰다. 사랑의 말이라면 어떤 것이라도 들을 준비가 되어 있다는 태도였다. 그런 수현을 볼 때면, 가끔 사랑의 머릿속에는 큰 개 한 마리가 떠올랐다. 혀를 빼물고, 꼬리를 열심히 흔드는. 풋, 말을 꺼내다 웃음이 먼저 튀어나오고 말았다.

"뭔데?"

"아니, 그게 아니라. 곧 촬영 때문에 제주도 내려갈 거 아니야."

최이영이 잘 준비해 둔 덕분인지, 사랑의 작업 속도 덕분인지. 크랭크인이 다음 달 중순으로 잡혀 있었다. 제주도 이야기에 수현의 표정이 바로 시무룩해졌다. 곧 있을 초반부 리딩 작업이 끝나면 곧장 제주도로 내려가는 수현과 달리, 사랑은 보조 작가들과 서울에 남아 극본 작업을 끝내기로 결정했다. 앞으로 남아 있는 크랭크인 행사 빼고는 사랑은 곧장 서울로 올라와야 했다. 떨어져 있을 생각을 하니 눈앞이 캄캄해진 수현의 입술에서 한숨이 튀어나왔다. 풀이 죽은 어깨가 그녀의 등을 감쌀 차례였다.

"너무 그러지 말고. 가족들이 드라마 소식 들었나 봐. 집에 들러서 밥 먹고 가라시네?"

그의 품에 안긴 그녀가 웃으며 제주도 가족들의 소식을 전했다. 드라마를 하게 된 막내딸 없이, 이미 축배를 거나하게 든 가족들이 신나서 전화를 했던 걸 떠올렸다. 제주도에 가게 되더라도 대본 작업 때문에 극 후반에나 갈 것 같다는 말에도 가족들은 특별히 아쉬워하는 기색이 없었다. 그보다 옆집 사는 남자의 안부를 묻는 데더 목적을 두었던 연락이었다.

"정말?"

사랑의 어깨에 묻어 두었던 얼굴에 화색이 돌았다.

"아예 거기서 묵어도 돼? 펜션 하신다고 했잖아."

"가족들은 대환영일걸. 그래도 다른 사람들도 묵고 하니까 차수현 씨가 불편할 거야. 아무래도 호텔이 편하지."

당장이라도 한 상 푸짐하게 차려 낼 것 같은 형제들의 말을 수현이 직접 들었으면 좋았을 걸 하는 생각이 들었다.

"그건 그렇고. 제주가 좋으면 뭘 하나……."

수현의 내 님 타령에도, 무심한 사랑 때문에 수현의 큰 덩치가 다시금 시무룩하게 아래로 쳐졌다. 이어, 그는 아쉽다는 말만 중얼거리기 시작했다. 한 백 번쯤 들었을 때, 보다 못한 사랑이 조용히 혀를 찼다.

"빨리 마무리하고 나도 내려갈게."

"정말?"

반짝 고개를 드는 얼굴에 다시금 화색이 돌았다. 스르르 풀어지는 그의 얼굴을 보던 사랑의 머릿속에 하나의 확신이 들어찼다.

"진짜, 개 같네."

욕은 아니었다. 주인을 향해 반갑게 꼬리를 흔드는 큰 개 같았으니까.

"……개 같다."

"뭐?"

"어?"

갑자기 귓가로 쏟아진 욕설에 놀란 수현이 그녀를 바라봤고, 사랑은 그런 수현의 표정에 놀랐다.

"내가 그걸 입으로 말했어?"

피곤하더니 생각한 게 요즘 막 입으로 나오는구나 했는데, 수현의 표정이 심상치 않았다.

"자기 사람한테 막, 개 같다고 그러고……."

"아니야! 욕한 거 아니라니까?"

황급히 아니라고 손사래를 치는 사랑이었지만, 수현의 표정은 이미 상처를 받고 만 상태였다. 여하튼 그 개가 그 개가 아니라는 걸 설명하느라, 사랑은 한참 진땀을 빼야 했다.

"그러고 보니 그 유치찬란한 유채꽃은 뭐야."

"뭐?"

"나도 만들어 줘."

"뭘 만들어?"

한참을 오해를 풀어 주느라 애를 쓰고 있는데, 이 남자는 또 다른 고민거리를 던져 줬다. 뭐가 이렇게 폭풍같이 몰아치는지. 갑자기 무슨 유채꽃이야.

"유채꽃 말려서 코팅해 줬더만. 나도 만들어 줘."

"유채꽃? 무슨 소리야."

"초반부에 나오잖아. 유채꽃 말려서 책갈피 만들어 주기."

원작자이자 메인 작가를 맡은 사랑만큼이나 열심히 극본을 들여다보는 사람이 있냐고 누군가 물어본다면, 사랑은 서슴지 않고 차수현이라고 대답할 수 있을 것이었다. 그는 최이영보다 더 자세히, 꼼꼼히, 그것도 작가가 어떤 생각으로 썼을지 끊임없이 연구하는 배우였다.

곁에서 떨어지지 않는 수현 덕분에, 반대로 그를 관찰할 수 있는 기회가 주어졌다. 오디션 이후 그의 모습을 보고 있노라면, 그가 그 흔한 스폰서 없이 이렇게 이른 나이에 대한민국 최고의 배우로 성장할 수 있었는지 알 수 있는 부분이 많았다.

그래서였을까. 아니면 다른 데서 힌트를 얻었던 것일까. 그는 어느새 알고 있었다. 드라마가 편사랑과 최이영의 어린 시절을 바탕으로 한 이야기라는 것을, 수현은 어느새 파악하고 있었다. 그는 차마 두 사람이 무슨 사이였냐고까지 묻지는 않았다. 그저 이렇게 한 번씩 예리한 관찰력을 으스댈 뿐. 보통 그 관찰력은 지금처럼 질투를 앞세워 흘러나왔다.

"어느 적 유채꽃이야."

사랑은 부러 투덜댔다. 그의 관심이 좋으면서도, 연인의 과거를 세세한 감정 표현으로 연기해 내야 하는 수현을 생각하니 마음 아팠다. 사랑은 들고 있던 잔을 내려놓고 그를 마주 보았다.

"난 더 크게 만들어……."

"최이영이랑 나 사귀었었어."

더 큰 유채꽃 책갈피를 요구하던 그가 말을 멈추었다. 뜬금없이 날아오는 고백에 수현의 두 눈이 커졌다.

"세 번 만나고 세 번 헤어졌어."

연타로 날아오는 직구에, 사랑의 허리를 감싸고 있던 손에서도 맥이 빠지는 게 느껴졌다. 멍하니 벌어진 입술이 뻐끔뻐끔 소리 없이 움직였다. 수현은 그녀가 시련이라도 주는 걸까 생각했다.

"차수현. 나 봐 봐."

사랑은 아래로 툭 떨어지려는 그의 얼굴을 양손으로 붙잡았다. 자신의 눈에 고정시킨 그의 두 눈이 여전히 당혹감으로 물들어 있었다. 괜히 말을 꺼냈나 싶었지만, 한 번은 짚어 주어야 할 것 같았다. 괜한 비밀이 아니었고, 작은 불안은 연인의 마음에 대한 불신으로 이어지기 십상이었다.

"최이영이랑 헤어지면서 난 단 한 번도 붙잡은 적 없어. 애초에 그 애랑 헤어지는 게 크게 두렵지가 않았다는 게 맞는 말일 거야."

그리고 무엇보다, 꽉 쥐면 부서질까 자신을 무엇보다 소중히 여기는 이 남자에게 표현하고 싶었다.

"근데 나 요즘 처음으로 두려워."

저도 모르게 떨리는 목소리가 그의 귀를 자극한 걸까. 수현의 표정에 걱정이 맺혔다. 무엇이 두렵느냐고, 그의 얼굴이 물었다. 자기가 마음 상해도, 그녀 걱정부터 해 주는 남자였다. 곁을 쉽게 내주지 않아도, 한번 내어 주면 모든 걸 내어 주는 사람.

"시간이 갈수록 당신이 없는 날을 상상하는 게 어려워져. 난 이렇게 글을 쓰고, 당신은 옆에서 책을 읽거나 대본을 읽고. 그러다함께 차 한잔을 하고 입을 맞추고, 또 이렇게 서로를 안고 있는 이일상이 어느새 당연해져 버려서. 이런 일상이 얼마나 되었다고 혼자 글을 쓰고 혼자 밥을 먹고, 혼자 해내던 그동안의 생활이 잘 생각이 안 나."

사랑의 손끝이 수현의 얼굴을 매만졌다. 제 손에 아로새길 듯 조심스럽고 무거운 움직임이었다.

"당신이 없는 일상을 맞이하는 게 벌써부터 두려워."

그런 사랑의 고백에 수현의 멍한 얼굴이 점점 일그러졌다. 그는 매 순간, 그녀가 채워 주는 물기를 느끼고 있었다. 기쁨, 안도, 행복 그리고 무엇보다 그녀가 얘기한 것 그대로의 감정이 그에게도 피어나고 있었다. 메말랐던 제 속을 적셔 주는 이 사람이 없는 순간을 상상할 수 없었다. 오히려 살 수 없는 것은 저였는지도 몰랐다.

모든 사람이 자신의 곁을 떠나갔다. 사진 한 장 남기지 않아 이제는 얼굴조차 가물가물한 어머니, 그리고 아버지. 사랑해 마지않던 그들이 떠나가고 그를 길러 준 고모에게서 그는 따스함 한 조각 기대할 수 없었다. 언제나 그에겐 허무함이 가득했다. 결핍, 갈급함, 목마름. 그런 감정들이 끊임없이 그를 옭아맸고, 그는 그 자리를 여자와 술, 돈으로 채워 나갔다.

그럼에도 채워지지 않던 한 부분이 그녀로 인해 서서히 메워지기 시작했다. 어쩌면 그가 바란 것은 그가 온전히 그 자신일 수 있는 사람의 존재였을지도 몰랐다. 그의 온전한 모습 그대로를 보여줘도 떠나지 않을 한 사람. 그래서 그는 이 순간, 황홀했다. 버진로드의 끝에서 기다리고 있던 대답을 들은 것처럼, 떠나지 않겠다는 맹세를 들은 것처럼 그의 메마른 가슴에 안도라는 황홀경이 피어올랐다.

"그러니까 질투하지 마."

그 오랜 시간, 나는 너를 기다렸던 것일까. 이 외로움이, 이 공허함이 언제쯤 사라질까 기다리고 또 기다리다가. 얼마나 더 버텨야 하나, 얼마나 더 이 쳇바퀴를 돌아야 하나 그렇게 생각했었다.

"질투하는 것도 아까워."

"하……."

수현이 사랑의 어깨에 얼굴을 묻었다. 사랑의 허리를 끌어안은 그의 입술에서 뜨거운 숨이 흩어져 나왔다. 이대로 되었다. 네가 내 곁에 있으니 이제 모두 되었다. 삶의 공백이 비로소 메워진 기분. 온전한 행복감이 그를 덮쳤다.

그녀의 어깨가 축축하게 젖어 갔다. 수현이 숨죽여 흐느끼고 있었다. 그리고 이내 더 이상 숨길 수도, 억누를 수도 없는 말이 그의 입술을 비집고 터져 나오고야 말았다. 그러나 더 이상 서글프지 않았다.

"사랑해."

숨결처럼 뜨거운 고백이 사랑의 어깨 위에 쏟아졌다. 그런 그의 등 위로 사랑이 팔을 둘렀다. 안아 주는 그녀의 품속에서 그는 한참이나 울었다. 어쩐지 생각했던 바와 다른 전개로 흘러간다는 생각이 들었지만, 그러면 어떠한가. 그녀는 그가 잠시나마 울 수 있도록 내버려 두었다. 이 남자에게도 울 시간이 필요했다.

12. 당신이라는 봄

넓은 침대 위에 홀로 앉은 여자의 주위에 명품 가방과 값비싼 모피 코트들이 널브러져 있었다. 저까짓 가방과 코트가 자신을 보호해 주기라도 한다고 생각하는 걸까. 그녀를 바라보던 화련의 입술에서 깊은 한숨이 새어 나왔다.

"그 애가 날 봤어."

여자는 침대 위에 웅크리고 앉아 넋을 놓고 있었다. 몇 날 며칠을 중얼거리는 말이라고는 '그 애가 날 봤다'는 말뿐이었다. 키운 정이라도 남아 있는 걸까. 수현을 마주친 이후로 여자는 정신을 제대로 차리지 못했다.

"어떡하지? 그 애가 날 알아봤으면 어떻게 해?"

그동안에 자신의 월급 전부를 가져가고, 수현에게 돈까지 뜯어내면서 호의호식하던 여자가 이제야 죄책감을 느끼기라도 한 걸까.

떠나겠다는 구실로 끝까지 엄청난 돈을 요구하던 여자가 아니었던가. 불안해하는 모습이 같잖았다. 하지만 일단은 진정시켜야 했다. 여자가 흥분해서 좋을 것은 없었다.

"어두워서 못 봤을 거야."

"그러게 따라오지 못하게 했어야지!"

"몰랐어, 나도."

그건 정말이지 예상치 못했던 일이었다. 수현이 다시 내려와서 따라왔을 줄은 상상도 못 했다. 그 애는 절대 말에 토를 다는 법이 없었다. 지금까지 한 번도 그런 일이 없었다. 뛰어오는 수현을 따돌리려 급히 택시를 출발시키면서 떨리던 손과, 사이드 미러로 보이던 수현의 모습이 작아지고, 끝내 사라질 때까지 사시나무처럼 떨리던 순간이 아직도 생생했다.

"모르는 게 말이 돼?"

침대에서 벌떡 일어난 여자가 어느새 화련의 앞에 서 있었다. 짝 하는 소리와 함께 눈앞에서 번개가 쳤다. 얼얼한 뺨이 여자를 향해 돌아가 있었다. 화련이 매섭게 여자를 돌아봤다.

"너……!"

"그따위로 눈 뜨지 말고, 생각해 보니 날 알아보든 말든 무슨 상관이야? 걔한테 빨리 돈이나 받아 내. 내가 너 때문에 내 새끼도 아닌 걸 자그마치 10년이나 키웠어."

"지겹지도 않니……?"

"돈 받는 게 지겨울 사람이 세상에 어디 있어? 이번에는 진짜 떠나 줄 테니까 걱정 말고 빨리 돈이나 가져와."

여자는 돌아서서 드레스 룸으로 향했다.

"몸도 뻐근한데 쇼핑이나 가야겠다. 이번 달 생활비 보냈지?"

어련하실까. 그렇게 돈을 받고도, 그렇게 많은 옷과 가방을 쌓아 놓고도 여자는 또다시 명품관으로 향할 것이었다. 부풀어 오르는 뺨보다 저런 여자에게 아이를 맡겼던 사실에 찢어지는 가슴이 더 아팠다.

"수현이는 둘째 치고라도……. 너 우리 오빠 사랑해서 결혼한 거 아니었어?"

드레스 룸으로 향하던 여자의 발걸음이 멈췄다. 결혼하겠다며 오빠가 손을 잡고 데리고 왔던 그 시절의 아가씨는 지금과 다른 모습이었다. 수수하고 착했던 여자. 당장에 호강은 못 시켜 주더라도 이 한 몸 바쳐 사랑하겠다던 오빠를 믿고 따라왔던 여자였다. 여자는 오랜 세월 아기가 들어서지 않아 힘들어했고, 화련은 아이를 키울 수 없었다. 그런 그녀에게서 갓난쟁이였던 수현을 건네 안고 자식처럼 키우겠다던 여자였다.

"오빠를 사랑한다던 말도 믿었고, 내 새끼 네 자식처럼 키워 주겠다던 말도 믿었어."

그러나 홀연히 사라져 버린 여자. 저 여자를 사랑해 마지않던 오빠는 술에 절어 살았고, 아이를 두고 저 여자를 찾겠다고 집을 나섰다. 교통사고로 싸늘한 주검이 되어 돌아온 오빠와 혼자 장례식장에 앉아 울고 있던 수현을 보았을 때 느꼈던 그 기분을 그 어떠한 말로 표현할 수 있을까.

"아가씨."

여자는 아주 오랜만에 화련을 전과 같이 불렀다.

"네가 TV 속에서 빛나고 있을 때, 난 바닥이 보이는 쌀통을 부여잡고 울었단다. 사랑이 가난을 해결해 주진 않는다고."

"그렇다고 집을 나가?"

여자가 돌아서 화련을 마주했다.

"그래서 너한테 이렇게 돈 받고 살잖아."

싱긋 웃는 여자의 얼굴을 온통 할퀴어 놓고 싶을 만큼 미웠다.

"오늘 수업 없지? 가서 드레스 룸 정리 좀 해 놔. 철 지난 건 네가 가져가고."

어차피 자신은 새로 사면 된다며 덧붙이는 여자를 보며 화련이 읊조렸다.

"미친년."

"너는 어떻고."

여자가 욕실로 사라지자, 독기를 품었던 화련의 눈에 금세 물기가 서렸다. 황망했다. 그래, 누가 더 미친년일까. 자식을 남의 손에 맡겨 놓았던 여자나, 그걸 내팽개치고 나와 신분 세탁을 하고 사는 여자나.

"그래. 너나, 나나……."

여자가 버리듯 쌓아 놓은 옷들을 주워 드는 자신의 신세가 참으로 처량했다. 한겨울에 여름옷이 다 무언가 싶지만, 중고 시장에 내놓기에는 좋았다. 개중 한두 벌은 화련의 옷장에 걸렸다. 월급 대부분을 가져가는 그녀의 올케 때문에, 집 월세를 내고 하면 옷 살 돈은커녕 생활비도 없었으니 불합리했지만 자업자득이라 여겼다. 곧 여자가 한국을 떠난다면 조금쯤은 숨통이 트일 것이다. 그래, 조금쯤은.

여자에게 당분간 제주도에는 가지 말라고 신신당부를 했다. 틈만

나면 골프를 치러 나간다고 제주도행 비행기에 오르는 여자의 행보
가 걱정스러워서였다. 촬영이 끝날 때까지는 굳이 내려가서 좋을
것이 없었다.

다시 한 번 당부를 하고 집을 나서는 화련에게 전화 한 통이 걸
려 왔다. 상대는 반갑지 않았지만, 술 한잔의 제안은 조금 반가웠
다. 얼얼한 뺨을 식힐 독한 스카치 한잔이 필요했다. 그를 자주 볼
이유도, 볼 필요도 없는 걸 알지만 허울뿐인 교수에게는 스카치 한
잔 살 수 있는 여유가 없었다.

"차 여사. 이제 보물찾기는 그만합시다."

배우와 매니저. 당시 매니저는 그녀를 좋아해 따라다니던 남자였
고, 그는 이제 어엿한 대형 기획사의 회장직을 맡고 있었다. 그런
남자가 받들던 여배우는 그날의 위상을 잃고 어느 대학의 교수로
남아 있는 채였지만.

"다 아시면서 그래."

여유롭게 놀리는 말 속에는 여자를 향한 오랜 애정이 묻어 있었
다. 친구, 동료라는 이름으로 케케묵혀 두었던 그런 감정 말이다.

"무슨 보물찾기?"

애들 수학여행도 아니고. 도무지 무슨 말을 하는지 모르겠다며
화련이 술잔을 입으로 가져갔다. 화련은 자존심이 강한 여자였다.
물론 성공에 대한 욕구도 강했다. 그랬으니, 당시의 스폰서에게 매
달렸던 것이었겠지. 만약 그녀가 그런 선택을 하지 않았다면 자신
은 지금 이 자리에까지 올 수 있었을까? 과연 그녀의 스폰서였던
자보다 더 큰 성공을 거머쥘 수 있었을까.

"내 아들 말이에요."

그녀가 스폰서가 아닌 자신의 아들을 배었다는 걸 알게 된 건 얼마 전이었다. 술에 취한 그녀는 항상 같은 수수께끼를 냈다. 수수께끼에는 답이 있었고, 조금만 더 빨리 재회했더라면 후회를 했다. 어느 순간 화류계에서 자취를 감추었던 그녀를 찾아 헤매던 긴 시간이 기억났다. 아마도 아이를 낳으러 떠났겠지. 그러나 자신이 이러한 위치에 있음에도 그녀는 두 사람 사이의 아이를 단 한 순간도 인정하지 않았다. 더구나 그 어떤 곳에서도 남자아이를 찾을 수 없었다.

"지겹지도 않아, 그 아들 타령?"

조소가 가득 밴 목소리가 화련의 입술 사이로 흘러나왔다. 그녀의 목소리에 두 사람의 눈이 마주쳤다. 매끄럽던 살결에는 세월의 흔적이 묻어나 있었다. 두 사람 다 세월을 피해 갈 수 없었다. 배우와 매니저의 관계에서 지금에 이르기까지, 지나온 세월을 맞이하는 내내 자신을 찾아오는 남자를, 화련은 조용히 바라봤다.

"전혀."

나이가 지긋한 남자의 입술에선 확신에 섞인 목소리가 흘러나왔다. 화련은 그런 그의 얼굴을 바라보며 지난 세월의 어느 순간을 헤매었다.

"그 아이 맞지요?"

아까보다 더욱 확신이 들어찬 목소리였다. 그는 그날, 겨우 그 하룻밤에 두 사람 사이에 아이가 생겼다고 생각했다. 그리고 끊임없이 그 아이를 찾던 그는 어느새 그 존재가 지금 어딘가에서는 숨 쉬고 있을 거라 확신하고 있었다. 화련은 덜컥 겁이 났다. 아무도 모르는 그 사실을 이 남자에게 들킬까 조마조마했다.

"무슨 소리 하는 건지 모르겠네."

오랜 시간 지켜오던 비밀 앞에 처음으로 다른 사람이 서 있었다. 그녀는 무서웠다. 그러나 동시에 마음 한구석에 차오르는 안도감이 낯설었다.

"차 여사. 저 이제 예전의 뒤치다꺼리만 하던 매니저가 아니에요."

"언제는 한번 따까리는 영원한 따까리라며."

"하하. 당신이 좋으면 그렇게 합시다."

씨익 웃는 얼굴이 그 옛날과 다르지 않았다. 나이를 먹어도 어째 저 외모는 변하질 않아. 이제는 재력까지 겸비한 외모가 중후한 멋으로 빛을 발하고 있었다. 오랜 시간 돌아왔지만, 저 넓은 어깨에 기댄다면 많은 것이 변할지도 몰랐다. 어쩌면 그 여자에게서 받는 협박으로부터도 자유로워질지 몰랐다. 매스컴 따위는 겁내지 않아도 되겠지. 게다가 수현에게서 돈을 갈취하는 것도 그만할 수 있을지 모른다.

'말해 버릴까.'

화련의 눈동자가 흔들렸다. 오랜 시간 담아 둔 비밀이 속에서 곪아 가고 있었다. 툭 건드리면 고름이 터져 나올 만큼 부풀어서는, 그녀를 고통스럽게 하고 있었다. 화련의 눈이 지 회장의 눈과 마주쳤다. 그의 얼굴에서 수현의 얼굴이 보였다. 참, 닮았다. 이래서 피는 속이지 못한다고 하는 것일까. 기대도 괜찮을까…….

'안 돼.'

머릿속에 찬물이 끼얹어졌다. 안 되는 일이었다. 그들은 가는 세월이었다. 아니, 이미 간 세월. 그 아이에게 더 큰 악몽을 안겨 줄 수는 없는 일이었다. 악역은 혼자로 충분했으며, 모든 일은 세월 속에 묻혀 사라져야 했다. 수현이 돈을 보내 주고, 그 여자만 떠난다면 모든 것은 묻히게 되어 있었다. 자신만 조용히 한다면 이제 그 아이가 고통받는 일도 없겠지.

"됐고. 술이나 한잔 따라 봐."

지 회장은 하는 수 없이 그녀의 잔에 스카치를 채웠다. 다시금 다잡은 화련의 마음 위로 독한 술이 비를 내렸다.

✕ ✕ ✕

이른 아침, '당신이라는 봄'의 모든 배우들과 촬영진들이 성산 일출봉 앞에 모였다. 관광객이 없는 시간을 골라 일찍 제사상을 차린 스텝들이 새벽부터 진을 뺐다며 영웅담을 풀어냈다. 그들의 말을 증명하듯 제사상 위엔 큼지막한 돼지머리와 그럴듯한 상차림이 올라와 있었다.

연예 프로그램에서도 취재차 현장에 와 있었다. 감독, 주 조연 배우들이 먼저 상 앞에 섰다. 한 명씩 차례로 돗자리 위에 오르는 모습을 찍느라 취재진들의 열기가 거셌다. 곧 뒤로 물러난 감독과 주연 배우들의 인터뷰를 위해 카메라들이 자리를 뜨자, 제사상 앞도 한산해졌다. 이어 그 외 배우들과 스텝들이 번갈아 가며 절을 했다. 돼지 입에 걸린 지폐도 점점 쌓여 갔다. 인사가 끝나갈 무렵, 스텝들이 사랑을 찾았다.

"작가님 아직 안 오셨나?"

"거의 도착하셨다고 했는데."

크랭크인 하루, 이틀, 빠르게는 일주일 먼저 스텝들과 배우들은
서울에서 내려오는 사랑을 걱정했다. 무슨 일이 있나, 한 스텝이
전화를 걸려던 찰나, 저 아래에서 걸어 올라오고 있는 사랑이 눈에
띄었다. 가쁜 숨을 내쉬며 오르막길을 걸어오는 사랑을 누군가 큰
소리로 반겼다.

"누나……!"

"쓰읍, 야! 작가님이라고, 작가님!"

팔을 붕붕 흔들며 그녀를 반기는 건 다름 아닌 다니엘이었고, 그
옆에서 그의 입을 틀어막고 호칭을 고쳐 주는 건 수미였다. 수미는
혹시나 다니엘이 작가와의 친분으로 드라마에 들어왔다고 안 좋은
소문이 날까 호칭까지도 조심스러워했다. 속도 모르고 다니엘은 사
랑을 그저 지금처럼 누나라고 부르니, 수미가 나서서 관리할 수밖
에. 반가운 두 얼굴에 사랑이 환하게 웃었다.

"괜찮아, 편하게 불러. 든든한 매니저도 같이 왔네?"

수미는 평소 잘 알던 언니에서 작가로 변신한 사랑의 모습에 아
직 적응하기가 어려웠다. 평소처럼 손을 흔들까 하다가 꾸벅 고개
를 숙여 인사하는 수미를 보며 사랑이 그러지 말라며 손사래를 쳤
다.

사랑은 대신 두 사람의 어깨를 두어 번 두드려 주었다. 새로운
도전을 위해 학업을 중단하고 제주도로 내려온 녀석들이 대견했다.
특히 그녀의 작품에 오디션을 본 다니엘의 연기는 기대 이상이었
다. 비중은 적었지만 마지막 남은 조연 자리를 당당히 실력으로 가
져간 다니엘이었다. 친동생 같은 다니엘이 마냥 기특한 사랑이었

다. 그런 다니엘을 따라 이곳 제주까지 온 수미의 모습은 어떠한가. 청춘과 사랑이라는 단어가 참 잘 어울리는 나이였다. 그러나 두 사람과 여유롭게 대화를 나눌 수는 없었다. 막내 연출이 냉큼 뛰어와서는 사랑을 크랭크인 제사상 앞으로 끌고 갔기 때문이었다.

"작가님, 빨리 오세요! 꼴찌야, 꼴찌!"

"어어, 갑니다."

사랑은 다시금 두 사람의 어깨를 툭 치고는, 주르르 인사하는 스텝들 사이로 사라졌다.

"하하. 현금 인출기 찾다가 늦었지 뭐야."

겸연쩍게 웃으며 주머니에서 두둑한 봉투를 꺼내는 사랑의 모습에, 스텝들이 웃었다. 현장 한편에서 인터뷰를 하던 수현도 아까부터 그녀를 보고 있었다. 헉헉대며 계단을 올라오던 모습부터, 돼지 입에 봉투를 꽂는 모습까지. 잘 안 꽂힌다며 돈을 말아 돼지 머리의 귓구멍, 콧구멍을 막는 모습이 한두 번 해 본 솜씨가 아니었다. 터져 나오는 웃음을 숨길 수가 없었다. 그가 촬영장에 도착한 직후부터 스텝이며 팬들과 기자들이 몰려들었지만, 그의 눈과 관심이 향한 건 오로지 사랑뿐이었다.

"소문으로만 듣던 작가님이시군요."

근처에 있던 취재 기자의 질문에 수현이 시선을 돌렸다.

"기자님. 책을 별로 안 좋아하시나 보네요?"

"네? 무슨……."

메인 작가의 정체가 한동안 베일에 싸여 있었으니, 기자로선 당연한 말이기도 했다. 그러나 듣는 수현의 입장에선 그렇지 않았나 보다.

"책들도 다 베스트셀러에……. 유명한데, 우리 작가님."

사랑을 '우리 작가'라 칭하며 흘리듯 돌아서는 그의 말과 행동에는 그녀에 대한 애정이 숨어 있었다. 뭐, 물론 그것 역시 차수현이 작품에 대한 열정이 대단하더라, 라는 말로 포장되고 말겠지만. 당황한 기자가 삐질 땀을 흘렸지만 그러거나 말거나 수현은 어깨를 으쓱이며 제사상 근처로 향했다. 인터뷰도 끝났겠다, 이틀 동안 못 본 내 님의 얼굴을 보는 게 더 중요했으니까.

"작가님, 다시 한 번 감사드려요. 저 열심히 할게요."

여자 주인공을 맡은 태린이 사랑에게 와서 인사했다. 신인 배우로서 경력 15년 차의 원톱 배우와 호흡을 맞춘다는 건 파격적인 인사였다. 게다가 상대 배우는 차수현 아닌가. 더욱이 오디션 당일, 그녀가 수현에 이어 마지막 순서로 보여 준 연기는 아주 괜찮았고, 말간 얼굴과 달리 주눅 들지 않는 당당함이 그녀의 마음에 들었다.

"태린 씨 실력으로 가져간 배역이니, 저한테 감사는 그만하세요."

손을 내젓는 사랑의 어깨 위에 순간 팔 하나가 걸쳐졌다. 놀란 가슴은 익숙한 목소리로 거짓말처럼 진정되었다.

"제가 더 열심히 할게요."

수현이었다. 상대 배우가 바로 앞에 있었지만, 사랑과 수현, 둘다 키가 훌쩍 크기 때문일까, 마치 진짜 상대역을 만난 것처럼 두 사람의 모습이 잘 어울렸다. 어쩌면 두 사람이 연인이라는, 아무에게도 말하지 않은 비밀 때문이었을지도 몰랐다.

"아이고, 요즘 작가들 엄청 고생시키는 차수현 씨네."

보고 싶었던 얼굴, 듣고 싶었던 목소리. 그런 감정은 마음 한쪽에 내려 두고, 사랑은 아무렇지 않은 척 그의 팔을 붙잡아 어깨에서 내렸다. 수현은 맞닿은 짧은 온기에 드는 아쉬움을 빠르게 삼켰다.

"저 때문에 고생이요?"

눈에 넣어도 안 아픈 여자가 자기 때문에 고생이라니. 수현은 적당히 놀란 것처럼 보이기 위해서 노력해야 했다. 속으로는 몹시 놀랐으니까.

"네. 광고가 어찌나 많이 들어오는지. 대본에 욱여넣느라 미치겠어요."

털털한 입담에 이곳저곳에서 웃음이 터져 나왔다. 한참이나 늦게 합류한 사랑에게 불만을 가지고 있던 스텝들도, 서늘한 겉모습에서 여러 반전이 있는 메인 작가의 매력에 점점 빠져 가는 중이었다.

나 원 참. 광고를 줄일 수도 없고. 그나마 고생인 이유가 광고라는 게 그를 안심시켰다. 그리고 팔에서 빠져나간 그녀의 어깨가 아쉬웠다. 조금이라도 사랑과 붙어 있을 시간을 만들기 위해 일부러 그는 사랑에게 말을 높였다.

"저 때문에 고생하시는데 제가 뭐 해 드릴 거 없어요? 이따 커피라도 한잔 사 드릴까요?"

작가나 스텝들과 친한 배우들은 많았다. 수현도 그 정도로 보이기는 했으나, 그의 가십 기사에 관심이 있던 사람이라면 지금 수현의 모습은 딱 끼를 부리는 남자의 것으로 보일지도 몰랐다. 실제로 그런 의도가 없지도 않았고. 그때 얄미운 이영의 목소리가 끼어들었다.

"에이. 서운하게 편 작가만 사 줄 거야? 여기 입이 몇 명인데."

만약에, 그런 말을 사랑이나 조명 감독이 했으면 기분 좋게 넘겼을지 모른다. 그러나 최이영은 그에게 있어 거슬리는 존재였고, 그런 그의 말에 썩 유쾌한 농담으로 들리진 않았다. 그저 사랑과의 오붓한 시간을 방해하는 훼방꾼일 뿐! 유치한 질투심에 그의 눈빛이 변하기 시작할 무렵, 사랑의 목소리가 그의 질투심을 잠재웠다.

"에이, 수현 씨가 저만 사 주겠어요? 저 아래 내려가서 다들 커피한 잔씩 해야지. 자자, 오늘 아침 커피는 차수현 씨가 쏘신답니다!"

공약은 사랑이 밝히고 우렁찬 박수는 수현이 받았다. 신나서 스텝들과 내려가는 사랑의 뒷모습에 수현의 입술에서 허탈한 웃음이 새어 나왔다. 사랑과 함께 있을 때면 감정이 이리저리 요동을 쳤다. 질투와 시기심으로 물들었던 마음이 그녀의 말 한마디, 행동하나에 곧장 상승 기류를 타고 만다.

"아메리카노만 시켜요!"

수현의 장난에 다들 와하하 웃음이 터졌다. 앞서가는 무리를 이끌던 사랑이 그걸 듣고는 소리쳤다.

"제일 비싼 걸로 시키랍니다!"

사랑의 말에 주위 스텝들도 신이 나서 맞장구를 쳤다. 가벼운 잠바와 남방을 걸치고 뛰어 내려가는 메인 작가와 스텝들의 뒷모습이 대학교 MT를 온 무리 같았다. 수현의 옆에서 카메라 소리가 들리는가 싶어 돌아보니, 현장 스케치 담당이 그 모습을 담고 있었다. 현장 사진을 챙기는 편은 아니었지만, 이번에는 벌써부터 인화예약을 걸고 싶은 사진이 생겼으니, 이것 참. 이왕이면 잘 찍어 달랄 수밖에.

"고생이 많네. 앞으로도 잘 부탁해요."

친근하게 어깨를 토닥이는 수현에게 어린 피디는 얼떨떨하게 고개를 들었다. 촬영 현장에서 유아독존이란 소문과 달리 꽤나 따뜻한 구석이 있다는 생각이 들었다. 앞서 걸어가는 수현의 모습이, 이제 막 시작된 제주의 봄과 기가 막히게 어울렸다. 어린 피디는 손이 시키는 대로 그런 그의 뒷모습 역시 카메라에 담아냈다.

남녀가 재회하는 장면으로 첫 촬영이 시작되었다. 짧고 굵게, 한 신만 찍고 파하자던 촬영은 생각지 못한 거센 바람 때문에 자꾸만 늘어졌다. 하지만 먹먹하게 만드는 수현의 연기가 좋았고, 그걸 뽑아내는 최이영의 영상미도 상당했다.

"여기서 색감 보정이 좀 더 들어갈 거야."

"응. 푸른빛이 들어가면 더 좋겠네. 아무래도 제주도 자체가 따뜻한 색감이라."

사랑은 첫 촬영을 전부 함께하고 나서야 자리에서 일어났다. 이영은 현장을 잘 모르는 사랑에게 연출 방향에 대해서 나름 세세하게 가르쳐 주었다. 사랑은 그의 세심한 설명을 듣고 앞으로는 전적으로 믿고 서울에서 글만 써도 되겠다는 확신을 가졌다. 원래도 잘 찍는다고 소문이 나 있었지만, 수현과 이영이 내는 합이 매우 마음에 들었다.

"수현 씨도 고생 많았어요."

바람 때문에 쌀쌀한지, 두툼한 잠바가 온통 사랑의 몸을 감싸고 있었다. 감정선에서 빠져나오기가 힘들었던 것도 잠시, 풋 하고 입에서 실바람이 흘러나왔다.

"작가님도요."

조용하게 건네는 말속에 걱정이 녹아 있었다. 추웠을 텐데. 수현의 눈이 어느새 그녀를 어루만지고 있었다. 둘만 있는 곳에서 품에 안고 온몸을 쓰다듬어 주고 싶었다. 고개를 젓는 얼굴 위로 머리카락이 바람결에 나부꼈다. 서늘한 곡선을 그리는 눈가 위에는 제주의 봄빛이 흘러내렸다. 그 모습이 그저, 아름다웠다.

　"작가님, 안녕하세요!"

　서글서글한 매니저 김 군의 인사가 아니었더라면, 그는 하마터면 손을 올려 그 얼굴을 쓰다듬었을지도 모를 일이었다.

　"이거 덮어요."

　그는 매니저가 가져다주는 커다란 잠바를 그녀 위에 덮어 주었다. 거절하는 게 더 이상해 보여 우리 주연 배우는 작가도 챙긴다고 너스레를 떨었다. 수현이 연기와는 다르게 웃었다. 진심을 담은 연기도 꾸며 내는 감정임에는 틀림없으나, 아무렴 진심만 못했다. 그래서 달랐다.

　그런 수현의 모습이 이영의 시선에 잡혔다. 몇 달 전 사랑의 집 앞 복도에서 마주했을 때만 해도 이렇게 될 것이라고 상상이나 했던가. 아, 사실은 이 불편한 감정 빼고는 모든 상황이 자신이 생각했던 그대로의 상황이었다. 연출 최이영, 극본 편사랑, 주연에는 차수현. 저 두 사람의 눈길 사이에 오가는 기류를 제외하고서는 모두 그가 뜻하는 대로 되었다. 그러나 그 기류 때문에 그가 원하는 대로 결론이 날지는 의문이었다.

　매번 딱 잘라 거절하는 사랑 때문에라도, 작품 시작 전부터 선을 긋던 그녀 때문에라도 애초에 두 사람의 시작은 글러먹었는지도 모른다.

"집으로 갈 거야?"

이영이 사랑을 향해 물었다. 현장을 정리하는 스텝들에게 일일이 인사를 하던 수현의 귀가 쫑긋 그쪽을 향했다. 모두가 두 사람의 친분을 알았다. 그저 친한 친구 정도로 알고 있었다. 그럼에도 두 사람 사이에 공통적으로 '집'이라고 통하는 그 어딘가가 존재한다 는 사실이 질투가 나 죽겠다. 자동차, 소파, 침대 위, 그곳이 어디 이든 그녀의 옆자리를 차지한 건 자신이었음에도 말이다.

"신경 꺼."

그 와중에 들리는 그녀의 대답이 아주 마음에 들었다. 어찌나 마 음에 드는지 베실베실 입꼬리가 올라가려고 발버둥을 치고 있었다.

"가서 스텝들 고기 좀 사 줘. 제작비도 한계가 있을 거 아니야."

"이야, 역시 월급쟁이보다는 잘나가시는 작가님이라 스케일이 달라."

사랑은 현장에 남을 스텝들과 배우들에게 미안해했다. 그런 미안 함을 대신 회식으로라도 대신해 힘든 걸 풀어 주려고 하는 모양이 었다. 스텝들 숫자가 한두 명이 아닐 텐데도 카드를 내미는 손길에 거침이 없었다. 이영의 손 위에서 빛나는 카드 한 장에 촬영장은 이내 시끌벅적 신이 났다.

"이거 잘 썼어요."

잠시 덮고 있던 잠바를 사랑이 도로 내밀었다.

"작가님은 같이 안 가세요?"

받아 드는 잠바 속에서 두 사람의 손이 마주 닿았다. 수현이 조 용히 그녀의 손에 손깍지를 꼈다. 진득한 꿀이 흘러내리듯, 느릿하 게 빠져나가는 서로의 손가락이 야릇했다. 그 짧은 순간에 속사정이 달라질 정도로. 그의 잠바가 온전히 그의 손 위로 넘어가고, 아쉬운 순간은 감질나게 사라졌다.

"전 뭐 그닥……."

시끄러운 것을 좋아하지 않는 사랑은 조용히 무리에서 빠져나갈 생각이었다. 미안한 만큼, 카드는 한도가 높은 걸로 챙겨 주는 것도 잊지 않았다. 자기 스스로도 유별나단 생각에 혀를 빼무는 사랑을 수현이 조용히 지켜보았다. 그런 그의 눈이 점점 깊어져 갔다. 다른 생각도 잠시, 그런 그의 눈이 무얼 의미하는지 사랑은 쉽게 알아차릴 수 있었다. 상투적인 말 없이도 두 사람은 서로가 원하는 게 무엇인지 알 수 있었다. 손가락 사이를 느릿하게 쓸어내리던 서로의 손이 어느 곳으로 향하게 될지도.

"나 왔다!"

두 팔을 벌리고 마당 안으로 들어서는 사랑을, 똑같은 자세 그대로 두 조카가 반겼다. 겨우내 말라 있는 금빛 잔디를 밟고 뛰어나온 아이들이 사랑에게 안겼다.

"고모오."

"이모오!"

"아이고 내 강아지들."

사랑은 두 팔 안에 사랑스러운 조카들을 안았다. 어릴 때 할머니, 할아버지 혹은 부모님들이 왜 손주, 손녀 그리고 자식들을 강아지라고 부르는지 이제는 알 수 있었다. 조카들을 보면 귀여운 강아지들밖에 떠오르지가 않았다.

"가서 밥 먹자. 고모 배고파."

밥때에 맞춰 지붕 위로 솟은 철제 굴뚝으로 하얀 김이 모락모락 피어오르고 있었다. 제주도의 유명한 펜션으로 자리 잡은 '편'은 주방, 거실 등의 편의 시설이 있는 공동채 외에 전부 프라이빗한 독채로 이루어져 있었다. 그녀의 가족들이 머무는 공간은 좀 더 안쪽에 자리하고 있었지만, 가족들은 대부분 공동채에서 손님들과 같이 밥을 해 먹었다. 일부러 밥을 지어 여행객들의 든든한 끼니를 챙기고 있다고 말하는 게 어쩌면 더 정확할지도 모르겠다.

"다녀왔습니다."

이 한마디에 목이 시큰해졌다. 초등학교 6년, 중·고등학교 각 3년. 대학 때문에 상경하기 전까지 도합 12년을 질리도록 해 왔던 인사인데. 나이를 먹을수록 이 말을 하기가 왜 이렇게 어려운지.

"막내 왔니?"

"우리 개 딸 왔나."

"어어, 왔냐. 얼른 와서 밥 먹어."

엄마, 아버지, 오빠, 언니, 형부, 새언니 그리고 조카 둘은 간단한 인사부터 진한 포옹까지 다양한 방법으로 집안의 막내딸을 반겼다. 반기는 방법은 달라도 그녀를 향한 애정이 듬뿍 느껴졌다. 사랑은 하루 반나절을 제주도에 있었음에도, 이제야 집에 온 기분이 들었다.

따뜻한 나의 가족, 나의 고향, 나의 제주도. 금방 다시 서울에 올라가기로 되어 있지만, 그녀는 온몸으로 자신의 본거지로 돌아왔음을 느끼고 있었다.

"우리 차 배우는 안 왔어, 처제? 그때 못 받은 사인 받아야 하는데."

물론 가족들이 번갈아 가며 수현의 행방을 물어오긴 했지만,

"어허, 매제. 사인도 위아래가 있는 법이라고 내가 누누이 일렀거늘."

그래도 그의 안부에 앞서 자신의 안부를 먼저 물어본 게 어딘가 싶었다.

"과일 한 조각 더 먹어."

"어유, 배불러. 이제 안 들어가."

소박하게 차렸다지만 언제나 푸짐한 고향 집에서의 식사 시간이 끝나고, 식구들이 거실에 둘러앉았다. 개중엔 객들도 있었는데, 며칠을 묵었는지 몰라도 가족들 틈에 녹아 있는 분위기가 퍽 자연스러울 정도였다.

"우리 차 배우는 안 왔나?"

"차 배우요?"

"금마, 있다이가. 티비에 나오는. 우리 아가 드라마를 쓰는데……."

아부지는 신나서 딸 자랑을 쏟아 내셨다. 우리 애가 이번에 나오는 SBC 드라마를 쓴 작가라느니, 거기 주연이 차수현이라느니.

"아부지. 그냥 배우가 아니고 대스타라니까요, 아주."

잠자코 있던 언니랑 오빠도 거드는데 가만히 듣고 보니 이게 딸 자랑인지, 남의 집 아들내미 자랑인지 모르겠다. 아니, 누가 들으면 차 배우가 우리 집 아들인 줄 알겠네.

좋아서 그러시는 거니 그냥 두라는 엄마가 싱긋 웃었다. 투숙객들이 수현에게 관심을 보이자, 조카들까지 합세해서는 그와의 친분

을 과시하는 중이었다.

"그 형아가요."

"야, 삼촌이라고오."

한 번 만난 사람이 뭐가 그렇게 좋고 가깝다고 저렇게들 자랑인지. 고개를 젓는 사랑이었지만, 그녀의 입술에 머무는 웃음기까지 숨길 수는 없었다. 모친의 얼굴에 덩달아 미소가 담겼다. 엄마들은 누구보다 딸들의 변화를 빨리 알아차리는 법이니까.

"집밥 생각날 때, 한번 와서 먹고 가라고 해."

엄마까지 왜 이래? 밥 한 번 먹고 간 사람을 왜 이렇게 챙겨 주는 건데들?

남자 친구랍시고 데려온 최이영도 이 정도까지 살갑게 대하기까진 시간이 필요했던 것 같은데.

"안 그래도 엄청 좋아하더라고."

나란히 앉은 모녀 사이에 말소리가 오갔다. 저쪽까진 들리지 않는 조용한 목소리들이었다.

수현은 심지어 호텔 대신 이곳에서 묵고 싶다고까지 했으니, 말 다 했다.

"근데 그 대스타 차수현 씨는 지금 어디 있어?"

도란도란, 곳곳에서 이야기꽃을 피워 가던 눈동자들이 그녀의 언니인 편나라에게로 향했다. 이 집 막내딸이 쓴 드라마의 주인공이자, 이 시대의 최고의 배우라며 이 자리에서 소개되고 있는 그 남자는 도대체 어디 있단 말인가.

"남자답게 원 샷으로 가시죠."

"비율도 그럼 남자답게 가시죠."

수현과 이영이 테이블을 두고 마주 앉아 있었다. 주위에서 오오오— 하는 기대 섞인 환호 소리가 쏟아졌다. 1차에서 가볍지 않게 한잔한 드라마 팀은 2차로 옮겨 자리를 잡았다. 드라마가 시작되고 은근한 기 싸움을 벌이던 두 사람은 결국 암묵적으로 술을 통해 결판을 내기로 결정했다. 겉으로 포장하기에는 배우 대표와 제작진 대표의 자존심 대결이었지만.

"자, 소맥 대령입니다."

두 사람 앞에 놓인 큼지막한 생맥주 잔에는 소주와 맥주가 일대 일로 섞여 있었다. 수현을 필두로 한 배우진에는 다니엘과 여타 남자 배우 두 명이 더 자리를 잡고 앉아 있었고, 이영을 기준으로 조연출을 포함한 총 세 명의 스텝들이 맞은편에 자리하고 있었다.

"자, 준비하시고."

순간 정적이 감돌고 긴장감이 흘렀다.

"잠깐!"

이 무자비하고도 의미 없는 경기를 시작하기에 앞서, 누군가의 외침이 사회자의 진행을 가로막았다. 사람들 사이에서 존재를 드러낸 건 다니엘의 매니저를 자처하고 따라온 수미였다.

"제가 대신 마실게요."

술을 못 마시는 녀석이 무지막지한 경기 속에 끼어 있는 모습을 보다 못한 수미가 대신 다니엘의 자리를 차고앉았다. 매니저로 있는 한, 다니엘은 내가 지킨다. 비장한 표정의 수미를 보며, 남자들이 부러운 듯 야유했다.

"왜. 내가 마실 수 있어."

1차 고깃집에서 고작 맥주 두 잔 마신 녀석이 혀가 점점 꼬여 갔다. 발그레한 볼과 입술이 수미를 향해 주욱 나왔다. 시무룩한 표정에서 이상야릇한 색기를 발산하는 다니엘이었다. 그런 그를 훔쳐보던 여자 스텝들의 볼도 덩달아 발갛게 물들었다. 수미는 암컷 늑대 무리로부터 다니엘을 지키듯, 스윽 자신의 뒤로 그를 당겼다.

'부럽다.'

수현은 그런 어린 남녀를 보며 부러움에 입맛을 다셨다. 자신의 빈 옆자리에 사랑이 서 있었더라면 얼마나 좋았을까. 짝지에게로 달려가고 싶은 밤이었다. 표정을 갈무리하고 고개를 돌리는데, 이영의 표정이 눈에 띄었다. 보아하니 자신과 비슷한 생각을 하는 모양이었다. 그러다 두 사람의 눈이 마주쳤다. 순간 잊고 있던 경기의 목적이 떠올랐다. 경기의 결과가 어찌 됐든 사랑은 자신의 여자임에 틀림없었지만, 자존심의 문제였다. 전 남친에게 이깟 술로 질 수는 없는 노릇.

"시작 전에……. 지는 사람이 여기 술값 내기 어때요."

그때 이영이 수현을 도발했다. 아침에 카페에 이어 1차 소고기집에서도 수현이 카드를 내밀었다. 사랑이 카드를 주고 갔음에도 기어코 회식을 책임진 이유는 사랑의 카드를 아껴 주기 위함이었다. 그런 걸 알고 있는 이영이 이번에는 술값 내기를 걸고 들어오니, 이 인간이 제대로 제 지갑을 털어 버릴 작정인가 싶었다.

뭐, 까짓 계산쯤이야. 이영의 펄펄 끓어오르는 속마음과 달리 수현은 여유만만하게 웃었다. 이 정도에 털리고 말 정도로 가벼운 지갑이 아니었다.

"2차 계산 받고, 내일 촬영 하루 오프 겁니다."

맥주를 이렇게 마시면서 첫 회부터 부어서 방송 탈 일 있나. 주변의 환호 소리로 경기의 열기가 뜨거워졌다. 한껏 여유로운 표정으로 자신을 바라보는 수현의 얼굴에, 이영은 약이 올랐다.

"콜."

2차 계산까지 승부에 걸었다. 매끄러운 수현의 입술이 하늘 높은 줄 모르고 올라갔다. 내가 양주로 마셔도 자신 있는 사람이야, 흥. 곧이어 음향 감독이 경기 준비 신호를 보냈고, 참가한 배우 팀과 스텝 팀 대표들은 비장하게 생맥주 잔을 들었다.

"준비하시고, 큐!"

시작 소리와 함께 벌컥벌컥 들이켜고 남은 빈 잔들이 테이블 위에 차례로 쌓여 갔다. 두 남자의 지칠 줄 모르는 눈싸움이 번외로 이루어졌으며, 또 한쪽에서는 흑장미를 자처한 매니저 때문에 안절부절못하는 신인 배우의 모습도 볼 수 있었다.

박빙의 승부가 벌어지던 경기도 주위의 응원이 시들해질 정도로 시간이 흐르자 점점 이탈자가 생겨났다. 날이 새기 전까지 일어나지 않을 것 같았던 경기는 한쪽이 전멸하고 나서야 드디어 끝이 났다.

"아, 못 마셔, 못 마셔. 조감독아, 이걸로 계산해라."

결국 이영이 카드를 내밀었다. 이영은 알코올이 진득하게 묻어나는 숨을 뱉어 내며 내일 촬영이 없음을 고했다. 그러나 벌써 곯아떨어진 스텝들은 반응이 없었고, 거의 대부분이 바로 위에 있는 숙소로 올라간 상태였다.

"……이겼네."

맥주잔을 뗀 입술이 느릿느릿 움직였다. 이젠 너무 지쳐서 눈싸움을 할 힘도 없었다. 수현의 눈에도 전멸 상태인 옆 동지들이 들어왔다.

"내일 촬영 오프인데⋯⋯."

자기 배우 대신 마시겠다던 그 여자애가 꽤나 잘 마시던데, 깃발을 들었는지 어느새 사라지고 없었다. 뭐, 남의 매니저 걱정할 때가 아니었다. 곁에 앉아 있던 김 군도 어느새 사라지고 없었는데, 휘 둘러보니 저쪽 소파에 가서 누워 있었다. 희소식을 나눌 동지가 없어 애통했다. 그러나 비틀대며 카운터로 향하는 이영의 모습이 고소해, 그것으로도 만족스러웠다.

수현은 천천히 바깥으로 나왔다. 아직 쌀쌀한 공기가 그를 감쌌다. 시원했다. 시원하면 취기가 가셔야 하는 게 맞는데, 어쩐지 술기운이 더 오르는 기분이었다.

"이겼다."

그의 매끄러운 입술이 스르륵 올라간다. 이 승전보를 전해 줘야 하는데. 수현이 전화기를 드는 순간 이영이 그의 옆으로 다가왔다.

"안 올라가세요?"

전화할 타이밍에 오고 난리야. 비틀대는 걸음으로 다가온 이영은 택시를 불렀다고 했다. 어이, 최 피디님. 여기 위로 올라가시면 방 있는데 무슨 택시야.

"해장국은 어머니 해장국이 최고지."

집이 여긴가. 한참을 중얼거리던 이영을 향해 갸웃거리던 수현의 눈이 이내 불타올랐다. 술이 취한 그의 귀에도 이영의 말이 또렷하게 들려왔으니까.

"뭐, 누구 해장국?"

기가 차 되묻는 수현에게 이영은 한껏 취한 채로 답했다.

"누구긴 누구야. 사랑이 어머니 해장국이지. 우리 여사님."

뭐? 사랑이? 우리 여사님?

마침 온 택시 앞에서 두 남자의 아웅다웅 다툼이 벌어졌다. 주소를 외치고 오르려는 이영과 그런 그를 끌어 내리려는 수현의 실랑이. 그 와중에도 술기운에 정신을 차츰 잃어 가다 이영이 결국 택시 뒷좌석에 오르려는 몸짓 그대로 잠이 들고 말았다.

"이봐요, 피디님! 일어나 봐!"

잠을 깨우려는 듯 수현의 손바닥이 이영의 볼 위에서 찰싹하는 소리를 만들어 냈다. 룸미러로 지켜보던 택시 기사가 저도 모르게 몸서리 칠 정도로 아주 찰진 소리였다. 그럼에도 깊이 잠들었는지 이영은 일어날 기미가 보이지 않았다.

그렇다고 이 앞에 버려두자니, 만취 상태인 스텝들 중 누가 와서 데려갈 수 있는 상황도 아니었다. 서서히 올라오는 취기에 자신도 정신이 혼미한 상태인데, 누굴 방에 데려다줄 상황도 아니었고.

"어떡할까요?"

택시 기사가 물었다. 너희 같이 갈 거야, 말 거야. 그의 눈이 그렇게 묻고 있었다. 수현은 고민했다. 모르겠다. 느려진 사고 회로가 그의 생각에 훼방을 놓았다.

그때, 주머니에 넣어 두었던 전화가 울렸다. 사랑이었다. 참아 두었던 취기가 한 번에 올라오고 있었다. 점점 몽롱해져 가는 정신에 그녀가 무어라고 묻고 있는지, 나는 또 무엇이라고 대답하고 있는지. 제 말소리인데도, 점점 아득해져 갔다.

손에 쥐고 있던 휴대폰을 택시 기사가 가지고 갔다. 아저씨 그거 가져가면 안 되는데. 나 지금 우리 사랑이랑 통화 중이란 말이에요. 그러다 등에 푹신한 시트가 닿았다.

사랑아, 보고 싶어.

내 사랑이.

아, 내가 최이영을 두고 왔던가? 아닌데. 제 무릎을 베고 있는 게 지금 최이영인 건가?

내 여자 베게 놔둔 무릎을 왜 네가 베고 있어. 버럭 화를 내 보지만 몸이 따라 주질 않는다. 입이 움직였는데, 소리가 나간 건지 잘 모르겠다.

'차수현…….'

그러다 들려오는 목소리. 아버지의 목소리였다.

'수현아, 우리 가서 회전목마 탈까?'

최이영은 온데간데없이 사라지고 그 자리에 온갖 놀이기구가 펼쳐졌다. 하늘이 맑았고 곳곳에 풍선이 두둥실 떠다녔다. 제 손에도 하늘로 솟아오르려는 풍선 하나가 걸려 있었다.

'아니, 아니. 나는 아빠가 태워 주는 목말이 세상에서 제일 좋아.'

'그래? 그럼 우리 수현이 좋아하는 목말 실컷 태워 줘야지.'

'아빠 최고!'

아버지의 어깨 위에서 자신이 그렇게 이야기하고 있었다. 흔들리던 시야 아래로 그의 까만 머리카락이 바람에 흩날렸다. 그날의 햇살과 바람이 제 코끝을 간지럽혔다. 손에 잡힐 것처럼 실감이 났다.

수현은 한참이나 아버지의 목말을 탔다. 아버지의 얼굴은 볼 수 없었지만, 어깨 위로 당신 역시 웃고 있음을 느낄 수 있었다. 행복했다. 스르르 열리는 눈꺼풀이 아쉬울 만큼 행복한 꿈. 돌아가신 뒤로 그는 악몽을 통해 나타났다. 매번 그가 보여 주는 모습은 가장 마지막 모습. 벌겋게 술독이 오른 그는 항상 제게 등을 돌린 채 떠나갔었다.

잊고 지낸 아득하고도 행복했던 기억. 악몽만 꾸다 보니, 꿈 안에서조차 행복한 꿈이 낯설다. 왜 이런 걸 꾸게 되었을까 의문부터 드는 것도 잠시,

"잘 잤어?"

모로 누워 미소 짓는 그녀가 있었다. 이러면 단번에 이해가 가고 만다. 악몽마저 빗겨 가게 하는 사람이 옆에 있어서였구나 하고. 이 사람을 볼 때면 행복감이 어느새 자연스럽게 녹아들었다.

"응."

짧은 대답. 깊은 입맞춤이 이어졌다. 술 냄새가 난다고 사랑이 타박을 주었어도 수현은 그녀의 입술을 놓아줄 줄을 몰랐다.

"괜찮아."

어르는 수현의 말이 웃겨서 사랑의 입술에서 바람이 새어 나왔다. 달콤해. 숨 하나조차 달콤하다. 수현은 그런 그녀의 숨까지 빼앗으며 제주에서의 아침을 맞이했다.

"일어났나?"

"여어, 동생. 와서 앉아."

주방으로 들어서자 식탁에 둘러앉은 식구들이 수현을 반겼다. 오

랜만에 만난 그녀의 식구들이 반갑기도 하면서, 빈손으로 다시 만나게 된 상황에 민망함이 앞섰다. 더불어 어젯밤 그에게 패배를 인정한 이영도 함께 있었다는 게 조금 거슬렸지만.

"안녕하셨습니까. 간밤에 실례가 많았습니다."

수현이 서글서글 웃으며 빈자리에 앉았다. 사랑은 곰솥에서 해장국 두 그릇을 떠 와 수현과 자신 앞에 두었다. 자연스레 수현의 옆자리에 앉는 사랑의 모습을 이영이 씁쓸하게 쳐다봤다.

"아이다. 아부지한테 무신 실례고."

편 사장의 말에 수현이 영문을 몰라 하자 이 집 큰딸이 보충 설명을 나섰다.

"어제 아빠한테 애교를 부리고……. 우리 집 아들 시켜 달라고 그랬잖아요. 생각 안 나요?"

나라의 설명에도 생각나지 않는 어젯밤에 수현은 당황했다.

"내 동생도 하기로 했지, 암. 남동생을 갖고 싶긴 했는데 말이야."

"오빠. 우리 그이 지금 손님들이랑 바닷가에 보말 잡으러 갔기에 망정이지. 그이가 들었으면 자긴 동생 안 하냐고 서운해했을 거야."

"아니, 뭐. 그런 의미는 아닌데……. 다들 비밀로 해 줘."

두 남매가 재잘재잘 수다를 떠는데 수현은 여전히 영문을 모르겠다는 눈치였다. 결국 사랑을 쳐다보며 구조 신호를 보냈다. 나 어제 많이 실수했어? 그의 눈이 그렇게 물었다.

"어제 오빠랑 형부가 고생하긴 했지. 그나마 최 피디는 뻗은 그대로 잠들었는데, 당신은……."

사랑이 말을 흐리자, 수현은 끝까지 설명해 달라고 눈빛을 쏘아 댔다. 그러나 사랑은 알아서 상상하라며 어깨만 으쓱일 뿐 더 이상의 말은 아꼈다.

서울에서도 그렇고, 제주도에 와서까지. 사랑의 옆에 함께하고 있는 지금, 그녀와의 관계가 많이 달라졌지만 가족들에게 어쩐지 추태만 부린 것 같아 수현은 면목이 없었다. 제주도에서만큼은 제대로 인사드리고 싶었는데 말이다. 그런 그를 조용히 지켜보던 편 사장이 수저를 들었다.

"괜찮다. 밥 먹자."

많이 먹으라는 편 사장의 말에, 수저를 들던 수현의 손이 멈칫 굳었다. 그는 잠시 그녀의 가족들을 돌아보았다.

"잘 먹겠습니다."

수현의 목소리가 둘러앉은 식탁 위로 조용히 퍼져 나갔다. 편 사장은 만족스럽게 웃으며 식사를 했다. 편 씨 집안 사람들의 입가에도 짙은 미소가 번져 나갔다.

"잘 먹겠습니다."

식사 인사가 여기저기서 흐르고 이내 가족들의 수다가 이어졌다. 새해를 앞둔 날, 다들 함께했던 저녁 식사에서와는 또 다른 기분이었다. 서로의 반찬을 챙겨 주고, 그 와중에 서로의 이야기가 흘러나왔다. 가족들에게 둘러싸여 먹는 아침. 얼마 만에 먹어 보는 것인지, 기억이 까마득했다.

밥이 꿀맛인지, 이 일상이 좋았던 것인지. 생각나지 않는 어젯밤 때문에 눈치를 보던 것도 잠시, 그의 밥그릇은 벌써 동이 나려 했다. 그런 그를 보며 사랑의 모친이 물었다.

"밥 더 먹을래요?"

수현은 망설임 없이 밥그릇을 내밀었다.

"더 주세요, 어머님."

그 모습에 식사를 하던 이영도 질세라 밥그릇을 내밀었다. 편한 듯 스스럼없이 사랑의 가족들이 돌아가며 그의 안부를 물어 왔지만, 속까지 웃을 수는 없었다. 어느새, 자연스레 이 가족들과 녹아들고 있는 것은 자신이 아닌, 수현이었다.

새로 시작한 드라마의 이름이 자신의 것이 될 줄 알았다. 봄처럼 다시 사랑이 그에게 돌아올 줄만 알았다. 거부했던 그녀의 말에도 언젠가는 저에게 돌아올지도 모른다고 생각했다. 적어도 그녀의 가족만은 자신의 편이라고 믿고 있었으니까. 오랜 시간 쌓아 두었던 이들의 신뢰는 어쩌면 자신을 떠났을지도 모른다는 것을 오늘에서야 서서히 깨닫는 중이었다. 이영은 자신이 오늘 철저한 '손님'이 되었다는 것을 느낄 수 있었다.

이영은 비로소 깨닫게 되었다. 사랑과 그녀의 가족은 이제 자신이 아닌 수현의 봄날이 되었음을…….

13. 완벽한 나날의 끄트머리

전날 총괄 프로듀서인 이영이 소맥 시합에서 진 관계로 모두들 하루의 자유를 얻었다. 수현은 바로 숙소로 돌아가지 않고 사랑의 가족들이 있는 펜션에 머물렀다. 자신을 두고 혼자 올라갈 거냐 수현이 조르는 바람에, 사랑 역시 서울로 올라가는 표를 하루 미뤘다.

수현은 사랑의 가족들에게 빠르게 동화되어 갔다. 어쩌면 반대로 가족들이 그를 빠르게 동화시키는지도 몰랐다. 어린 아역 배우들과 호흡을 맞출 때 외엔 아이들과 제대로 놀아 본 적이 없던 그가, 두 조카들의 손에 이끌려 바닷가로 산책을 나섰다. 사랑도 따라 나와 해변에 자리를 잡고 앉았다. 모래 위에 앉아 사랑스런 세 사람의 모습을 보는 게 좋았다.

"자."

어느새 인기척 없이 다가온 이영이 커피를 건넸다. 사랑은 별로 놀라는 기색도 없이 커피를 받아 들었다. 뚜껑 없는 보온병에 담아 온 커피 향이 딱 엄마 솜씨였다. 홀짝이는 그녀의 옆에 이영이 앉았다.

"어우, 술 냄새."

사랑은 이영에게서 나는 연한 알코올 냄새에 미간을 찌푸렸지만, 떨어져 앉으라거나 하는 말은 하지 않았다. 사랑의 눈은 다시금 바닷물에 발을 적시는 세 사람에게로 향했다.

"눈이 떨어지질 않네."

이영의 말엔 서운함과 질투가 담겨 있었다. 그리고 약간의 서글 픔까지도. 사랑이 대답이 없자, 이영이 다시 입을 열었다.

"많이 좋아하니?"

그의 질문에 '응.' 하고 담백한 대답이 들려왔다.

"연기할 때 어딘가 쓸쓸함이 묻어나와. 그건 직접 겪어 보지 않고는 절대 나올 수 없는 감정이야."

"그런 쓸쓸함까지도……."

사랑은 부러 뒷말까지 덧붙이지 않았다.

"동료 말고……. 이제 내 자리는 없나?"

커피 향과 이영의 음색이 어우러졌다. 쓸쓸하고, 여운이 남았다.

"최이영."

사랑은 대답 대신 그의 이름을 부르는 것으로 대신했다.

"그 난리를 피우고 나서 내가 이 작품을 맡은 이유를 다시 한 번 곰곰이 생각해 봤어. 친한 동생 오디션 보게 하는 거라면 딜이 너무 약하잖아."

이영은 혹시나 하는 기대로 그녀를 돌아보았다.

"너는 나에 대해 많은 걸 알고 있어. 나 역시도 그렇고. 10년이란 시간은 그냥 흐른 게 아니었으니까. 그래서 생각했지. 내 작품을 실력 있는 피디가 만들어 주겠다는데, 그것도 내 의도를 누구보다 잘 파악해서 반영할 연출자인데 거절할 이유가 없겠더라고."

서늘하고도 이기적인 그녀의 모습이 낯설었다. 그녀는 이제 자신을 친구로서도 거리를 두고 있었다. 어느새, 저는 정말로 동료 외에 그녀의 곁에 설 수 없는 위치가 되었다는 것을 깨닫고야 만다.

"그리고, 네가 모르는 게 있지."

"내가 모르는 게 있다고?"

이영이 발끈했지만 사실이었다. 세 번의 연애를 했던 남자는 정말 중요한 사실을 몰랐다.

"나도 여자였어, 최이영."

넌 그걸 항상 잊었지. 사랑이 조소를 머금었다. 그런 사랑의 말에 이영이 의중을 파악하려 애썼다.

"그럼 남자로 대했으려고? 말이 되는 소릴 해."

기가 찬 얼굴로 이영이 말했다. 그럼에도 사랑은 평정을 잃지 않았다. 그런 그녀가 조용히 고개를 저었다.

그런 이야기가 아니야, 멍청아.

"여자로서 네 곁에 돌아갈 일은, 이제 없다는 말이야."

사랑의 말에 이영의 얼굴이 눈에 띄게 굳어졌다.

"내가 널 어떤 마음으로 두 번을 다시 받아 주고 세 번을 놓아줬을 거라 생각해?"

"그건……."

"아무렇지 않아 보였잖아, 내가. 그래서 넌 나를 그냥 보살쯤 되는 마음을 가졌다고, 아님 언제든 돌아갈 수 있는 고향 집 정도로 생각했을 거야. 그렇지?"

차갑게 쏟아지는 말들이 그의 귀를 날카롭게 파고들었다. 언성을 높이지 않고서 직설적으로 풀어내는 이야기가 그의 입을 틀어막았다. 왜 그렇게 생각하느냐고 항변을 하고 싶지만, 마음 깊은 곳이 찔렸다. 아니라고 말할 수 없었다.

"널 친구로 곁에 둔 이유가 궁금하겠지, 그럼."

친구로 곁에 둔 이유라. 이영은 마치 선고를 받기 전의 죄수처럼 그녀의 말을 기다렸다. 조금의 미련이 아니었을까. 너도 나를 잃기 싫어서가 아니었을까, 그는 그렇게 생각해 왔다.

"사실 그건 그냥 예의야. 우리가 함께한 세월에 대한 예의. 그리고 너와 내 가족들의 관계에 대한 예의. 우리가 끝났다고 네가 우리 가족들이랑 쌓은 정까지 집어치우라고 할 순 없잖아. 그래서 그냥 뒀던 거야."

그러나 그것 역시 온전히 자신의 착각이었음이 여실히 드러났다. 마음이 쓰렸다. 마치 오래도록 고심하고 마음먹은 것을 이야기하는 사람처럼. 사랑은 지금까지와는 다르게 침착하지만 무자비하게 그에게 선고를 내렸다.

"사랑아, 나는……."

하, 하고 사랑이 한숨을 내쉬었다. 세 사람을 바라보던 시선이 이영에게로 돌아왔을 때, 그곳엔 무의미함만이 담겨 있었다. 방금까지 담겨 있던 온기는 어디로 갔는지. 푸른 하늘을 바라보는 그녀의 얼굴이 금방이라도 자신을 떠나갈 것 같았다.

"네가 앞으로도 우리 가족이랑 이대로 지내고 싶다면 그렇게 해. 말리지 않을 거야. 우리 가족도 아마 그렇겠지."

선고의 마지막 부분. 판사가 그간의 죄를 읊는다. 구구절절하지 않아도, 자신의 만행들이 스쳐 지나갔다. 손가락 하나를 그녀의 발 끝에 걸어 놓고, 일과 그녀를 저울질했던 자신의 과거에 이영은 숨이 턱 막혔다.

"하지만 내가 여자로서 옆에 서는 남자는, 저 사람뿐이야."

그에게 돌아온 사랑의 시선에는 아까는 없던 게 담겨 있었다. 동정. 이로써 끝임을 실감했다. 자신의 위치를 실감하고야 말았다. 더 이상 그녀의 옆자리는 제 것이 될 수 없다는 사실을 인정할 수밖에 없었다.

이영은 울고만 싶어졌다. 가장 사랑하는 여자와 가장 사랑하는 사람들이 자신의 곁에 있었지만, 그는 온전히 고독해졌다. 이토록 따뜻한 사람들을 잃고만 것을, 자신 외에 탓할 곳이 없었다.

곧, 사랑의 옆자리가 비었다. 터벅터벅 돌아가는 발소리가 사랑의 귓가에서 멀어졌다. 그녀의 눈이 다시 수평선 근처로 흘러갔다. 아니, 그곳에 미치기도 전에, 그런 그녀의 시야를 막고 선 한 남자에게로 향했다. 걷은 셔츠의 소맷자락과 바지 밑단 위가 봄빛 바다에 물들어 있었다.

엄마들의 부름에 아이들이 집으로 뛰어 들어가자, 해방된 수현도 발걸음을 옮겼다. 아까부터 이곳에 오고 싶어 하던 눈치가 역력했는데, 아니나 다를까 사랑을 향해 걸어오는 발걸음이 점점 조급해졌다.

"어디 안 가. 뭐가 그렇게 급해."

"뭐긴, 당신이 급하지."

수현의 손이 사랑의 볼 위에 닿았다. 바닷물이 닿았던 손이 차가웠다. 옆에 앉는 그의 손 위를 사랑이 감싼다.

"이렇게 대담해도 돼?"

"아니, 안 돼."

사랑의 물음에 수현이 가볍게 입을 맞췄다.

"이 정도는 해야 '대담'이란 단어가 억울해하진 않겠지."

입을 맞춘 그는 그렇게 말했다.

"무슨 이야기 했어?"

이번에는 말소리 위로 질투라는 두 글자가 섞였다. 좋아하는 남자의 질투는 참으로 바람직하다. 그런 모습이 조금 더 보고 싶어 사랑은 대답할 듯 말 듯, 그를 애태워 봤다.

"얘들아! 밥 먹자!"

그때 사랑의 오빠인 우리가 나와 우렁차게 밥시간을 알려 줬다. 타이밍이라는 게 또 받쳐 주니, 두 사람을 집으로 호출하는 소리에 그녀의 대답이 미뤄졌다.

"예, 형!"

"형?"

"어, 형이라고 부르기로 했어. 그나저나 무슨 얘기 했냐니까."

사랑의 뒤를 졸졸 따라오며 수현은 두 사람이 어떤 얘길 한 건지 캐물었다. 자존심이고 뭐고 둘이 같이 있는 모습부터가 거슬렸다. 촬영장에선 어쩔 수 없다 속으로 참을 인을 몇 번을 새겼는데. 그로서는 궁금해 죽을 지경이었다.

단호하게 걸어가던 사랑의 입꼬리가 기분 좋은 호선을 그리며 씰룩씰룩 위로 올라갔다.

"무슨 얘기 했냐니까."

길게 늘어지는 말투를 애교라도 봐도 좋을 듯. 역시나 남자의 질투는 참으로 바람직했다. 돌담 앞에서 사랑은 수현을 향해 마침내 뒤돌아보았다. 귀엽다고 더 약 올리다간 역효과가 나기 십상이었다.

"별 얘기 아니었어."

"무슨 얘긴데."

"내가 너 좋아한다고."

물 흐르듯 자연스레 나온 대답에 수현은 히끅 딸꾹질이 터질 것 같았다.

"깜짝 놀랐네."

그의 큼지막한 손이 가슴 한가운데 가 있는 걸 보니, 놀란 게 빈말은 아닌 모양이었다.

뒤돌아서는 그녀의 뒤통수에 수현은 가슴이 뛰었다. 뽀뽀하고, 오늘 아침에 같은 침대에서 눈을 뜨기까지 했는데. 뭐, 서울 집에 있을 땐 더한 것도 많았지만. 갑작스레 그의 마음을 파고드는 그녀의 진심은 항상 그의 마음을 건드렸다.

서늘한 척, 시크한 척, 관심 없는 척. 그래도 볼 건 다 보고. 말할 건 다 말하고. 키스도 얼마나……. 하여간 제 마음을 이렇게나 들었다 놨다 하는 걸 보면,

"여우야, 여우."

수현의 입꼬리가 스르륵 올라갔다. 가슴 위에 갖다 댄 손을 내려놓고 수현이 그녀의 뒤를 따라갔다.

"같이 가."

그가 그녀의 집 돌담 안으로 함께 사라졌다.

"자자! 날이면 날마다 오는 시간이 아니죠. 우리 가족 노래 자랑 순서가 돌아왔습니다!"

웬일로 손님에게 관심을 끊은 편씨 집안사람들은, 수현에게 그 관심을 쏟아부었다. 그 관심이 무엇인고 하니, 바로 노래자랑이었다. 그 와중에 이영이 먼저 돌아갔다는 사실이 그를 더욱 기쁘게 만들었다.

"할아버지, 할머니도 춤을 춰요. 이히—!"

노래가 유행할 때 태어나지도 않았을 아이들이 노래에 맞춰 춤을 췄다.

"좌닌한, 하! 여좌라, 하!"

항상 다소곳하게 이 집안의 맏며느리 노릇을 톡톡히 하던 그녀의 올케언니도 마이크를 잡으니 영 다른 사람이었다. 긴 머리채와 고음으로 마음껏 락 스피릿을 발산하던 그녀는, 음악이 끝나자 다시 다소곳한 며느리로 돌아갔다.

"어리다고 놀리지 말아요오— 오오, 예에—"

덩치가 산만 한 그녀의 오빠와 형부는 걸 그룹 노래를 불렀다. 애교를 마음껏 발산하는 어깨 근육이 상당히 인상적이었다.

"이 세상에, 하나뿐인, 둘도 없는, 나의 그대—"

꿀이 떨어지는 편 사장의 노래에는 다들 짝을 지어 블루스를 추었다. 그 가운데 수현도 사랑을 자연스레 품에 안고 서 있었다. 그러다 와인 한잔과 품 안에서 웃고 있는 내 사람에 잔잔하게 취한 수현의 기분이 하늘로 두둥실 떠올랐다. 체면 따윈 신경 쓰지 않고 배필에게 마음껏 진심을 전하는 가풍이 아주 좋았다. 그래서 그는 꼭 이 순간 이 집안의 가풍 속에 속한 사람이 되고 싶었다.

"하, 좋다……."

거실 바닥에 털썩 누운 수현은 그렇게 중얼거렸다.

"좋나?"

"좋지?"

그녀의 오빠와 형부가 동시에 물었다. 세 사람은 서로 머리를 마주 대고 누워 있는 중이었다. 편하게 웃는 수현의 머리 위로 누군가의 손이 올라와 쓰다듬었고, 한 사람은 배를 툭툭 쳤다. 친형제는 고사하고 사촌 형제도 없던 수현에겐 낯설지만, 꼭 한 번 바라던 일이었다. 형제의 손길, 그런 것 말이다.

한바탕 놀고 거실에 누워 있자 몸이 노곤하게 가라앉았다. 두 형들의 말소리가 점점 그의 귓가에서 멀어졌다. 그리고 어느 순간 깜빡 잠이 들고 말았다. 깜짝 놀란 수현이 두 눈을 반짝 떴다. 밝았던 눈앞이, 어두워져 있었고 함께 머리를 맞대고 누워 있던 두 남자 대신 사랑이 그 자리를 대신하고 있었다. 구름 위를 뛰어다니듯, 시간이 그렇게 흐르는 것만 같았다. 띄엄띄엄. 통통.

"형님들은?"

오빠와 형부를 부르는 호칭이 어느새 자연스러워져서, 사랑이 살며시 웃었다.

"애기들 재우러. 다들 그러다 잠들 거야."

"그래?"

"응."

조용한 목소리 위로 제주의 밤하늘이 쏟아졌다. 창밖으로 비가 올 듯 구름 낀 하늘이 지평선과 가깝게 내려오고 있었다. 그의 몸이 다시금 편안하게 가라앉았다.

"좋다."

이곳도. 이 순간도. 그리고 너도.

수현의 눈길이 휘었다가, 지그시 그녀를 응시했다. 도톰한 입술이 그의 시선을 사로잡았다.

"키스하고 싶어."

사랑의 입술 가까이로 수현이 자석처럼 이끌렸다.

"안 돼."

그러나 곧 슬쩍 피해 버리는 사랑 때문에 그는 애가 탔다. 몇 번의 시도에도 근처에 가족들의 방이 있다는 이유로 그녀는 입술을 내주지 않았다. 그러다 귀찮은 듯 자리에서 휙 일어난 사랑이 하늘하늘한 원피스 자락을 나부끼며 현관으로 향했다. 수현은 황망하게 그녀의 뒷모습을 바라보다 자리에서 일어났다. 포기할 수 없었다.

"어디 가."

문밖을 나선 그녀의 발걸음이 사뿐사뿐 가벼웠다. 종종 뒤를 돌아보지만 그가 내미는 손을 잡아 주진 않고 약을 올렸다. 구름 낀 하늘에서 한두 방울씩 이슬비가 떨어졌다. 아랑곳 않고 나무와 싱그러운 풀 냄새가 가득한 돌담길을 걷는 뒷모습이, 그의 눈에는 꼭 이곳의 요정 같았다.

"당신은 왜 이런 곳을 떠났어?"

어떻게 혼자 서울로 와서 살고 있냐는 말이었다. 떠나기 싫을 만큼 좋은 곳이었다. 그녀가 가족들을 그렇게 끔찍이 생각하는 이유를 단박에 알 수 있었다. 무엇보다 빠진 퍼즐 조각 하나를 맞추고 난 것처럼, 사랑이 이곳에 있는 모습 그 자체가 완벽하게 어울렸다. 사랑의 발걸음이 멈추자, 수현도 멈추었다.

"글쎄. ……당신 만나려고 그랬나?"

어깨를 으쓱인 사랑이 나무 사이로 사라져 버렸다. 맙소사. 저렇게 사랑스러워도 되는 건가. 원하던 대답이 흘러나오자 잠시 굳어 버리고만 수현의 입술이 호를 그리며 올라갔다. 이에 사라진 그녀를 놓칠세라 수현의 발걸음이 그녀를 따라 바빠졌다.

나무를 헤치고 나가자, 불 꺼진 펜션 한 채가 그의 앞에 나타났다. 손님이 없는 빈 독채. 사랑은 그곳의 현관문을 막 여는 참이었다. 다가간 수현이 그녀가 여는 문고리를 잡았다. 두 사람의 손이 겹쳐졌다.

"당신은 여기서 자."

"이래 놓고 나 여기서 혼자 자?"

뭘 이래 놓고? 어쩌면 그런 대답이 들려올지도 모른다고 생각했다. 그의 손에서 빠져나간 사랑은 빈 거실 안으로 들어섰고, 달빛에 그녀의 원피스가 어스름하게 빛이 났다. 카디건을 벗은 그녀의 어깨 위가 하얗게 드러났다. 살 내음이 그를 자꾸만 건드렸다. 위험한 시선이 그녀의 어깨에 닿았고, 이어 그녀가 다가왔다.

수현의 팔이 기다렸다는 듯 그녀의 허리를 휘감았다. 한 손은 그녀의 얼굴을, 또 다른 한 손은 원피스 끈을 당장이라도 내릴 듯 지분거리고 있었다.

"혼자 자?"

다시금 물어 오는 수현의 물음에는 답이라는 게 정해져 있었다.

그 답이 무엇인지는 두 사람 모두 알고 있었다. 그러나 그걸 귀로 듣는 건 또 다르니, 수현은 그렇게 그녀의 대답을 재촉하고 있었다. 그의 눈이 끝까지 그녀를 추궁했다.

사랑이 백기를 들었다. 그녀의 눈이 빛났고, 내려 두었던 손이 그의 어깨 위로 둘러졌다. 조용하던 입술이 공간을 만들었다.

"안 돼."

사랑의 입술을 타고 흐르는 안 된다는 말이 이렇게도 섹시할 수가 없었다. 그런 목소리를 듣고 가만히 있는 것은 신사의 도리가 아니었다.

"그럼 혼자 자는 건 안 되는 걸로."

이내 수현의 입술이 사랑의 입술을 삼켰다.

모든 것이 신비로운 하루였다. 눈을 뜨자 사랑하는 여자가 눈앞에 있었고, 그녀의 가족이 꼭 자신의 가족처럼 느껴졌다. 30년 만에 가족이 생긴 것만 같은 그런 기분. 점점 거세져 가는 비와 진해져 가는 풀 내음, 멀리서 들려오는 파도 소리와 서늘한 밤공기. 그속에서 나풀거리던 요정이 제 품에 안겨 내는 신음 소리는 그 풍경과 이질적이기는커녕, 몹시도 자극적으로 그를 흥분시키고 있었다.

수현은 제 손을 가져가는 사랑을 멍하니 바라봤다. 손가락 하나하나에 그녀의 입술이 닿았다 떨어졌다. 손끝을 바라보는 수현의 입술이 벌어졌다. 애달아하는 그가 손가락을 물던 그 입술에 키스했고, 그녀가 웃으며 물러났다. 입술이 붙었다 떨어지기를 반복했고, 마침내 도망가는 입술을 수현이 붙잡았다.

"하……."

갑작스런 폭우가 몰아치는 제주도는 오히려 고요했다. 무섭게 몰아치는 비바람이 그들을 모든 것으로부터 해방시켜 주는 듯했다. 아무것도 그들을 방해할 수 없었으며, 모든 것에서 그들을 지켜 주고 있었다. 수현이 사랑의 살결을 빨았다. 연약한 살결 곳곳에서 마찰음이 흘러나왔다.

"으응……."

아지랑이 피는 쾌감에 사랑이 몸서리쳤다. 수현은 가슴을 드러낸 사랑을 마주 안고 침대로 향했다. 사랑은 그런 귓불에 키스했다. 침대 위로 쓰러진 두 사람의 온몸이 빈틈없이 겹쳐졌다. 그의 단단한 것이 그녀를 자꾸 보챘다. 그는 그녀의 몸 곳곳을 희롱했다. 다리 사이에서 느껴지는 감촉에 몸이 꼬일 때쯤, 가슴을 거칠게 쥐는 손길에 다시 한 번 그녀의 입술이 열렸다.

"아……."

마주 닿은 입술이 떼어질 줄 몰랐다. 서로의 숨결이 넥타르처럼 달콤했고, 지분거리는 몸 곳곳에 짜릿한 전율이 흘렀다. 그녀의 다리가 벌어졌고 그 사이를 남자의 다리가 파고들었다. 옷 아래로 서로의 것이 느껴졌다. 중심에서 몸 전체로 피어 나가는 감각에, 누가 먼저랄 것 없이 신음이 흘렀다.

"더워."

뜨겁게 파고드는 목소리에 귓가가 간지러웠다. 코를 찡긋거리던 사랑의 입꼬리가 올라갔다.

"벗어야지, 그럼."

악마처럼 웃던 그녀의 손이 수현의 옷 속을 파고들었다. 그가 뜨거운 숨을 뱉어 내든 말든 웃옷을 벗겨 내고는 또다시 웃었다. 그의 입술이 사랑의 어깨 위를 유영하다 내려왔다. 다음으로 그의 코가 쇄골 위에 닿았고, 그곳에 입을 맞췄다. 축축한 공기가 그녀의 살냄새를 더욱 진하게 만들었다.

아슬아슬 닿는 입술과 코끝이 그녀를 약 올렸다. 얄밉게도 그는 전력을 다하지 않고 가볍게 그녀를 건드리고 있었다. 사랑의 손이 그의 턱 끝에 닿았다. 불만을 가지고 내려다보는 사랑의 눈길에 수현이 눈을 휘었다.

엉덩이 사이를 파고드는 손길에 사랑의 입술에서 짧은 탄식이 흘러나왔다. 더 아래로, 아래로 그의 손가락이 타고 내려왔다. 그의 손가락이 빙그르르 원을 그렸고, 아찔한 쾌감에 사랑의 가슴이 부풀었다. 수현이 사랑을 끌어안았다. 팔 안에 들어오는 여체가, 저절로 탄식이 나올 만큼 좋았다.

그녀의 가슴을 삼킬 듯 수현의 입술이 다가갔다가, 다시 제자리로 돌아왔다. 열기에 젖은 수현의 눈이 그녀의 눈을 찾았다. 얄미운 그의 태도에 사랑도 질세라 눈을 맞췄지만, 오히려 그를 자극하는 꼴이었다. 그녀도 모르는 사이 어느새 그가 가까이 닿아 있었다.

"왜 이렇게 숨을 헐떡거려?"

네가 거길 움직이기 시작했잖아. 몸 전체를 훑고 지나가는 감각에 말도 제대로 할 수 없었다. 그런 사랑을 마주 보는 수현도 실제로 제정신은 아니었다. 아까부터 그녀의 살 내음이 저를 취하게 하고 있었다. 놀려 주려다가 제가 먼저 이성을 놓고 있었으니, 자승자박이라는 말이 그대로였다.

참다못한 사랑이 그의 입술을 찾았다. 갈급하게 서로가 서로를 찾았다. 수현은 이해할 수 없었던 어느 영화의 엔딩이 떠올랐다.

향기에 취해 주인공의 살을 취한 자들을, 오늘에서야 비로소 이해할 수 있었다. 몸속으로 파고드는 살냄새에 이 입술을 먹기라도 하면 어떡하나, 그런 미친 걱정이 들었다.

"차수현."

이름 한마디에 미치겠다. 아니, 아까부터 미쳐 있었는지도 모르겠다. 스캔들 기사로 아파트 한 층 높이를 쌓을 수 있을 만큼 염문을 뿌리고 다녔었는데, 이런 미친 기분은 처음이라 두려웠다. 온몸을 구석구석 맛보고 싶었다. 아니, 섹스 그 이상으로 그녀를 소유하고 싶었다.

열기에 취해 점점 참기가 어려워졌을 때, 그의 몸에 더욱 불을 지피는 자극이 느껴졌다. 사랑이 수현의 목덜미를 깨물며 재촉했다.

"빨리 넣어."

어찌나 마음이 잘 통하는지. 예뻐 죽겠다.

수현은 쪽 하고 그녀의 콧잔등에 입을 맞추며 웃었다. 그 한줄기 웃음 자락은 그가 마지막으로 내비칠 수 있는 여유로움이었다.

"분부대로."

한마디 말을 끝으로 그에게서는 모든 여유가 사라졌다. 그리고 이내 그의 터질 것 같은 욕망이 그녀의 몸 안으로 향했다.

작은 펜션 안은 사랑을 나누는 두 사람의 열기로 가득했다. 폭풍우 때문에 주위에 아무도 없는 게 다행일 정도로. 두 사람의 기나긴 밤은 이제 막 시작이었다.

제주도에서의 나날은 신기로웠다. 그가 그녀에게 홀린 건지, 또

다시 그녀의 가족들에게 홀린 것인지. 아니면 이번엔 이 섬에 홀린 것인지 모를 노릇이었다. 그를 괴롭혔던 악몽도 사라졌고, 고모의 일도 다 그렇게 잊고 살아가고 있었다. 그렇게 거짓말처럼 그를 괴롭히던 것에 해방된 그런 기분으로 그는 연기에 집중할 수 있었다.

모든 것이 제대로 흘러가고 있었다. 여러 작가들과 합숙을 하고 있다는 사랑은 완성도 높은 대본을 보내 주고 있었고, 드라마 촬영 역시 순조롭게 진행되어 갔다. 사전 제작 기간을 총 세 달로 잡았 지만, 서로의 호흡이 좋아서인지 두 달 가까운 시점에 어느새 후반 부를 달리고 있을 정도였다.

전화로, 영상 통화로 서로의 안부를 확인하는 두 사람 사이의 애정 전선에도 문제가 없었다. 곧 모든 대본이 마무리될 예정이었고, 그 말은 그녀가 곧 다시 제주로 내려온다는 이야기였다.

가끔 촬영하다 지치면 그녀의 가족들이 있는 집으로 갔다. 펜션 은 언제든지 열려 있었고, 그를 향한 가족들의 반응도 재미있었다. 항상 포근했다. 완벽한 나날들이 이어지고 있었다. 그렇게 완벽한 나날들만 이어질 줄 알았다.

※ ※ ※

"수고하셨습니다!"

촬영 막바지를 응원하고자, 그의 소속사 대표가 밥차와 커피차를 지원하고 나섰다. 수현도 기분 좋게 밥을 먹고 커피 한잔을 마시던 중, 양팔을 붙잡혀 벤으로 끌려갔다. 영문도 모르고 양쪽에 소속사 대표와 매니저 김 군 사이에 앉은 수현이 눈썹을 추켜올렸다. 한참

뜸을 들이던 대표가 조심스레 말을 꺼냈다.

"요즘 고모님 연락 없으셨냐?"

난 또 뭐라고 그렇게 뜸을 들이나 했네.

"왜. 형한테 연락 왔어?"

잊고 있던 화련의 요구가 생각이 나, 수현의 입술이 비릿하게 올라갔다. 그녀가 요구했던 '큰 거 세 장'을 아직 보내지 않고 있었다. 그러고 보니 재촉할 때가 되었는데 연락 한 통 없던 게 이상했다.

"아니, 그게 아니고 인마……."

오히려 최근 너무 조용해서 탈이었다. 진작 연락이 오고도 남을 시기였는데. 소속사의 유일무이한 배우인 수현을 관리하는 것이 대표 자신의 일이니, 그의 스트레스 역시 관리 대상이었다. 안 그래도 지난번 고모를 만난 후 쓰러졌다는 이야기를 들었을 때부터 그는 더더욱 수현과 그의 고모의 관계에 신경을 곤두세우고 있었다. 그것이 아무리 집안일일지라도 말이다.

"괜찮아. 나 요즘 돈 열심히 벌고 있잖아."

얼마를 말해도 요구해도 괜찮다는 건데……. 나 원 참, 속없이도 웃는다. 저 속이 얼마나 썩어 있을지는 알 수 없었다. 편안해 보이던 녀석에게 괜한 이야기를 꺼낸 건 아닌가 후회가 들었다.

그도 몇 번 만나 본 적 있는 그의 고모는 절대 쉬운 상대가 아니었다. 화려하고도 지적인 분위기를 풍기는 그녀가 조카를 대하는 무감각한 태도는 곁에서 보고 있는 저 역시도 질리게 만들 정도였다. 그녀의 마음속에 정이라는 게 한 조각이나마 존재하기는 할까 의심이 들었다.

수현의 양친이 돌아가시고 결국 그를 맡게 된 그녀는 배우 생활을 그만두어야 했다. 그리고 그 원망을 철저한 무관심으로 수현을 향해 풀어냈다. 미움보다 무서운 게 바로 무관심이라는 걸, 화련을 통해 배울 수 있었다.

"그래. 이번에 입금 많이 됐더라."

대표는 속없는 말로 수현을 웃겼다. 알맹이 없는 웃음소리가 벤 안을 울렸다. 아 참, 그게 있었지. 대표는 일부러 목청을 높이며 수현의 어깨를 쳤다.

"야! 너!"

"인마."

대표의 불호령에도 아랑곳 않고 내던지는 수현의 장난에, 긴장된 표정으로 앉아 있던 김 군의 입술에서 피식 웃음이 터졌다. '야! 너! 인마!'라는 대학생 때 많이 하던 술 게임이 생각나서였다.

"웃어?"

우씨, 이것들이. 대표는 통통하게 살이 오른 손으로 옆에 두었던 휴지 갑을 내던졌다. 부라리는 눈이 무섭기는커녕 동네 형처럼 정감 있었다. 분위기 전환용이라는 걸 알았지만, 어쩐지 또 혼날 거리가 있기는 있는 것 같아서 수현은 눈을 굴렸다. 요즘은 분명 혼날 일이 없을 텐데, 여전히 그는 영문을 모르겠다.

"누구야, 이 여자."

대표는 재킷 안쪽 주머니에서 무언가를 꺼내, 그의 배우에게 건넸다. 몇 장의 사진들이 수현의 앞에 펼쳐졌다. 서울과 제주도 곳곳에서 찍힌 사진. 제대로 얼굴이 나온 건 아니었지만, 영락없이 자신과 사랑의 데이트 장면을 담은 파파라치의 사진들이었다. 스캔들 제조기 시절 수현의 반응은 아주 간단했다. 짜증을 내거나, 누군지 생각도 나지 않는다며 무관심으로 일관하는 것. 지금처럼 사진을 하나하나 들여다보며 미소를 짓는다거나 하는 일은 없었다는 말이다.

"예쁘게도 찍혔네."

"뭐라고?"

"어디서 구했어?"

다그치는 대표에게 수현은 엄지라도 척 내밀 듯 만족스럽게 웃고 있었다. 버석거리던 얼굴이 다시 안정을 찾았다. 모양새가 꽤나 도도하고도 당당하기까지 해서 대표는 기가 찼다. 배우는 당당해야 한다고 데뷔 때부터 자신이 가르친 거니 할 말은 없었지만. 신문에 나도 될 만한 데이트 사진이 여럿이었는데 뭐가 이렇게 아무렇지 않아하는 걸까?

"그나마 강 기자가 먼저 손을 썼으니 다행이지. 너 이거 막느라고 내가 술을 몇 번이나 샀는지 알아?"

"그래도 호텔 들어가는 사진보단 낫잖아요, 대표님."

김 군이 위로한답시고 한 말이 불에 기름을 붓는 격이었다.

"그게 할 소리야, 지금!"

큰소리가 날 걸 예상했는지, 수현은 미리 귓구멍을 손가락으로 막고 있었다. 조용히 손을 제자리로 해 놓고 그도 입을 열었다.

"틀린 말 아니잖아. 스캔들이 한두 번도 아니고."

"뭐? 허! 야, 그래도 한 사람이랑 이렇게 여러 번 찍힌 적은 없었으니까 하는 말 아니야. 도대체 뭐 하는 여자냐고! 이 여자랑 무슨 관계인지 제대로 말 안 해?"

산적처럼 덥수룩하게 수염 난 얼굴이 붉으락푸르락했다.

"자꾸 이 여자, 저 여자 하는데. 그러지 마. 나도 함부로 못 하는 사람이야."

여전히 대표의 코에서는 씨익씨익 열이 뿜어져 나왔다. 그러나 혹시나 하는 마음에 금세 그의 두 눈동자가 걱정으로 물들었다.

"너 설마……!"

"형 혹시……!"

대표와 김 군의 시선이 동시에 수현에게로 꽂혔다. 양쪽에서 쏟아지는 시선에 당황스러움과 걱정, 분노와 안타까움 등등이 담겨 있었다. 하, 이 사람들이 진짜.

"뭐 사고라도 쳤냐는 눈빛인데?"

"맞아?"

"그래요, 형님?"

저리 가. 수현은 제게 가까이 다가와 있는 두 사람의 이마를 톡 밀었다. 아니라는 수현의 말에도 그들의 의심스러운 눈빛이 가실 줄을 몰랐다. 그렇지 않고서야 이렇게 '일반적인' 공공장소에서, 심지어 그것도 같은 사람과 여러 번 사진을 찍힐 만한 위인이 아니었다, 차수현은.

"형, 내가 전에 또 슬럼프가 온다면 아예 못 일어날지도 모르겠다고 했었지."

수현이 갑자기 옛날 기억을 되새겼다. 갑작스런 인기와 성공에, 그는 두 번째 흥행작을 터뜨리고 슬럼프에 빠졌었다. 그의 마음이 다시 일어날 때까지는 꽤 오랜 시간이 걸렸던 걸 다른 두 사람 역시 기억하고 있었다.

"앞으로 슬럼프라는 게 안 올 거라고 장담도 못 하고, 이쪽 일이 작은 구설수에도 넘어지기 일쑤잖아. 최근에 한 생각인데. 그냥 이 여자가 곁에 있으면 앞으로 닥쳐 올 이런 일들을 아무렇지도 않게 털어 낼 수 있겠구나 싶더라고."

"무슨 일이 생길지라도?"

"어, 그런다고 해도."

그러자 대표의 반응도 자연스레 달라졌다. 혼을 내러 왔는데, 저 표정을 보니 '화' 는 '궁금증' 으로 바뀌었다.

"누군데?"

아까와는 달리 따스함이 배어 있는 물음에 수현이 웃었다.

"괜찮은 여자."

오랜 시간 수현을 보아 온 두 사람의 눈에, 수현이 조금 낯설어 보였다. 하지만 보기가 좋아서, 스캔들을 냈는데도 꼭 혼낼 수가 없었다. 한참 수현의 얼굴을 바라보던 대표의 눈시울이 서서히 붉어졌다. 고등학교 때부터 거두어 배우로 키워 온 녀석이었지만, 저런 편안한 얼굴을 보는 건 처음이었다. 다들 넋 놓고 이게 무슨 일인가 하는 사이, 한동안 차 안에 맴돌던 침묵이 어색해진 대표가 헛기침을 하며 입을 열었다.

"됐고. 차에 탄 김에 나 공항까지 배웅이나 해."

대표의 말에 수현이 반색했다. 이 와중에도 사진은 소중하게 주머니 속에 넣는 중이었다.

"나 곧 촬영 있어."

"형님 오늘 오전 촬영밖에 없잖아요. 이미 촬영 스케줄 다 끝난 거로 아는데요."

김 군이 그의 스케줄을 그대로 고했다.

"뭐 인마? 이게 어디서 구라야?"

눈에 불을 켜는 대표가 목소리도 함께 키우자, 수현이 깊은 한숨을 내쉬었다.

"하아. 얘는 눈치가⋯⋯. 진짜."

결국 수현도 공항으로 향하게 됐다. 굳이 차에서 내릴 생각은 없었지만, 차에서 내릴 것까진 없다는 대표의 말에 얄궂은 생색이 묻어 있었다. 그러다 세 남자 사이에 웃음이 터졌다. 일로써 묶였지만 형제 같은 세 사람이었다.

그래, 그렇게 모든 것이 제대로 흘러가고 있었다. 아무것도 그의 기분을 방해하지 않았고, 미칠 것 같은 공허함도 어느새 그에게서 떠나 버린 그런 나날이었다. 수현이 입가에 짙은 미소를 띠고는 대표가 내린 쪽을 향해 고개를 돌렸다. 그 순간, 그의 눈이 의심으로 물들기 시작했고, 만개했던 미소도 순식간에 사라졌다.

그 여자였다. 택시 속으로 사라졌던 신기루. 헛것. 혹은,

"어머니⋯⋯."

삽시간에 수현의 표정 위로 수만 가지 감정이 오갔다. 그리고,

"자, 잠깐만요! 형님!"

김 군이 급하게 차를 멈춰 세웠다. 선글라스, 모자, 경호원. 그중 단 하나도 없이 수현은 무엇이 급한지 맨몸으로 차량 밖으로 뛰어내렸다.

"어, 어⋯⋯."

캐리어를 끌고 가는 뒷모습이 너무 멀었다. 붙잡고 싶은데, 너무 오랫동안 잊고 지냈던 단어가 그의 입술에서 선뜻 나오지 않았다.

절름발이처럼 그의 입술이 절룩거렸다. 어느새, 어느 차 앞에 선 여자가 캐리어를 트렁크에 실었다. 안 돼. 이대로 놓칠 수 없었다.

"어, 어머니."

먼 거리에선 닿을 수 없는 작은 목소리였다. 그러나 그의 간절함이 전해진 걸까. 운전석으로 향하는 발걸음이 멈췄다. 천천히 돌아서는 얼굴이 낯설었다. 그럼에도 낯이 익었다. 제 마음 구석에 처박혀 있던 본능이 그 얼굴이 맞노라고 소리 지르고 있었다.

놓칠세라 수현이 뜀박질을 시작했다. 말도 안 돼. 말도 안 되는 걸 안다. 그분은 이미 돌아가셨으니까. 그러니까 그런 사람을 찾으러 간 아버지 역시 싸늘한 주검으로 돌아온 게 아니었던가. 틀려도 괜찮다. 그래, 괜찮아. 그래도 확인해야 했다. 20년 만에 눈앞에 나타난 사람이, 자신의 어머니가 맞는지를 확인해야 했다. 이건 미친 짓이라고 소리치고 있음에도, 작은 본능이 그를 뛰어가도록 채찍질하고 있었으니까.

"잠깐……!"

가까워질수록 그를 바라보던 얼굴 위로 당혹감이 물들어 가는 게 보였다. 상대는 당황하고 있었다. 그리고 허겁지겁 운전석을 열고 차에 올랐다. 겨우 몇 발자국이면 차에 닿을 수 있었다. 딱 몇 발자국. 그는 그 귀신인지 헛것인지 모를 정체를 확인해야만 했다.

"잠깐만요!"

간발의 차이로 운전석에 오르는 여자의 팔을 붙잡았다. 당황과 공포로 물든 여자의 얼굴이 그의 눈에 선명하게 들어왔다. 사진조차 없어서 긴가민가했던 얼굴을 햇빛 아래 똑바로 마주하자, 잊고 있던 기억들이 선명하게 떠오르기 시작했다.

'엄마, 곧 돌아올게.'

'크리스마스 케이크 사 올 거야. 조금만 기다리고 있어.'

'사랑해, 우리 아들.'

일렁이는 그의 눈동자 위로 발버둥 치는 여자의 모습이 들어왔다.

"이거 놔!"

20년 만에 만난 어머니는 자신에게서 벗어나려 애를 쓰고 있었다. 목이 자꾸 메어 왔다. 겨우 쏟아 낸 한마디.

"어머니……."

발악하던 여자의 몸이 멈추었다. 그러다 번뜩 커진 눈이 점점 새빨갛게 물들어 갔다. 어떤 의미일까 고민할 새도 없이 그녀가 소리쳤다.

"놔! 이거 놓으라고! 난 네 어머니가 아니야! 놔!"

"어머니 맞잖아요! 제발요……!"

그녀를 진정시켜 보려는 노력은 소용없었다. 그녀는 온몸으로 자신의 존재를 부정하고 있었고, 수현의 기분은 절망으로 물들어 가고 있었다.

"잘난 네 고모한테나 가 보란 말이야! 난 모르는 일이야. 난 모른다고!"

그에게서 벗어나기 위해 더 심하게 발버둥 치던 여자는 온 힘을 다해 수현을 밀쳐 냈다. 결국 수현이 졌고 운전석 문은 사납게 닫혔다.

"잠, 잠시만요. 고모한테 가 보라뇨. 잠시만요! 어머니! 어머니!"

시동을 건 여자는 부리나케 차를 출발시켰고, 그의 손끝은 겨우 차량 뒤꽁무니에 스치듯 닿는 게 전부였다.

"잠깐만요! 잠깐……!"

속력을 내며 공항을 빠져나가는 차를 따라잡기는 무리였다. 허탈한 발걸음이 그 자리에 남았다. 무슨 말일까. 20년 만에 만난 어머니가 너무도 낯설었다.

수현은 이해할 수 없었다. 정말 아무 관계 없는 사람이라면 이렇게까지 흥분할 이유도 없겠지. 그런데 왜 화를 내는 걸까. 왜 이렇게까지 자신에게서 도망치고 싶어 하는 걸까. 죽은 어머니가 살아 돌아오는 걸 마다할 아들이 어디에 있다고, 꼭 뭔가를 숨기고 있는 사람처럼.

"형님!"

수현의 얼굴을 알아보고 사람들이 하나둘 모여들고 있었다. 그러나 도로 몇 개를 떨어져 자리한 수현의 두 발이 차도 한가운데 있는 걸 신경 쓰는 사람은 아무도 없었다. 멀리서 따라오던 김 군만이 그 모습이 위태로워, 여러 번 수현을 불러 댔다.

어느새 김 군이 수현을 향해 발걸음을 옮기는 게 버거울 만큼 많은 인파가 몰려들었다. 멀찍이 서 있는 그의 얼굴이 어떤 표정을 짓는지도 모르고……. 그의 대각선 뒤로 주차되어 있던 차가 어느 운전자의 시선을 가로막고 있는 줄도 모르고.

돌아선 그가 힘겹게 걸음을 떼고 되돌아오려는 길이었다.

"안 돼!"

찰나였다. 눈 깜빡할 사이에 일어나 버린 일이었다. 영화나 드라마에서처럼 하이빔을 쏘거나 클랙슨을 울릴 새 같은 건 없었다. 모두의 머릿속에 상황 인식이 이루어지기도 전에 일어나 버린 일. 뒤늦게 새된 비명 소리가 공항 차로 위에 시끄럽게 번져 갔다.

"형!"

차에 있던 김 군이 미친 듯이 수현을 향해 달려갔다. 시끄러운 군중들이 어느새 수현의 주위를 둘러싸고 있었다. 누군가는 그를 바라보며 발을 동동 구르고 있었고, 누군가는 그 상황을 휴대폰에 담고 있었다. 미쳤다. 세상이 미쳤다고 생각했다.

"누가 구급차 좀 불러요!"

김 군이 그렇게 소리쳤고, 동시다발적으로 119 버튼이 눌러졌다.

수현은 시끄러운 군중들 속에서 아무것도 할 수 없었다. 그의 시선은 끝끝내 돌아오지 않는 어느 차를 향해 있었다. 그러나 온몸을 두들겨 맞은 것만 같은 충격 이후로 눈꺼풀이 자꾸만 무거워졌다.

"형! 눈 감으면 안 돼요!"

그의 셔츠가 자꾸만 붉게 물들었다. 김 군의 눈에서 눈물이 뚝뚝 뚝 떨어졌다. 내 배우라며 그렇게 자랑스러워하며 기뻐하던 김 군은 수현의 얼굴 위로 시뻘건 피가 자꾸만 흘러내리는 게 무서워졌다.

"형! 형!"

수현의 잠겨 가는 의식 너머로 어린 날의 기억들이 흘러갔다.

"차수현 씨, 정신 좀 차려 보세요!"

누구의 말이었는지 모르겠다. 갑자기 환한 불빛이 그의 눈 위로 쏟아졌다. 그리고 그 누군가의 말은 그의 시선을 잠시 제자리에 붙잡았다.

'잠깐만 나를 봐 주세요.'

그의 마음이 그렇게 외치고 있었다. 잠깐만 나에게 시간을 주세요. 잠시만 내가 당신이 신기루라는 것을 확인할 시간을 주세요.

공항을 빠져나가는 요란한 사이렌 소리 안에서 수현의 어깨가 소리 없이 떨리고 있었다.

"환자 혈압 떨어집니다. 약 투여 했고 현재 응급실까지 10분 정도 소요되고요!"

구급 대원의 다급한 목소리가 들렸다. 그의 손을 잡고 울어 대는 김 군의 목소리도 그에게는 점점 희미해졌다. 어두워지는 시야 사이로 흐릿한 어린 날의 기억이 파고들어 온다. 크리스마스 케이크를 사러 갔다가 돌아오지 않았던 어머니. 그런 그녀를 그리며 술에 절어 살다, 다음 해 똑같이 집을 나선 아버지. 시신을 확인했던 아버지와 달리, 장기 실종으로 사망 처리 된 어머니의 신원을 왜 지금껏 찾으러 다닐 생각조차 못했을까.

그저 닮은 사람이었을까. 아니면 신기루였을까. 혹은 일말의 희망이었을까. 그러나 어떠한 것이 진실인지 확인할 기회 따위는 주어지지도 않은 채 그의 두 눈은 점점 빛을 잃어 갔다.

'아⋯⋯. 사랑이가 걱정하겠네.'

의식이 완전히 점멸하기 직전, 그녀의 얼굴이 떠올랐다. 다시 그 얼굴을 보지 못하면 어떡하지.

'사랑아⋯⋯. 나의 기적⋯⋯.'

이번에도 눈을 떴을 때 당신이 내 옆에 있었으면 좋겠다.

14. 평생 악역을 연기해야 했던 여자

사고 이틀 전.

지 회장의 비서가 상사에게 보고를 시작했다.

"이름 이기순. 나이 55세. 생활고에 시달리다 잠적하였습니다. 잠적 후 남편에 의해 실종 신고 되었으나, 경찰 수사에도 찾을 수 없어 사망 처리 되었습니다. 차화련 씨의 친오빠이자 이기순의 남편인 고 차재희 씨는 알코올 중독 상태에 빠지게 되었고, 1년 후 같은 날 이기순을 찾기 위해 가출을 합니다. 이후 교통사고로 사망하였습니다."

"계속해."

"그동안 이기순은 차화련 씨에게 아이의 존재를 빌미로 협박 후 거액의 현금을 받으며 생활한 것으로 예상됩니다."

"받은 게 아니라 갈취네. 날강도랑 다를 바가 없어. 신분은 세탁했겠지."

"맞습니다."

"인생 편하게 살았겠군."

지 회장은 잠시 침묵했다.

"그럼 아이는 그 애가 확실한가?"

"네. 얼마 전 친자 확인 요청한 결과, 차수현 씨가 두 분의 친자로 판명되었습니다."

지 회장은 비서의 말을 정정하며 품에 있던 담배를 꺼내 물었다. 불을 붙이려는 비서의 손을 막고, 그는 맨 담배만 잘근잘근 씹어 댔다. 도대체 이 정도로 꼬인 문제는 어떻게 풀어내야 할지. 지 회장은 고개를 저었다.

"이기순 연락해서 이쪽으로 오라고 해."

"네."

"돈이면 뭐든 할 여자야. 넉넉히 쥐여 주고 다신 화련 근처에 얼씬도 못 하게 만들어."

"알겠습니다, 회장님."

혼자 남은 방 안에서 지 회장은 고개를 숙였다. 지난날의 회한이 그를 덮쳤다.

❊ ❊ ❊

방 안에는 매캐한 연기가 가득했다. 덜덜 떨리는 손 안에 독한 위스키 한 잔과 잎담배가 쥐여져 있었다.

'엄마!'

어린아이가 자신을 부르고 있었다. 아이의 목소리가 점차 커졌고, 점점 성인 남자의 것으로 굵어졌다.

'어머니!'

이런 환청쯤 업보라고 생각했다. 자신에게 끔찍이도 잘했던 남편을 버리고, 저를 생모로 알고 방실방실 웃어 대던 아이를 버렸다. 더 이상은 가난이 싫었고, 제 아이가 아닌 아이를 키울수록 스스로에 대한 원망이 커져만 갔다. 불임. 아이를 가질 수 없는 제 몸을 증오했다.

"내가 수고할수록 시누라는 여자는 더욱 빛이 났어요. 오빠 부부에게 아이를 맡겨 놓은 그년은 다시 카메라 앞으로 돌아갔지. 우리에게 그 아이를 돌보는 대가로 생활비 몇 푼 쥐여 주고 돌아섰지. 난 그게 정말 꼴 보기 싫었어."

그녀의 입술이 초조하게 담배를 물었다.

"도망칠 수밖에 없었어요, 난. 누군 남의 애 보느라 청춘이 사라졌는데, 그년만 잘되는 꼴을 보기 싫었거든. 근데, 그게……! 그게 먹힌 거야."

괴기한 웃음소리와 함께 담배 연기가 입술 새로 흘러나왔다.

"애 낳은 게 알려지긴 싫었는지, 돈을 이만큼씩 쥐여 주더라고. 그런데 웃긴 게 뭐냐면 그렇게 숨기고 싶어 하던 지 애를 지가 키우게 된 거지. 그러다 망할 줄 알았더니, 교수가 되더라고. 참나. 될 년은 된다고. 배우 때려치우고 난 다음에 교수 할 줄 누가 알았어. 그래도 나한텐 잘된 일이었지. 어미는 교수에, 아들 새끼는 이제 어미 따라 유명하신 배우님이 되셨으니. 아, 지 어미란 건 모르지, 참."

세상 재미있다는 듯 여자가 깔깔대며 웃었다. 자기 혼자 이 사실을 알기 아깝다는 모양새였다. 꼬이고 꼬인 인생. 이렇게라도 씹어 대며 가슴속 응어리를 풀어내야 했다.

"근데 돈 달라고 한 년은 안 오고……. 누굴 통해서 돈 보내긴 처음인데?"

스르륵 여자의 고개가 돌아갔고, 몽롱한 눈에 남자의 얼굴이 다시금 들어왔다. 전혀 다른 사람이었지만, 그의 얼굴에서는 분명 낮에 봤던 남자의 얼굴이 묻어 있었다. 약에 취한 여자의 눈은 그런 것 따위 구분할 능력을 이미 상실한 상태였다. 여자가 덜컥 뒤로 물러났다.

"뭐, 뭐야! 네가 어떻게 여기……!"

여자가 말아 쥔 잎담배의 끝자락이 서서히 타고 있었다.

"저, 저리 가! 난 네 엄마가 아니야! 아니란 말이야!"

여자는 계속해서 눈앞의 남자에게 꺼지라고 소리쳤다. 그녀는 눈앞의 남자에게서, 언젠가 그녀가 친아들 삼아 키웠으며 버리고 떠났던 소년을 보고 있었다.

"차화련은 어디 있어! 그년을 데려와. 날 봤어. 그 아이가 날 봤다고!"

여자가 지 회장에게 달려들었다. 마지막으로 타들어 가는 담뱃재가 그의 옷깃에 닿기도 전에 여자는 원래 있던 자리에 앉혀졌다. 그의 수족들에 의해서였다.

"어떡해. 어떡해야 하지? 그 아이가 날 설마 알아본 건 아니겠지?"

폭신한 소파 위로 앉혀진 여자는 불안한 듯 혼잣말을 중얼거렸다.

많이 취했군. 그런 여자를 내려다보는 남자의 입에서 깊은 한숨이 흘러나왔다. 이런 여자 때문에 그동안 속을 썩고 있었군. 화련의 전화를 대신 받은 그가 제주도에 내려와서 만난 진실은 전혀 예상 밖이었다. 화련이 자신의 아이를 가졌을 것이라는 것, 그리고 낳아서 어디론가 보냈을 것이라는 걸 직감할 수 있었다. 어디 외국에라도 입양을 보냈을 줄 알았는데, 자신에게도 알리지 않고 맡긴 곳이 그녀의 오빠 부부에게라니.

"대화가 불가능하군."

"어떻게 할까요, 회장님?"

"술 깨면 원하는 만큼 주고 도장 받아 얼씬 못 하게 해. 제주 호텔방 하나 내주고 서울엔 못 올라오게 해."

"왜 하필 제주입니까?"

"너무 멀리 보내면 사고 쳐도 모르니까. 근처에 두고…… 보자고."

※ ※ ※

수수께끼 하나 내 볼게, 맞춰 봐. 내가 이 세상에서 가장 사랑하면서도 가장 증오하는 게 뭘까? 아, 너무 주관적이라고? 글쎄, 답을 들어 보면 그렇게 생각하지 않을 거야. 너무했다니, 말도 안 돼. 그래, 알았어. 힌트를 주도록 하지. '그것'은 내게서 모든 것을 빼앗아 갔어. 아니지. 내가 가진 전부를 내려놓게 만들었지. 알지? 내가 얼마나 욕심이 많은 사람인지. 이 손아귀에 가득가득 쥐고 싶었던 게 얼마나 많은 사람인지를 말이야. 그런 내가 손에 쥔 걸 다 내려놔야 했으니 얼마나 억울했겠어. 얼마나 그게 미웠겠어. 그런데 왜 세상에서 가장 사랑하느냐고? ……아, 미안해. 갑자기 웃음이 나서 말이야. ……그러게. 가장 미워하는 걸 또 한편으로는 가장 사랑하다니. 참 말도 안 되는 일이야, 그렇지? ……하지만 그건그냥 정해지는 거야. 별수 없어. 미워하는 건 내 선택이지만, 사랑하는 건 내가 선택한 게 아니야. 그건 그냥 하늘이 정해 주는 일이지.

화들짝 잠에서 깬 화련이 지끈거리는 머리를 감싸 쥐었다. 쓸데없는 꿈을 꾸었다. 한 아이의 성장 과정이 파노라마처럼 그녀의 꿈속을 맴돌다가 사라졌다. 정말 쓸데없는 꿈……. 가슴이 시렸다.

이어 정신을 차린 화련이 주위를 돌아봤다. 여기서 잘 정도로 마셨던가?

기억이 제대로 나질 않았다. 화련은 이제 제 나이가 낯선 침대에서 깨어난다는 것에 두려움을 느끼는 나이는 아니라는 것을 새삼 실감했다. 고급스러운 이불이 제 몸을 따라 떨어졌다. 누군가의 온기가 빠져나간 옆자리. 그리고 기억이 났다. 지 회장과의 밤이 이어지고 있다는 것을.

그 옛날, 먼저 자리를 박차고 나간 게 자신이었다면 이번에는 아니었다. 서로의 위치도 많이 변해 있었다. 아무리 대학 교수인들, 지 회장의 위치에 가져다 댈까. 당시에 아이를 가졌다는 사실을 인정할 수 없었던 건, 단지 화려한 여배우의 삶을 포기할 수 없어서만은 아니었다.

화련은 어젯밤 그의 질문에 순순히 털어놓지 않기를 잘했다고 생각했다. 서둘러 옷을 껴입고, 머리맡에 두었던 휴대폰을 확인했다. 메시지, 부재중 전화. 아무것도 없었다. 다행이라고 여기며 문을 나서려는 순간, 화련은 오늘 날짜와 시간을 떠올렸다.

목요일, 오후 1시.

이미 자신의 수업이 끝나고도 남을 시각. 그런데 조교로부터도 아무런 연락이 없었다?

화련은 다시 한 번 휴대폰을 열었다. 메시지 함을 클릭하자, 조교로부터 여러 통의 문자가 와 있었다. 결국 휴강 처리를 했다는 문자를 끝으로 총 다섯 통의 문자가 읽음으로 표시되어 있었다.

그리고 그 아래, 또 다른 메시지. 평생의 채권자에게서 온 메시지였다. 올케라는 이름의 여자. 오빠의 부인이었던 여자. 그리고 자신의 아이를 키워 준 여자. 그러나 그들 모두를 버리고 간 여자. 그녀는 이 모든 사실을 빌미로 그녀에게 끊임없는 요구를 해 왔었다. 그런 그녀에게서 와 있는 다량의 메시지가 모두 읽음으로 표시되어 있었다.

그녀는 읽은 적 없는 메시지를 누가 읽었다는 말인가. 게다가 통화 목록에 남은 부재중 전화 위에는 한 통의 착신 전화가 남아 있었다. 그녀 대신 메시지를 확인하고, 전화를 받은 사람. 화련의 고개가 순간 그녀가 누워 있던 침대로 향했다. 꿈이 아니었다. 그녀는 그 수수께끼를 실제로 입 밖으로 꺼내고 말았음을 깨달았다. 화련은 재빨리 메시지 내용을 확인했다.

[넌 정말 재주도 참 좋아. 어디서 그런 남자를 물어서. 덕분에 제주도 간다. 땡큐.]

재주? 제주도? 이게 다 무슨 소리야. 항공기 일등석에서 찍은 사진과 함께 온 메시지였다. 제주도에는 그렇게 가지 말라고 신신당부를 했는데, 제주도에 간다고?

혹시라도 수현과 마주했으면 어떡하나 하던 우려가, 다음 메시지로 현실이 되었음을 알 수 있었다.

[그 애를 만났어.]

화련은 온몸의 털이 곤두서는 걸 느꼈다. 아냐, 아닐 거야. 설령 봤다고 해도 알아봤을 리가 없었다. 그 아이에게 친모라고 믿었던 여자의 기억은 많이 남아 있지 않을 텐데. 화련은 그토록 제 핸드폰에 부재중 전화를 남겨 두었던 여자에게 전화를 걸었다.

"전화 좀 받아!"

그녀답지 않은 행동이 얼마나 그녀가 초조해하고 있는지를 말해 주고 있었다. 잘 정리된 손톱이 그녀의 이 사이에서 고문을 당했다. 그러나 전화는 끝까지 상대에게 닿지 않았고, 결국 한참 방 안을 서성이던 화련이 밖으로 뛰쳐나갔다. 남자라고 했다. 게다가 읽지도 않은 메시지를 먼저 확인했을 사람. 한 명밖에 없었다.

뛰어 들어오는 여자의 얼굴을 알아본 비서가 고개를 숙였다. 그러고는 마치 기다리고 있었다는 듯 화련을 회장실로 안내했다.

"이게 무슨 짓이야!"

카랑카랑하게 소리를 질러 대는 모습이 한창때의 도도한 여배우 같았다. 지 회장은 매니저였던 시절로 돌아간 듯한 착각에 휩싸였다. 오만하고 아름다웠던 그녀에게 빠질 수밖에 없었던 그 시절로.

지 회장이 고개를 끄덕이자 그의 곁을 지키고 있던 수족들이 길을 텄다. 성큼성큼 방 안으로 들어온 화련이 손을 날렸다. 마찰음이 방 안에 가득 울려 퍼졌고, 지 회장의 고개는 저만치 돌아가 있었다. 수족들이 곧장 달려올 듯 자세를 잡았지만, 지 회장은 되레 그들을 방 밖으로 물렸다.

"여전히 맵군."

지 회장이 얼얼한 뺨을 어루만지며 웃었다.

"남의 전화 건드리는 악취미도 있었어?"

화련이 사납게 추궁했다. 게다가 얼마나 급히 이곳까지 왔는지 알 수 있었다. 평소 단정했던 옷매무새가 한참이나 흐트러져 있었다.

"전화기를 착각했지 뭐야."

지 회장이 실없는 농담을 던졌다. 그 모습이 꼭 스크린에서 보았던 자신의 조카, 아니 조카라고 숨겨 왔던 그 아이를 보는 듯했다. 그는 곧장 화련에게로 다가왔다. 그가 애써 입꼬리를 끌어 올릴수록 화련의 눈은 점점 붉게 변했다. 금방이라도 지난 세월이 눈물지어 떨어질까 봐, 화련은 지 회장에게서 눈을 돌렸다.

"그 여자 만났어?"

이기순을 뜻하는 것이겠지.

"그래요."

"다 거짓말이야."

지 회장의 대답이 떨어지기 무섭게 화련은 변명을 시작했다. 그는 답이 없었다. 그래서 화련은 다시 입을 열어야 했다.

"그 여자가 뭐라고 했건 다 거짓말이야. 술이랑 약에 절어 사는 여자야. 제정신일 땐 쇼핑에 빠져 시간을 보내고. 그게 다인 여자야. 내 말 믿어."

"차 여사."

"그 헛소리를 듣겠다고 얼마를 쥐여 줬니. 돈 주겠다고 했으니 당신 찾아갔겠지. 제주는 또 왜 보낸 건데. 돈 주고 내 곁에서 사라지라고, 뭐 그런 말이라도 했어?"

지 회장을 잘 알기보다는, 그녀의 올케를 잘 알았다. 돈 없이 움직일 여자가 아니었고, 순순히 자발적으로 제주에 갔을 리가 없었다. 이곳으로 오는 그 몇십 분 동안 이기순이 보낸 문자를 읽고 또 읽으며 상황을 헤아렸다. 그리고 자신의 문제에 꺼든 지 회장을 원망했다. 왜 이제 와서, 왜 이제 와서야……

"지 회장 당신도 나이 들었나 보다. 요 며칠 재미 좋았다고 옛날 생각난 거라면 일찌감치 접어 둬."

온갖 쓴소리를 해 대는데도 지 회장은 그저 그런 화련을 바라볼 뿐이었다.

"화련아."

그의 목소리에 화련이 멈칫 몸을 떨었다.

"그렇게 부르지 마."

옛날처럼 그렇게 부르지 마. 그렇게 다정하게 부르지 말라고. 화련은 지 회장을 노려보았다. 그런 눈빛에도 그는 아랑곳하지 않고 화련을 다시금 불렀다.

"화련아."

"다시는 찾아오지도 마. 당신을 그렇게 다시 만나는 게 아니었어."

잔뜩 힘이 들어간 눈이 점점 더 붉어졌다. 그런 그녀의 모습을 보던 지 회장이 화련을 끌어안았다.

"놓으란 말이야!"

놓으라며 몸부림치는 화련의 노기가 쏟아졌지만, 이번에도 그는 아랑곳하지 않았다.

"놔! 놓으라고! 흑."

끝끝내 화련의 입술에서 참고 있던 울음이 터지고야 말았다. 그간 꽁꽁 숨겨 두고 있던 한 여자의 민낯이 낱낱이 드러나는 순간이었다.

"내가 잘못했다."

지 회장의 사과에 화련이 목 놓아 울기 시작했다.

"이거 놓으란…… 말이야……."

"내가 조금 더 빨리 알았어야 했어. 미안하다."

지나온 세월의 회한이 고스란히 그녀의 눈물을 타고 흘러내렸다. 엄마로서도, 한 남자의 여자로서도, 여배우로도 살아갈 수 없었던 지난날의 후회와 탄식이 짙게 얼룩졌다.

'지금은 능력이 없어서 정말 미안해.'

여느 때와 같이 그날의 지 회장은 자신을 스폰서가 기다리고 있던 건물 앞에 데려다주었다. 사랑하는 여자를 다른 남자의 집 앞에 내려 주던 그의 기분은 어땠을까.

그런 그의 마음을 더 이상 아프게 하고 싶지 않았다. 그날은 그녀가 남몰래 임신을 확인했던 날이었고, 그에게 그 사실을 이야기하려 결심한 날이었다. 나 당신의 아이를 가졌노라고. 이제 그만 당신의 아내로, 이 아이의 엄마로 살고 싶노라 그렇게 말하고 싶었다.

입을 떼려는 순간 그는 그렇게 말했었다.

'넌 이 세상에서 가장 빛나는 존재야. 알지? 그 자리를 잃어선 안 돼.'

돈을 대 주던 스폰서 말고, 자신이 정말로 사랑했던 남자는 그렇게 말했었다. 이 자리를 지켜야 한다고. 예쁘장한 외모로 일약 스타덤에 올랐던 자신에게 남자는 세뇌시키듯 말했다. 지금 이 자리를 잃지 말라고. 그 순간 그녀의 한 부분이 와르르 무너져 내렸다. 아직 알리지도 않은 아이의 존재를 부정당하는 것만 같아서 그녀는 금방이라도 터져 나올 것 같은 눈물을 삼켜야 했다.

사랑하는 남자를 등지고 스폰서에게로 향하는 길. 그 역시도 다름없는 남자라는 생각에 온몸이 배신감으로 얼룩졌다. 푹신한 카펫이 그녀의 발소리까지 삼켜 버리자, 고요한 정적이 그녀의 온몸을 건물 속으로 삼켜 버릴 것만 같았다. 다른 남자의 술잔을 따를 땐 미칠 듯한 고독이 달려드는 기분에 휩싸였다.

아이를 지워 버릴까.

그런 생각이 들었다. 그러나 곧장 마음이 소리쳤다. 아니야, 안돼. 차마 그럴 수는 없었다. 사랑이 무어라고, 그의 아이를 지울 용기가 나질 않았다. 스물을 갓 넘긴 어린 가슴에도 모정이란 게 금세 피어나고 말았다.

'회장님 나 1년만 미국에서 공부해 보면 안 될까요?'

생각난 게 고작 그거였다. 아이를 지키고, 나의 위치를 지킬 수 있는 방법. 반대하는 스폰서의 앞에서 교태와 아양을 부렸다. 주름진 얼굴이 흥분으로 물들어 가는 걸 보았고 곧 그의 입에서 승낙의 말이 떨어질 것이라는 것쯤 어렵지 않게 예측할 수 있었다. 평소보다 더욱 속이 메스꺼웠다.

하지만 그녀는 미국에 가는 대신 조용히 숨어 아이를 낳았고, 오빠 부부에게 맡겼다. 지 회장의 얼굴과 그녀를 번갈아 빼닮은 아이의 얼굴이 해맑았다. 저를 놓고 가는 줄도 모르고, 입술을 옹알거렸다. 저의 어미로 살지 않겠다고 뒤돌아서는 그녀를 향해 방실방실 웃기나 했다.

오빠의 품에 안겨 있다 점점 멀어지는 그녀를 보며 아이가 울었다. 입술은 나를 빼닮은 게, 울 때와 하품할 때는 지 회장의 얼굴을 꼭 빼닮아서는. 그런 너는 이 나를 울게 했다. 세상이 손가락질하는 딴따라의 자식으로 살기보다는, 평범한 가정의 아이로 사는 편이 나았다.

이후 7년간 독하게 연예계에 발을 붙이고 지냈다. 오빠와 올케가 아이를 혼자 두고 떠난 줄도 모르고. 얼마나 울었는지 눈물과 콧물로 뒤범벅이었던 아이를 다시 만난 순간, 금방이라도 터져 나올 것 같은 오열을 참아 내야 했다. 그리고 깨끗이 목욕시킨 아이가 방에서 잠이 들었을 때, 그동안 참고 있던 눈물이 쏟아져 흘렀다.

'화련아. 지금껏 일군 걸 생각해 봐. 조카 때문에 포기하는 게 말이나 돼?'

7년이 흐른 시간, 어느새 꽤나 높은 위치에 오른 지 회장이었다. 그의 말에 모든 것이 신물이 났다. 다른 사람은 아니어도 당신은 그런 말 해서는 안 되는데. 당신은 그걸 몰랐다.

'나한테 최고로 빛나는 건 너란 말이야. 잊었어?'

'다른 빛나는 존재를 찾길 바라.'

매몰차게 뒤돌아섰다. 그 어느 날 갓난쟁이를 두고 돌아섰던 날처럼.

'내가 네 고모야. 이제 나랑 사는 거야.'

'고모, 우리 아빠는요? 우리 엄마는 어디 갔어요?'

고사리 같은 손이 제 부모였던 두 사람을 찾았다. 저를 떠나 버리고 제 삶을 찾아 나선 어른들을 찾아 대는 걸 보며 가슴에 피눈물이 흘렀다. 생선을 팔아서라도 너를 직접 키웠어야 했다는 걸, 너무 늦게 깨달아 버렸다. 이제 와 이런 너에게 어떻게 내가 엄마라는 걸 말할 수 있겠니.

문제는 하나 더 있었다. 집을 나간 올케가 수현의 존재와 자신과의 관계를 두고 협박을 해 오고 있다는 것. 따스한 어미로 기억되었으면 그녀가 아이의 악몽이 되는 것을 보고 싶지 않았다.

그 순간 그녀는 평생을 배우가 되기로 선택했다. 그녀는 평생 아이의 고모로, 그리고 아이의 인생에 악역으로 남아 있을 것이었다. 오빠와 올케는 아이에게 따스한 기억으로 남아 있으면 했으니까. 그래서 그녀의 인생 최고의 그릇된 선택을 하고 말았다.

무관심.

그녀는 무관심으로 자신의 사랑을 표현할 것을 선택했다. 때로는 너 때문에 내 신세가 망가졌노라고 원망했다. '고모'라는 존재로서라도, 절 버린 이 어미를 사랑하지 않았으면 했다. 자신이 낳은 아이에게 저는 사랑받을 자격이 없다고 생각했으니까.

아이 인생의 악역은 그녀 하나로 충분했다.

"나 하나로 충분해! 이번에 그 여자만 외국으로 보내 놓으면 다 끝내 놓을 작정이었단 말이야!"

"언제까지 숨길 작정이었어. 언제까지……!"

"죽을 때까지! 그냥 나 혼자 안고 죽어 버리면 될 일이란 말이야. 그 애한테 내가 어떻게 하고 살아왔는지나 알아? 아냐고! 당신이 그걸 아느냐고!"

참아 왔던 울분을 토해 내던 화련이 지 회장의 가슴을 마구 때렸다. 지 회장은 묵묵히 그녀의 슬픔을 받아 내고 있었다. 미안함과 안타까움이 그의 가슴을 찢었다. 지 회장의 옷깃을 부여잡고 있던 화련이 혼절할 듯 자리에 주저앉았다.

"혹시라도 애 앞에 나타나서 애비 생색낼 생각이라면 꿈 깨."

"화련아. 그땐 나도 어렸고 너 하나 지킬 수 있는 힘이 없었어. 널 그 자식에게 보내고 내 마음은 어땠을 것 같아. 널 스타로 만들어 줄 수만 있다면 하는 생각에 참고 또 참았다. 하지만 이제는 아니야."

"아니, 절대 안 돼. 그 애한테 난 평생 이대로 남을 거야. 그 애가 세상에서 가장 미워하는 사람으로."

더 이상 그 아이를 괴롭히는 일은 없게 하겠다고 다짐했는데……. 걸려 오는 전화 한 통은 20년간 버텨 오던 그녀의 정신을 잃게 만들었다.

― 고모님! 큰일 났어요! 지금 수현이가…….

나는 단지 네 인생이 더 이상 어둡지 않기를 바랐던 건데. 내 선택이 잘못되었던 걸까, 아들아.

15. 실마리

가장 아무렇지 않을 때, 모든 것이 순탄하게만 흘러간다 생각될 때 불행이란 것은 불쑥 머리를 내밀곤 한다.

어쩌면 직감이라는 게 괜히 존재하는 게 아닐 거란 생각이 들었다. 그날따라 자꾸만 생각이 났다. 자꾸만 수현이 눈앞에 아른거렸다. 보고 싶었다. 내 앞에 있어야 안심이 될 것 같은 그런 초조함 같은 게 들었다.

'사랑아……. 내 사랑아……. 눈을 떴을 때 당신이 내 옆에 있었으면 좋겠어.'

그가 했던 하고 많은 말 중에 왜 그 말이 떠올랐을까. 머릿속을 맴도는 수현의 목소리가 계속 서글프게 그녀의 마음을 울렸다. 아침에 통화한 목소리는 그렇게 편안할 수가 없었는데, 가시가 걸린 듯 목이 답답했다.

"오빠, 난데. 차수현 씨한테 연락 좀 해 봐."

사랑은 오빠인 우리에게 전화를 했다. 걱정되는 마음에 그렇게라도 별일이 없는지 확인해야 했다. 당장 눈앞에 보이지 않아 답답한 경험은 또 처음이었다.

"작가님 무슨 일 있으세요? 아까부터 표정이 안 좋으신데."

막 퇴근하려던 작가 한 명이 조심스레 사랑에게 물었다. 어느덧 마지막 회 차 대본을 마무리해 가고 있는 시점인데, 평소라면 파이팅을 주도했을 사랑이 저녁 내내 거실을 서성이는 게 마음에 걸려서였다.

"아. 아니에요. 나 때문에 신경 쓰였나 보네. 별일 아니니까 얼른 기분 좋게 퇴근하십시다."

사랑의 집에서 공동 작업실을 펼친 작가 팀이었다. 평소처럼 웃으며 작가들을 배웅하고 거실로 돌아온 사랑의 표정이 다시금 걱정으로 어두워졌다.

가끔 우리는 그런 직감을 하고는 한다. 무슨 일이 생길지도 모른다는. 그러나 아무 일도 없이 지나간 후에 그것이 기우였음에 허탈함과 안도의 웃음을 짓는다. 그런 기우이기를 바랐다. 평소처럼 우리 집에 와 있다며, 아버지랑 술 한잔 기울이고 있다는 연락을 바라고 있었다. 식구들과 다정하게 찍은 사진 한 장이면 충분했다. 그러면 이 몹쓸 불안감이 저 멀리 날아가리란 것을 알고 있었다. 그러나 다급하게 걸려 온 전화 한 통에 제 바람은 산산조각 깨지고 말았다.

— 사랑아.

낮게 가라앉은 오라비의 목소리와 조용하게 가라앉은 주변, 그 사이를 비집고 들어오는 흐느낌. 그것들이 어우러져 그녀의 간담을 서늘하게 만들었다. 결코 대본 진행 상황 때문에 전화한 것이 아니었다. 무슨 일이냐고 묻는 사랑의 입술이, 위험을 직감한 듯 파르르 떨렸다.

— 수현이가 사고를 당했어.

그녀의 손이 투욱 떨어졌다. 생각할 겨를도 없이, 본능이 시키는 대로 손은 지갑과 차 키를 챙겼다. 어느 날엔가 방송에서 떠들어 댔던 한 구절이 떠올랐다. 불행은 사람을 가리지 않고 이리저리 떠돌며 오늘은 이 사람에게, 내일은 저 사람에게 가서 쉰다고 했던가. 이리저리 떠돌던 그것이 제주도에 있던 그의 머리 위로 내려앉았음이 너무나 원망스러웠다.

"편 작가!"

택시에서 내리자마자 뛰어가는 사랑을 이영이 붙잡았다. 지금껏 본 적 없는 불안감과 초조함이 뒤덮인 얼굴로 그녀가 서 있었다.

"차수현 씨는?"

사랑의 떨리는 목소리도 익숙지 않았다. 수현에 대한 부러움. 저 걱정과 불안함의 대상이 나였으면 좋겠다는 생각. 못났지만 그런 그녀의 모습을 보며 때와 장소를 가리지 못한 부적절한 감정이 자라났다.

"저기 최이영 피디 아니야?"

"그 옆에는 편사랑 작가인 것 같은데?"

어느새 두 사람을 알아보고 몰려드는 기자들 때문에 이영은 금방 상념을 털어 내 버렸다.

"수술 중이야. 가자."

그러고는 기자들을 피해, 사랑을 병원 안으로 이끌었다. 사고 당시 근처를 둘러싸고 있던 사람들의 여파로, 병원 앞에는 온통 소식을 듣고 온 기자들과 팬들로 붐비고 있었다. 병원 안까지 들어오려는 그들을 경호원들이 막아선 덕분에 두 사람은 무리 없이 수술실로 직행할 수 있었다.

"심각해?"

사랑의 물음에 이영이 고개를 저었다.

"잘 몰라, 나도. 매니저 통해서 소식 듣고 달려온 거라."

잠시 그 고갯짓에 안도했던 가슴이 이내 들려오는 말에 다시금 초조해지고 말았다. 수술실로 올라가는 엘리베이터가 유독 비좁게 느껴졌다. 숨을 쉬기가 답답하다고 느낄 만큼. 3층에 도착한 엘리베이터를 나서는데, 이번에는 흔들리는 두 다리가 문제였다. 부축하려는 이영에게 괜찮다고 손짓하며 사랑은 잠시 숨을 골랐다. 수술실까지 거리가 영 멀게만 느껴졌다. 수술실 앞 의자에는 그의 매니저와 언젠가 보았던 소속사 대표가 함께 있었다.

"작가님……."

사랑이 오는 걸 보고 두 사람이 일어나 인사했다. 대표는 지금 걸어오는 여자가 낮에 수현에게 건네준 사진 속 인물이라는 걸 알 수 있었다. 사진에선 얼굴이 잘 보이지 않았지만, 얼굴 표정과 흔들리는 걸음걸이에 그녀가 수현과 보통 사이가 아니란 걸 직감할 수 있었다. 작가님이라고 얘기하면 될 걸, 끝까지 모른 체하며 빙글거리던 수현의 얼굴이 떠올랐다. 다음 비행기를 탈걸. 아니, 배웅을 하라고 공항으로 데려오는 게 아니었다. 친동생 같은 수현의 사고가 자꾸만 제 탓 같았다. 길어지는 수술 시간에, 대표의 눈시울이 붉어져 갔다.

"왜 아직까지 수술 중이야?"

낮에 난 사고였다. 늦게 알린 이영에게 한바탕 퍼붓기도 했다. 정신없던 김 군이 그나마 가장 먼저 연락한 건 소속사 대표였고, 그는 서울에 내려 사무실로 가는 길에 다시 되돌아와 제주행 비행기에 올랐다. 그나마 그가 저녁 비행기로 도착하자마자 이영에게 전화를 했기에 수현에 관한 소식이 전달될 수 있었다. 따지고 보면 이영에게도 잘못이 없었다.

"수술 들어간 지가 몇 시간째인데 아직도 수술 중이냐고!"

그러나 그곳에 있는 모두가 죄인처럼 고개를 숙였다. 평소의 유쾌하고 단정한 모습만 보여 주던 사랑의 얼굴이 너무도 힘들어 보여서, 개중 누구도 똑바로 그녀의 얼굴을 볼 수 없었다.

제1 수술실, 차〇현 님 — 수술 중

수술 중인 여러 환자들의 이름 가운데서도 그 글자가 단번에 그녀의 눈으로 들어왔다. 몸을 겨우 지탱하고 있던 두 다리에 힘이 풀리고야 말았다. 이영과 김 군이 그녀를 부축해 의자에 앉혔다. 그럼에도 그녀의 눈은 여전히 그의 이름 세 글자 앞을 떠날 줄 몰랐다.

기약 없는 기다림. 그녀가 할 수 있는 것이라고는 절대자에게 비는 것뿐이었다. 제발 그가 무사히 저 수술실을 나올 수 있기를 기도하는 것. 연약한 인간으로서 그를 위해 할 수 있는 것은 그것뿐이었다.

"차수현 환자 보호자님?"

수술복 차림의 의사가 수술실 문을 열고 나왔다. 마스크를 벗으며 보호자를 찾는 그녀를 향해 네 사람이 일어나 다가섰다.

"CT상 뇌출혈과 비장 파열이 확인되어 수술했고요. 다행히 그건 잘 마쳤습니다."

그의 말에 모두가 안도의 숨을 내쉬었다. 이제 끝난 건가 안심한 그들의 귀로 의사는 조심스레 말을 꺼냈다.

"하지만 간 파열도 너무 심한 상태라, 회복실이 아닌 중환자실로 이동할 겁니다. 간을 둘러싸고 있는 얇은 막이 있는데, 그나마 그게 파열된 간을 감싸 주고 있어서 다행이었지만⋯⋯. 봉합하긴 어려운 상태라 간 이식이 필요한 상황입니다."

"선생님, 지금 간 이식이라고 하셨어요?"

김 군이 목소리를 높여 재차 확인했다. 믿기 어려운 상황에 사랑은 머리가 어지러웠다. 그러나 가장 빨리 이성을 찾은 것도 그녀였다.

"바로 이식 가능한가요?"

"간 파열을 확인하자마자 조직 검사를 의뢰했지만, 저희 병원에 기증된 장기로는 부적격 판정이 나왔습니다. 타 병원에 의뢰하기엔 대기자 명단 때문에 당장 공수가 어려워요. 현재 상황으로는 가족이나 친척들의 적격 여부를 판단하는 게 가장 빠릅니다."

"일단 저희도 검사할 수 있죠?"

"가능은 합니다만 가족이 아닐 경우 적격 가능성이 낮습니다. 부작용도 크고요."

여의사가 말을 아끼며 몰려든 네 명을 차례로 돌아보았다.

"가족분들은 아직 못 오셨나요?"

그의 고모에게 연락했던 대표의 표정이 후회로 구겨졌다. 화련에게 가장 늦게 연락한 건 고의가 아니었다. 아예 생각을 못 하고 있었다는 편이 맞겠지. 좀 더 빨리 연락했어야 하는 건데! 편 작가에게보다 늦게 연락이 들어갔으니, 서울에서 바로 오려면 좀 더 시간이 걸릴지도 몰랐다.

"여기 왔어요."

그때 네 사람의 뒤쪽에서 말소리와 함께 구둣발로 달려오는 소리가 들려왔다. 누군지 확인한 대표와 김 군의 눈이 동그래졌다. 화련이었다.

"나 수현이 고모예요. 바로 검사받을 수 있나요?"

"네, 따라오세요."

"나도 가겠습니다."

화련의 옆에 있던 중년의 남자는, 박 대표가 잘 아는 사람이었다. 업계의 최강자, 지 회장. 그가 소유한 기획사는 아이돌부터 장년층 배우들까지, 회사의 크기만큼이나 인재풀도 막강하기로 유명했다. 그 역시 행사나 사업차 여러 번 그를 만난 적이 있었지만, 선뜻 다가갈 수 없는 존재였다. 예상치 못한 곳에 나타난 그의 모습도 놀라웠지만, 더욱 놀라운 것은 그의 손에 화련의 것으로 보이는 가방이 들려 있었다는 것이다. 지 회장이 짐꾼 노릇을 자처하며 뒤를 따라가다니. 놀랄 노 자였다.

학교에서와는 달리 흐트러진 모습이었지만, 눈썰미 좋은 사람 역시 화련이 자신의 대학 교수라는 걸 어렵지 않게 캐치할 수 있었다. 그리고 지난겨울, 수현과 같은 건물 엘리베이터에서 마주쳤던 일도 생각이 났다. 그가 왜 자신의 고모를 만나고 오는 길에 그렇게 쓰러졌는지는 알 수 없었지만. 어느 날 화련의 연구실 앞에서 우연찮게 들었던 싸움 소리가 지금 이 순간에 생각이 나는 건 왜인지 모를 노릇이었다.

병원 측의 배려로 새벽녘이었지만 검사는 즉시 이루어졌고, 화련의 간 이식이 즉각 결정되었다. 직계 가족일지라도 일반적으로 이식 적격률은 낮은 편이었는데, 단번에 맞아 들어가니 이상하다기보단 다행이란 생각밖에 들지 않았다.

"환자분 내일 바로 수술 들어가니까 바로 금식 들어가셔야 합니다. 24시간 동안 금식이에요."

그녀의 입원이 곧장 이루어졌고, 수술을 앞두고 여타 검사들이 이어졌다. 그런 그녀의 옆을, 지 회장이 따라다니며 수발을 들었다. 수액으로 인해 그녀의 고운 얼굴이 노랗게 물들어 갈 즈음 뒤늦게나마 그녀와 제대로 된 인사를 나눌 수 있었다.

"안녕하세요."

어색한 인사가 오갔다. 화련의 시선이 사랑의 얼굴 위에서 조금 더 머물다가 떨어졌다.

"여사님. 아니, 아 저 뭐라고 불러 드려야 할지……. 만나 뵙게 되어 영광입니다. SBC 드라마국의 최이영 피디입니다. 이번에 수현 씨와 함께 드라마 작업을 하는 중이었습니다."

무거운 침묵 돌지 않게끔 이영이 살갑게 화련에게 인사했다. 최이영은 프로듀서라는 직업에 걸맞게 온갖 드라마를 섭렵하고 있었고, 마주하고 있는 이가 한때 대한민국을 주름잡던 여배우였다는 사실을 모르지 않았다.

"이쪽은 편사랑 작가구요, 저희 드라마 극본이 이 손에서 나오는 중입니다."

"편사랑입니다."

조용하지만 또렷한 사랑의 목소리가 특실 안을 울리자, 화련의 시선이 노골적으로 사랑을 향했다. 시선이 썩 유쾌하지만은 않았지만, 사랑은 티 내지 않았다.

"회장님을 이곳에서 뵙게 될 줄은 몰랐습니다."

어색한 침묵이 이어지려는 찰나 수현의 소속사 대표는 화련의 옆을 지키고 있던 지 회장에게 알은척을 했다. 사람 좋게 웃어 보이던 지 회장은 화련이 불편한 기색을 보이자 음료라도 한잔 마시자며 방문객들을 밖으로 이끌었다.

"아가씨는 잠깐 있어 줄래요?"

고고한 차 교수의 호출. 여느 강의실에서 학생들을 부를 때와 같은 목소리였다. 그러나 언젠가 그녀의 연구실 앞에서 들었던 낮고 차가운 목소리가 생각나는 걸 보면, 사랑은 자신이 평소와 달리 긴장하고 있음을 느낄 수 있었다.

조용한 시선이 교차했다. 사랑은 멀리서 바라보던 차화련 교수의 얼굴을 가까이서 보긴 처음이었다. 그리고 그녀가 자신을 부른 연유가 무엇인지 고민을 하기도 전에 수현이 고모와 참 많이 닮았다는 생각을 했다.

"맞죠?"

차가운 외모의 그녀의 입술에서 흘러나온 첫마디였다. 뭐가요? 사랑은 그렇게 묻고 싶었다. 하지만 그러기 전에 화련이 다시 물어왔다.

"내 수업 들었잖아요. 저번 학기에."

그의 고모, 아니 차 교수는 기억력이 좋은 것 같았다. 다음 말이 들려오기 전까지는 그렇게 생각했다.

"고학번에 특이한 이름을 잊기는 쉽지 않지."

이 집 유전자들은 못 잊을 만한 첫인사를 건네는 게 주특기인가 보다. 틀린 말은 아닌데 왠지 가슴을 쿡쿡 찌르는 것 같은 말에 사랑은 속이 쓰렸다. 그럼에도 사실은, 차가운 인상과 달리 튀어나온 정감 어린 말과 웃음에 슬쩍 제 입술 끝이 올라가는 것도 같았다.

그러면서 드는 또 한 가지 의문. 생각보다 유쾌한 그의 고모인데, 왜 수현은 그녀를 만나고 쓰러질 만큼 스트레스를 받았던 걸까. 그가 직접적으로 고모를 만나고 왔다고 말한 적은 없지만, 그 건물에서 나왔고 화련이 교수인 걸 아는 이상 수현이 고모를 만났음에는 틀림없는 사실이었다.

"조카랑도 보통 사이는 아닌 것 같던데."

편해진 분위기였지만 여전히 어려운 질문이 날아왔고, 사랑은 몰래 땀을 흘렸다. 당장 돈 봉투라도 쥐여지는 건가, 사랑은 침대에 누워 있는 수현이 보고 싶어졌다.

"그런 얼굴을 하고 있는데 어떻게 모를 수가 있겠어. 어려워할 것 없어요."

꽤 오랜만에 그녀를 긴장시키는 존재였다. 말로써 사랑을 긴장시키는 이라고는 좀처럼 없었는데 말이다. 사랑은 말 한 마디를 고르는 데 신중을 기했다.

"네, 맞아요. 보통 사이는 아닙니다. 이렇게 첫인사를 드리게 되어서 죄송합니다."

인사를 할 때처럼 담백한 사랑의 대답에 화련의 눈이 놀란 듯 잠시 크게 떠졌다. 조용하지만 그 속에 강단이 있었다. 만약 자신이 저 나이 때 저 정도 용기와 강단을 가졌더라면 어땠을까. 중환자실에 누워 있는 아이에게 한 번쯤 아들이라고 불러 볼 수 있지 않았을까. 외면당한 채 커 왔던 아이가 어느새 훌쩍 자라 연인이라 부를 수 있는 여자를 만났다. 마음껏 축복해 줄 수 없는 제 형편이 참으로 못나게 느껴졌다.

"아니에요, 아니야. 내가 그런 인사를 받을 만큼 그 애에게 대단한 사람은 아니라서……."

쓸쓸한 여자의 목소리가 병실 안을 울렸다. 그녀의 표정은 꼭, 수현이 화련의 이야기를 할 때와도 비슷했다. 고독하고 쓸쓸했다. 그러나 한편으로 속에서 묻어나는 피붙이를 향한 애정을 느낄 수 있었다.

"병원에 물어보니, 수술이 잘 끝나면 기증자는 금방 퇴원할 수 있을 거래요."

"……네."

"퇴원하고 나면 나는 제주에서 처리할 일만 마치고 바로 서울로 올라갈 거예요."

"아……. 네."

기증 수술을 앞둔 화련은 이런저런 이야기를 했다. 어딘가 급하게 이 말, 저 말 내뱉는 느낌이라 사랑은 조금 의아했다. 그러다 잠시 말을 멈추었던 아까보다 조금은 강단 있게 입을 열었다.

"이왕이면, 내가 기증자라는 걸 그 아이가 몰랐으면 해요. 우리가 만났다는 것도."

"네?"

"이유는 묻지 말고 비밀로 해 줘요. 병원에도 그렇게 얘기해 놨으니. 아마 지 회장도 같은 이야길 꺼낼 거예요. 내가 그렇게 해 달라고 했거든."

사랑은 조심스레 왜냐고 물었다. 그러자 그녀는 단지, 자신은 그럴 자격이 없다고 했다. 이해할 수 없는 그녀의 행동에 사랑은 끝내 고개를 끄덕일 수밖에 없었다. 누구나 개인의 사정이 있기 마련이니까. 무엇보다 그녀의 태도는 완고했다.

그것이 대화의 끝이었다. 많은 대화가 오고 가지 않았고, 음료를 사러 갔던 이들이 돌아왔다. 그러고는 금방 특실을 빠져나왔다. 병실을 나오는 발걸음이 들어갈 때보다 배로 무거워진 기분이었다.

그러나 이 무거운 마음을 덜어 낼 사람이 없었다. 그런 그가 중환자실에 누워 있다는 사실이 그녀의 가슴을 다시금 아프게 만들었다. 당장이라도 터져 버릴지 모르는 그의 장기가 얇은 막에 의지해 형체를 유지하고 있다는 사실에 그녀의 숨도 곧 터져 버릴 듯 가빠졌다.

이식을 한 후에는 또 한동안 고생을 해야 할 것이었다. 그가 좋아하는 연기도 쉬어야 했다. 한 달 가까이 무균실에 입원해야 했고 1년 이상은 매일 꼬박 면역력을 없애는 약을 먹어야 했다. 그 후로는 차차 약을 먹는 횟수나 병원 방문일이 줄어들겠지만, 그나마도 부작용이 거의 없을 때의 이야기였다. 어쩌다 이런 일이 일어났는지 눈앞에 벽이 세워진 기분이었다.

한 번이라도 그의 얼굴을 보면 이 마음이 진정될까. 그러나 수현의 면회는 끝내 허락되지 않았고, 날이 밝자마자 그는 곧장 수술실로 향했다.

"편 작가, 좀 쉬고 있어."

"어디 가?"

"촬영장에. 차 배우 사고 기사도 떴겠다, 스텝들 수습을 좀 해야지."

사랑이 고개를 끄덕이자, 이영은 곧장 촬영장으로 떠났다. 매니저 김 군은 사고 경위를 설명하느라 경찰서로 향했다. 박 대표는 남은 사랑을 데리고 병원 앞 국밥집으로 갔다. 어쨌든 장장 6시간이 넘게 걸리는 수술이라고 했으니, 일단 산 사람은 살아야 한다며 박 대표는 국밥 두 그릇을 주문했다. 가장 착잡해 보이는 얼굴을 한 건 정작 그인데도 말이다.

"누굴 따라갔대요."

사랑이 앞뒤 없는 그의 말에 눈을 동그랗게 떴다. 박 대표는 기운 없는 사랑의 손에 일부러 숟가락을 들려 주었다. 모락모락 김이 나는 그녀의 국밥 위에 깍두기 국물을 붓고 휘이 저어 주기까지 하고는 그도 수저를 들었다.

"수현이 말이에요. 창문으로 누굴 봤는지, 갑자기 차 밖으로 뛰쳐나가더래요."

사랑의 수저가 자꾸만 국밥 위를 배회했다. 사랑하는 남자의 사고 경위를 듣는데, 차마 국 한술을 뜰 수가 없었다.

"김 군 말로는, 어떤 중년 여자인 것 같았는데 부리나케 차를 타고 가 버렸다고 하더라고요."

그러고는……. 멍청한 차수현. 누굴 봤기에. 왜 차도에 서 있어. 멍청하게. 멍청하게 정말. 운동도 그렇게 열심히 하더니, 간 이식이 뭐야, 간 이식이.

그녀의 마음은 그 자리에서 그의 장기가 터져 버리지 않았음에, 그나마 저 모양임에, 또 바로 이식할 수 있는 그의 가족이 있음에 감사했지만. 안타깝고 비참한 기분이 자꾸만 못된 말을 떠올리고 있었다. 어긋나는 생각과 마음이 벌이는 싸움 때문일까. 눈앞이 뿌옇게 변했다.

"멍청하게, 정말……."

속으로만 되뇌었던 말이 밖으로 터져 나오고야 말았다. 이때다 싶었는지, 고여 있던 눈물도 볼을 타고 흘러내렸다. 소매로 훌쩍 닦는 눈물을 못 본 척, 박 대표 역시 국밥에만 고개를 파묻었다.

억만 겁과 같은 시간. 그가 남은 수술 역시 잘 견뎌 내 주기를…….

※ ※ ※

수현의 사고 소식에 드라마 '당신이라는 봄' 팀은 모두 혼란 속에 빠졌다. 막막함과 착착함, 걱정과 슬픔. 그 모든 것들이 뒤섞여 무거운 분위기를 만들어 냈다.

이영이 도착하자마자, 모두들 수현의 안부를 묻기 바빴다. 모든 걸 설명해 줄 수 없어 이영은 간부급 스텝 회의를 소집했다.

"기자들이 난리 치는 거에 비해 다행히 기사는 얼마 안 떴어요. 누가 꼭 막아 주는 느낌인데, 차수현 소속사가 파워가 센 모양이네요."

서울에 있던 기획 팀에서도 미리 와 있었는지, 즉각 상황 보고를 시작했다. 사전 제작 덕분에 아직 드라마가 방영되지 않았던 게 천

만다행이었다.

"감독님, 이제 어떡하죠? 이제 곧 마지막 회 촬영인데……."

가장 큰 문제점이었다. 마지막 촬영을 앞두고 수현이 그렇게 되었으니. 줄거리상 헤어진 남녀가 다시 만나 사랑을 확인하는 장면으로 가장 중요한 부분이었다. 조연도 아닌 주연의 부상은 드라마 팀에게도 치명적이었다. 기존 방영 시작일에 맞춰 제작이 끝나는 것은 현 상황으로서 불가능했다.

"헤어진 남녀가 다시 만나지 못하는 걸로 편집하면 어때? 첫사랑, '당신이라는 봄'을 기억하고 그리며 살아가는 거지."

"그래도 원래 취지랑은 다르잖아요. 편집도 일부러, 다시 만나는 장면을 수미상관으로 기획했던 거고요."

"취지 따지다가는 지금까지 찍은 거 전부 쓰레기통으로 갈지도 몰라. 그리고 말 잘했다. 수미상관으로 찍었으니까, 앞부분에 서로 그리워하고 어쩌고 하는 거 이미 다 찍어 놨잖아."

이영의 말에 간부 스텝들은 어느 정도 동조했다. 그의 말대로 편집을 해도 드라마가 나오는 데에는 크게 문제가 없었다. 내용이 아쉽게 끝날 뿐이지, 드라마가 꼭 주인공 둘이 행복하게 잘 살았더래요 하고 끝날 필요도 없었으니. 그것도 나름대로 애틋할 것 같고, 나쁘지 않았다. 그러나 여전히 입술을 내밀고 있는 건 편집 팀이었다.

"아, 감독님. 그럼 아예 처음부터 뜯어서 붙여야 하는데요? 편집 팀 좀 살려 주세요."

"야, 지금 수술 받는 차수현을 생각하면 그런 소리가 잘도 나온다."

앓는 소리를 내는 편집 팀에게 이영이 쓴소리를 냈다.

"막말로 지금까지 시나리오 나오는 그대로 찍어서 보냈는데, 편집 팀이 고생한 게 뭐가 있어. 너네 지금까지 꿀 빨다가 일 좀 한다니까 힘들어? 버거워? 다른 애들 알아볼까?"

총 감독의 가시 돋은 말에 회의실 분위기는 금방 살얼음판을 건 듯 조심스러워졌다. 편집 팀 역시 그의 말이 모두 사실인지라 조용히 입을 다물 수밖에 없었다.

"편 작가님 생각은 어때요?"

잠자코 있던 조감독이 물었다. 이영을 믿고 따르는 그가 아무리 무거운 입을 가졌더래도, 사랑과 수현의 관계를 모르는 스텝들과 함께 있는 자리에서 사실을 말할 수는 없었다. 결정을 스스로 짓는 사랑이었지만, 이번만큼은 이영에게 전적으로 결정을 맡겼다. 아무리 이성적인 그녀래도, 오늘의 상황은 받아들이기 어려울 만큼 큰 충격이었을 테니, 이영도 그녀를 이해했다.

"내 생각이 곧 편 작가 생각이야."

윙크를 하며 잔망을 떠는 이영을 보며 다들 부르르 몸을 떨었다.

"다 얘기 안 해도 이제 다들 할 일들 알지? 홍보 팀은 각별히 더 신경 쓰고. 내가 이틀 내로 시나리오 세팅 다시 해 줄 테니까, 촬영 팀은 마지막 회 차 대본에서 차수현 없이 찍을 수 있는 건 다 찍어 놓자. 중간중간 넣을 수 있을 만한 게 있을 거야."

아까의 살얼음판을 깨부수고 후배들을 일으키는 이영의 모습에 모든 스텝들이 각자의 자리로 돌아갔다. 모두들 일당백 맡은 일을 해낼 것이라는 걸 이영은 믿어 의심치 않았다. 마지막 장면 몇 신 없다고 다 된 드라마를 엎을 수는 없었다. 이 드라마는 오히려 장면의 부재로 인해 더욱 아름답게 만들질 것이다. 그것은 그가 사랑을 위해 할 수 있는 유일한 일이었다.

폭풍 같은 일들이 세차게 지나가고 있었다. 누군가는 수술대 위에서, 누군가는 촬영장에서, 또 누군가는 사무실에 앉아 빗발치는 전화기를 붙들며 이 상황을 견뎌 가고 있었다.

장장 12시간이 넘게 걸린 수술이 끝이 나고, 수현과 화련은 VIP 병동으로 옮겨졌다. 두 병실은 VIP 병동의 양쪽 끝에 자리하고 있었으며, 내부 설치물도 조금 달랐다. 화련의 병실이 일반적인 VIP 병실과 같았다면, 수현이 옮겨진 곳은 무균실로 꾸며졌다. 장기 이식에서 가장 중요한 건 면역력이었다. 몸의 면역 세포가 이식된 장기를 균으로 여기고 공격하기 때문에, 수현은 면역 세포를 억제하는 주사를 맞아야 했다. 일부러 면역력을 억제해 놓은 몸으로 수술 회복까지 해야 하는 어려운 일. 그의 몸에는 거즈와 주삿바늘로 도배되어 있었다. 보는 것만으로도 아파서, 사랑은 눈을 꼭 감았다.

"오늘은 면회가 어렵습니다."

무균 커튼 안으로 그의 침대가 사라졌고, 사랑은 그의 병실 앞에서 가로막혔다. 밀려나는 사랑의 어깨를 누군가 붙잡아 주었다. 당연히 옆에 있던 박 대표나 김 군이라고 생각해서 가벼이 고맙다고 이야기했다. 수술실에서 나온 그의 모습을 보니 그제야 정신이 들었고, 제 뒤에 있을 거라 생각했던 박 대표와 김 군이 옆에 서 있는 게 눈에 들어왔다. 사랑은 화들짝 놀라 뒤를 돌아보았다. 내내 자신들과 같이 기다리고 있던 지 회장이었다.

"아, 감사합니다."

"아닐세."

설핏 끌어당기는 입꼬리가 버거운지, 지 회장의 얼굴이 다시 굳었다. 화련에 대한 걱정 때문이라는 걸 모두가 알 수 있었다. 수술 결과를 듣고자 하는 네 쌍의 눈동자가 의사를 향했다.

"환자가 다행히 기본적인 체력이 있어서 어려운 수술을 잘 견뎠습니다."

두 사람의 수술 결과를 듣던 모두의 입술에서 안도의 한숨이 타고 흘렀다. 지 회장은 화련의 수술 결과뿐 아니라, 수현의 상태에 대해서도 관심이 많은 듯했다.

"아무래도 유명한 분이시라 기자들로부터 브리핑 요청이 쇄도하고 있습니다."

박 대표가 고개를 끄덕이자 매니저 김 군이 의사에게 다가섰다.

"그건 저랑 말씀 나누시죠."

김 군과 의사가 돌아가자, 지 회장도 이내 화련의 병실로 향하려 했다. 극도로 조심해야 하는 수현과 달리, 화련의 병실은 출입이 가능했다.

"저, 회장님……."

그런 그의 발걸음을 박 대표가 멈춰 세웠다.

"입원 수속이며, 언론까지……. 기자들이 달려드는 것치고 많이 시끄럽지 않게 도와주셨더라고요. 감사합니다."

박 대표는 자신이 손을 쓰기도 전에 힘을 실어 넣은 지 회장의 추진력과 그 입김이 가진 파워에 무척이나 놀라고 있던 중이었다. 게다가 병원비까지 모두 그의 앞으로 해 놓았기에, 박 대표의 의아함은 더 커져 있었다. 수현의 고모인 화련을 챙기는 모습에 보통 사이가 아닐 거라고는 생각했지만, 이렇게 다 큰 그녀의 조카에게 보이지 않는 곳까지 관심을 가지고 살피고 있었을 줄은······.

"박 대표 회사도 건실하지만, 언론 쪽은 우리 쪽이 잔뼈가 굵어서."

별거 아니라고 답하는 중후한 목소리는, 어쩐지 조금 거만한 투였다. 만약 그의 얼굴을 보지 않았더라면 그의 목소리에 박 대표는 자존심이 상했을지도 모른다. 그러나 그의 얼굴에 슬쩍 실린 미소에는 장난기와 겸연쩍어하는 기세가 함께 섞여 있었다. 거만함, 겸연쩍음 그리고 장난기. 사랑과 박 대표는 그 모습을 어디선가 많이 봐 왔다고 생각했다.

"내가 하고 싶어서 그래. 주제넘다고 생각하지는 말아 주게."

그리고 이내, 건네 오는 그의 말속에는 정중함이 묻어 있었다. 박 대표는 평소 만나기도 어려운 업계의 전설에게서 그런 말을 들을 줄은 상상도 못 했다. 그는 되레 고맙다고 손사래 치며 감사를 표했다. 수술이 끝나기를 기다리던 때보다는 훨씬 밝아진 얼굴로 화련의 병실로 향하던 지 회장이, 문이 닫히기 전 그녀를 향해 돌아섰다.

"잘 부탁합니다."

사랑을 향해 건넨 그의 인사가 무엇을 뜻하는지 정확히 알 수 없었다. 그 대상이 수현인 건지, 화련인 것인지, 적은 확률로나마 지 회장 본인을 뜻하는 것인지 알 수 없었다. 그러나 확실한 건 눈으로 인사하던 그의 마지막 얼굴 위로, 제가 사랑하는 남자의 얼굴이 겹쳐졌다는 것이었다. 이상한 노릇이었다.

'어······?'

사라진 지 회장의 얼굴과 수현의 얼굴을 비교하고 있을 무렵, 박 대표가 사랑의 등을 떠밀었다. 오늘은 어차피 면회가 어려우니, 집에 가서 쉬다 오라는 말이었는데, 여전히 사랑의 시선은 지 회장이 사라진 병실 문 앞을 머물렀다. 뭔가 이상하다고 생각했지만, 박 대표가 자꾸만 등을 밀어 대며 호들갑을 떠는 통에 그녀의 생각도 저 멀리로 떠밀리고 말았다. 고모인 화련에게 이어, 지 회장에게서 까지 수현의 행동과 얼굴을 찾는 걸 보니, 자신이 꽤나 그의 얼굴과 품이 그리운 모양인가 보다고 그렇게 결론지었다.

그 이후로는 아쉽게도 지 회장을 마주할 일이 없었다. 화련의 옆에 바싹 붙어 따라다니는 모습을 창문 밖으로 목격할 때 외에, 그의 얼굴을 마주하기란 어려웠다. 그 이유는 화련이 병실에서 두문불출하기 때문이었다. 기증자인 화련은 수현보다는 수월하게 회복 중이라고 했다. 그녀는 산책할 때 외에는 밖을 잘 드나들지 않았는데, 산책 후의 발걸음 역시 즉각 병실로 틀었다. 실수로라도 반대편에 자리한 수현의 병실로 향하는 법이 없었다.

면회가 허락된 뒤에는 사랑과 그녀의 가족들이 번갈아 가며 깨어나지도 않은 수현의 병수발을 들었다. 집이 가깝고 그를 보살필 다른 가족들이 없다는 게 편씨 집안의 좋은 핑계거리였다. 이럴 때일수록 우리가 챙겨야지 않겠냐며, 아직 깨어나지 않은 수현의 도시락을 챙겨 온 편 사장과 그걸 말리지도 않고 따라와 웃고 있는 임 여사, 환자 보호소 휴게실을 거실처럼 둘러앉은 우리 부부와 나라 부부까지.

수현의 수술이 끝난 날, 사랑에게서 결과를 듣던 편씨 가족들은 다함께 눈이 퉁퉁 부을 정도로 울었다. 그만큼 수현을 걱정하는 마음은 갸륵했으나, 대가족이 드나드는 게 다른 보호자들에게는 피해가 되진 않을까 우려스러울 정도였다.

일주일쯤 지났을 때, 이영이 찾아왔다. 드라마 팀이 서울로 복귀하게 되었고, 마지막 마무리 작업에 사랑의 도움이 필요하다는 이야기를 전했다. 아직 의식이 돌아오지 않은 수현이 마음에 걸렸지만, 사랑은 이영을 따라 서울로 향했다. 마지막 회 대본만을 넘기고, 메인 작가로서 너무 무책임했던 자신을 반성했다. 다시 '당신이라는 봄'의 메인 작가로서의 책임을 다할 시간이었다.

코앞에 임박한 방영일과 마지막 줄거리가 수정되면서, 제작진들은 전쟁을 치렀다고 했다. 그녀가 방송국에 도착했을 때는 늦은 시각이었지만 이영의 지휘 아래 마지막 회 수정 작업이 이뤄지고 있었다. 이영은 사랑에게 줄거리에 대한 최종 컨펌을 바랐고, 사랑은 단번에 긍정했다. 스텝들은 두 수장의 최종 신호에 일사분란하게 움직였다.

그리고 꼴딱 밤을 새고도 또 하루를 보낸 후, '당신이라는 봄'의 최종 편집본이 만들어졌다. 앞선 회 차들이 방영되며 영상이며 삽입된 음성이나 음악들이 조금 더 보정될 예정이었지만, 스텝들 모두 기한 안에 전 회 차를 만들어 냈다는 사실에 기쁨을 토해 냈다. 사랑은 미안함을 담아 그런 스텝들을 데리고 야식집으로 향했다. 통 큰 야식에 모두들 한껏 더 신이 났다.

"사람들이 '역시' 하고 치켜세우는 이유가 있었네. 최이영 군단이 왜 그렇게 유명한지 알겠어."

사랑의 칭찬에 이영이 그녀를 돌아보았다.

"중요한 시기인데, 잠시나마 정신 놓고 있어서 미안했어. 근데 너무 잘해 놔서 놀랐고. 거짓말 안 하고 비행기에서 오는 내내 쥐어짰던 스토리를 네가 이미 지시해 놨다는 게 신기했고, 또 한편으로는 감탄했어."

칭찬하는 사랑의 입술에 오랜만에 미소가 걸렸다. 마음 한편에선 병실에 누워 있을 수현이 걸렸지만, 지금 이 순간에는 자신과 수현의 부재에도 이렇게 멋지게 제작해 낸 이영에게 고마운 마음이 더 컸다. 그리고 그 고마움을 표현하고 싶어서, 사랑이 입술을 움직였다.

"최 피디랑 드라마 찍길 잘했어."

그녀의 옆모습을 바라보던 이영의 눈이 커졌다. 절대 자신과는 드라마를 하지 않겠다던 사랑의 지난 모습이 스쳐 지나갔다. 그 어떤 상패와 그 어떤 칭찬보다, 그녀의 입술에서 흘러나온 그 한마디가 이영의 가슴을 더욱 크게 울렸다. 혹시나 자신이 수정한 내용이 맘에 들지 않으면 어떡하지, 자신이 찍은 영상이 별로면 어떡하지 졸이던 마음을 이제야 내려놓을 수 있게 되었다.

"고마워, 이영아."

그의 어깨 위에 닿은 온기는 잠시 머물다 사라져 버렸다. 스텝들 가운데로 사라지는 그 뒷모습에 왜 눈앞이 흐려지는지……. 내일이면 다시 수현에게로 떠나 버릴 걸 모르지 않았지만, 그리고 다시 제게로 돌아오지 않을 걸 알았지만, 잠시 머문 그 온기가 그에게 얼마나 큰 위로였는지 그리고…….

"아……."

사랑이 준 그 잠깐의 온기가 이영, 그에게는 얼마나 큰 용서로 다가왔는지. 툭 하고 떨어지는 눈물 한 방울이 증명해 주었다.

다음 날 새벽 비행기로 병원에 도착한 그녀는 수현에게 향했다. 밤이라 부분적으로 소등된 병동 안은 어둑했다. 그의 병실 앞에 도착한 그녀는, 조금 열려 있는 병실 문에 눈을 크게 떴다. 이 사람들이 무균 상태가 그렇게 중요하다고 노래, 노래를 하면서 말이야. 아침 일찍 그의 상처를 소독하기 위해 들어가는 간호사의 소행인가 보다 생각하며 사랑이 병실로 향했다.

"흐흑……."

그러나 병실 안에서 들려오는 울음소리에 그녀는 발걸음을 멈추었다.

"나는 정말 그게 최선이라고 생각했단다. 이렇게 될 줄 알았다면……. 나는……. 흑."

불투명한 무균 커튼 안으로 수현이 아닌 누군가의 실루엣이 보였다. 누구지?

"엄마가 정말 미안해. 잘못했어. 그러니까 아가, 제발, 그만 자고 일어나렴……."

사랑은 터져 나오려는 소리를 막으려 입을 틀어막았다. 방금 엄마라고 했나. 수현의 모친이 살아 있었다는 말인가.

한동안 눈물을 쏟아 내며 본인의 이야기를 하던 여자가 자리에서 일어섰다. 그녀가 누구인지 보기 위해, 저도 모르게 조금 더 몸을 기울인 순간.

탁—

누군가 팔을 잡아 당겼다. 그리고 어두운 코너로 그녀를 내몰았다. 놀란 가슴이 요동쳤지만, 사랑은 누구인지 확인하기 위해 고개를 들었다. 잘 차려입은 옷에 키가 큰 남자. 그녀는 얼굴을 확인하고 미간을 찡그렸다.

"지 회장님?"

놀란 그녀의 어깨를 토닥거리는 그의 얼굴에는 미안함과 반가움이 묻어 있었다. 그러나 '쉿.' 하고 검지를 코앞으로 가져다 대는 모습은 어쩐지 얄미웠다. 지금 소리를 안 내게 생겼나. 비명이라도 지를 판이었다. 아니, 그러면 좀 신사적으로 부르지 그랬나.

"미안하네, 잠깐 여기 좀 있어 주게. 다음에 길게 이야기할 기회가 있으면 하네."

빠르게 속삭인 지 회장은 황급히 돌아섰다. 그리고 수현의 병실에서 막 나온 누군가를 보호하듯 품에 안고 걸어갔다. 제가 여자를 확인하지 않길 바란다기보다는, 병실에서 나온 그녀가 이곳에 누군가가 있었다는 걸 보지 않게 하기 위함에 가까웠다.

지 회장은 혹시나 제가 두 사람을 부르진 않을까 걱정하며 뒤를 쳐다보았지만, 그의 생각은 빗나갔다. 사랑은 그들을 부르지도, 하물며 움직이지도 않았다. 정확히는 손 하나 까딱할 수 없었다. 첫 번째는 그의 품에 있는 여자가 환자복을 입고 있었기 때문이었고, 두 번째는 그 여자가 누구인지 너무 잘 알 것 같았기 때문이었다. 그리고 마지막으로는,

'엄마가 미안해……'

수현의 병실 안에서 들려왔던 여자의 말이 생생히 떠올랐기 때문이었다.

넋이 나간 발걸음이 병실 안으로 들어섰다. 어떻게 소독복을 입었는지, 소독기를 작동시켰는지도 모르겠다. 창문 밖으로 동이 터 올라 붉은빛이 병실 안으로 쏟아졌다. 커튼 안으로 들어서자, 그의

잠든 얼굴 위에도 빛이 흘러들고 있었다.

무거워진 마음을 내려놓을 곳이 필요했다. 당신에게 어떤 일이 있었던 걸까, 나는 감히 상상할 수도 없는데. 어쩌면 수현도 모르고 있을 비밀이 가슴을 짓눌렀다. 당신이 너무 안타까우면서도 밉다. 이 내 마음을 내려둘 당신이 이렇게 곁에 있음에도, 곁에 있지 않아서 밉다. 며칠 만에 보는 얼굴이 금방이라도 왔느냐고 미소 지어 주었으면 했다. 이렇게 잡은 손을 마주 잡아 주었으면 했다.

"당신이 내 곁에 있었으면 좋겠어."

사랑은 어느 날엔가 그녀의 귓가를 맴돌았던 그의 말을 똑같이 읊조려 보았다. 자꾸만 눈물이 차올랐다. 눈물은 흐느낌으로 바뀌었고, 그녀의 손이 그의 손을 더욱 꽉 붙들었다.

"사랑해……."

흐느끼는 그녀의 뒤로 태양이 점점 더 뜨겁게 타올랐다. 어두웠던 병실 곳곳에 빛이 스며들었다. 그리고 거짓말처럼 희미한 그의 목소리가 그녀의 귓가를 울렸다.

"사랑아……."

꽉 눌린 목소리로, 수현은 사랑을 찾았다. 화들짝 놀란 그녀가 번쩍 고개를 들었다. 여전히 감고 있는 두 눈. 환청인가 싶은 순간, 아주 천천히 마주 잡아 오는 그의 손이 그녀가 잘못 듣지 않았음을 말해 주었다.

"차수현?"

그녀의 시선이 수현의 얼굴 위를 떠날 줄 몰랐다. 그리고 감겨 있던 눈꺼풀 사이로 서서히 보이는 그의 눈동자. 눈물 범벅이 된 그녀의 얼굴에 수현의 입꼬리가 천천히 올라갔다.

"나도 사랑해."

아무렇지 않은 목소리로 건네 오는 그의 고백에, 사랑의 눈물이 다시 터지고야 말았다.

"나도……."

꽉 깨문 입술 새로 울음 섞인 목소리가 터져 나왔다. 무사히 잘 깨어나 줘서 얼마나 고마운지, 당신이 알까. 이대로 사라져 버리는 줄 알았다고, 당신을 잃는 줄 알고 애간장이 다 타서 녹아내렸다는 걸. 사랑의 눈에서 눈물방울이 후두둑 하고 줄 지어 떨어졌다.

"왜 울어."

"넌 왜 웃어."

흐엉 하고 어린아이처럼 울어 버리는 사랑의 모습에 수현의 미간은 좁아졌지만, 입가에 자리한 미소가 조금 더 짙어졌다.

"그만 울어."

"나도 그러고 싶어."

꿀떡꿀떡 격양된 호흡을 삼키는 사랑의 모습에 수현은 또다시 터지려는 웃음을 참았다.

"배 아파, 그만 귀여워."

"나 지금 울고 있는 거야."

"그렇게 울어도 귀여운 사람은 또 처음 봤네."

사랑은 괜한 투정을 부리며 호흡을 진정시켰다. 두 사람 다, 아니 사랑이 조금 진정되자 수현은 주위를 살펴보며 그녀에게 물어 왔다.

"어떻게 된 거야?"

사랑은 귀를 의심했다.

"어떻게 된 거냐니?"

사랑은 자신이 묻고 싶은 질문이라고 생각했다.

"내가 왜 여기 있냐고."

그녀는 그가 깨어난 지 얼마 안 되어 정신이 없는 것이라 생각했다. 그러나 한참 후에도 수현의 질문은 변함이 없었다. 그는 또다시 왜 자신이 이곳에 누워 있는지를 물었다.

"내가 공항에 갔었다고? 지금 무슨 말 하는 거야?"

그녀가 알고 있는 한에서 사고 경위를 설명해 주어도 그는 물음표만 띄웠다.

"당신 공항에 가서 사고가 났었잖아."

"내가? 왜?"

사랑은 제가 묻고 싶은 걸 되레 묻는 수현을 멍하니 바라보았다. 사고가 있던 날, 그는 그 모든 것을 기억하지 못했다.

16. 가족이 되어 가고 있는 중입니다

"해리성 기억상실증입니다. 사고의 충격으로 인해 부분적으로 기억을 못 하는 거죠. 도중에 기억이 돌아올 수도 있고, 아니면 아예 기억을 잃은 채 살아가야 하는 경우도 있습니다."

드라마에 나올 법한 대사를 담당의가 그대로 말했다. 사랑의 얼이 나갔다. 사고 당시 기억을 잃는다는 게 과연 불행한 일인 걸까.

"그럼 이식한 건 어떻게……."

"간 이식은 성공적입니다. 워낙 기증자와 일치 여부가 높아서요. 그래도 1년간은 몸에 면역력을 죽이는 약을 계속 드셔야 하지만, 다른 부위 수술도 잘 아물고 있으니 비교적 빨리 퇴원할 수 있을 겁니다."

사랑은 담당의 말에 안도했다. 무균 커튼 안으로 보이는 그의 얼굴이 빠른 회복을 보이며 점점 활기를 띠고 있었고, 잡아야 할 범인이 있는 것도 아니었으니 따지고 보면 다행이었다. 그가 그 끔찍한 순간을 기억하지 않아도 된다는 말이었으니까.

한편으로 유독 '기증자와 일치 여부가 높다'는 말이 크게 들리는 건 새벽녘의 일 때문이겠지. 그녀가 헛것을 보고 들은 게 아니었다.

"그리고 차화련 환자분은 오늘 아침 퇴원 수속을 밟았습니다. 이제까지의 일은 모두 없던 것처럼 기억해 달라고 전해 달라시더군요."

의사를 보고 있던 사랑의 얼굴이 천천히 굳어졌다.

"저희 의료진들도 그 부분에 대해서는 함구할 예정입니다. 워낙 저희 VIP 병동이 환자 프라이버시를 중요하게 여기기도 하고요."

왜 의사가 누군가의 앵무새가 되었는지 모르겠다. 사랑은 고개를 끄덕이고는 밖으로 나왔다. 언젠가 길게 이야기할 날이 있었으면 한다는 지 회장의 말처럼, 그런 날이 왔으면 했다. 상대가 말하지 않기를 원하는 가족사를 캐물을 생각은 없었지만, 더 이상 사랑하는 남자가 상처받는 일은 없게 하고 싶었다. 언젠가 그녀가 제대로 설명해 주는 날이 있기를, 그리고 그날에 수현의 옆에 자신이 버팀목이 되어 줄 수 있기를 바랄 뿐이었다.

의사와 이야기를 마친 사랑이 병실로 향하자, 걱정했던 마음을 한 보따리 풀어내고 있는 매니저 김 군과 그런 그를 달래는 수현이 그녀를 맞이했다. 사랑이 두 사람에게 찬찬히 의사에게 들은 수현의 상태를 설명해 주었다.

"그래서 내가 간 이식을 받았단 소리야?"

"그래."

수현은 퍽 어이없는 표정을 지었으나, 상태가 심각했다는 말에 곧 수긍했다. 단지 그는 드라마 걱정을 했다. 마지막 촬영을 앞두고 사고를 당한 만큼, 작품에 대한 완성도가 떨어지지는 않을지, 자신이 폐를 끼친 건 아닌지 걱정했다.

"다들 네 걱정 할 뿐이지. 얼른 몸 좋아질 생각만 해."

사랑은 스텝들의 걱정 어린 메시지와 팬들의 편지들을 담은 상자를 그의 병실로 가져왔다. 무균 처리를 위해 글씨들이 조금쯤 번졌지만 내용을 읽는 데 무리는 없었다. 수현은 피식 웃었다. 그 웃음에 고마움과 안도가 뒤섞여 있었다.

다행히 그는 저에게 간을 기증한 사람이 누구였느냐는 질문은 하지 않았다. 수현이 물어보지 않았기에, 기증자가 누군지 모른다는 거짓말은 다행히 피할 수 있었다. 사랑은 간이 의자에 엉덩이를 붙였다. 무균 커튼을 사이에 두고 서로를 향하는 눈길이 엇갈렸다.

"울지 마."

수현이 놀리듯 말했다. 사랑은 울지 않았다. 부러진 갈비뼈와 다리뼈를 지탱하기 위한 보호대가 그의 몸에 둘러져 있었고, 아직 큰 수술 자국 역시 거즈 안에서 시뻘겋게 생살을 보이고 있을 것이었다. 무사히 깨어난 그의 목소리가, 온몸을 붕대로 감고 있는 그의 상태가 그녀의 눈시울을 자꾸만 자극했다. 그래서 결국 또다시 울고야 말았다.

"미안."

미안하다는 그의 말이 그녀의 마음을 더욱 아프게 만들었다.

"당신이 뭐가 미안해."

아마도 자신을 걱정시켜서, 사고를 당해서 미안하다는 말일 게다. 그게 무에 미안할 일인가. 투명한 커튼 사이로 보이는 얼굴이 많이 거칠었다. 가슴이 미어졌다.

"한동안 연기하기는 어렵겠지."

갈라지는 그의 목소리에 씁쓸함이 묻어났다. 1년간 꾸준히 치료를 받고 약물을 복용하면 그 뒤로는 점차 좋아질 수 있다고 했다. 간 이식뿐만 아니라도, 부서지고 긁힌 그의 몸이 낫기까지는 시간이 필요했다.

"더 연마해서 나중에 멋지게 돌아가야지."

"왕의 귀환 한 편 찍어야겠어. 당신이 글 써 줘."

"좋아. 온갖 멋있는 대사들은 다 넣어 줄 테니 어서 회복하기만 해."

웃었다. 서로를 향해 두 사람이 마주 웃었다. 아니, 겨우 웃음 지었다. 서로를 안심시키기 위해서.

"편지들 좀 읽고 있어. 나 잠깐 통화 좀 하고 올게."

수현이 일어나려는 사랑을 불러 세웠다.

"사랑아."

사랑이 그를 향해 돌아섰다. 투명한 커튼 안으로 그가 미소 지었다.

"사랑해."

사랑은 그때에는 그가 그 말을 얼마나 절실하게 하고 싶어 했는지, 알지 못했다. 단지 그를 다시 볼 수 있어 다행이라고, 그의 그 말을 들을 수 있어 행복하다고 생각했을 뿐이었다.

"나도."

사랑이 병실을 나섰다. 수현은 그녀가 나간 곳을 한참이나 바라보다 눈을 감았다. 병실을 나온 사랑이 터지는 눈물샘을 손에 파묻었다.

'당신을 잃을까 봐 두려워.'

언젠가 그에게 했던 말이 씨가 되는 건 아닐까 얼마나 걱정했던가. 얼마나 두려웠던가. 어쩌자고 그런 말을 했을까 스스로를 원망했던 나날이었다.

'깨어나 줘서 고마워.'

그녀는 조용히 그가 누워 있는 병실을 향해 중얼거렸다. 고마워. 너무, 고마워.

홀로 남은 수현의 표정이 조금 가라앉았다. 혼란스러운 마음을 아직 털어놓기에는, 너무나 머리가 아팠다. 사랑에게도 아직은 꺼려지는 이야기였다. 조금 더 준비된 뒤에, 온전히 이 상황을 받아들일 수 있게 된다면, 그는 자신의 연인에게 이 혼란스러움을 이야기하고 싶었다.

※ ※ ※

김 군이 병실 안으로 신나게 뛰어 들어왔다. 소독복도 벗은 채였다.

"오늘 무균 커튼 치운대요. 면회도 자유로워짐!"

수현의 상태가 썩 좋아질 만큼 시간이 흐르자, 그의 침대를 둘러싸고 있던 무균 커튼을 치우는 것으로 결정이 되었다. 일반 병실과 같아지자, 병원은 공식적으로 그에 대한 면회를 승인했다. 무균 커튼을 사이에 두고 마주했던 연인의 얼굴이 이젠 선명하게 보일 거라는 기쁨도 잠시. 들이닥친 방문객들로 수현은 연인과의 오붓한 시간은 잠시 뒤로 미뤄둬야 했다. 북적거리는 방문객 사이에 사랑의 얼굴이 빼꼼히 드러나 있었다.

'배우들 사이에서도 전혀 꿀리지 않는구나, 내 여자.'

자랑스러움에 으쓱해진 그의 어깨가 천장에 닿을 것만 같았다.

"형!"

수현을 본 다니엘이 울음을 터뜨릴 듯 그에게 다가섰다. 이영을 비롯한 주류 스텝들과 배우들 역시 병실 안으로 들어서며 그에게 인사했는데, 어딘지 이상한 그들의 모습에 수현의 입술이 슬슬 올라갔다. 다름 아니라, 다들 머리 위로 헤어캡을 쓰고 마스크에 소독복 차림이기 때문이었다.

"다들 왜 그 꼴이야?"

"무균 복장으로 가랬는데?"

드라마 팀이 억울한 표정으로 수현의 곁에 서 있던 의료진들을 향해 눈빛을 쏘아 보냈다. 그러자 가장 끝에 서 있던 어린 의사 한 명이 입을 열었다. 그는 눈앞에 존재하는 스타들의 모습이 실재인가 의심하고 있던 차였다.

"아, 지금 무균 처리기 다 옮겨서……. 무균복 안 입으셔도 되는데……."

느릿하게 흘러나오는 초보 의사의 말에, 결국 수현의 입술에서 웃음이 터졌다.

"아, 배 아파."

수술 자국 때문에 조그만 웃음에도 배가 당기는데, 한번 터진 옷음이 잘 멈추질 않았다. 걱정 가득 찾아왔던 배우들과 스텝들은, 염려했던 것보다 편해 보이는 수현의 모습에 마음을 한결 놓았다. 그들은 바리바리 싸 들고 온 과일과 선물, 그리고 방송국과 소속사로부터 전달된 팬들의 편지와 선물들을 풀어냈다.

"다들 어떻게 왔어?"

"오늘 우리 드라마 마지막 방송이잖아요. 본방 사수 하려고 왔죠."

수현과 마지막 촬영본의 부재로 조금의 수정이 가미되었지만, 무사히 세상에 나와 시청률 고공 행진 중이었던 '당신이라는 봄.' 그 마지막을 함께 축하하기 위해 그들이 찾아온 것이었다.

"고맙네."

담백한 수현의 인사에 다들 멋쩍게 웃었다. 핑— 붉어지는 눈시울이 이곳저곳 전염되어, 각자들 싸 들고 온 먹거리를 펴거나 함께 앉아 볼 의자를 세팅하는 데 전념하는 척했다.

다니엘은 옆에서 말리는 수미의 행동에도 불구하고 수현의 옆에 찰싹 달라붙어 이것저것 질문하며 그의 안부를 살폈다. 성심성의껏 대답해 주는 와중에도 그의 눈이 한곳으로 자꾸 흘러가는 걸 붙잡아야 했다. 저쪽에서 이영과 대화를 나누며 해사하게 웃고 있는 사랑의 얼굴이 보였다.

"괜찮아, 괜찮아."

대답은 다니엘에게 해 주고 있으면서도 눈은 계속해서 사랑을 좇아갔다. 오랜만에 보는 얼굴인데, 당장에 잡아다가 키스를 하고 싶었다. 무균 커튼을 치우고, 이렇게 가까이서 얼굴로 보는 게 얼마만인데. 스텝들이 와 준 것도 고마웠지만, 둘만 있고 싶은 욕심이 자꾸만 비집고 나오려 했다.

"VIP룸이라 방음에 크게 문제는 없을 것 같지만, 그래도 조금 유의해 주세요."

의료진들은 약간의 정숙을 요하며 병실 밖으로 향했다. 어느새 먹을거리를 준비한 배우와 스텝들이 TV 앞으로 자리를 잡고 앉았다. 수현이 잘 보일 수 있게 각도까지 계산한 뒤 세팅한 자리는 여러 곳에서도 잘 보일 수 있게 되어 있었다. 단 한 가지 걸리는 것은, 소파에 나란히 앉은 사랑과 이영이었다.

'왜, 둘이 같이 앉아?'

그의 눈에서 불이 나려 했지만, 드라마 시청에 맞게 누군가 병실의 불을 껐다.

"한다, 한다!"

'당신이라는 봄'의 마지막 행진이 시작되었다. 서정적인 제주의 바다를 두고 성인이 된 두 남녀 주인공이 마주 서 있었다.

"오, 태린이 장난 아닌데."

글썽거리던 눈물 한 방울을 떨어트리는 태린의 모습이, 타이트한 샷으로 아주 예쁘게 잡혀 있었다. 곧이어 그를 안아 주는 수현의 모습에 병실 안은 환호성으로 뒤덮였다.

사랑은 마침 들고 있던 오징어를 격하게 씹어 댔고, 이영은 그 모습이 웃겨 킥킥거렸다. 수현은 두 사람의 뒷모습에 드라마도 보는 둥 마는 둥이었다. 수현의 각도에선 뒤돌아 앉은 사랑이 오징어를 씹는 모습은 볼 수 없었고, 이영이 그녀를 향해 웃는 모습만 보일 뿐이었으니 그의 눈에서 질투의 불꽃이 튀어 오르는 건 당연한 노릇이었다. 당장에라도 제 옆에 앉혀 놓고 싶었다.

"와아."

"그림 좋다."

"저건 진짜 조명이 좋았다, 그죠."

물론 스텝들이 함께해서 좋은 것도 있었다. 오랜만에 보는 얼굴들이 한데 모여 이렇게 마지막 방송을 보고 있으니, 한 장면 한 장면 그날의 현장이 생각나고 함께한 고생들이 떠올랐다.

"크, 수고하셨습니다!"

"다들 수고 많으셨습니다."

메이킹 필름과 NG 장면들이 포함된 마지막 편집에 다들 웃음이 터져 나왔다. 엔딩 크레딧이 올라가자 곳곳에서 박수와 수고했다는 말들이 쏟아졌다. 장장 20부작 드라마의 대단원이 막을 내렸다.

수현이 함께하는 오늘에서야 제대로 드라마 촬영이 끝난 분위기였다. 동시에 모두들 만족할 만한 화면과 스토리, 연기에 그동안의 고생을 보상받은 기분. 모두가 만족스럽게 끝이 난 드라마에 하나같이 눈시울을 붉혔다. 수현 역시 고마움과 미안함이 교차하는 기분에 쉽게 말을 잇지 못했다.

"다들 수고 많았습니다. 우리 주연 배우 차수현 씨, 태린 씨한테 먼저 고맙다는 인사하고 싶네요. 그리고 멋진 작품 써 주고 이렇게 만들 수 있게 허락해 준 편사랑 작가에게도 박수를 보냅니다."

총괄 프로듀서로서의 이영이 소감을 먼저 밝혔다. 그리고 주연 배우들과 작가가 박수를 받을 수 있게 유도했다. 수상 소감을 말하듯 길게 이어진 이영의 소감에 조연출은 손으로 목을 긋는 시늉을 하며 빨리 끊기를 재촉했다. 모두들 웃음이 터졌다.

"자, 그럼 다음으로 작가님의 소감을 들어 보겠습니다."

바통을 이어받은 사랑은 '여러분들의 수고 덕이었습니다. 정말 감사합니다.' 하고 간결하게 소감을 전했다. 이영과 대비되는 소감에 저마다 따스한 미소를 보내 왔다.

"주연 배우들 소감 듣기 전에, 두 분 관계부터 밝혀 주시죠."

누군가 사랑을 향해 질문을 던졌다.

"어떤 두 분?"

사랑은 수현과의 관계가 알려진 건가 우려했다. 건강도 안 좋은데 괜한 스캔들에 휘말릴 그를 순전히 우려한 까닭이었다. 수현 역시 비슷한 생각을 했다. 그러나 사랑과는 반대로 생각보다 늦게 알려진 것에 대한 불만과 이제 대놓고 스킨십도 가능하겠다는 기대가 함께 들었다. 그러나,

"당연히 최 피디님이랑 작가님이죠!"

무슨 개풀 뜯어 먹는 소리야. 수현의 표정이 단박에 구겨졌다.

"무슨 개풀 뜯어 먹는 소리야."

사랑이 시니컬하게 답했다. 자신의 생각 그대로를 말한 사랑을 보며 수현이 만족스럽게 웃었다. 역시, 내 여자야.

"그러고 보니, 우리 드라마도 두 분 이야기라는 말이 있던데."

"맞아. 짧게 지나가긴 했는데 기사도 떴었죠!"

그러나 스텝들은 물러서지 않았을뿐더러 구석에서 애매하게 웃고 있는 이영의 태도도 신빙성을 더하고 있었다.

"아니야, 그런 거."

빙글거리는 이영의 얼굴이 꼭 수현을 놀리려고 작정한 사람의 것이라, 사랑은 머리가 아팠다. 이에 수현의 눈에서 불이 튀는 걸 사랑 역시 확연히 알 수 있었다.

"좀 더 확실하게 입장을 표명해 주시죠."

어느새 기자들이 되어 질문을 던지고 있는 스텝들이 흥미롭게 사랑의 말을 기다렸다. 확실하게 선을 그으려는 순간,

"그 문제에 관해선 제가 더 잘 알려 드릴 자신이 있어요."

절대 안정은 필수였지만, 수현은 침대 밖으로 나섰다. 아직 완벽하게 아물지 않은 뼈와 상처가 그의 신경을 건드렸지만, 잠깐이니 크게 문제가 될까 싶었다. 모두의 시선이 침대를 나선 수현을 향했다.

"몸도 안 좋은데⋯⋯!"

"아니. 다들 너무 심하게들 잘못 알고 계셔서."

수현의 몸 상태를 걱정하는 사랑의 말을 잘라먹고, 수현이 점점 그녀를 향해 걸어왔다. 걱정 어린 그녀의 눈빛이 예뻐 죽겠다. 이 예쁜 눈이 최이영을 바라본다니, 가십도 그런 어불성설이 없었다. 이곳저곳에 앉아 이쪽을 바라보고 있는 스텝들의 눈을 한 번 주욱 맞춘 수현은 다시 사랑을 향해 시선을 돌렸고, 그의 팔이 그녀의 허리를 휘감았다.

"편 작가님은 제 사람인데요."

진심이 가득 담긴 눈이 그녀를 향하고 있었다. 그때까지만 해도 '마지막 방송 자축 퍼포먼스' 쯤으로 여기던 스텝들도, 이어 펼쳐지는 광경에 넋을 잃었다.

"소문들 좀 내세요."

수현의 입술이 사랑의 입술을 삼켰다. 무균 커튼에 가려져 한동안 맛보지 못했던 입술이 다다랐다. 마음껏 그녀의 입술을 탐하는 그의 모습에 배우와 스텝들의 입술에서 환호와 비명이 터져 나왔다.

"꺄악!"

"대박!"

그러니까 차수현이 지금 편 작가를 더없이 사랑스럽게 바라보다가 키스한 거 맞지, 사람들은 저마다 이게 혹시 꿈은 아닐까 싶어 눈을 비비느라 바빴다.

옆에 서 있던 최이영 역시 쩍 하니 입만 벌리고 있었다. 완벽하게 게임 오버였다. 질투도 조금 들었지만, 오늘 이 순간에는 사랑을 향해 온전히 자신의 진심을 드러내는 그의 모습이 멋있다고 생각했다.

"참나. 내가 졌다."

이영은 고개를 흔들며 웃어 젖혔다. 완벽한 패배를 인정하며 곧이어 박수를 건넸다.

갑작스러운 입맞춤과 한참 만에 떨어진 수현의 얼굴을 보며 겨우 정신을 차린 사랑은 놀란 눈으로 그와 눈을 맞췄다.

'이래도 돼?'

박수 소리와 휘파람, 환호성이 가득한 병실 안에서 두 사람은 오롯이 눈빛으로 서로에게 말을 건넸다. 사랑이 수현의 몸을 수색했다. 그러곤 작은 목소리로 사랑에게 얘기했다.

"모자, 선글라스, 마스크 뭐 이 중에 하나 없어?"

"그건 왜? 다 아는 사람들인데 지금 써서 뭐 해?"

"아 참, 그렇지."

그녀의 다소 퉁명스런 말에도 그저 좋은지 수현은 실실 웃었다. 벌써 스텝들이 사진을 찍고 있는데, 그는 속도 편하게 웃고 있었다.

"어? 그러고 보니, 그럼 이번에 차 배우님 스캔들에 난 키 큰 여자가…… 언니?"

수미가 놀라서 떠드는 말에, 사랑도 함께 놀랐다. 같이 사진이 찍혔다고? 옆을 돌아보자, 수현은 이미 아는 눈치였다.

"그게 기사가 났나 보네."

소속사에서 전부를 막지는 못한 모양이었나 보다고 수현은 고개를 끄덕였다. 담백하게 인정하는 수현과 달리 입을 꾹 다물고 있는 사랑에게 다시 스텝들이 추궁했다. 진짜야? 이거 실화야? 대답을 재촉하는 그들의 눈동자에 사랑이 삐질 땀을 흘렸다.

'다 봐 놓고 왜 또 물어.'

오랜만에 당황한 사랑은 땀이 나는 경험을 하고 있었다.

"옆집 살아. 이웃이야, 우리."

"에이, 키스까지 해 놓고 나서 너무 밍밍한 거 아니야?"

비록 얼굴은 안 나왔지만 스캔들 기사도 났다는데! 거기다 지금 이 앞에서 제 여자라 선포까지 했는데! 입단속을 시키는 사랑의 태도에 수현의 입이 댓 발 튀어나왔다. 그런 수현을 보다, 결국 사랑이 생각을 고쳐먹었다. 배우인 당사자는 아무렇지 않은데, 스캔들 그 까짓것. 에라이, 될 대로 되라지 싶었다.

"아니, 내가 서울 집 놔두고 왜 계속 제주도에 있었겠어?"

사랑의 발언에 한 번 더 분위기가 달아올랐다.

"다 알았으면 연인끼리 오붓한 시간 보내게 빨리들 가시죠? 우리도 오랜만에 봤거든요?"

이어진 그녀의 말에 웃음이 터진 스텝들은 재빠르게 나갈 채비를 했다. 수현은 그런 그녀가 사랑스러워 꼭 안았다. 사랑은 갑작스레 핵폭탄을 터뜨린 그가 얄미워 툭 그의 가슴팍을 쳤다가, 그가 쿵 하고 그녀의 어깨에 기대자 깜짝 놀랐다. 그 모습을 보고 있던 사람들은 질투 어린 야유를 보냈다. 수현의 입술에 매끈한 미소가 걸렸다.

썰물처럼 사람들이 빠져나자 텅 비어 버린 병실이 어딘지 썰렁했다. 폭풍처럼 휘몰아친 상황에 사랑은 정신이 없다가도, 그를 재빨리 침상 위로 이끌었다.

"얼른 누워."

수현의 몸을 눕히는 손길이 조심스러웠다. 아직 무리하면 안 되는데.

"괜찮아."

"안 괜찮아."

사랑은 그의 몸 상태가 걱정되어 심술을 부렸다. 그리고 수현은 이미 엎질러진 물이기는 했지만. 그녀가 혹시나 자신과의 관계가 알려지는 게 싫은 건가 싶어 걱정스러웠다. 그래서 수현은 사랑의 손목을 붙잡았다.

"내가 잘못한 건가?"

치졸한 질투에 사로잡혀 이 사람을 곤란하게 만들었나. 수현은 뒤늦게 그녀를 염려했다.

"아니. 잘못한 거 없어."

사랑은 고개를 저었다. 그러나 굳은 그녀의 표정에 수현은 마음을 놓을 수 없었다. 수현은 좀처럼 그녀의 입술에서 나오는 부정적인 말에 면역이 되질 않았다. '아니', '싫어' 나 혹은 지금처럼 '안 괜찮다' 등의 말이 나오기라도 하면 그는 혹시나 하는 걱정에 휩싸이고 말았다. 혹시나 아주 그 짧은 새에, 자신과의 관계를 사람들에게 알린 걸 후회하는 건 아닐까. 몸이 이렇게 다쳐 버린 내가 싫어진 건 아닐까. 그는 덜컥 겁이 났다. 그녀가 그럴 성격이 아니란 걸 알면서도 순식간에 그에게 다가온 두려움이라는 글자가 그를 삼키려 들었다. 사춘기 소년처럼, 그녀의 말 한마디에 그는 한없이 작은 존재가 되고 말았으니까.

"그러면?"

그의 물음이 조심스러웠다. 그렇다면 무엇이 괜찮지 않다는 걸까.

"그게 아니라……."

사랑은 저답지 않게 말을 머뭇거렸다. 그녀의 말을 기다리는 그 짧은 시간이 어찌나 긴지…….

"당신 말이야……."

그래, 나 뭐…….

"나랑 결혼할 거야?"

뭐?

예상치 못한 질문에 수현의 눈이 동그랗게 떠졌다.

"아니, 결혼하자는 말이 아니라, 이 바닥 소문도 빠른데 굳이 대놓고 그럴 필요가 있냐고 묻는 거였어. 나야 일반인에 가까우니까 상관이야 없지만. 당신은 이미지도 있을 테고……."

사랑이 어깨를 으쓱이며 논지를 이어 갔다. 즉 그의 이미지를 걱정해서 하는 말이었는데, 수현은 이어지는 그녀의 말에 마음이 놓이기는커녕 오히려 당황한 기색을 감출 수 없었다. 잠자코 듣고 있던 수현이 오히려 그녀에게 반문했다.

"그럼 안 할 거야?"

"어?"

"나랑 결혼해야지. 안 해?"

"뭐라고?"

당연하게 결혼을 말하는 그의 어조에 이번에는 사랑이 당황하고야 말았다.

"아까 다 소문냈잖아."

"어, 그렇지……."

"나 당신 가족들이랑 엄청 각별해졌는데."

"어, 그건 그렇지……."

"아버님이 이제 '아들아' 라고 부르시는데."

"어어, 그것도 그렇지……."

떨떠름한 그녀의 대답에 수현이 그녀에게 한 뼘 더 가까이 얼굴을 들이댔다.

"잘할게."

"어?"

"내가 다 잘할게. 당신한테도, 당신 가족들한테도."

"아니, 그건 이미 잘하고 있……."

"시부모님 사랑은 못 받게 해서 미안하지만, 그래도 그것만큼 내가 더 많이 사랑할게."

"그건 당신 잘못도 아니고, 시월드 없는 게 뭐가 어때서……."

"돈도 더 많이 벌게."

"돈에 그렇게까지 큰 관심은 없는……."

그녀의 대답은 제대로 듣지도 않고 그는 앞으로의 결심을 쏟아

내고 있었다.

"나중에 아기 가져서 새벽에 감귤 따 오라고 하면 그것도 할게."

"뭐? 아기?"

"몸도 빨리 나을게."

"응, 그거는 그렇게 해야⋯⋯."

"밤일도 더 잘할게. 허리만 좀 나으면 당장에라도⋯⋯."

"푸읍."

웃음이 터졌다. 뭐가 이렇게 쉽고 단호해, 이 남자.

"나 데리고 살아. 후회 안하게 해 줄게."

강단 있는 그의 눈동자가 날아와 박혔다.

"뭔데, 이거. 프러포즈야?"

"응. ⋯⋯아니."

무슨 말이야, 지금 프러포즈하는 거야 아니야.

"나중에 다시 할래. 지금 거는 무효."

아이 같은 그의 모습에 사랑은 슬그머니 웃었다. 그러니까 지금 한 말이 프러포즈가 맞긴 맞는 거네?

"그래도 요지는 똑같아."

"그게 뭔데?"

슬그머니 미소 짓는 사랑의 얼굴을 수현이 두 손으로 조심스레 잡았다.

"사랑해요, 편사랑."

쪽 하는 소리와 함께 입술에 짧게 입을 맞추고 떨어졌다. 나긋한 목소리가 다시 한 번 그녀의 귓가에 울려 퍼졌다.

"당신 없인 못 살아."

두 입술이 다시금 맞붙었다. 이번에는 아주 한참 동안.

✕ ✕ ✕

"뭐가 그렇게 재밌어?"

호들갑을 떨었다가, 발그레 물들었다가. 편씨 가족이 운영하는 펜션이 시끌벅적했다. 촬영을 하느라 봄이 가고, 그의 치료로 또 두 계절이 흘렀다. 그가 두꺼운 깁스와 붕대를 풀어내는 동안 옷차림이 두꺼워졌고, '당신이라는 봄'에 대한 뜨거운 관심이 해외로 퍼져 나갔다.

드디어 퇴원을 한 수현은 서울로 가지 않고 펜션으로 향했다. 당분간은 보름에 한 번씩 병원에 가야 하는 데다, 아직 비행기를 탈 컨디션이 아니라며 머리를 부여잡는 수현 때문에 가족들이 먼저 나서서 그를 제주도 집으로 데리고 갔다. 사랑은 그의 일품인 연기를 보며 조용히 박수를 보냈다.

몸 상태가 많이 호전됨에 따라 서울에 있는 병원에서 봐도 괜찮았다. 심지어 의사 선생님도 그렇게 얘기했고. 또한 사고 당일의 기억이 여전히 돌아오지 않는 것 외에는, 그의 몸 상태 역시 빠르게 회복되어 컨디션에도 큰 무리가 없었다. 어제까지만 해도 자꾸만 침상 위로 올라오라는 통에 귀찮을 정도였고. 다만 서울로 가면 퇴원 소식을 들은 기자들이 집 앞을 진 치고 있을지도 몰랐으니, 실상 이곳에 있는 게 맘 편히 요양하기엔 좋을 것이다.

"얘네 팔짱 꼈어."

"우리도 하면 되지."

팔짱을 끼고 수다를 떨고 있던 자신들을 보던 언니와 형부가 질세라 팔짱을 꼈다. 못 말려. 웃음이 새어 나오는 입술 사이로, 수현이 건넨 배 한 조각이 들어왔다. 그리고 하던 질문들을 이어 갔다.

"그럼 전공이 연극영화과야?"

"아니, 나 정치외교학과."

꼬박 병원에만 있다 보니 그녀에게 이런저런 질문할 기회가 많았음에도, 그녀의 대학 생활에 대해서는 거의 몰랐다. 오늘은 사랑의 20대를 알아봐야지 조용히 다짐하는 수현이었다. 요즘 그는 그녀의 새로운 면을 알아 가는 데 큰 재미를 느끼고 있는 중이었다.

"그런데 책은 어떻게 썼어?"

"정외과는 소설 쓰면 안 돼? 이게 다 입시 위주 교육의 폐해야."

발끈하는 사랑을 진정시키며 수현이 웃었다. 귀여워. 그는 둘만 있을 때처럼 그녀의 입술을 훔치는 대신, 사랑의 허리를 끌어안았다.

"아니, 너무 다재다능해서 그러지."

거의 뭐 신기한 구경을 나온 듯 맞은편에 있던 언니와 형부는 한참을 넋을 놓고 있었다. 차수현이 저렇게나 쏘 스윗한 남자였다니. 언니의 눈이 팬심으로 인해 하트로 변하려는 걸, 형부가 겨우 막았다.

"그럼 처제 이번엔 졸업하나?"

"아……."

그의 질문에 사랑이 반색을 표했다. 그동안 정신없어 잊고 있었는데, 덕분에 생각났다. 졸업 신청 시즌인데, 이번에 신청하면 코스모스 졸업이 가능했다. 서둘러 신청해야겠다며 자리를 일어나는 사랑의 뒷모습을 수현이 미소 지으며 바라봤다.

"이번에 같이 가면 되겠네요?"

"네. 저도 가고 싶은데……."

"아니, 어딜 같이 가. 시상식 만들 일 있어?"

가고 싶어, 졸업식.

오게 해 줘, 졸업식.

한꺼번에 쏟아지는 시선이 다소 부담스러웠지만, 사랑은 코웃음을 쳤다. 어림도 없었다. 얼굴이 안 알려진 것도 아니고, 분명 오면 몰려드는 사람들 때문에 피곤하고 정신없을 터였다. 게다가 서른 넘어 겨우 하는 졸업식이 뭐가 좋다고 계속 온다고 하는 건지. 흘긋 노려보는 시선에도 굴하지 않는 수현과 언니인 나라 때문에, 한동안 실랑이가 이어졌다.

졸업식이 무슨 시상식이냐고요, 이 사람아.

사랑은 둘만 있었다면 벌써 저 잘빠진 코를 여러 번 비틀어 주었을 것이라고 생각하며 가지고 온 노트북으로 시선을 돌렸다. 일단 졸업이 더 이상 늦어지지 않게 신청하는 게 먼저였다.

"오랜만에 서울 나들이."

"컨디션 안 좋아서 비행기 못 타겠다며."

"당신이 손잡아 주면 불구덩이도 뛰어들 수 있는 컨디션이야."

하여간, 말로 어떻게 이겨, 정말. 고개를 내저은 사랑이 화면으로 시선을 돌렸다. '졸업 신청' 버튼을 누르는 날이 정말 오게 되다니. 졸업을 하긴 하는구나. 어언 10여 년 만이었다.

"짠."

짠? 뭔 짠? 물어볼 겨를도 없이 오른손 위로 겹쳐진 그의 손이 구욱 클릭 버튼을 눌렀다.

[졸업 신청이 완료되었습니다]

화면에 떠오른 글자에 허탈함을 느낄 새도 없이 볼에 부드러운 감촉이 닿았다. 이제는 스스럼없이 가족들 앞에서 볼에 입까지 맞추며 혼을 빼놓는 이 남자를 어찌하면 좋을까.

"아주 눈에서 꿀이 뚝뚝 떨어지네."

그런 여동생을 보며 나라가 짐짓 야유를 했다. 그러나 반응이 날아온 건 사랑이 아닌 편 사장 쪽.

"여보, 내 눈에서도 꿀 떨어지지?"

"그러네요, 여보."

"그럼 우리, 나라, 사랑, 그다음에 '만세'를 만들어 보는 건 어떨까요?"

"'이오'는 어때요. 우리나라 사랑이오."

"우리 여보는 참 작명 센스도 뛰어나시지, 하하하."

애정을 과시하는 편 사장과 임 여사의 모습에 첫째 우리가 질색팔색을 했다.

"아, 편 사장님까지 분위기 끈적하게 만들고 계셔. 야, 너네 올라가. 이게 다 너희 때문이야."

"우리가 뭐, 뭐!"

사랑은 수현의 허리를 끌어안으며 흥 하고 콧방귀를 뀌었다. 수현 역시 그런 사랑의 어깨를 끌어안으며 그녀를 따라 콧방귀를 뀌었다.

"아냐, 위에 공사 중이잖아. 빈방 있으면 거기로 가."

"나라 씨, 그건 뭔가 좀……."

"뭐야. 당신 얼굴은 왜 빨개지는 건데?"

귀여운 외모와 달리 걸걸한 성격의 부인과, 산적 같은 외모와 달리 소녀 감성을 지닌 남편의 모습에 가족들의 웃음이 터졌다. 각자의 짝과 함께 있는 모습은 모두가 달랐다. 그러나 자신의 짝을 생각하고 위하는 모습은 모두 같았다. 사랑하는 사람과 함께할 수 있어 유쾌하고 아름다운 밤이 흘러가고 있었다.

17. 안녕, 차수현

연말이 다가오자 수현은 각종 시상식으로부터 초청을 받았다. 사랑 역시 감사하게도 드라마 작가상 수상 후보로 초대를 받았지만, 정중하게 거절한 차였다. 그러나 한편으로 사랑과 함께 레드카펫을 밟고 싶었던 수현은, 사랑이 참석을 거부했다는 사실을 듣고 입이 한 뼘이나 튀어나와 있었다.

"같이 가자니까아."

얼씨구. 마주 잡은 손을 흔드는 폼이 영락없는 일곱 살 아들이었다. 선반에서 시리얼을 꺼내던 사랑의 입술이 피식 올라갔다.

"태린 씨랑 같이 가."

"당신 두고 내가 왜?"

"포토존 이런 거 원래 상대 배우랑 같이 서는 거 아니야?"

"아냐. 사랑하는 사람이랑 서는 거야."

수현은 툴툴대며 사랑이 넣었던 시리얼을 카트에서 다시 집어 들었다. 초콜릿이 듬뿍 든 시리얼은 선반 위 제자리로 돌아갔다. 그러고는 조금 더 건강에 좋은 제품을 카트 안에 대신 넣었다. 앞서 나가던 사랑은 계산을 할 때쯤 알게 되겠지만, 아마 이번에 그녀가 집을 비스킷 역시 유기농 제품으로 바뀔 터였다. 수현은 장을 볼 때면 그녀의 몸에 좀 더 좋은 것들로 몰래 바꿔 넣었다.

"지금까지 레드카펫 밟았던 여배우 전부 사랑했어?"

비스킷을 고르던 사랑이 피식 웃으며 하는 이야기에, 수현이 성큼 그녀 앞으로 다가섰다. 하얀 두 운동화 끝이 마주 닿았다. 장난으로 던진 말이나, 수현이 꽤나 심각한 표정으로 서 있어서 사랑이 도리어 당황했다.

"왜, 왜?"

수현이 지레 심각한 표정으로 그녀의 팔을 붙잡자, 사랑은 말까지 더듬고야 말았다.

"가기 싫으면 싫다고 해. 다른 여자 가져다 붙이지는 말고."

서늘한 말투가 낯설었다. 사랑은 눈만 두어 번 깜빡였다.

"아니, 나는……."

"하……."

깊게 한숨을 내쉰 수현이 카트를 밀며 먼저 걸어갔다. 천천히 걸어가는 발걸음에 진득한 한숨과 아쉬움이 묻어나고 있었다. 그 뒷모습을 보던 사랑이 잠시 나간 얼을 도로 가져왔다. 삐진 게 분명하다. 사랑은 그의 화를 풀어 주기 위해 냉큼 뛰어가 그의 허리를 두 팔로 감싸 안았다.

"아……!"

"아, 아파?"

"하지 마……."

한 번 부러지고 수술했던 분위들이 회복은 했다지만 아직은 조심해야 할 텐데, 너무 세게 끌어안았나 보다. 그러나 터덜터덜 걸음을 옮기는 그의 발에 맞추어 가며, 허리에 두른 손을 풀지는 않았다. 평소라면 아픈 기색을 내지 않는 수현이 일부러 그랬다는 걸 알고 있었다. 그래도 하지 말라는 말이 약한 걸 보니 그녀의 이런 행동에 조금은 기분이 풀린 모양이었다.

"아니, 나도 당연히 당신이랑 가고 싶지. 그래도 나는 그날 라디오 생방송이 있기도 하고오—"

평소의 그라면 껌뻑 죽을 '말꼬리 늘리기'까지 시전하고 있는데, 그는 여전히 본체만체했다. 당장에라도 '홍.' 하고 고개를 돌릴 것 같았다. 이럴 땐 오히려 무심한 직구로 나가는 게 정답이었다.

"그리고 다른 여배우랑 갈 수 있을 때 가는 게 좋을걸?"

무슨 말이냐며 의아하게 내려 보는 수현의 목덜미에 사랑이 쪽하니 입을 맞췄다.

"당신 레드카펫, 이제 내가 평생 따라다닐 텐데."

주욱 내미는 입술과 달리 기대가 차오르는 눈동자가 그녀를 돌아봤다.

"왜? 언제는 상대 배우랑 가라며."

"그건 당신이 지금처럼 싱글일 때나 가능한 얘기고. 유명한 배우들 봐 봐, 다들 부인 데리고 가잖아."

수현의 얼굴이 놀람으로 굳었다. 그의 귀를 사로잡은 한 단어에 가슴 깊은 곳에서 행복감이 차오르고 있었다.

"부인?"

그는 씰룩이는 입술을 앙다물며 물었다. 곧이어 언젠가 그가 물었던 질문이 그에게 다시 되돌아왔다.

"왜? 나랑 결혼 안 할 거야?"

"어?"

이제는 실실 올라가는 입술을 잡으려 해도 잡을 수 없었다.

"뭐, 그때까진 다른 사람 데리고 가도 봐줄게. 이번에도 내가 그냥 봐주는 거였는데 몰랐구나?"

사랑이 한껏 거드름을 피우며 태세를 전환시켰다. 그의 허리에 둘러 두었던 팔을 여유롭게 머리 뒤에서 교차시키며 기지개를 펴는 모습이 임무를 완수한 듯 꽤나 느긋해 보였다. 수현은 카트에서 한 손을 떼 사랑의 허리를 휘감았다.

"지금 프러포즈하는 거야?"

기지개를 펴느라 한껏 천장을 향해 올라갔던 두 손이 그의 어깨 위에 사뿐히 내려앉았다.

"음, ……아닐걸?"

사랑이 장난스럽게 웃었다. 그러나 수현에겐 들리지 않는 듯했다. 이날을 위해 반지라도 미리 준비했어야 했나 하는 생각만으로 그는 가득 차 있었다.

"당신 말 하나하나에 심장이 오르락내리락해."

수현이 환하게 웃었다. 얼마 지나지 않아, 사랑은 자신이 그의 수에 말려들었다는 걸 깨달을 수 있었다.

"아니라니까."

"반지부터 맞춰야겠다. 화려한 게 좋아, 심플한 게 좋아?"

도장을 찍듯 그녀의 이마에 입술을 꾹 내리찍은 수현이 손에 깍지를 꼈다. 이때다 싶었는지 인적이 드문 마트 안에서 시작된 그의 질문은 집요하게 그녀를 따라다녔다.

"집은 우리 집으로 합칠까? 당신이 짐 옮기기 불편하면 내가 가도 괜찮고."

품이 넉넉한 코트 아래로 하얀색 운동화가 발을 맞춰 걸었고, 자유로운 다른 한 손에는 각각 따뜻한 커피와 아이스크림이 들려 있었다. 장 본 것들을 차에 실어 놓고 심야 영화를 보러 가는 길에서도 그는 한껏 신나서 질문을 이어 갔다.

그러다 두 사람을 알아보는 사람들을 만나면 스스럼없이 인사했다. 그 차수현이 맞느냐고 물으면, 그 차수현이라 말했고, 여자 친구인가 보다 속닥이면 마주 잡은 손을 보여 줬다.

수현에게 사진을 찍어도 되겠냐는 물음에, 사랑은 먼저 나서서 사진을 찍어 줬다. 겨울에 먹어야 제맛이라는 쭈쭈바를 입으로 물고, 사랑은 여러 각도에서 열심히도 사진을 찍었다. 덕분에 수현은 일부러 미소 짓지 않아도, 최고의 표정으로 사진을 남길 수 있었다.

"식장은 호텔에서 할까? 아니면 제주도나 해외로 나가서 우리끼리 하는 것도 괜찮은 것 같긴 한데."

팬들이 사라지자 수현은 다시 질문을 이어 왔다. 사랑은 그저 웃었다.

"근데 정말 이래도 돼?"

사랑은 그가 활동하지 않는 시기에 이렇게 얼굴을 다 드러내 놓고 다녀도 되는 건지 걱정이 됐다. 지나친 관심이 피곤할지도 모르는데, 게다가 지금은 옆에 누군가 있기 때문에 더 주목을 받고 있지 않은가. 더구나 얼마 전 성황리에 종영한 드라마의 극작가와 배우 사이라는 게 씹기 좋은 가십거리로 작용할 만했다.

"응. 이래도 돼. 아니, 이래야 돼."

수현이 사랑을 바라보며 단언했다.

"이래야 된다니?"

"이래야 안 채가지."

"굳이 이렇게 안 해도, 나 누가 안 채갈 것 같아."

"무슨 소리야. 내 얘기 하는 건데."

허, 어이없어하는 사랑을 보며 수현이 짓궂게 웃었다.

"이래 봬도 내가 로코 장인, 액션 장인에 얼굴 장인 뭐 그런 건데. 그냥 뒀다가 누가 채가면, 우리 편사랑 씨 어떡하나. 내가 다 그대 생각해서 하는 것들이지."

얼씨구. '에헴.' 하고 턱수염까지 쓸어내릴 기세였다. 이대로 옆집 남자에게 코가 꿰이는 건가, 영화관 스크린을 바라보던 사랑이 골똘히 생각에 잠겼다.

"음......?"

내려다보는 사랑의 얼굴이 꽤 심각해서 수현의 입술이 일자로 다물렸다.

"얼굴 장인은 인정. 로코도 뭐...... 인정. 근데 액션치고 요즘 배가 좀 나온 것 같기도 하고?"

수현의 배를 꾹 찌르는 손길이 짓궂었다. 그는 회복하는 중에도 운동을 쉬지 않았고, 그 결과 지금 이 순간에도 그의 배에는 복근이라는 게 살아 숨 쉬고 있다는 걸 사랑은 그걸 아주 잘 알고 있었다.

"아……."

그런 사랑의 손을 놓치지 않고 붙잡은 수현이 표정을 굳혔다. 그 표정이 무엇을 뜻하는지 알아서 사랑은 정색했다.

"아냐, 내가 뭘 했다고."

수현이 고개를 설레설레 저었다. 이미, 확실하게 무언가를 건드렸다는 의미였다.

"나 이 영화 되게 보고 싶었단 말이야."

손에 꼽을 정도로 적은 영화관 데이트였지만, 그 마저도 한번 시작된 그의 자잘한 입맞춤으로 인해 영화가 상영되는 중에 나오기가 일쑤였다. 그런데 오늘은 시작 전부터……. 이러기야?

"누가 그러게 이렇게 좁고 밀폐된 공간에서 건드리래?"

커플석이래도 좌석도 넓은 데다, 밀폐는 무슨. 2층에서 보느라 눈앞이 환할 정도로 탁 트여 있구만.

그러나 결국 사랑은 수현의 손에 이끌려 영화관을 나서야 했다.

"무슨 사춘기 소년이냐고."

앞서 걸어가던 수현이 뒤를 돌아봤다.

"결혼하면 이 타오르는 욕망도 좀 나아진다는데?"

"그래? 누가?"

"박 대표."

"솔깃한데?"

언젠가부터 사랑을 너무 잘 다루기 시작하는 수현이었다.

※ ※ ※

밤하늘엔 겨울비가 내렸다. 눈이 되지 못하고 비로 내린 물방울들. 그녀는 겨울비가 싫었다. 이도 저도 아닌 것 같은 존재. 게다가 아들을 맡기고 나오는 그날 역시, 겨울비가 내렸었다.

추적추적 내리는 겨울비가 자신과 닮았다고 생각한 것도 잠시, 수술한 부위가 쿡쿡 쑤셔 왔다. 비 오는 날 아픈 곳이 또 늘어났다. 화련은 나이가 들어 그렇다고 생각했다.

"비가 오네요."

장우산을 쓴 지 회장이 그녀의 앞에서 기다리고 있었다. 매번 홀로 가던 길이, 이제는 매번 지 회장과 함께 돌아가는 길이 되었다. 제주도에서의 일 이후, 지 회장은 점점 더 그녀의 삶에 파고들어 왔다. 어느새 그가 열어 주는 조수석이 편안하게 느껴질 정도였다.

"고마워요."

칼날처럼 앙칼지던 화련의 태도가 누그러지자, 지 회장도 흐뭇하게 미소 지었다. 젊은 날 못해 주었던 호사를 마음껏 누리게 해 주고 싶었다.

"이것 마시면서 가요, 차 여사."

지 회장이 따뜻한 잔을 내밀었다. 커피 대신 달콤 쌉쌀한 쌍화탕 냄새가 났다.

"잘 마실게요. 그리고 뭘 또 이렇게 샀어요?"

널찍한 뒷좌석에 쇼핑백 여러 개가 가지런히 놓여 있었다. 새로 나온 명품만 찾아 대던 이기순은 화련이 주는 돈으로 원 없이 쇼핑을 즐겼었다. 그리고 그녀가 버린 옷과 가방은 모두 쓰레기 처분하듯 화련이 처리해야 했다. 험하게 옷을 입는 그녀의 습관으로 떼어진 단추와 소매를 꿰어 입은 것도 여러 번. 지 회장은 그런 그녀의 닳은 소매와 가방 모서리를 보았는지 어느 날부터인가, 화련을 위한 쇼핑을 시작했다.

"잘 어울릴 것 같아서."

다정한 그의 목소리가 차 안을 울렸다. 혹시나 화련에게 혼날까 몇 가지 안 샀다고 덧붙이는 말에 그녀의 입술에서도 가볍게 웃음이 났다. 틈만 나면 돈을 달라고 찾아와서는 협박을 늘어놓던 이기순이 있을 때와는 사뭇 다른 안정감이었다.

사고를 내고 도망친 이기순이, 결국 지 회장의 손에 잡혀 재활원으로 이송되었다는 건 얼마 전에 들은 사실. 이것으로 자신들의 실수로 인해 겪었을 수현의 고통이 세상에 알려질 염려는 하지 않아도 되었다. 표정 없는 가면을 쓰고, 지긋지긋하게 아이를 압박해왔던 일도 이로써 끝이었다. 그런다고 그 모든 죄가 용서될 수는 없겠지만.

"아, 그리고 이거."

차가 신호등에 걸리자 지 회장은 재킷 안주머니에서 반듯하게 접힌 종이 한 장을 꺼냈다. 종이를 펼친 화련의 입술에 작은 미소가 걸렸다. 인터넷 기사를 그대로 인쇄한 종이 위에는 수현과 사랑이 손을 붙잡고 환하게 웃고 있었다.

"애들이 데이트하다 마주치는 사람들한테 그렇게 잘하나 봐요. 사진도 이렇게 같이 잘 찍고."

지 회장은 흐뭇한 얼굴을 하고는, 호의적이었던 기사와 댓글의 내용들을 전해 주었다. 화련의 주름진 손이 조심스레 사진 위를 쓸었다.

"나를 닮아 여자 보는 눈이 아주 탁월해."

화련이 침묵을 이어 가자, 지 회장은 일부러 목소리를 높였다. 나서서 부모를 자처할 수 없었지만, 이렇게 뒤에서 보고 지켜 주는 것만으로도 만족하자 생각했다. 쌓은 업이, 아이에게 지은 죄가 너무도 크고 무거웠다.

"그래요. 그런 것 같아."

화련이 나지막이 속삭였다. 올곧고 깊은 눈동자를 가진 이 아이와의 만남이 그녀의 머리 위로 스쳐 지나갔다. 유쾌하고 화목한 그녀의 가정이, 수현에게 큰 울타리가 되어 주고 있는 것을 병원에서 숨죽여 지켜보았다. 그 모습에 얼마나 안심이 되던지. 직접 그 울타리가 되어 줄 수 없음은 아마 평생의 한으로 남겠지만, 사진 속에 티 없이 맑게 웃고 있는 아들의 얼굴에 화련은 비로소 마음이 놓였다.

"오늘은 집에 가서 밥 먹어요. 이따 수현이 나오는 시상식 한다고 했어요."

"그래요?"

거대 엔터테인먼트 회장인 그에겐 따로 시상식 초대권이 오기도 했지만, 화련과 함께 여유롭게 볼 생각으로 지 회장은 시상식 초대권도 마다하고 그녀에게 달려왔다.

"참, 그리고 이거."

지 회장이 안주머니에서 종이 하나를 더 꺼냈다. 아까보다 조금 얇은 재질의 종이였다. 화련은 종이를 건네받는 순간, 안에 어떤

402

내용이 있을지 알 수 있었다. 세월의 감이랄까. 그래서 그냥 알았고, 눈앞이 희뿌옇게 흐려졌다.

혼인신고서

펼친 종이 가장 위에 그 다섯 글자가 적혀 있었고, 아래로는 지회장이 이미 써 놓은 것들이 적혀 있었다. 추적추적 흩어지는 겨울비처럼, 그녀의 눈물방울이 종이 위로 떨어졌다. 그녀는 다 늙은스스로가 주책맞다는 생각이 들었다. 하지만 쏟아지는 눈물까지 막을 수는 없었다.

"내가 너무 늦어서 미안해요."

진심을 담은 지 회장의 고백이 그녀의 지난 세월을 감싸 안았다. 그녀는 처음으로 겨울비 오는 날이 춥지 않게 느껴졌다.

❊ ❊ ❊

채 침실에도 가지 못한 두 인영이 소파 위에 포개어 앉아 있었다. 두 사람 다 절정을 맞이한 상태 그대로였고, 그나마 먼저 정신을 차린 수현은 사랑이 감기라도 걸릴세라 옆에 있던 담요를 가져와 그녀의 등 뒤로 덮어 주었다.

그녀의 손이 닿는 곳에는 그의 매끈한 몸 위로 난 수술 자국들이 남아 있었다. 사랑의 머릿속에 그날의 기억이 스쳐 지나갔다. 그가사고를 당했다고 연락이 왔던 날, 영겁과도 같았던 수술 시간. 그리고 그와 그의 고모, 아니 그의 친모 사이에 풀어야 할 것들. 수현의 상처는 그녀에게 많은 것들을 생각나게 했다. 이번에도 다르지는 않았다.

수현은 그런 사랑의 얼굴을 내려다보다, 깊게 그녀의 눈가에 입을 맞췄다. 위로받아 마땅할 그가 오히려 그녀를 위로해 주고 있었다.

'아픈 건 당신인데⋯⋯.'

사랑은 잠시 눈을 감으며, 미안한 듯 웃었다. 수현은 그렇게 품에 안기는 사랑에게 자잘한 입맞춤을 남겼다. 그런 그의 키스를 받다 문득 잊고 있던 한 가지가 떠올랐다.

"시상식!"

이럴 수가. 적어도, 아무리 늦어도 5시간 전에는 수현을 숍으로 보내 달라고 하지 않았던가. 마사지부터 화장, 손질 그리고 옷 피팅까지. 남자 배우들도 시상식에 앞서 준비해야 할 것들이 산더미라고 했다. 시간을 보니 매니저 김 군이 전화를 했어도 백 통은 넘게 했을 시간이었다.

"시간 좀 봐. 왜 전화가 안 왔지?"

수현은 발밑에 몰래 꺼 둔 전화기를 아예 소파 밑으로 넣어 버렸다. 급히 일어나는 사랑의 모습에 아쉬워하는 기색을 숨기지 않았다.

"당신 정말 나랑 안 갈 거야?"

수현은 함께 레드카펫에 서지 않는 사랑에게 다시 한 번 권했다. 그러나 사랑은 단호했다. 말한 대로 결혼한 뒤에라면 모를까, 오늘은 작가로서 가는 자리라 스텝들 사이에 드레스 차림으로 앉아 있고 싶은 생각은 없다는 게 그녀의 지론이었다.

"대신 당신이 사 준 원피스 입을게."

"구두도?"

"당연하지."

라인이 돋보이는 블랙 원피스는 무릎까지 오는 단정한 길이었지만, 은근한 우아함과 섹시함을 드러낼 수 있는 디자인이었다. 거기다 그가 사 온 구두는 화려한 디자인으로 유명한 디자이너 박세린의 높은 힐이었다. 검정 구두 위에 영롱하게 빛나는 크리스털로 장식된 디자인은 오늘 밤 사랑을 화려하면서도 고급스럽게 보이게 할 것이었다.

수현은 누군가 그녀에게 반하지는 않을까 걱정하는 일을 하루쯤 접어 두기로 했다. 오늘은 그녀가 만인에게 빛나는 날이길 바랐다. 공식적인 연인으로 알려진 만큼 그녀를 더욱 빛나게 해 주고 싶은 마음이 컸다. 그리고 그 예상은 시상식에서 진가를 발휘했다.

"작가상, '당신이라는 봄'의 편사랑!"
"축하드립니다!"

전 세계까지 '당신이라는 봄'의 열풍을 일으킨 드라마 작가. 사랑의 모습은 어느 여배우와 견주어도 뒤지지 않을 만큼 당당하고 빛이 났다. 작가라는 선을 넘지 않을 정도로 단정하면서도, 늘씬한 키와 외모로 시선을 사로잡았다. 눈을 떼지 못하는 수현의 표정을 카메라가 담자 객석에는 잠시 웃음이 터졌다.

사랑은 얼떨떨한 표정으로 잠시 트로피를 내려다보고는, 거기에 새겨진 자신의 이름을 엄지로 한 번 쓸어내렸다. 그리고 이내 객석으로 시선을 향했다. 많은 객석에서도 사랑은 수현을 단번에 찾아낼 수 있었다. 환하게 웃고 있는 그를 보자, 따라서 웃음이 났다.

어떻게 말을 꺼내야 할지, 멍했던 머리가 제자리를 찾는 기분이었다.

"우선 정말 감사합니다. 이 글은 제가 스무 살 때 썼던 글인데, 당시에 참 쓰기가 싫었거든요. 몇 자 쓰면 지겹고, 몇 자 쓰면 또 지겹고. 그래도 포기하지 않고 쓰니 이런 날도 오게 되네요."

객석에서 웃음이 터졌다.

"제가 어떻게 다시 드라마를 하냐고 화를 내도, 포기하지 않고 제안해 준 최이영 프로듀서님 감사합니다. 우리 스텝들도 하나같이 다 고마워요. 다들 이 자리에 올라오면 왜 그렇게 고마운 사람들이 많은가 했는데, 지금 제 머릿속에도 갑자기 감사 리스트가 작성되고 그러네요."

사랑이 다시 한 번 객석의 웃음을 유발했다. 그리고 빛나는 미소와 함께 마지막 소감을 차분히 이어 갔다.

"누구보다 자신만의 색깔로 캐릭터에 영혼을 불어넣어 준 차수현 씨……."

먼 거리였지만, 서로의 눈이 마주치고 있다는 걸 생생히 느낄 수 있었다.

"고맙고, 사랑합니다."

그녀의 말과 함께 환호성과 박수가 터져 나왔다. 사랑의 얼굴에는 빛나는 미소가 반짝이고 있었고, 그런 그녀의 고백을 받은 수현의 얼굴 역시 애정이 가득 묻어나고 있었으며, 이 자리에 있는 모든 사람이 그녀가 무대 뒤로 사라질 때까지 아낌없는 박수를 보냈다. 그것은 사랑받는 배우 차수현의 연인에게 보내는 박수이자, 존경하고 아끼는 작가에게 보내는 박수이기도 했다.

작가상에 이어 신인상이 주어지자, 길고 긴 시상식의 1부가 마무리되었다. 수현은 곧장 자리에서 일어나 밖으로 향했다. 사랑에게 달려가고 싶어 근질거리던 몸을 드디어 일으킨 그는 동료, 선후배들의 인사와 축하를 받으며 단숨에 무대 뒤편에 도착했다.

언제 다들 밖으로 나왔는지, '당신이라는 봄'의 스텝들이 한곳에 모여 있었다. 그리고 그 중심에는 트로피를 들고 환하게 웃고 있는 사랑이 있었다. 화려한 드레스 사이에서 깔끔한 원피스 하나로 압도적인 분위기를 내고 있는 사랑에게 다가서는 걸음, 걸음에 웃음꽃이 피었다.

가까이 다가와 사랑의 어깨를 감싸 쥐는 수현을 보고 스텝들은 환호와 야유를 퍼부었다.

"아우. 애인 없는 사람 서러워서 살겠나."

"미안해요, 미안해. 이렇게 예쁘니까 내가 너무, 막, 심하게 반해 버려서 그렇지, 뭐."

내용에 조금 닭살이 돋아서 문제였지만, 수현의 넉살 좋은 사과에 다들 와하하 웃음이 터졌고 사랑은 조용히 얼굴을 가렸다.

"이따 뒤풀이 잊지 말아요."

크리스마스이브인 만큼, 〈편애하는 라디오〉는 생방송으로 편성되었고 그녀는 이제 라디오국으로 가야 했다. 시상식을 끝까지 지켜보고 가기엔 라디오 생방송 시간을 맞추기가 어려웠다. '당신이라는 봄' 출연진과 스텝들의 끈끈한 우정을 증명이라도 하듯 오늘 시상식 뒤에는 뒤풀이가 잡혀 있었다. 사랑은 뒤풀이를 상기시키며 그의 품을 슬슬 벗어났다.

"지금 올라가야 해?"

"응. 끝까지 못 보고 가서 어떡하지."

아쉬워하는 수현의 표정에, 사랑도 얼굴에 미안함을 가득 담았다.

"괜찮아. 방송 잘하고 이따 봐."

수현이 사랑의 볼에 가볍게 입을 맞추자, 스텝들은 난리가 났다.

"꺄아!"

"그만해! 그만하라고! 그만 염장 지르라고!"

반응은 극과 극으로 확실히 나뉘었다. 스텝들의 비명과 야유가 그녀의 귀를 아프게 했지만, 입을 맞추고 귓가에 조용히 속삭이는 수현의 목소리는 분명하게 들렸다.

"수상 소감 감동적이었어."

짧은 그의 감상에, 라디오국으로 향하는 사랑의 입가가 스르륵 올라갔다.

"생방송으로 진행되는 〈편사랑의 편애하는 라디오〉 함께하고 계십니다. 음…… 12시가 막 지났고, 그러면 이제 크리스마스인가요? 와, 메리크리스마스, 여러분!"

잔잔한 음악과 함께 사랑이 유쾌하게 크리스마스를 알렸다. 그러자 사랑에게 오는 질문들로 라디오 게시판이 문전성시를 이루었다.

"아, 6360번 님께서 '이번 크리스마스엔 외롭지 않으시겠네요, 작가님' 이라고 하시네요."

질문을 읽은 사랑의 입술에서 웃음이 쏟아져 나왔다.

"상 받은 거 축하해 주신 지 얼마나 됐다고, 많은 분들께서 이제 제 외로웠던 크리스마스 청산을 축하해 주시고 계시는데요. 오늘 피디님은 저를 보며 작년이랑은 약간 다른 표정을 짓고 계세요. 너무 뿌듯합니다."

사랑은 굳이 연애를 숨길 생각도, 부끄러워할 생각도 없었다. 축하해 주면 축하해 주는 대로 즐기는 사랑의 방송에 오히려 청취자들의 반응도 좋았다. 라디오 피디는 밖에서 팔을 휘휘 저으며 다음 코너로 진행을 유도했다.

"오늘은 피디님이 특별한 애청자를 초대하셨다고 합니다. 극비리에 초대하셨다는데, 과연 누구실지 모셔 보겠습니다. 나와 주세요!"

비장한 음악 대신, 날이 날이니 만큼 경쾌한 캐럴이 울려 퍼졌다. 종소리와 함께 쉭쉭 소리도 나는 게 당장이라도 루돌프 썰매가 지나갈 법한 깜찍 발랄한 음악이었다. 극비리라지만, 설마 했는데. 아니나 다를까 뒤풀이 장소에 있어야 할 사람이 스튜디오 안으로 들어왔다. 놀라 커지는 사랑의 눈에 남자는 웃음을 감추지 못했다.

"여러분 보고 계신가요. 아니, 듣고 계신가요. 오늘의 게스트는 바로⋯⋯."

"안녕하세요. 배우, 차수현입니다. 반갑습니다."

헤드폰을 끼고 착석한 수현이 밝은 목소리로 인사했다. 헤드폰을 통해 듣는 그의 중저음은 색달랐다. 다른 이들도 마찬가지였는지, 밖에 앉아 있던 라디오 작가는 두 팔을 부여잡고 몸을 떠는 시늉을 했다.

"아니, 이런 초대형 게스트께서 제 누추한 라디오까지 와 주시고 영광입니다."

"진작 불러 주시지, 섭섭했어요. 제가 이래 봬도 〈편사랑의 편애하는 라디오〉 애청자거든요."

"그래요?"

"네. 한 2년 좀 넘었죠? 편 작가님이랑 알기 전부터 들었으니까."

사랑도 처음 듣는 사실에 눈을 동그랗게 떴다. 청취자들로부터 이미 짜여진 시나리오의 냄새가 난다며 의심을 받았지만, 수현의 표정은 결백했다. 그리고 그가 조금 더 말을 덧붙였다.

"작년 이맘때, 제가 심적으로 아주 힘든 시기였는데……."

사랑은 턱을 괴고 그를 바라보았다. 짧은 시간 두 사람의 눈 속에서 지난 한 해가 스쳐 지나갔다. 한 사람은 술과 가벼움에 취해 있으려 노력했고, 또 한 사람은 지난 사랑에게서 받은 상처 때문에 모든 일에 초연해지려 노력했던 나날.

서로의 이웃으로 만나, 최악으로 남은 첫인상과 예상치 못한 가족 식사. 복도에서 보았던 불꽃놀이, 함께 비벼 먹은 비빔밥, 마트, 카레. 서로에게 점점 스며들었던 그 모든 시간들. 가장 어두운 면을 마주하고 드러낼 수 있었던 시간과 또 그런 서로를 대가 없이 품어 주고 보듬어 주었던 서로가 있었다.

"당신이 없었으면 나는 이미 이 세상에서 아작이 났겠구나, 이런 생각을 해 봅니다."

수현의 거친 표현에 사랑이 웃으며 대꾸했다. 나란히 앉은 두 사람이 테이블 아래에서 조용히 손을 마주 잡았다.

"결국에 내 스스로를 마주할 수 있는 용기와 그걸 응원해 주는 짝만 있다면 이 세상에 무서울 게 없다는 얘기군요."

두 사람 모두 알고 있었다. 이렇게 손을 잡아 주는 서로가 있어서, 세상을 살아가는 데 얼마나 큰 힘이 되는지를.

"그런 거죠."

"심지어 그게 저고요?"

"그렇습니다."

"크으."

"그죠. 세상에, 크으."

감동도 잠시, 두 사람의 능글맞은 진행이 이어졌다.

"어머, 근데 오늘 수현 씨 대상 받았어요?"

곧이어 게시판에 올라온 수현의 대상 소식에 사랑이 눈을 동그랗게 떴다.

"네. 일찍 알아주셔서 감사하고요."

수현은 농담조로 뾰로통하게 답했다. 방송할 때면 제대로 메시지도 확인 못 하는 걸 이미 알고 있었다.

"하하, 죄송합니다. 이 시간에는 세상 누구보다 청취자 여러분이 중요해서 따로 휴대폰 확인을 하지 않거든요."

"그거 좀 샘나네요. 근데 저도 청취자……."

"하하, 수현 씨도 오셨고 음악 하나 듣고 갈까요?"

"아뇨, 잠시만. 우리 좀 따져 보고 갑시다."

사랑은 급히 말을 돌리며 방어막을 둘렀다. 수현의 웃음기가 짙어지며 더 물고 늘어지려는 듯 애썼지만, 소용없는 일이었다.

"크리스마스에는 역시 이 노래죠. 머라이어 캐리의 'All I want for Christmas is you' 듣고 오겠습니다."

"작가님?"

수현의 웃음소리를 마지막으로 마이크가 작아지며, 친근한 종소리가 흘러나오기 시작했다. 마이크가 꺼지자, 수현이 턱을 괴며 사랑을 쳐다봤다. 사랑도 똑같이 턱을 괴고 자신에게 쏟아지는 은근한 눈길을 마주했다.

"축하해."

"응."

"축하가 늦어서 미안."

"아깐 방송용 장난. 얼마든지 늦어도 괜찮아."

두 사람의 은근한 미소가 짙은 마음을 남겼다.

"뒤풀이는?"

"이따 같이 가."

"다들 기다리겠네."

"카드 줬어."

"최고야."

사랑이 턱을 괴고 있던 손으로 슬그머니 엄지를 들어 올렸다. 그런 그녀를 바라보는 수현의 눈에서 꿀이 떨어졌다. 그런 두 사람의 기류에 들어올까 말까를 고민하던 라디오 작가가 용기를 내 스튜디오 안으로 들어섰다.

"저……."

사랑과 수현의 고개가 작가에게로 향했다. 수현의 시선을 받은 작가의 얼굴이 발그레 달아올라 있었다.

"혹시 사인 좀 부탁드려도……."

"그럼요."

사인 요청에 수현이 빙그레 웃으며 답했다. 손을 뻗으며 라디오 작가가 건네는 종이를 받은 그는 흔쾌히 사인과 메시지를 남겼다.

'초대 감사합니다, 작가님.'

그는 그렇게 적었다. 사인지를 돌려받은 작가의 눈이 반짝였다. 라디오 작가가 돌아가고 다시 둘만 남게 되자, 수현은 사랑의 손을 다시금 붙잡았다.

"근데 내 직업…… 괜찮아?"

"무슨 소리야?"

"그냥 내가 배우를 하다 보니 키스신 같은 것도 있잖아. 드라마 찍을 때도 그렇고."

머뭇머뭇 사랑의 생각을 묻는 수현의 표정이 조심스러웠다. 이미 그녀가 이런 일에 그다지 신경 쓰지 않는다는 걸 알고 있으면서도, 수현은 그녀의 확실한 생각이 듣고 싶었다. 이번 드라마를 촬영하면서도 자신은 사랑이 꽤나, 아니 아주 많이 신경이 쓰였는데 말이다.

그런 수현을 물끄러미 바라보던 사랑이 입을 열었다.

"당신을 존중해. 배우란 직업은 당신이, 당신 스스로가 되게 하는 거잖아. 내가 작가이고, 당신의 여자 친구고, 또 우리 가족의 구성원이고, 내 친구들의 친구라는 것처럼 말이야. 당신의 직업, 당신의 친구들, 그리고 당신의 가족. 당신이 살아온 그 모든 세월이 당신을 있게 하는 거 아닐까?"

수현은 그런 사랑의 대답이 마음에 들었다. 그녀는 항상 현명하게 그의 불안한 생각들을 잠재웠다.

'온전한 나……. 내가 내 자신이 될 수 있는 것. 직업, 친구, ……가족.'

그는 그 마지막 단어가 주는 울림을 느낄 수 있었다. 이제는 고뇌하던 그 마지막 매듭을 마주하고 풀어낼 수 있을지도 모른다는 희망, 결심. 그런 것들이 그의 속에서 샘솟았다.

"그리고 당신이 다른 사람들한테 사랑받는 게 좋아."

그에게 힘을 실어 줄 생각인 듯, 사랑의 손이 조금 더 그의 손을 힘주어 마주 잡았다.

"스탠바이. 30초 전."

사랑이 신호를 보고 오케이 사인을 건넸다. 그리고 헤드폰을 목에 걸고 마이크 앞으로 다가가며, 방송 준비를 시작했다. 수현은 베테랑답게 다시 방송 준비를 하던 사랑의 모습을 잠시 넋을 놓고 바라보았다. 제 직업을 응원해 주고, 누군가에게 사랑받는 일이 좋다는 여자가 어찌 사랑스럽지 않을 수 있을까. 그러고는 다시 한번 무심하게 열리는 그녀의 입술이 그의 눈에 들어왔다.

"근데 당신이 가장 사랑하는 건 나라는 게, 더 좋아."

그 말을 끝으로, 매끄러운 멘트와 함께 다시금 라디오 DJ로 돌아간 사랑의 옆모습에서 한동안 수현의 눈이 떨어지질 않았다.

아, 어떡하지. 그녀의 진행에 추임새도 넣어야 하는데, 입꼬리가 올라가서는 발음이 자꾸 새려고 한다. 무엇보다 그는 지금 그녀가 너무 사랑스러워 곤혹을 치르고 있었다.

'꺼내고 싶다.'

좀 더 좋은 타이밍을 찾고 있었는데, 주머니에 소중히 넣어 둔 물건을 지금 당장 꺼내고 싶었다.

"……그래서 수현 씨는 어떻게 생각하세요?"

"아, 아. 네. 아무래도 그 문제에 있어서는 영화 산업의 문제점도 생각해 봐야 할 것 같네요. 신인 배우와 감독 사이의……."

두어 번 손을 흔드는 사랑 덕분에, 수현은 충동을 억누르고 라디오에 집중했다. 긴 시간 이어지는 책에 대한 대화와 생각들로 무사히 크리스마스 특집 라디오의 시간을 채워 나갈 수 있었다.

"그럼 오늘의 끝인사는 초대형 게스트 차수현 씨께 부탁드려 볼까요?"

"자꾸 그렇게 치켜세우실 겁니까."

"네, 계속 그럴 거예요."

어느덧 방송을 마무리할 시간이 다가오자, 사랑은 수현에게 끝인사를 부탁했다. 대본에는 클로징 멘트에 대한 가이드가 없었다. 적어도 사랑의 대본에는 그랬다. 하지만 그녀 몰래 수현의 대본에 적힌 멘트는 따로 있었다.

[클로징: 말하신 대로 하셔도 됩니다♡]

이제 때가 왔다. 터질 듯한 심장 때문인지 대본 마지막에 붙은 하트에도 웃기가 어려웠다. 스튜디오 밖에서는 스텝들이 전부 일어나 열렬한 눈빛을 쏘아 대고 있었다. 미리 준비한 그의 계획이 성공적일 수 있도록 모두 한마음으로 바라고 있었다. 수현은 답례하듯 고개를 끄덕였다. 그의 얼굴에서도, 스텝들의 얼굴에서도 사뭇 비장함이 새어 나왔다.

'그래, 자연스럽게……'

지금 이 순간 세상에서 저보다 더 긴장한 사람이 있을까. 수현은 아무렇지 않게 대본을 잡았다. 클로징 멘트를 읽는 듯 그가 부드러운 목소리로 입을 열었다.

"애청하던 라디오에 이렇게 나와서 영광이었습니다. 모두 좋은 밤 되시고요."

수현은 한 템포 말을 늦추며, 라디오 내내 잡고 있던 사랑의 손을 놓았다. 그리고 그의 재킷 안쪽에 그가 소중하게 품고 있던 그의 진심을 꺼내 보였다. 평소라면 조금이라도 작아질 수 없는 그의 진심이 오늘만은 예외로 손바닥만 한 민트색 박스 안에 담겨 있었다.

그가 손을 놓자 의아한 표정을 짓고 있던 사랑은, 그가 꺼내 든 박스에 시선을 보내다, 마지막으로 내보이는 반지에 다른 손에 들고 있던 펜을 툭 하고 떨어트렸다. 자신의 앞에 내밀어진 반지에 사랑의 시선이 고정되었다.

"편사랑 씨는 저랑 결혼하시죠."

그렇게 장난처럼, 흘러가는 말처럼 그가 툭 던진 한마디에 사랑이 환하게 웃음을 터트렸다. 수현은 다른 말을 달지 않았다. 사랑도 또 다른 말은 기대하지 않았다. 서로가 이 사람이 아니고서는 안 된다는 것 그 하나쯤은 충분히 알고 있었으니까. 그녀가 뱅그르르 의자를 돌려 그를 향해 몸을 돌리자, 두 사람의 무릎이 마주 닿았다.

"당했네."

마이크에서 멀리 떨어져 있던 그녀가 작게 중얼거렸다. 이제야 숨죽이고 있던 스텝들도 자리에서 일어나며 열렬한 시선을 쏘아 대던 이유를 알 것 같았다. 그러나 즉각 대답하지 않는 사랑 때문에, 그녀를 마주하는 수현의 속은 까맣게 타들어 가고 있었다. 두 사람의 눈이 마주쳤고, 간절한 그의 눈빛이 사랑의 눈에 닿았다.

그리고 마침내 사랑이 입술을 열었다.

"네. 몇 번이라도, 기꺼이."

수현의 프러포즈에 이어, 사랑의 대답 역시 방송을 타고 전국 곳곳으로 퍼져 나갔다. 환하게 웃는 사랑의 얼굴을 붙잡고, 수현이 그대로 입을 맞췄다. 떨어지기 아쉬운 입술을 놓아주고, 수현은 그녀의 약지에 반지를 끼워 주었다. 반지가 스르륵 들어가 사랑의 손에 자리를 잡는 순간, 두 사람은 몸을 관통하는 전율을 느꼈다. 다시금 입을 맞추고 싶은 수현이 그 마음을 참아 내고 마이크 앞으로 얼굴을 가져갔다.

"여러분 모두가 이 시간, 저희의 증인이 되어 주셔서 감사합니다. 〈편사랑의 편애하는 라디오〉 청취자분들, 저도 많이 편애합니다. 행복한 밤 되세요."

그의 클로징 멘트가 끝나자, 음악이 흘러나왔다. 두 사람의 프러포즈를 축하하는 라디오 피디의 특별한 선곡이었다.

✕ ✕ ✕

뚜벅, 뚜벅.

무겁지만 단정한 발걸음 소리가 텅 빈 복도에 퍼졌다. 검붉은 코트 자락이 매끈하고 선이 굵은 그의 몸을 훑고 지나갔다. 매끈한 다리가 어느 방 앞에 멈춰 섰고, 남자는 쓰고 있던 선글라스를 벗어 코트 주머니에 가볍게 집어넣었다. 잘 손질된 머리 아래로 수려한 이목구비가 돋보였다.

교수, 차화련.

입실 상태에 불이 들어와 있는 문 위에 노크 소리가 퍼졌고, 안에서 들어오란 소리가 들렸다. 수현은 가볍게 숨을 내쉬었다. 부적처럼 든든한 누군가의 얼굴을 머릿속으로 그렸다. 이제 이 믿을 만한 부적과 함께, 그를 잡고 있는 올가미와 대면할 차례였다.

문을 열고 들어온 수현을 보고 화련은 잠시 동요하는 기색을 보였다. 전에는 찾아볼 수 없던 표정들이 그녀에게서 새어 나오고 있었다.

"여긴 어쩐 일이니?"

항상 무표정과 무관심으로 일관했던 화련이 그에게 요구가 아닌 질문이란 걸 했다. 수현은 대수롭지 않게 여기려 했지만, 속에서 뜨거운 무언가가 울컥 튀어나올 것 같은 느낌이 들었다. 이제야 어린아이가 아닌, 원래 제 나이가 되어 고모를 마주하는 기분이었다.

"밥은……."

밥은 먹었느냐고 물어보려 했을까. 그러나 화련은 자신이 무슨 질문을 하려 했는지를 깨닫고 급히 입을 닫아 버렸다. 대신 그녀는 원래의 그녀가 했을 법한 질문을 했다.

"돈은……."

그러나 그것마저도 쉽지 않았다. 내 몸까지 나누어 준 아들에게, 더 이상 상처가 되는 요구 따위 하고 싶지 않았기 때문이다.

"왜 왔느냐고 물으셨죠? 오늘 졸업식이 있어서 왔습니다."

그제야 수현의 한 손에 꽃다발이 들려 있는 게 눈에 들어왔다. 사랑의 졸업식이란 걸 단번에 알 수 있었지만, 알은척할 수 없었다. 수현에게 제주도의 일은 절대 알게 해서는 안 되니까. 그렇다고 누구의 졸업식에 왔느냐고 살갑게 묻기에도 겁이 났다. 말 하나를 건네기에 앞서, 이런 말 할 자격이 있을지, 해도 되는 건지 의문부터 들었다. 그런데 수현이 묻지도 않은 것에 답해 나가기 시작했다.

"사랑하는 사람이 이 학교 학생이에요. 졸업이 좀 늦어져서 그렇게 됐는데 글도 잘 쓰고 착하고 배려심 있고……."

그는 조곤조곤 사랑에 대해 설명했다. 마치 아이가 엄마에게 오늘 이랬어, 저랬어 설명하는 모습과도 비슷했다. 그런 수현의 모습을 물끄러미 바라보던 화련의 눈에 차차 물기가 고이기 시작했다.

이런 날이 있을 거라곤 생각도 하지 못했다. 이 아이에게 관심을 가지고 대할 날이 오리라고는 생각지 못했다.

"이거……."

수현이 안주머니에서 봉투 한 장을 꺼냈다. 두툼한 봉투는 보기에도 묵직해 보였다.

"자발적으로 용돈 드려 본 적이 없는 것 같아서요."

용돈이라니. 의아해하는 화련의 눈이 수현을 향했다. 그리고 수현은 망설여 왔던 이야기를 꺼내기 시작했다.

"전 여전히 차재희 아버지, 이기순 어머니 아들이에요. 두 분 중 누군가의 모습이 제가 지금까지 알던 모습이 아니고 설령 죽음까지도 저를 속이셨다 해도, 저는 여전히 돌아가신 그 두 분 아들임에는 변함없어요."

화련은 수현이 말하는 대로 그저 들을 수밖에 없었다. 녀석이 제주도로 떠나기 전, 그리고 공항에서 그 끔찍한 사고를 겪기 전 만났던 이기순을 알아보았으리라고 짐작은 하고 있었다. 수현에게 이기순의 존재가 정확히 인식되었다는 사실에 마음 아팠고, 또 한편으로는 자신은 영영 들을 수 없는 '어머니'란 단어가 질투가 나도록 부러웠다.

그러나 예상치 못했던 수현의 다음 말에 화련은 아연실색하고 말았다.

"그래도 말씀드리고 싶었어요. 낳아 주셔서 감사합니다."

이 아이가 지금 무어라고 한 것인가. 낳아 줘서 고맙다니……

"너 지금 무슨……!"

"30년의 시간을 몇 달 만에 다시 적응하기는 힘들더라고요. 아직은 고모가 편하긴 한데……."

수현이 가볍게 미소 지었다. 눈에 띄게 당황하는 화련을 진정시키고자, 그는 진실을 실토했다. 화련이 울면서 비밀을 털어놓던 그날 새벽. 그는 그녀가 들어오기 전, 조금씩 정신이 깨어나고 있던 때였다. 그리고 그녀의 모든 비밀, 그리고 그를 향했던 무관심의 진실을 모두 들을 수 있었다.

이기순이 어린 자신을 버리고 나간 후 사망 신고 한 채 살아왔던 것도, 그녀의 협박으로 화련이 겉보기와는 달리 궁핍하게 살았던 것도, 아들을 조카로 무관심하게 대함으로써 또 다른 상처를 받지 않길 바랐던 그 마음도. 그 모든 진실을 마주할 수 있었다.

"그날 병원에서, 깨어 있었어요. 정신이 조금씩 들던 때여서."

화련은 핏기가 가신 얼굴로 수현을 올려다보았다. 그 오랜 시간 지켜왔던 비밀이 이렇게 허무하게 이 아이가 알게 될 줄은 생각지 못했다.

"그만 가 볼게요, 늦어서. 다음에 그 사람이랑 같이 찾아뵙겠습니다."

곧이어 수현은 들고 있던 꽃다발을 화련의 책상 위에 올려 두었다.

"생신 축하드려요."

수현은 진심을 담아 인사했다. 처음으로 직접 챙겨 보는 화련의 생일. 돌아서는 수현의 코끝이 빨개졌고, 그런 아들의 뒷모습을 바라보는 화련의 눈에서는 폭포수처럼 눈물이 쏟아져 내렸다. 한참 후에야 눈물을 거둔 화련의 눈에도, 문을 나서 졸업식장으로 향하는 수현의 눈에도 한 줄기 빛이 담겨 있었다. 그의 발걸음이 가벼웠다. 건물을 나서자 늦은 겨울의 햇살이 그에게로 쏟아졌다.

'괜히 졸업식에 와서 복잡하게 만든다고 또 혼나는 거 아닌가 모르겠네.'

걱정이 들어도 올라가는 입꼬리가 조금 더 앞섰다. 그에게도 돌아갈 사람이 생겼다는 것이 그를 웃게 만들었다. 오랜 시간 묵혀 두었던 숙제를 끝낸 수현이 햇살 속으로 걸어갔다.

일찍 서둘렀는데도 불구하고 졸업 가운과 학사모를 찾으러 온 학생들로 학과 사무실이 인산인해를 이루고 있었다. 사랑은 하는 수 없이 길게 늘어선 줄 뒤에 자리를 잡았다.

기다리는 학생 사이에서 사랑의 머리가 우뚝 솟아 있었다. 적당한 높이의 구두였지만, 그녀의 키가 돋보였다. 원피스 아래 늘씬한 다리가 드러나 있었고, 차분하게 정돈된 단발이 이지적으로 보이게 했다. 어린 졸업생들의 시선이 몰래 다녀갔다 감탄하기를 반복했다. 이 모습 그대로 곧장 잡지 커버를 장식한다 해도 큰 문제가 없을 정도였다.

사랑은 어린 졸업생들이 나누는 이야기를 몰래 듣고 있었다. 취업이나 대학원 등 앞으로의 계획에 대한 걱정도 들려왔지만, 목소리엔 기대나 설렘 같은 게 묻어 있었다. 그러다 20대 중후반이 된 자신의 나이를 이야기하는 아가들의 투정에 입꼬리가 올라가려는 걸 붙잡아야만 했다. 단언하건대 졸업생 중 가장 나이가 많을 사랑의 눈에는, 다 보기 좋은 20대일 뿐이었다.

"여기 학사모랑 가운이고요, 반납하시면서 졸업 앨범 찾아가시면 돼요."

아가들 이야기를 엿듣다 보니 금세 차례가 돌아왔다. 학과 조교로부터 졸업 축하한다는 상투적인 말이 덧대어졌기에, 고맙다는 말을 덧붙였다. 앳된 손에서 건네받는 가운이 묵직했다. 졸업을 정말 하긴 하나 보다.

졸업 가운을 걸치고 시간을 확인하던 사랑의 마음이 바빠졌다. 서둘러 졸업식이 열리는 곳으로 향하던 그녀의 발걸음을 누군가 멈춰 세웠다.

"저……. 실례지만, 번호 좀……."

장난스레 작업을 거는 남자는 잘 알고 있는 남학생이었다. 푸른 졸업 가운을 입고 나란히 선 두 남녀의 모습에 사랑의 얼굴이 해사해졌다.

"야, 고생했다."

사랑은 졸업의 일등 공신인 두 사람을 동시에 끌어안았다. 팔짱을 끼고 있다 얼떨결에 사랑의 품에 안기게 된 수미와 다니엘이 웃음을 터뜨렸다.

"우리 사진 찍어요."

수미가 셀카봉을 저 높이 들었다.

"내가 들게."

"내가 할래!"

키가 큰 두 사람 사이에 선 수미의 모습이 귀여웠다. 나란히 선 세 사람의 얼굴이 즐거움으로 얼룩졌다.

"그, 그분은 안 오셨어요?"

꼿꼿하게 가운데서 사진을 찍던 수미가 사랑을 향해 물었다. 기대로 가득 찬 눈에 답하기 미안했지만, 사랑은 안 올 거라며 어깨를 으쓱였다.

"아, 왜요."

"여기 복잡하잖아."

"그래도!"

사랑의 코앞까지 다가오는 두 얼굴이 닮아 있었다. 어쩜 이렇게 하는 행동까지 잘 어울리니, 천생연분이 따로 없군. 사랑은 고개를 끄덕였다.

"여하튼 졸업 축하해, 우리 아가들."

두 사람의 등을 두들겨 주는 모습이 꼭, 기특한 조카를 칭찬하는 모습이다. 사실이었다. 돌고 돌아 서로에게 닿게 된 것도 그랬고, 살기 각박한 세상이라는데 열심히 사는 모습도 기특했다. 로스쿨이라는 또 다른 모험을 함께하게 될 녀석들의 앞날을 조용히 기도해 주고 싶었다.

"드디어 우리 과 암모나이트가 졸업을 합니다!"

와하하, 웃어 대는 다니엘의 모습에 수미가 조용히 눈을 가렸다.

'저 자식이……'

사랑은 따라 웃으며 조용히 주먹을 쥐어 보였다. 붐비는 졸업생들 사이로 두 사람이 사라졌다. 지금쯤 오매불망 저를 기다리고 있을 가족들에게 가야 할 시간이었다. 아, 그 전에 끝낼 건 좀 끝내고. 사랑은 뒷문이 아닌, 강단과 가장 가까운 입구로 향했다.

졸업식이 시작되기 전, 강당 안의 분위기는 아주 어수선했다.

"후."

사랑이 숨을 고쳐 쉬었다. 그런 그녀를 발견한 중년의 교수가 그녀를 향해 알은척을 했다. 고개를 끄덕이며 그가 있는 강단 위로 올라섰다.

"교수님."

손을 내미는 교수와 악수하며, 사랑이 빙긋 웃었다.

"오랜만이다."

"졸업식 몇 시간 남기고 연락 주시기예요?"

눈을 굴리는 사랑의 얼굴에 은근한 불만이 담겨 있었다. 뵌 지 오래된 교수님한테 걸려 온 전화가 반가우면서도 부담스러웠다. 졸업생 대표 연사라니……. 원래 하기로 한 수석 학생이 간밤에 탈이 나 응급실에 간 것이 문제였다.

'그럼 차석 시키시면 되잖아요.'

'걔는 임팩트가 없어. 차석이잖아.'

'일 등만 기억하는 세상 같으니……. 그리고 언제는 뭐 공부 안 한다고 엄청 구박을 하시더니.'

그래도 제자 졸업하는 거 잊지 않으셨다 웃어야 할지, 몇 시간 만에 숙제를 안겨 주셨다고 울어야 할지.

'지금으로선 너밖에 없다. 작가가 된 나의 제자여. 넌 게다가

스타 작가잖아.'

사뭇 비장한 목소리에 사랑의 입술에서 헛바람이 새어 나왔다.

'스타 작가는 무슨……. 다음에 제 주례나 서 주세요.'

'맨입으로? 아니지. 결혼하냐?'

'네. 그것도 엄청 멋있는 남자랑요.'

그랬더니, 허허 웃던 교수님이었다.

"학점 안 챙기고 글 쓰러 다닌다고 욕을, 욕을 하시더니. 졸업식 연사는 너무 큰 자리 아니에요?"

돌려 말하는 법이 없는 제자를 보며 교수가 슬쩍 혀를 찼다. 이 녀석이 스승의 은혜를 생각지 못하고 말이야.

"내가 네 동기들한테 대리 출석 맡기고 글 쓰러 다닐 때, 얼마나 많이 눈 감아 줬어."

"그래도 꿋꿋하게 C+ 주셨잖아요."

"F는 안 줬잖아."

쩝, 하고 입맛을 다시던 교수가 사랑이 앉을 자리로 이끌었다.

"여기 앉아 있다가, 순서 맞춰 가서 졸업장 받고 준비한 이야기 하면 된다."

"넵."

사랑이 경례하듯 짤막하게 대답하며 이마 위로 손을 가져갔다. 장난스럽게 웃는 모습이 막 들어와서 학과를 휘젓고 다닐 때와 다름이 없었다. 그때에도 시니컬하게 웃으며 할 건 다 해내던 녀석이었다.

"세월, 참……."

이 녀석이 글쟁이가 될 줄이야. 그래서 제 동기들보다 한참이나 늦게 졸업하게 될 줄이야. 가끔 수업에 온다 치면 수업 좀 똑바로 듣고 다니라며 구박도 많이 했는데 말이다. 가끔은 제자의 책에서 힘을 얻을 때도 있었으니. 이렇게 괜찮은 작가가 될 줄 알았더라면, 조금 더 일찍 응원해 줄 걸 싶었다.

"라디오 잘 듣고 있다."

자리에 놓인 생수병을 열던 사랑이 놀란 눈으로 교수를 돌아봤다. 전공 분야 외엔 관심도 없으신 양반이?

"예?"

헛것을 들었나 사랑은 반문했고, 그런 제자를 보던 교수는 피식 웃었다.

"졸업 축하한다."

뒷짐을 진 그가 슬그머니 반대쪽 자리로 향했다. 다른 교수들과 인사를 나누며, 자리에 앉는 모습을 사랑이 멍하니 바라봤다.

헤게모니, 이데올로기 등 정치 용어를 듣다 하품을 하면, 밤새 뭘 쓰다 와서는 하품을 하고 앉았냐고 뭐라고 하던 양반이었다. 말한 적도 없는데 등단한 건 어떻게 알고서는, 전공 서적 외에는 어찌 책이라 할 수 있는 게 있느냐며 비웃고 가던 분이 그간 너무 달라지셨다. 뭐, 까짓거. 마음에 조금의 스크래치도 받을 거리가 아니었지만.

기분이 이상했다. 그래, 정말 이상했다. 처음으로 인정받은 기분이었다. 아니지, 저 영감님한텐 처음 인정받은 게 맞지. 이쪽에선 어느새 중견 작가가 되어 있음에도 불구하고 처음 등단할 때의 기분과 비슷했다. 어쩐지 마무리를 짓는 게 아닌, 출발선에 서 있는 그런 기분이 들었다.

"이제 사회과학대 졸업식을 시작하겠습니다."

사회자의 자리 정돈과 함께, 졸업식이 시작되었다. 사랑의 시선에 부모님의 모습이 보였다. 10여 년 만에 졸업하는 막둥이라고, 들떠 있는 모습이 한눈에 들어왔다.

편 사장님은 임 여사님 품에 안겨 코를 훌쩍이고 있었고, 임 여사님은 그런 편 사장의 등을 토닥여 주고 있었다. 오히려 졸업을 바란 건 엄마였고 그런 저를 내버려 두라던 건 아버지였지만. 막상 졸업하게 되니 아버지가 더 감격스러운 모양이셨다.

꽃을 든 조카들은 오빠와 올케언니 품에 안겨 있었고, 형부는 사진작가처럼, 장소와 앵글을 바꿔 가며 이쪽을 찍어 대기 바빴다. 못 가는 대신 처음부터 끝까지 동영상을 남겨 달라던 수현의 부탁을 충실히 이행하려는지, 카메라를 든 언니의 손은 미동도 없었다.

그때 밖에 있다 막 들어오는 낯익은 두 얼굴이 보였다. 총총총 복도를 내려와 자리를 잡고 앉는 수미와 다니엘은 눈이 마주치더니 많이 놀란 눈치였다. 워낙 급하게 부탁받은 거였고, 아까 만났을 때도 얘기를 못 했으니 놀랄 만했다.

순서가 되어 연단에 오르는 순간까지 사랑스러운 자신의 사람들을 바라보다, 마지막 또 한 명의 사랑스러운 사람은 이 자리에 없는 게 아쉬웠지만, 약지에 낀 반지를 매만지며 아쉬움을 달랬다.

조용한 사위, 밝은 조명 아래 모든 시선이 주목된 순간 뒷문이 열리며 한 남자가 들어왔다. 가벼운 떨림이 몸을 관통했고 남아 있던 아쉬움은 단숨에 날아가 버렸다. 뒷문을 열고 들어온 그와 눈이 마주치자 문득 다시 한 번 그런 기분이 들었다. 이 모든 게 끝이 아닌, 시작인 것 같은 그런 기분.

　'안녕, 편사랑.'

　앞으로의 시간을 함께할 서로에게, 그리고 온전한 나 자신에게 인사를 건넨다.

　'안녕, 차수현.'

작가 후기

　고독과 외로움에 대해 다뤄 보고 싶었습니다. 그리고 삶을 살아가는 다양한 모습의 사람들도요. 전에 어느 작가님이 어두운 이야기를 쓸 때에는 거리감을 두고 써야 한다고 하셨는데, 잘 새겨들을걸 그랬습니다. 수현이의 상황에 너무 몰입되어, 이야기를 쓰는 게 저 스스로도 중간에 그만 쓰고 싶을 때가 한두 번이 아니었거든요. 그래도 어느 날은 사랑이가 절 이끌어 주고, 어느 날은 수현이가 절 이끌어 주었으며, 또 어느 많은 날은 독자님들이 이끌어 주셨기에 지금까지 올 수 있었습니다. 길고도 길었던 연재를 끝으로 이렇게 마무리 지을 수 있게 되어 감회가 참 새롭습니다. 함께 울고 웃어 주신 독자님들이 안 계셨다면 이렇게 끝낼 수는 있었을까 싶습니다. 고맙습니다.

그리고 이렇게 출간하며 연재분보다 매끄러운 글이 나올 수 있었던 것도, 마음에 쏙 드는 감성 표지가 나올 수 있었던 것도 편집장님과 모든 담당자님들이 계셨기 때문인 것 같습니다. 독자님들만큼이나 기다려 주시고 응원해 주신 출판사와 편집장님께도 감사의 말씀 드리고 싶습니다.

등장인물들 각자의 이야기를 좀 더 다룰 수 있었으면 좋았으련만, 어느 정도의 궁금함과 상상력을 독자님들께 맡겨 두고 이렇게 마무리를 짓습니다. 수현이, 사랑이 외에도 사랑이의 가족들과 다니엘, 수미, 화련 그리고 이영까지 한 명 한 명 애착이 갑니다. 구석구석 저와 제 주변의 이야기들이 묻어 있기 때문일까요. 이전 작품에선 두 주인공 외에는 부각시키고 싶지 않았지만, 이번 작품에서는 모든 등장인물들과 그들의 이야기에 애정이 실리는 건 어쩔 수 없는 일이었나 봅니다.

이미 누군가에게 수현이나 사랑이와 같은 존재로 위로와 감동을 주고 계실 여러분들! 때때로 제게는 행복과 슬픔과 위로를 주었던 이 글이, 모쪼록 여러분께도 좋은 여운을 남겼기를 바랍니다. 다시 한 번 감사합니다.

2018년 봄, 소피박 올림

안녕, 차수현

1판 1쇄 찍음 2018년 3월 23일
1판 1쇄 펴냄 2018년 3월 30일

지은이 | 소피박
펴낸이 | 정 필
펴낸곳 | (주)뿔미디어

기획 · 편집 | 박경희
표지 디자인 | 박현진

출판등록 | 2002년 9월 11일 (제1081-1-132호)
주소 | 경기도 부천시 원미구 소향로 17, 303(두성프라자)
전화 | 032)651-6513 / 팩스 032)651-6094
E-mail | scarlets2012@hanmail.net
블로그 | http://blog.naver.com/dahyangs
비북스 | http://b-books.co.kr

값 9,000원

ISBN 979-11-315-8908-3 03810